MW01032328

A PRUEBA DE FUEGO

JAVIER MORO

A PRUEBA DE FUEGO

La aventura americana de Rafael Guastavino

ESPASA

Obra editada en colaboración con Editorial Planeta – España

Bajo el sello editorial ESPASA M.R.
Avenida Presidente Masarik núm. 111,
Piso 2, Polanco V Sección, Miguel Hidalgo
C.P. 11560, Ciudad de México
www.planetadelibros.com.mx

Primera edición impresa en España: octubre de 2020
ISBN: 978-84-670-6025-6

Primera edición impresa en México: enero de 2021
ISBN: 978-607-07-7423-2

Impreso en los talleres de Litográfica Ingramex, S.A. de C.V.
Centeno núm. 162-1, colonia Granjas Esmeralda, Ciudad de México
Impreso en México –*Printed in Mexico*

A mi tío Dominique,
que sabe la alegría de trabajar en equipo.

La belleza perece en la vida
pero es inmortal en el arte.

LEONARDO DA VINCI

Lo que habéis heredado de vuestros padres
volved a ganarlo a pulso o no será vuestro.

GOETHE

Prefacio

Me resulta difícil escribir sobre mi padre. Ahora que trabajo día y noche en el diseño de la cúpula de San Juan el Divino —dicen que será la mayor catedral del mundo—, me acuerdo de él, y me pregunto qué opinaría de los trazos y los cálculos que pongo sobre el papel, y discuto con él en mis pensamientos, como tantas veces lo hacíamos cara a cara. Le gustaba decir que el arte nos acerca a la eternidad, especialmente la arquitectura —el arte de proyectar y construir edificios—, porque mucho tiempo después de nuestra muerte, lo que hayamos levantado permanecerá, a veces durante siglos, para bien o para mal.

Pero ¿quién era mi padre? Se ha hablado tanto de lo que ha hecho, de lo que ha conseguido, de cómo dejó su impronta en la ciudad de Nueva York y en la arquitectura norteamericana, de su genio como emprendedor y su talento como artista que no se ha dicho nada de su vida personal. O muy poco. Su obra ha eclipsado a su persona.

Su temperamento creativo, que moldeaba el espacio y las personas a su guisa, hizo de mí una obra más —él llegó a decir que la más importante, aunque a mí nunca me hizo ese cumplido—, una obra de carne y hueso gracias a la cual pudo luego acometer muchas otras, en ladrillo y cemento, obras que desafían el tiempo y aspiran a la inmortalidad. Que nos llamásemos igual —los dos éramos Rafael Guastavino— no hizo más que reforzar nuestra fama y nuestra marca, pero también confundirnos: ¿dónde acababa él y dónde empezaba yo?

Ahora que ya no está y que el vacío de su ausencia duele como debe hacerlo el dolor fantasma de los miembros amputados, quiero rememorar los años pasados a su lado con el afán de mostrarle tal y como era, y de paso descubrir el porqué de ese desasosiego que me embarga. Pero sobre todo me anima la esperanza de devolverle a la vida, porque ese es el poder de las palabras.

Y es mi consuelo.

1

Lo recuerdo en sus horas más bajas, cuando mi madre le dijo que se iba, que nos dejaba. Era la noche del 11 de mayo de 1881. Caía sobre Nueva York un chirimiri que se infiltraba en los huesos. Mi padre llegó empapado y aterido al piso donde vivíamos en la parte baja de Manhattan, cerca del puerto. Éramos los únicos españoles en ese edificio poblado de irlandeses, alemanes, rusos, polacos e italianos, familias como la nuestra que habían venido a labrarse un futuro en América. Entonces no lo sabíamos, pero ese barrio era la zona con mayor densidad de población del planeta. A esa hora tardía, los ronquidos y las toses de los vecinos se mezclaban con el chasquido de los cascos de los caballos hincándose en el barro y con las lejanas sirenas de los buques.

No podía dormir porque había visto llorar a mi madre toda la tarde; la tristeza que la embargaba, como el tiempo, no escampaba desde que habíamos desembarcado del *Ville de Marseille* una tarde soleada de abril. A través de la rendija de la puerta de nuestro cuarto, el de los niños, la vi encender el candil, cogerle a mi padre el abrigo y, antes de colgarlo en el perchero, olisquearle las solapas.

—Otra vez, Rafael... —dijo sin aspavientos—, ¿qué perfume es este?

—No pienses mal, hija.

—Ya sé que no me vas a decir con quién has estado hoy... ni yo te lo voy a pedir.

Hablaba en voz baja. Quizás para no despertarnos a mis hermanas y a mí. O quizás porque le costaba comunicar su decisión. Rara vez se encaraba con mi padre, por quien sentía un respeto reverencial. Por eso, me sorprendió cuando la escuché decir:

—Ya no me importa saber con quién te corres las juergas.

Mi padre alzó los hombros y le contestó:

—Como si no tuviera otra cosa que hacer, Paulina. —Se frotó la patilla que descendía por la cara y luego se fundía en un bigote espeso, era lo que se llevaba entonces, y se apresuró a dar explicaciones—: No he estado con nadie, mujer, solo con Fernando... Ya sabes, Fernando Miranda, el escultor valenciano. Hemos quedado en Delmonico's, allí solo admiten señoras de la *high society*, ¡y acompañadas por sus maridos! Van muy perfumadas, por eso huelo así... —Mi madre le miraba impasible, callada. Él seguía hablando—: La reunión de esta mañana con los arquitectos que conocí a través del cónsul fue un fracaso. ¡No consigo hacerme entender!

—¿Cómo te van a entender si no hablas nada de inglés? Ya te dije que este no era un país para nosotros. Mejor nos hubiera ido en La Habana.

—El futuro está aquí, Paulina, no en Cuba. —Mi padre se dejó caer en el sillón. Parecía agotado—. He estado una hora chapurreando para que me digan lo de siempre, que este tipo de bóveda de ladrillos delgados puede funcionar en España o en Italia, pero aquí lo ven fuera de lugar. ¡No entienden las ventajas! Me desespera.

—Rafael —le interrumpió mi madre, mirándole a los ojos—. Quiero volver a Barcelona.

Se hizo un largo silencio.

—¿Cómo?

—La Paqui no mejora —prosiguió ella—, y me han dicho las vecinas que está brotando una epidemia de difteria en el Bowery... Tengo miedo de que se ponga peor con esta humedad y... y hay un vapor que zarpa dentro de dos semanas.

Gruesos lagrimones resbalaban por sus mejillas. Tenía los ojos enrojecidos, llevaba llorando desde nuestra llegada.

—Lo de Paquita no es nada, ha cogido una pulmonía, pero ya se está curando, nos lo dijo el médico.

—Tengo miedo de que recaiga, no está bien.

Hubo otro silencio largo, que mi padre rompió.

—Paquita se va a poner buena, ahora llega el verano.

De nada servía consolarla. Mi madre se quería ir por muchas razones, que yo supe más tarde, aunque la principal era que no se sentía querida por mi padre, pero eso no se atrevía a decirlo directamente.

—Rafael, es que no puedo... no puedo... —balbuceó con la respiración entrecortada.

—No me gusta verte así, Paulina.

—Ni a mí me gusta que vuelvas tan tarde. Cuando vivíamos en Barcelona lo soportaba todo, pero aquí me derrumbo. Paso los días esperándote, estoy sola con los niños... y la Paqui, que no mejora, no puedo más.

—Es el principio, Paulina. Hay que darle tiempo al tiempo.

Mi padre se acercó y la abrazó, pero ella le rechazó suavemente.

—No tengo una sola amiga, y tú nunca estás —respondió, levantando la mirada—. Pensé que la vida cambiaría al venirnos aquí, pero no... Cada uno es como es, y tú no vas a cambiar nunca.

Mi padre le soltó de nuevo todo lo que le había contado cien veces, que había que tener paciencia, que se encontraban en el país de las oportunidades, que estaba seguro de que su idea de hacer edificios ignífugos iba a triunfar, que ya le habían encargado unos dibujos para una revista catalana publicada en Nueva York por un amigo de un amigo, que vivirían con más desahogo..., pero mi madre no escuchaba. Hacía tiempo que había dejado de creerle. Qué lejos parecía la época en la que constructores, banqueros y altos funcionarios del ayuntamiento de Barcelona hacían cola para ser recibidos por don Rafael Guastavino. Hacía solo un año era todo un señor, con coche de caballos propio y rodeado de amigos engolados a los que invitaba a las inauguraciones de los edificios que él mismo diseñaba y proyectaba en las mejores zonas del Ensanche... Ahora su caída, que parecía no tener fin, nos arrastraba a todos.

Para apaciguarla, le propuso mudarse a un piso más amplio y cómodo en un barrio mejor. No lo había hecho hasta entonces porque decía que necesitaba sus ahorros para poner en marcha el negocio, pero ahora estaba dispuesto a lo que fuese con tal de mantener a la familia unida.

—No es eso, Rafael. Es que no puedo vivir aquí, no me hago con las costumbres, no hablo el idioma...

—Ni yo, pero ya lo aprenderemos.

—Me da hasta miedo salir a la calle, si a eso lo llamas calle, porque es un barrizal... Ayer unos chavales irlandeses se metieron con la italiana del quinto. Cualquier día me pasa a mí. Necesito volver a España, Rafael... Me siento una mendiga, aquí me muero de melancolía.

—Qué cosas dices, Paulina.

Mi padre no midió bien el malestar de mi madre, lo achacó a una crisis pasajera debido a la dureza del clima y a la dificultad de integrarse en la vida neoyorquina. La mayoría de los inmigrantes tenían gente de su país de origen a quien recurrir, pero los españoles éramos muy pocos porque prácticamente todos se iban a Cuba, México o Sudamérica, así que no había suficientes compatriotas en Nueva York para hacer un barrio español donde conseguir apoyo. Según mi padre, era lo que le faltaba a mi madre, y lo que dificultaba su adaptación en un mundo en inglés. Pensó que se le pasaría.

2

Pero no conocía bien a mi madre, que en ciertas circunstancias podía ser testaruda. Cuando unos días más tarde, también de noche, mi padre llegó a casa, ella le anunció que tenía los billetes para irse en el vapor *Fénix*. Había empeñado su sortija —el único regalo que le había hecho mi padre, según dijo— en el prestamista chino de Pearl Street. Dijo que el resto del dinero venía de sus ahorrillos. Él se puso lívido: no la creía capaz de tanto arrojo, pero mi madre estaba desesperada.

—¿Tantos ahorros tenías?

—Sí, de coser... —mintió ella—. Me voy unos meses, pero te prometo que volveré. —Mi padre guardó silencio—. Trabajarás mejor sin nosotros —siguió diciéndole en tono conciliador—. Tendrás más libertad y tiempo para ti. Podrás llevar la vida que quieras.

—¿Y los niños?

—Me los llevo... ¿Los vas a cuidar tú? Si nunca estás en casa.

—Me las arreglaré, mujeres no faltan en esta ciudad.

—No sabes lo que dices. —En efecto, mi padre no sabía lo que decía—. Irnos ahora es mejor para todos, Rafael. En el fondo, somos un engorro para ti.

—No sois un engorro, sois mi familia.

—¿Quién va a prepararles las comidas, a lavarles la ropa, a... cuidarles cuando se pongan malos?

Mi padre no escuchaba. Se levantó de la silla, agarró el abrigo del perchero, preguntó dónde estaba su violín, mi madre se lo dio y salió dando un portazo. Nunca le habíamos visto así. Debió de ir a casa de su amigo Miranda, y debió de tocar mucho el violín, porque volvió a la mañana siguiente más tranquilo, como si la noche le hubiera servido para recapacitar.

—He pasado por el prestamista y he recuperado el anillo —le dijo mi padre—. Toma, póntelo, que de tanto trajín lo vas a perder. —Ella le miró con cara de susto mientras se lo colocaba en el dedo—. Ahora enséñame los billetes.

—¿Por qué? —dijo mi madre, al borde del llanto.

—Solo quiero verlos.

Abrió el cajón de su ropa y sacó un sobre con los boletos de la travesía. Mi padre los hojeó detenidamente y apartó uno.

—Rafaelito se queda conmigo. Luego iré a recuperar el dinero de su pasaje.

Mi madre se echó a llorar. Otra vez.

—Es mi hijo del alma. ¿Cómo vas a separarle de su madre, de sus hermanas...?

—Llévate a las niñas si quieres, que son tuyas. Yo sabré ocuparme del niño.

Los tabiques eran tan finos que se oía todo: «Que son tuyas»... ¿Qué había querido decir mi padre con eso? ¿Que ellas no eran hijas de mi padre? Ellas se apellidaban Valls y yo Guastavino, pero hasta entonces nunca había sospechado que podían no ser mis hermanas, porque nunca había visto diferencia entre nosotros. Del otro lado del tabique mi madre mostró su genio, algo inusual en ella.

—¿Dices que sabes ocuparte del niño? Pero si no sabes ocuparte ni de ti, Rafael. Lo dejas todo tirado, no sabes ni dónde encontrar un par de calcetines, ¿cómo vas a ocuparte de un niño?

—Lo hice con los mayores, lo haré con Rafaelito.

Ella alzó los hombros, como si acabase de escuchar una gran estupidez.

—¿Y quién le va a zurcir la ropa? ¿Quién le va a tapar cuando se despierte de noche con frío? ¿Vas a hacerlo tú? —Él no replicó—. Déjale que venga con nosotras, te lo suplico. Solo unos meses.

Mi padre se plantó.

—No sigas —dijo, negando con la cabeza—. Rafaelito se queda conmigo.

—Un niño de esa edad necesita a su madre.

—A esa edad, lo que necesita es prepararse para la vida. Aquí podrá labrarse un porvenir, en España las cosas van de mal en peor, no hay futuro para nadie. ¿O quieres que le acaben llamando a filas dentro de nada y se convierta en carne de cañón en Cuba, o en África? —Le interrumpió una tos nerviosa, una de las que le daban cuando se sentía presionado. Luego se tranquilizó y dijo—: Paulina, vuelve a España con las niñas, si eso te devuelve la alegría; no es justo que yo te obligue a llevar una vida en la que te sientes desgraciada. Pero el niño se queda. Ya he perdido a los mayores, su madre los mandó lo más lejos que pudo para que no pudiera volverlos a ver. A Rafaelito no lo voy a perder.

La familia saltaba por los aires, nos separábamos todos. Además, me llevaba la peor parte porque me quedaba solo y mis hermanas se iban. Es más, ni siquiera sabía ya quién era yo; el «son tuyas» y el «lo hice con los mayores» me habían hundido en el desconcierto. ¿Es que tenía hermanos mayores que no conocía? ¿Qué significaba aquello? Me sentí el niño más desgraciado del mundo cuando, después de mucho insistir, la Paqui acabó confesando que sabían que ni ella ni Engracieta eran hijas de mi padre, aunque le llamasen papá. Lo sabían desde siempre. Que me hubieran mantenido en la inopia me dejó perplejo y desorientado.

A partir de aquel día y hasta la salida del barco, mi madre dejó de comer —decía que no podía tragar nada— y acabó demacrada, carcomida por el sentimiento de culpabilidad de haber dinamitado la armonía familiar.

Yo no sabía qué hacer con las piezas rotas de mi mundo, y si hoy escribo este texto, tantos años después, es porque sigo intentando recomponerlo, porque es difícil vivir sin comprender, porque es necesario encontrar un sentido a lo que nos ocurre. A veces se tarda toda una vida en emerger de las brumas del pasado y descubrir una explicación de por qué las cosas ocurrieron como ocurrieron. De momento, solo sabía que me quedaba el día solo con mi padre, y me amputaban del resto de la familia. Nos queríamos mucho mi padre y yo, quizás porque estábamos rodeados de mujeres y nos unía una especie de rara solidaridad varonil. Nunca me negaba un capricho, al contrario que mi madre, acostumbrada a apretarse el cinturón. Aunque en Barcelona no vivimos en la misma casa todo el tiempo, mi padre nos visitaba a diario. De pequeño me llevaba a jugar al parque de la Explanada o me traía un recortable o unos lápices. Siempre estuvo muy pendiente de mí. Disfrutaba viéndome dibujar. Yo siempre quería pasar más tiempo con él, pero estaba muy ocupado. Llegaba a casa por las noches, como en Nueva York, y se iba por la mañana. Si alguna vez venía a comer y se quedaba por la tarde, me enseñaba a tocar el violín, que era su gran afición. Aunque la consigna de mi madre era no molestarle, «que tiene mucha faena», nunca me regañó si le interrumpía en su quehacer; al contrario, me decía: «Ven aquí, Rafaelito, ayúdame a dibujar esta escalera». Sentado en su regazo, me sentía el más dichoso del mundo.

3

El día de junio en que zarparon seguía lloviznando, y las lágrimas de la despedida y las gotas de agua se mezclaban en nuestros rostros. Por mucho que mi madre me dijese que la separación sería solo por un tiempo breve, no me lo creía. Al abrazarme, me estrujó como si fuese un muñeco y luché todo lo que pude para disimular la congoja que me invadía. «Cuida de tu padre», me dijo. Mis hermanas procuraron animarme: «Ya verás que rápido nos seguís...». Parecían contentas de irse. Mi padre abrazó con tristeza a mi madre y le entregó un sobre con dinero.

—Toma, para los próximos meses —le dijo.

—Perdóname, Rafael.

Se dio la vuelta y enfiló la pasarela, atestada de viajeros cargados como mulas, seguida de mis hermanas. Las perdimos de vista.

Volví a casa de la mano de mi padre, sorteando charcos y manchándonos de barro porque muchas calles eran todavía de tierra; olía a estiércol y a basura. Parecíamos un par de vagabundos. A lo lejos, surgieron entre la niebla los cables de acero que soportaban la enorme estructura de hierro del puente de Brooklyn. Mi padre se quedó mirándolo.

—El mayor puente del mundo —dijo extasiado—. Mide dos kilómetros de largo y está casi acabado... ¿Te das cuenta?

Yo únicamente me daba cuenta de lo solos que nos habíamos quedado, pero mi padre, en ese momento en que se sentía golpeado por la partida de mi madre, necesitaba confirmar las razones profundas por las que había decidido embarcarse en esta aventura americana. Su obsesión con los Estados Unidos venía de la Exposición Universal de Filadelfia de 1876, que tuvo gran repercusión en España. El proyecto que envió, «Mejora de las condiciones sanitarias en ciudades industriales», le valió la medalla de bronce del jurado y ser el único español premiado. Pero fue el interés que suscitaron sus diseños de paredes y bóvedas de doble tabique lo que le hizo ver el potencial que podía tener ese tipo de construcción en Estados Unidos, un país rico, estable y que crecía de manera asombrosa. Tenía razón. Allá donde mirabas, Nueva York era un hervidero de actividad y de innovación. Todo era enorme, los edificios, los puentes, las tiendas, la población, que se había doblado en los últimos veinte años hasta alcanzar el millón doscientas mil personas. Por todas partes se levantaban edificios y estructuras de proporciones colosales. El tren elevado gozaba de tanto éxito que estaban construyendo una cuarta línea. Sus locomotoras de vapor echando nubarrones de humo blanco por encima de la calzada se convirtieron en una estampa típica de la ciudad. En algunas calles, colgaban tantos cables entre los postes y los edificios que apenas dejaban pasar la luz.

En nuestro barrio, nos cruzamos con niños durmiendo en los soportales de las casas, descalzos. Vivían en los *tenements*, auténticos hormigueros donde se apiñaban los inmigrantes. Eran pisos interiores subdivididos por los propietarios para que cupiese el mayor número posible de gente. Periódicamente alguno de esos edificios se incendiaba y familias enteras morían calcinadas. Nuestro apartamento no formaba parte de un *tenement*; era mejor, más amplio, pero, aun así, las paredes de la escalera estaban sucias de tanto escupitajo. No había suficientes escupideras para tanto aficionado a mascar tabaco, una costumbre que a mi padre le repelía. A él le gustaba un buen puro habano.

Por fin llegamos a casa, pero ahora que mi madre no estaba para encender la cocina de leña, no parecía el mismo lugar que habíamos dejado unas horas antes. Sin la ropa y los cachivaches de mis hermanas, sin las maletas y los baúles que nos servían de bancos para sentarnos, el ambiente era desangelado. Mi padre lo miraba todo como si fuese la primera vez: lo que veía era el reflejo de su estado de ánimo. Se hundió en el sillón. Vi cómo se pasaba la mano por el rostro y pensé que estaba secándose alguna lágrima, y me asusté porque no le pegaba estar desmoralizado, él, que siempre desbordaba alegría y optimismo. Ver flaquear a alguien fuerte era muy perturbador para mí, de modo que me entraron ganas de llorar, pero me contuve. No podíamos hundirnos los dos, sería una catástrofe. Ese piso sin alboroto era lúgubre y lo único que se me ocurrió para olvidar que nos habíamos quedado sin familia fue entregarle su violín para que se animara un poco, porque siempre decía que la música era una manera de refugiarse de las miserias de la vida. Me sonrió y se puso a tocar el *Concierto para violín* de Vicente Martín y Soler, un paisano suyo del XVIII al que admiraba, quizás porque él también tuvo que dejar el terruño para ser reconocido en el extranjero.

—Cómo me gustaría que aprendieses a tocar algún instrumento, es bueno para la disciplina y la concentración.

Me sentía tan triste y confuso que apenas le escuchaba. Tenía nueve años y extrañaba tanto a mi madre que dolía. También echaba de menos a mis hermanas, esas cotillas que me chinchaban pero que también me lo consentían todo. Me daba cuenta de que ya no iba a ser el único niño mimado entre mujeres. Mi estatus, mi vida entera había cambiado. De pronto me encontraba solo con mi padre, al que admiraba pero que en realidad no conocía tanto.

Para distraerme, y porque debía adivinar que yo también flaqueaba, él se puso a hablarme de la vena musical que recorría la familia. Me contó que su abuelo, Davide Giuseppe Guastavino, era aprendiz de constructor de pianos en un pueblo de Liguria, y huyó a España en 1798 cuando Napoleón disolvió la República de Génova. Se ganaba la vida en Valencia, Barcelona y Madrid como templador de claves y pianos, y profesor de música. También su tío fue pianista, e igualmente mi tío Antonio, el hermano mayor de mi padre, que llegó a ser maestro de capilla de música en la catedral de Santiago de Cuba.

—Pero yo quiero ser maestro de obras como tú —le dije.

—Tocar sirve para todo, la música también es arquitectura... —Le miré con cara de no entender, y añadió—: Arquitectura fluida.

Es curioso cómo en las familias se transmiten las vocaciones. Nunca aprendí a tocar ningún instrumento, pero, de forma muy similar a mi bisabuelo, parte de mi actividad ha consistido en diseñar y construir cajas de resonancia para la música, no en forma de pianos como mi abuelo, sino como espacios abovedados. He patentado dos sistemas para mejorar las condiciones acústicas de nuestros edificios, y estoy trabajando en un tercero.

Recuerdo que aquella primera noche solos, cuando hubo terminado el *Concierto para violín*, se dispuso a encender la cocina para calentar un guiso de pescado con patatas que nos había dejado preparado mi madre —el último de sus guisos—, pero no lo consiguió y se ofuscó. Fui yo quien llenó de astillas el fogón y les prendió fuego.

—Menos mal que te tengo a ti, Rafaelito. —Mi padre estaba desvalido. Cuando hubo terminado el plato, me dijo—: Este piso ahora se nos queda demasiado grande. Vamos a mudarnos, ¿no te parece?

Pero yo tenía la cabeza en otro sitio y, obsesionado por ese terremoto que había sacudido mi vida, necesitaba que mi padre me dijese la verdad.

—Padre, ¿por qué mis hermanas tienen un apellido distinto al mío?

—Eso es lo que te preocupa, ¿eh?

—Le dijiste a mamá que eran suyas. ¿Acaso no son mis hermanas?

—Sí, son tus hermanas. Pero no son hijas mías, aunque las quiero como si lo fueran. —Mi padre estaba visiblemente incómodo—. A ver cómo te lo explico... Antes de que tú nacieras, tu madre estuvo casada con un señor que se llamaba Valls. Y tuvieron dos hijas, tus hermanas. Por eso llevan ese apellido.

—Ah.

—El señor se murió, conocí a tu madre y te tuvimos a ti. De modo que sí, las niñas son tus hermanas. Hermanas por parte de madre, que se dice.

—O sea... ¿medio hermanas?

—Sí.

Lo había comprendido. Pero sentirse amputado de la mitad de dos hermanas era duro de asimilar... ¿Por qué no me habían dicho nada? Quise saber la razón.

—Pues porque eras muy canijo para entenderlo —fue la respuesta de mi padre.

4

El día que nos mudamos hubo un drama en casa. Al recoger los bártulos, mi padre, antes de guardar el violín, deshizo el doble fondo del estuche donde escondía parte del dinero que no había depositado en el banco. Lo contó, y lo volvió a contar como queriendo convencerse de que no le faltaba. Pero, al final, tuvo que darse de bruces con la realidad y lanzó un insulto contra mi madre que prefiero olvidar.

—¡Conque los ahorros de costurera! —gritó.

Ya dije que mi padre no sabía lo testaruda que podía ser mi madre. En un intento pírrico por defenderla, le dije que si mamá había necesitado más dinero era porque la sortija no debía ser muy buena.

—Calla, mocoso.

No le guardé rencor, a pesar de despotricar durante toda la mudanza. Nos la hizo un italiano con un carrito, que empujó abriéndose paso a gritos hasta el oeste de la calle 14, donde mi padre había alquilado un piso más pequeño y con más luz. Era un segundo desde donde se oía el bullicio de la calle, las campanillas del tranvía y las arrogantes sirenas de las ambulancias y los bomberos. Era otro mundo. Veníamos de un barrio de almacenes al por mayor, donde solo se veían hombres por la calle, a otro de mujeres que abarrotaban las sederías, las sombrererías y las tiendas de ropa. Hasta el olor era distinto, lejos de los muelles donde se concentraban la humedad y la suciedad. Pensé en mi madre, le hubiera gustado el cambio. Mi padre también pensaba en ella, por otras razones. Lo primero que hizo en el nuevo piso fue escribir a un abogado amigo suyo de Barcelona para que reclamase a mi madre el dinero que le faltaba. Pero al final rompió la carta en mil pedazos y los tiró al fogón.

Luego contrató a una mujer para limpiar y guisar, y a unas planchadoras que venían dos veces por semana a ocuparse de la ropa. Le gustaba que sus trajes estuvieran siempre impolutos y en perfecto estado; creo que le daba seguridad salir a la calle como un pincel. Le hacía sentirse como lo que era, un señor europeo en Nueva York, no un inmigrante del montón.

Transformó una de las habitaciones en estudio y pasaba horas dibujando muebles e interiores de casas en el estilo de lo que se llamaba «renacimiento español», muy en boga en aquel entonces. Eran ilustraciones para *The Decorator and Furnisher*, una nueva revista cuyo director mi padre había ido a ver por consejo de su amigo Fernando Miranda, quien, aparte de escultor, también dibujaba viñetas para el *The Daily Graphic*. Si sus dibujos resultaban suficientemente atractivos, le contratarían para una colaboración fija. Apenas tocaba el violín porque estaba concentrado en trabajar y, creo yo, porque estaba tristón. «Tenía que haber venido a América hace quince o veinte años», decía. Iba a cumplir cuarenta, una edad avanzada en aquella época.

Yo también dibujaba, para matar el tedio de estar tantas horas encerrado. Diseñaba edificios, como había visto hacer a mi padre, y porque me resultaba más fácil que dibujar personas o animales, siempre en movimiento. A él le gustaba explicarme cómo esas moles se mantenían en pie, la importancia de un buen diseño para soportar el peso y cuáles eran los mejores materiales. Los domingos íbamos a misa a la catedral de Saint Patrick, un edificio de estilo neogótico recién inaugurado. Aunque impresionaban sus torres de cien metros de altura que entonces dominaban la ciudad, mi padre no entendía cómo las bóvedas eran de filfa, de yeso y madera, parecían de cartón yeso como las fallas preparadas para el fuego. ¿Acaso el arquitecto no sabía que una bóveda de madera y yeso carecía de la longevidad y solidez de una estructura con rasilla y cemento? Llegó a la conclusión de que si no construían así era porque resultaba muy caro o no había la suficiente experiencia en ese tipo de albañilería. Su instinto le decía que él tenía la solución —la había patentado— y solo necesitaba una oportunidad. Mi padre era puro instinto. En casa, con una hoja de papel en la mano y la cadenita de su reloj de leontina, me demostraba que las bóvedas inteligentes resistían por la forma, no por la masa. La idea de que una cúpula pudiese ser inteligente me sobrepasaba, pero él doblaba la hoja de papel, la ponía de canto, y colocaba encima una revista: «¿Ves? Este papel tan fino, según lo dobles, puede aguantar mucho más peso que el suyo propio». Era mágico, y así fue como empecé a tomarle gusto a la arquitectura.

Pero mi padre se daba cuenta de que solo aprendería lo que él pudiera enseñarme, pero ni una palabra de inglés ni de otras materias, ni nada del mundo que nos rodeaba y que necesitaba urgentemente conocer. Además, como me aburría, hacía gamberradas. Me atraía el fuego, y en América había una auténtica psicosis con los incendios, que eran habituales y devastadores. Diez años antes, la mitad de la ciudad de Chicago había sido devorada por las llamas; poco después le tocó el turno a Boston, donde ardieron setecientos edificios en una noche. Cuando una de las planchadoras me pilló encendiendo una pequeña hoguera en el borde de la ventana, puso el grito en el cielo. Mi padre acudió y me echó una bronca, muy a su manera: «¿No te he explicado mil veces que las casas aquí se hacen con mucha madera y por eso arden tan fácilmente?». Entonces, cuando hacía alguna de las mías, pedía perdón, cabizbajo, esperaba que escampase la tormenta y me dedicaba a mi pasatiempo favorito, que consistía en lanzar desde la ventana de mi cuarto bolitas de papel mascado a la calle. La gracia era conseguir cuantos más puntos mejor, y cada punto lo ganaba cuando la bolita caía en el sombrero de una transeúnte. Un poco como encestar. El problema era que a veces calculaba mal el tiro, o la señora se detenía y la bolita le caía en la ropa, o en el suelo. O, como sucedió un día, en la cara. No me dio tiempo a echarme hacia atrás. La señora me descubrió y subió rauda a protestar. Nueva bronca de mi padre, a quien estas interrupciones en su trabajo le dejaban desorientado y hasta desesperado. Ahora pienso que quizás en aquella época echaba de menos a mi madre porque no había calculado lo que significaba tener un niño de mi edad bajo su responsabilidad. Quién sabe si se arrepintió de no haberme dejado marchar de vuelta a España. Aunque eso nunca me lo dijo.

Debió de intentar que mi madre volviese, y le hizo llegar dinero a través de su abogado. Borrón y cuenta nueva; mi padre no era una persona rencorosa y, en el fondo, sabía que, si hubiera sido un marido más atento, mi madre no se habría sentido tan sola y estaría ahora ocupándose de mí. Quien debía encontrarse muy solo en ese momento era él. Pienso esto al hilo de una carta que acabo de encontrar. Es de mi madre y va dirigida al abogado de mi padre en Barcelona. La escribió pocos meses después de dejarnos, en el año 1881. Pide disculpas por lo que hizo y explica las razones que la llevaron a marcharse de manera tan estrambótica:

> *Muy señor mío:*
>
> *Después de agradecerle infinitamente el beneficio que hicieron por mí, cumplo a mi honor y el respeto al recto juicio de ustedes manifestándole que la idea de volver a mi país, al verme desfallecer no pudiendo resistir más tiempo la melancolía que me dominaba, me llevó al acto desesperado*

de buscarme los medios de llevar a cabo mi idea pasando por sobre de todo, puesto que para mí era caso de vida o muerte. Naturalmente, me oculté de mi marido, del padre del hijo de mis entrañas, porque ni podía yo en conciencia hacerle hacer un nuevo gasto ni hubiera podido él abandonarme el camino y hubiera seguido malogrando sus intereses recientemente creados por la desgracia mía de no haber podido aclimatarme a ese país. Sabía yo que luego de verificar este peligroso paso, él me lo agradecería por mi salud y la salvación de nuestros intereses, y sabía yo, por otra parte, que mi hijo tenía todo el bien que yo misma le podía dar, siendo para él un consuelo y para gran descanso, aun con el dolor de la separación de mi querido hijo: al ser otra la causa no me hubiera ocultado. Debo finamente rogarles perdonen mi atrevimiento, hijo del extremo trance en que se hallaba mi espíritu y admitan la expresión de mi agradecimiento que he suplicado a mi marido, y de ustedes verbalmente con mi hijo y queda de ustedes su atenta,

Paulina Roig

5

Un día mi padre llegó a casa eufórico, acompañado del escultor Fernando Miranda y de Arturo Cuyás, que publicaba *La Llumanera*, una revista ilustrada mensual en catalán y que era un vivero de artistas españoles. Los había invitado a celebrar el éxito de sus dibujos en *The Decorator and Furnisher*, que le había valido ser contratado como colaborador fijo a veinticinco dólares la semana. Era un primer éxito en un entorno que percibía hostil, por eso estaba tan satisfecho. Había plantado una pica en Flandes. Lo que ignoraba todavía era lo lejos que aquella pica le llevaría. Miranda traía consigo una botella de güisqui y mi padre sacó unos vasos.

—¿Tú no bebes, Rafael?

—No puedo con el güisqui. —Sacó una botella de vino ya abierta. A mi padre le gustaba mucho el vino, era lo que más extrañaba, junto con el aceite de oliva y los puros, que no se encontraban fácilmente en Nueva York—. Me queda un fondo de tinto rancio puro de Alella, vais a ver qué delicia... Lo vendía en mi tienda de Madrid.

Era la última botella que le quedaba de las que había rescatado de un negocio de venta y distribución de vinos que había montado con su cuñado en el 88 de la calle Atocha. Un negocio que tuvo que vender para pagar el viaje a Nueva York. Eso es lo que contaba siempre, pero la verdad era distinta y tardé en descubrirla.

Cuyás había iniciado una colecta de dinero para dotar a la ciudad con una estatua de Miguel de Cervantes que pretendía ubicar en Central Park. Su intención era mejorar la imagen de nuestro país que, por causa de la reciente guerra entre Cuba y España de 1878, andaba por los suelos.

—Voy a demostrar que mi catalanismo no está reñido con mi españolismo —decía.

Los proyectos de Cuyás eran siempre descabellados, como lo era haber publicado setenta números de una revista en catalán, una lengua totalmente desconocida para el 99,9 por ciento de la población, lo que demostraba tanto su heroicidad como el hecho de que en Nueva York todo era posible.

Mi padre le ofreció la ayuda técnica necesaria para levantar el monumento, y Miranda habló de la necesidad de involucrar al millar de compatriotas censados en el consulado de España. Entre ese millar, había un grupo de españoles muy influyentes, entre los que destacaba José Francisco Navarro, un empresario vasco que era socio de Thomas Edison y se codeaba con los Vanderbilt y lo más granado de la sociedad neoyorquina. Navarro había tenido un éxito considerable como promotor y financiero del ferrocarril elevado de la Sexta Avenida. Pero su fama le venía sobre todo por haber levantado el primer rascacielos de la ciudad, el Equitable Building —nombre de su compañía de seguros—, que también fue el primer edificio con ascensores. Mi padre, que supo de la existencia de Navarro nada más llegar, había escrito a un amigo común, Eusebio Güell, pidiéndole una carta introductoria, que en breve debía llegarle por correo. Ahora Navarro estaba construyendo los Spanish Flats, que daban a Central Park, unos inmuebles con ascensor, calefacción por vapor, agua caliente central y telefonía interna. La iluminación eléctrica estaba a cargo del propio Edison.

—Las familias con dinero dejan atrás sus mansiones aisladas y se instalan en pisos altos —dijo Miranda.

—Pasan a depender de que el ascensor funcione —observó Cuyás—. ¿Y si cortan la luz? ¡Ja, ja, ja!

—En el futuro todo el mundo vivirá en pisos altos —dijo mi padre—. Mirad el periódico, cada día llegan no sé cuántos miles de irlandeses e italianos a Nueva York. El suelo tiende a encarecerse y la ciudad a crecer hacia arriba.

Mi padre sabía de lo que hablaba, y el futuro le dio la razón. Los tres quedaron en contactar con Navarro para encabezar la colecta de dinero, pero mi padre quería esperar a que llegase la carta de recomendación de Eusebio Güell, con quien le unía una larga relación de amistad y negocios. La empresa metalúrgica de su padre, Joan Güell, había proporcionado las columnas de fundición para la enorme fábrica Batlló, el proyecto que hizo de mi padre —a los veintiocho años— uno de los arquitectos más admirados de Barcelona (aunque en esa época ni era arquitecto ni era todavía maestro de obras. Pero eso es otra historia).

Lo que llegó en el correo fueron varias cartas en las que la palabra deuda aparecía de manera recurrente. Aburrido de estar solo en casa, me distraía hurgando en cada rincón, movido por una intensa curiosidad infantil; siempre descubría algo: un mechero, una navaja, una foto. Ese día le abrí las cartas. Una era de un amigo que le reclamaba una cantidad. Otra de su socio de la empresa de vinos que le mencionaba una deuda. Pero lo que me entusiasmó fue descubrir una carta de Paquita, escrita dos meses y medio después de su llegada a Barcelona:

> *Apreciable padre:*
>
> *Hace tres días que tengo a mamá en cama por el gran disgusto que tuvo con doña Pilar G.; llegó a casa medio muerta de oír aquella lengua de escurpino, maltratándole a Vd. y deshonrándolo. Pilar dice que ha recibido carta de usted de New York, lo que a mamá le pone confusa que usted mande carta a esta mujer de tan poca vergüenza...*

¿Quién era esa Pilar a quien había escrito mi padre? ¿Era la misma que había venido una vez a casa en Barcelona a hablar con mi madre, a la que me habían obligado a saludar y que se había caído por las escaleras? Esa era la única Pilar que yo conocía.

Más adelante, la carta decía algo que me llenó de ilusión y me hizo olvidar el resto:

> *Estoy segura de que, si mamá tuviera el dinero para pagar sus deudas y para otra vez poderse poner en viaje, lo haría sin pensárselo un instante. Lo que ella sufre por mi queridísimo Rafael es una cosa grande.*
>
> *Firmado: Paquita*

Y se despedía diciendo que mamá y mis hermanas me mandaban un millón de besos.

Mamá me echaba de menos, mamá iba a volver, todo sería como antes, qué grande era la vida.

6

Mi euforia duró lo que tardó mi padre en regresar a casa.

—Padre, ¿qué quiere decir «deuda»?

—¿Por qué lo preguntas? Una deuda es cuando alguien debe un dinero.

—Pues mamá va a volver, solo tienes que pagarle sus deudas y vendrá.

Entonces vio que las cartas estaban abiertas encima de la mesa, me miró furioso y me echó un buen rapapolvo.

—¿Quién te ha dado permiso para abrirme el correo? —vociferó—. Eso pasa porque estás todo el día perdiendo el tiempo, ¡no puede ser!

Pocas veces le había visto tan enfadado conmigo. Me eché a llorar.

—Vale, pues perdón. No sabía...

—No tienes que leer mis cosas. Vete al dormitorio y no salgas.

Al cabo de un rato, le oí tocar el violín. Era la manera que tenía de calmarse. Creo que soñaba con el regreso de mi madre, añoraba la vida de familia, que en el fondo le dejaba más tiempo para él. Y tenía demasiadas deudas en Barcelona que estaban frustrando sus planes.

Por la noche, cuando se le pasó el enfado, me atreví a preguntarle:

—La señora Pilar G., ¿quién es?

Me miró sorprendido.

—¿Quién te ha hablado de Pilar?

—Lo leí en la carta de Paquita. Dime padre, ¿quién es?

—Los niños sois todos iguales, unos curiosos, unos metomentodos.

—Dime —insistí yo—. ¿Quién es?

—¿Ves como no tienes que leer mi correspondencia? ¡Son cosas que a un niño no le importan! —Debió de darse cuenta de que no iba a soltar la presa tan fácilmente. Suspiró largamente y con aire vencido, claudicó—: Pilar G. es Pilar Guastavino. Era mi mujer, con la que me casé legalmente y por la Iglesia, pero ahora no estamos juntos.

—Entonces... ¿mamá?

—Tu madre es... tu madre. También es mi mujer, si se puede decir así, pero nunca nos casamos.

Me quedé un poco confuso, luego saqué mi conclusión.

—¡Tienes dos mujeres, padre!

Que mi padre fuera bígamo me parecía prodigioso; era como si tuviera poderes.

—Las tuve... ahora estoy a dos velas, ya ves —admitió, mirándome con un gesto de complicidad—. Primero me dejó Pilar, luego tu madre. Tengo poca suerte con las mujeres, aunque creo que tu madre va a volver.

—¿Por qué te dejó Pilar?

—Me dejó cuando se enteró de tu existencia.

—¿Tengo yo la culpa?

—No, tú no tienes la culpa de nada.

Me apretó la cabeza y me dio un beso sonoro. Entonces caí en la cuenta.

—Ahhh, ¡ya sé quién es! Es una señora que vino a casa hace tiempo, en Barcelona, en el mismo coche de caballos que usabas tú, y con tu cochero, por eso me acuerdo.

—Los niños os fijáis en todo.

Lo dijo con orgullo de padre, sin tono de reproche. Le conté que ese día estaba jugando en la calle y vi a aquella señora salir del coche y subir a casa y que al poco mi madre me dio una voz por la ventana para que subiese a saludar.

—Le di un beso y se me quedó mirando fijamente, como si fuese un bicho raro. De pronto se echó a llorar y salió corriendo, ¿y sabes qué, padre?

—¿Qué?

—Que casi se cae rodando por las escaleras, por eso me acuerdo. Mamá me dijo que se llamaba Pilar, pero que no sabía quién era.

—Vaya lío, Rafaelito.

Ese lío me fascinaba porque era como abrir una caja que en su interior contenía otra con una sorpresa, y dentro otra..., como una especie de muñeca rusa. Mi padre me contó que después de aquella visita de Pilar a mi madre, que le había servido para confirmar mi existencia, la de un Rafaelito Guastavino, hijo reconocido de don Rafael, le pidió la separación, ¡y se quedó con todo el dinero del matrimonio! Que de ahí venía su ruina.

Pero que, para mí, añadió, la vida había sido justa: si por una parte me había quitado la mitad de mis hermanas, me daba ahora la mitad de unos hermanos, los hijos de mi padre y de Pilar, que ya eran casi unos señores. Me dijo que yo me parecía mucho a Pepe, el mayor, y que tenía dos más, Ramón, el segundo, y Manuel, el más joven. Y que los quería mucho y los echaba de menos. Si mi padre pensaba que a cada revelación su imagen se empañaría, la verdad es que ocurría lo contrario; en mi mente infantil su figura se agrandaba al ritmo pasmoso en que la familia se multiplicaba. De modo que seguí acribillándole a preguntas. Poco a poco me enteré de que en Barcelona vivieron en una mansión que él había construido «con unas técnicas y materiales vanguardistas», explicó, y que repartía su tiempo entre las dos casas, entre sus dos familias. También supe que mis medio hermanos se habían trasladado a un país muy lejano llamado Argentina, para evitar la «llamada a quintas», y que Pilar se disponía a reunirse con ellos. La leva forzosa era el terror de las familias. Me dijo la suerte que tenía de estar aquí, en Estados Unidos, porque así nunca podría ser carne de cañón para los ejércitos españoles.

Se le olvidó el disgusto de que le hubiese leído las cartas y nos reconciliamos, lo que me ayudó a mitigar la añoranza que sentía por toda esa gran familia dispersa por el mundo, y que por causas totalmente ajenas a mi persona no podía disfrutar.

7

Al día siguiente, me despertó con su estruendosa voz: «Rafaelito, vamos a buscarte un colegio». Me pareció una pésima idea, intenté disuadirle, pero no lo conseguí. Ya habíamos visto un colegio público, con mis hermanas, nada más llegar, pero a mi madre no le gustó porque el sitio era oscuro y sucio. Además, mi padre pensó que sería muy difícil adaptarnos a esas clases abarrotadas de pequeños irlandeses pelirrojos, visto que nuestro nivel de inglés era nulo, o casi.

De modo que descartamos la escuela pública. Fue entonces cuando mi padre declaró que nos daría clase en casa, pero al final siempre había una excusa, de su lado o del nuestro, para saltárnosla.

—Padre, no quiero ir a ningún colegio. Mejor aprendo contigo.

—No puedo enseñarte inglés, y necesitas aprenderlo cuanto antes, para luego ayudarme.

—¿Pero es que tú nunca vas a aprenderlo?

—No creo que pueda, los idiomas se aprenden a tu edad, de niño.

—No quiero ir al colegio, padre.

—En Barcelona ibas, y no te quejabas.

—Pero aquí no entiendo nada. ¿Cómo quieres que aprenda, si no entiendo lo que me dicen?

—Acabarás entendiendo. Lo que no puedes hacer es el zángano todo el día.

Por la tarde, fuimos a visitar la Sachs School, en la 34 y Broadway, un colegio recomendado por el artista Domingo Mora, que hacía dibujos para la revista *La Llumanera* a la vez que trabajaba en la fachada del Metropolitan Opera House. Formado en la Escuela de Bellas Artes de París como «escultor arquitectónico», Domingo y mi padre se hicieron muy amigos. A ambos les interesaba la escultura y todo lo que tuviera que ver con técnicas de construcción. Domingo fue el primero en invitarnos a un acto público, en mayo. Ataviados con nuestras mejores ropas, fuimos a la inauguración del monumento al general Farragut, en Madison Square Park, considerado el trabajo escultórico más importante de Nueva York porque rompía con el formalismo y la rigidez que imperaban hasta entonces. Si menciono esto es porque mi padre conoció ese día al autor del zócalo de la escultura, el célebre arquitecto Stanford White, un personaje extravagante y generoso con quien se volvería a encontrar años más tarde, y que se convertiría en su gran amigo americano.

Para llegar a la escuela Sachs, hicimos el trayecto en el tren elevado de la Sexta Avenida, el tren de Navarro. Dentro de los coches el calor era tan infernal que algunos pasajeros salían y pedían que les devolvieran el billete. Pero más valía soportar el calor que el bullicio de la calle Broadway, bloqueada por carruajes a vapor y tirados por caballos, siendo casi imposible cruzar de una acera a otra. Mi padre, fascinado por los detalles de la construcción, me mostraba cómo el tren se apoyaba a la altura de los primeros pisos de las casas en vigas transversales sostenidas por pilares de hierro fundido... Pero a mí me dolía la tripa por la angustia. La escuela Sachs, conocida por su disciplina estricta, era muy distinta de los colegios públicos. En un opulento despacho de un edifico señorial, el dueño y director, de origen prusiano, nos dijo que su establecimiento ponía el énfasis en los clásicos, las matemáticas y el alemán. Y la disciplina, lo que parecía interesar mucho a mi padre. Cuanto más interés mostraba, más horrorizado estaba yo. Zanjamos la visita un poco antes de que terminasen las clases. En los pasillos flotaba un aire solemne que me puso los pelos de punta. Sonó el timbre y nos vimos rodeados de alumnos rubios, vestidos de uniformes impecables que salían con libros bajo el brazo hablando perfectamente inglés. A mí no me gustó ese ambiente. Fuera, la calle era un caos de coches de caballos y carretas; las mamás venían a recoger a sus niños. En la acera esperaban las gobernantas y el personal de servicio. Yo intentaba explicarle a mi padre que ni era hijo de un acaudalado norteamericano, ni era protestante ni tenía por qué aprender alemán. Le supliqué que no me enviase a ese lugar, que esos niños me iban a devorar. Oímos una risa cristalina, y una voz que dijo:

—No, chiquito, aquí nadie te va a comer. —La miré con estupor—. Es una escuela muy buena.

—¿Ves, Rafaelito? No hay de qué asustarse —dijo mi padre.

Se giró hacia ella. Era una mujer joven, guapa, menuda, con el pelo color azabache recogido en un moño, grandes ojos negros y una sonrisa luminosa que dejaba ver una hilera de dientes muy blancos.

—Usted debe ser mexicana... —le dijo.

—Puritito de México capital. —Se llamaba Francisca Ramírez, venía a recoger a los niños de la familia en la que trabajaba, un par de niños rubios, repeinados y bien vestidos. Su inglés era fluido, sin apenas acento. Les apretó contra su regazo—. Soy la institutriz de estos demonios.

Mi padre, visiblemente impresionado por el atractivo y el desparpajo de la mujer, enseguida le echó el lazo.

—No quiero abusar de su amabilidad, pero voy a necesitar su consejo para escolarizar a mi hijo.

—Será un gusto, no sé si podré ayudarle.

—¿La podemos acompañar un trecho?

—Sí, nomás.

Enfilamos calle arriba. Los dos niños y yo, unos pasos detrás, nos mirábamos de reojo. Mi padre estaba feliz de hablar español con esta hermosura bilingüe. Le contó que éramos recién llegados, que era un arquitecto español, lo que la impresionó, que no me veía en un colegio público y que en este tenía sus dudas.

—Necesita un nivel mínimo de inglés —dijo ella.

—¿Usted nos podría ayudar? Me refiero a darle clase.

—Quizás, tendré que preguntarle a la mamá de estos niños, que es mi patrona.

Ella llevaba siete años en Nueva York, se notaba que conocía bien la ciudad y las costumbres norteamericanas. Tenía un pie en ambos mundos. Nosotros también flotábamos entre dos mundos, el de los pobres y el de los ricos de Nueva York, sin pertenecer a ninguno.

8

Al final, mi padre desistió de la Sachs School, no por lo que costaba, porque si se hubiera convencido de que era buena para mí, habría hecho el esfuerzo. Pero convino que Francisca tenía razón: yo carecía del nivel de inglés mínimo para aprovechar las ventajas de ese colegio. Sentí que había ganado la partida: nada de escuelas, me quedaba en casa.

Toda esa discusión sobre mi educación sirvió para que mi padre y Francisca intimasen. Ella era una mujer instruida y resolutiva, lo más diferente a mi madre que uno pudiera imaginar. Era hija de una profesora de instituto de ciudad de México, separada de su padre, un político local, lo que ya indicaba una familia poco común. A él lo mencionaba poco, excepto para contar que era muy aficionado al mezcal. Alguna vez dio a entender que era alcohólico, pero Francisca no hablaba mal de nadie, menos de su propio padre. De su madre hablaba con auténtica devoción.

Al cabo de unos días, ella le hizo saber que disponía de las mañanas libres, siempre y cuando uno de los niños a los que cuidaba no cayese enfermo, y que cobraba por horas. Mi padre no regateó y la contrató para que viniese a darme clases de cálculo y de inglés.

La presencia de la mexicana aportó la estabilidad que mi padre necesitaba para su trabajo. Salía a sus citas con libertad. O se quedaba a dibujar y a escribir su correspondencia. O iba a correos y a veces traía un pastel de chocolate de Fleischman's, la nueva confitería vienesa. Me lo traía a mí, pero también para que Francisca se quedase más tiempo, estoy seguro.

A veces, en su deambular, se detenía a observar alguna que otra obra. Analizaba el método de construcción. Observaba cómo en los forjados se utilizaban cada vez más piezas de terracota en combinación con perfiles de hierro. También le gustaba preguntar por el precio de los solares. Tenía la intención de lanzarse a construir, él también, si no conseguía ser contratado por algún arquitecto o alguna empresa; para eso había traído dinero de España, para emprender en la tierra de los emprendedores. Dibujar por veinticinco dólares semanales le permitía sentirse ocupado y le proporcionaba contactos, pero no pensaba dedicarse a ello siempre.

Me encariñé con Francisca, cuya mezcla de firmeza y calidez conseguía hacerme olvidar la congoja de estar sin mi madre. Sabía tratar a los niños. Varias veces me llevó a la casa donde trabajaba, por no dejarme solo si mi padre volvía tarde ni a cargo de una desconocida contratada deprisa y corriendo. Encontrarme en un ambiente familiar me reconfortaba. Practicaba inglés con la madre de los dos niños rubitos, que estaba en silla de ruedas, y aunque sus hijos eran más pequeños, me divertía jugar con ellos y hacerles reír como lo había hecho con mis hermanas. Al acostarme pensaba en la Paqui, en Engracia, y me preguntaba qué estarían haciendo en ese momento. Y echaba de menos el beso de buenas noches de mi madre y esos instantes de intimidad y ternura, antes de dormir, en que me perdonaba las travesuras del día.

Pero mi cita con un colegio seguía siendo ineludible. Como se lo recordó Francisca a mi padre, en Nueva York ya era obligatorio, por ley, que los niños de entre ocho y catorce años acudiesen a la escuela.

—Aunque no fuese obligatorio, este niño tiene que ir al colegio —admitió mi padre—. Pero ¿a cuál?

Le contó nuestras peregrinaciones por las diferentes escuelas y la dificultad de encontrar una que fuese adecuada.

—Métale en una *one room school* —le propuso Francisca.

No habíamos oído hablar de esos colegios, más pequeños y flexibles, donde impartían clase a niños de todas las edades, mezclados, en una misma casa.

Por eso se llamaban «escuelas de una sola habitación». Era el sistema que se empleaba en los pueblos, aunque también existía en Nueva York.

Fuimos a visitar dos de esas escuelas, que se encontraban lejos del centro. Ambas estaban atestadas de hijos de inmigrantes; en una de ellas había sesenta niños, de todas las edades, y un solo profesor. Que los colegios estuvieran tan saturados se debía a la ley que, siete años antes, en 1874, había impuesto la educación obligatoria en el estado de Nueva York. Según los políticos, era la manera más eficaz para que niños de orígenes muy diversos se adaptasen a la vida americana. Pero a los inmigrantes recién llegados, que trabajaban a destajo, lo que les venía muy bien era quitarse a los vástagos de encima; veían el colegio como una guardería. Mi padre lo que veía era que, sin dominar bien el idioma, estaríamos condenados a ser ciudadanos de segunda.

A mí me alegraba que se estuviera quedando sin opciones. Prefería de lejos que Francisca siguiera ocupándose de mi educación, aunque ella opinase que así no me iba a integrar nunca. Lo pensaba sinceramente; creo que Francisca me quería de verdad.

—Quizás sea mejor mandarle interno durante la semana, a las afueras —sugirió Francisca—, y que venga los fines de semana a casa con usted.

Me opuse con todas mis fuerzas a lo que me parecía otra mala idea, pero mi padre se dio cuenta de que era la mejor solución, y la única posible. Francisca le sugirió buscar colegios en la sección de anuncios de los periódicos y mi padre se dedicó a ello metódicamente. Todos los días salía al quiosco y volvía cargado de diarios. Hasta que un día le llamó la atención una *one room school* en el campo, que enseñaba a una docena de niños en régimen de internado. Anunciaba una casa grande en una granja y una vida «de familia» bajo la tutela de los dueños, el matrimonio Whitlock. En Connecticut, a una hora de Nueva York. Era caro, mucho más de lo que mi padre había considerado, pero le dio igual.

—Rafaelito se lo merece todo —dijo.

Me encontré sin escapatoria ante una decisión que sentí como un castigo cruel. No solo tendría que asistir a clases en un idioma que desconocía, no solo me iba a quedar sin hogar y sin mi padre, sino que me iban a exiliar a un pueblo, apartado de todo lo que conocía. Encerrado en una casa ajena con una familia postiza. Desterrado.

—Te va a venir muy bien —afirmó mi padre.

El intercambio de correspondencia con los Whitlock no hizo más que confirmar su voluntad de mandarme allí. Era lo que había estado buscando, según él. Gente afable, hospitalaria y afectuosa, que educaban a niños de entre seis y doce años en una *one room school*. Se sintió muy satisfecho de haberme encontrado algo más que un colegio: una familia.

—Es justo lo que necesitas.

Estaba de acuerdo, necesitaba una familia, por eso estaba tan aferrado a la mía, la que el destino —o quizás mi madre— me habían arrebatado. Y ahora mi padre.

Recuerdo aquella época —entre el momento en que mi padre decidió enviarme con los Whitlock y el día en que salimos de casa— con auténtico espanto. Nada de lo que me decía me servía de consuelo. Me sentía arrastrado en una cascada de abandonos, sin ver el final. Hasta Francisca me dejaba. La puntilla de esa tortura fue saber que no volvería los fines de semana porque Connecticut quedaba demasiado lejos.

—Volverás en vacaciones y yo iré a verte, te lo prometo.

Pero en la familia ya habíamos aprendido a no creernos esas promesas suyas.

—Luego estarás ocupado con tus cosas y no vendrás —le dije—. A ti solo te interesa tu trabajo, me lo dijo mamá.

Mi padre me miró con extrañeza y me apretó fuerte contra él.

—No digas eso, hijo. Quiero lo mejor para ti... He visto que tienes arte para el dibujo, vamos a hacer grandes cosas juntos. Con lo que vas a aprender en esta escuela y lo que te enseñaré, podrás hacer lo que quieras en la vida. Quiero que tengas dinero en el bolsillo para ser independiente. Joven y con dinero... ¿qué más se puede pedir? Eso es lo que quiero para ti.

Pero no eran argumentos que hicieran mella en mí, era demasiado niño para ver tan lejos en la vida.

—Quiero ir al circo —le dije a bote pronto, como para vengarme de todas mis desgracias.

Me habría llevado a la luna si se lo hubiera pedido. Pero yo quería ir al Barnum & London Circus, que estrenaba temporada en el hipódromo, lo que más tarde se convertiría en el Madison Square Garden. Quería ver de cerca al animal que anunciaban como «el amigo de los niños del mundo», un elefante gigantesco que pesaba seis toneladas y media y que se llamaba Jumbo. Francisca había llevado a los rubitos y salieron entusiasmados, por eso yo también quise ir. Nunca olvidaré aquel día en el circo porque fue el espectáculo del que más disfruté en mi vida. El elefante era como una catedral de la selva trasplantada al corazón de Manhattan. Además, un enano llamado Tom me hizo reír a carcajadas, y luego apareció una joven giganta, y unos hermanos siameses y una famosa mujer barbuda. Mi padre estaba feliz de verme contento. Y yo de estar con él, solos en ese circo lleno de una vida rara y sorprendente, boquiabiertos ante las acrobacias y los trapecistas.

—Su vida depende de lo concentrados que estén y de lo precisos que sean sus movimientos.

Mi padre a todo le sacaba una lección.

9

Anochecía cuando nos bajamos en la estación de South Wilton, en Connecticut. Un coche de caballos nos llevó, entre campos cubiertos de una fina capa de nieve, hasta la granja del matrimonio Whitlock. Llegamos tiritando, y enseguida nos acomodaron junto a la chimenea. Ella tenía una sonrisa maternal que a mi padre le gustó; él era más rústico, un poco rígido. Nos acogieron como si fuésemos de la familia, invitándonos a compartir su cena y mostrándose genuinamente hospitalarios, como suelen serlo los norteamericanos. Creo que mi padre les impresionó, con su porte elegante de señor europeo, sus patillas y su bigote cuidadosamente recortados, bien trajeado y chapurreando inglés sin complejos. Se hacía entender por la única fuerza de su voluntad. Cuando ignoraba una palabra, es decir, casi siempre, la decía en español, pero añadiendo *ing* al final. Me daba un poco de vergüenza ajena, pero a los Whitlock les hizo gracia.

Yo estaba compungido, rodeado de niños que ya se burlaban de mi inglés incipiente. El dormitorio, iluminado por la luz de la estufa, era una habitación grande con camas individuales de hierro y techo abuhardillado de vigas de madera. Mi padre me estaba ayudando a guardar la ropa y los cuadernos que Francisca había colocado cuidadosamente en una maleta, en la que había añadido una nota: «Chiquito mío, pórtate muy bien, que le voy a pedir a nuestra Virgencita de Guadalupe que te cuide. Un millón de besos». De pronto se formó una algarabía porque un pájaro se coló en el cuarto y chocaba con las ventanas. Sentí miedo; no estaba acostumbrado a la vida en el campo.

Cuando llegó la hora de separarnos, me abracé muy fuerte a mi padre.

—No me dejes aquí.

—Te va a ir muy bien, vas a ver qué rápido vas a hablar inglés.

—Quiero volver contigo, padre.

—Tienes que aprender a valerte por ti mismo.

Todavía siento un nudo en el estómago cuando recuerdo aquella despedida. Yo no quería valerme por mí mismo, quería permanecer siempre a su lado, ser su sombra, sentir el calor de su protección. Estaba convencido de que a su vera nada malo podría ocurrirme nunca. Ahora me doy cuenta de que, al darme ese pequeño empujón, me hizo un favor, me ayudó a hacerme un hombre. Pero entonces no lo entendí, solo veía que mi padre me abandonaba en una tierra extraña, en manos de gente desconocida. ¿Cómo podía hacerme eso? ¿Por qué querían librarse de mí?

Años después, mi padre me confesó que para él no había sido nada fácil dejarme aquel día con los Whitlock; que el regreso a Nueva York, solo en el tren, había sido un momento aciago. También a él lo habían abandonado, y conocía ese sentimiento. Unos meses atrás tenía una familia completa, ahora se quedaba solo en la gran ciudad. Bueno, no tan solo, sospecho que Francisca le hacía compañía de vez en cuando...

Yo me quedé dos años con los Whitlock.

Fueron mi familia, en todos los sentidos. Tanto fue así que olvidé la mía propia. Una mañana recibí una carta de Barcelona, a mi nombre, que mi padre me había reenviado al colegio desde Nueva York. Reconocí la letra de Paquita. ¡Cómo le gustaba escribir y qué mal lo hacía!

Mi queridísimo hermano:

Después de saludarte paso a decirte que encuentro mucha extrañeza que tú no te hayas dignado (sic) dirigir unas cuantas rayas a mamá. Es claro como que tú ya no te acuerdas de ella; y ella la pobre tanto que se acuerda de ti, todo el día no haría sino llorar; siempre nombrando tu nombre. Es natural que tú no te acuerdes de mamá como que tu papá ya se adado (sic) prisa para buscarte una institutriz para que te olvides de ella; pero, Rafaelito, tienes que comprender que por mucho que esta mujer te quiera y te cuide, nunca llegará a cuidarte y a quererte tan bien como nuestra mamá que de todos modos nunca debes olvidarla, ella te quiere y te querrá toda tu vida; nuestros postres de cada día son ver a mamá llorar y oír nombrar siempre a tu nombre. Recibe un millón de besos de mamá, la abuelita y de Engracieta, y tú recibe el corazón de tu hermana que te quiere muchísimo.*

S. S. Paquita

Era una carta concebida para que presionase a mi padre; no debían saber que vivíamos lejos el uno del otro. No le contesté. Tampoco escribí a mi madre, a pesar de que Francisca me había insistido varias veces en hacerlo. Era mi forma de castigarla por haberse ido. Enfrascado en aquel mundo nuevo en el que combinábamos la vida del campo con los estudios, sin ver a mi padre durante largas temporadas porque, tal y como había previsto, estaba siempre muy ocupado, no pensar en mi madre ni en mi vida anterior era fundamental para sobrevivir. Por eso no contesté a la Paqui, ni a mamá, porque ya estaba soñando en inglés, y escribirles

---

* La «abuelita» era en realidad la tía abuela Esperanza Moreno Ebrí, de la que Rafael Guastavino Moreno se ocupó porque se había quedado sin recursos y sin techo donde vivir.

me hubiera devuelto a un mundo del que sentía que me habían apartado. Ojos que no ven, corazón que no siente: uno tiende a evitar lo que duele. Los niños son más fuertes de lo que los adultos pensamos. Sufren con la separación de los padres, más aún si se quedan huérfanos, pero salen adelante, qué remedio. La vida puede más que la ausencia.

Que mi padre no viniera con asiduidad no significaba que no estuviera al tanto de mi vida. Al contrario, vivía muy pendiente de mis progresos porque mantenía correspondencia con los Whitlock a través de Francisca, que le escribía las cartas en inglés. Le decían que era un chico brillante y trabajador, que ya conseguía hacerme entender y que, de seguir así, pronto haría de tutor de los más pequeños. Me hacía saber lo orgulloso que estaba de mí en sus cartas que llegaban con paquetes de comida, algún que otro libro, chucherías, cromos y ropa que me mandaba Francisca. Era su manera de compensar la escasez de sus visitas.

Porque su vida personal era un caos. Tenía mucho trabajo; me escribió varias veces desde Nueva Jersey, donde acompañaba a su amigo Domingo Mora, que había sido nombrado director de diseño de la Terra Cotta Company, una empresa que fabricaba ladrillos, más finos y alargados que los otros dos tipos de ladrillo que se usaban en aquella época en Estados Unidos, el «standard» y el «norman». Me los imaginaba a los dos, con sus bigotes poblados y, en el caso de Mora, su imponente perilla, discutiendo en un inglés macarrónico con jefes de obra, probando la solidez del ladrillo.

Mi padre también arrastraba mucho lío familiar, como puedo comprobar ahora leyendo su correspondencia, y muchas deudas, que había dejado al salir de España. El equipaje de su vida anterior, de la que me faltan conocer partes para entender el porqué de lo que nos fue pasando, era un pesado lastre.

10

Mi padre nació el 1 de marzo de 1842, fue el quinto hijo de los catorce que tuvieron mis abuelos Rafael Guastavino y Pascuala Moreno, de los que solo siete llegaron a la edad adulta. Vio la luz en Valencia, al pie de la catedral, en una modesta vivienda alquilada en la calle Puñalería, 11, donde también vivían la abuela materna y una tía soltera, Esperanza Moreno Ebrí, que tuvieron que marcharse por falta de espacio, al nacer el quinto hijo. Aquella casa servía de taller de ebanistería a mi abuelo, que había aprendido el oficio de su padre, Davide Giuseppe, el músico huido de Italia y convertido en constructor de pianos. Su vena artística se manifestaba cuando le encargaban trabajos que no tenían relación con la albañilería, como las puertas labradas de la seo de Urgell, o una cabeza tallada de un Cristo con espinas que durante años fue la admiración de la parroquia. La ventaja de tener un padre ebanista con tantos hijos es que era muy ducho a la hora de fabricar los mejores juguetes de madera e instrumentos musicales del barrio. Gracias a una flauta tallada que un día le regalaron, la familia descubrió que el niño tenía un oído finísimo; eso, unido a la honda tradición musical de Valencia, le fomentó una temprana vocación.

Más tarde se mudaron a la calle Verónica, muy cerca de donde el dominico Vicente Ferrer, el patrón de la ciudad, un santo muy querido en Valencia, realizó uno de sus milagros allá por el siglo xv. Dicen que un día, viendo como un albañil caía de un andamio, alzó el dedo y lo detuvo en el aire hasta bajarlo suavemente, salvándole la vida. Eran tantos sus milagros que el obispo de la diócesis le prohibió que obrara ninguno más ante el revuelo que se formaba cada vez que devolvía la vista a un ciego o el oído a un sordo. Mi padre me contó que él y sus hermanos crecieron acunados por las historias de ese santo que viajaba siempre a pie, sin bagaje ni dinero, y allí por donde pasaba curaba las llagas de un niño desahuciado o hacía que brotase agua de un manantial seco. Todos los años, el 5 de abril, aniversario de la muerte del santo, la familia Guastavino al completo, de punta en blanco, acudía a la solemne misa en la catedral oficiada por el arzobispo, a la que asistían las autoridades. Luego todos desfilaban en procesión por los lugares donde el santo había obrado sus milagros, hasta terminar en su casa natal. No es de extrañar que dos tíos míos, hermanos de mi padre, acabasen metiéndose a cura y fraile, respectivamente, al igual que su hermana, la tía Magdalena, que se hizo monja.

Valencia era entonces una ciudad de ciento cuarenta mil habitantes y mi padre recordaba sus calles tortuosas concurridas por labriegos que, con sus útiles de labranza, iban y venían de la huerta, el perfume a azahar, la multitud de torres, cúpulas azules y jardines en los que descollaban algunas palmeras, su aire de ciudad árabe que duró lo que duró su infancia, porque enseguida se fue transformando al ritmo de la revolución industrial. Por las calles anchas y alejadas del centro, la gente ataviada con trajes populares paseaba a la sombra de chopos y plátanos, y los ricos lo hacían en sus tartanas —esos carros de dos ruedas tirados por una mula—. En vísperas de las fiestas patronales se encendían hogueras y luminarias, preludio de lo que más tarde serían las fallas. La ciudad contaba con murallas antiguas, tres hospitales, una universidad, doce colegios, un conservatorio de artes, un museo, dos bibliotecas públicas, un hipódromo, un reñidero de gallos, dos cárceles y multitud de fábricas, de las que ciento setenta y cuatro eran de tejidos de seda. Entre sus notables edificios públicos, hubo dos que dejaron su impronta en la mente del joven Rafael: la catedral y la Lonja de la Seda. La catedral, porque dominaba la plaza y era imposible salir de la vivienda familiar sin sentirse intimidado, yo diría que hasta acomplejado, por esa mole surgida de las profundidades de la historia —abarcaba el románico, el gótico y el Barroco— y cuyo campanario pautaba la vida del vecindario. Mi padre me hablaba de la impresión que le causaba cuando volvía a casa y, justo después de una esquina, se topaba con la puerta de los Hierros, la principal, que aparecía como por arte de magia, enmarcada por los edificios de la angosta calle Zaragoza. Diseñada por un discípulo de Bernini en la más pura tradición del Barroco italiano, aquella magnífica puerta creaba un singular efecto de perspectiva. Mi padre siempre me la ponía de ejemplo cuando teníamos que hacer proyectos donde estábamos limitados por el espacio. También me contaba que, de pequeño, durante la misa —obligatoria los domingos y fiestas de guardar—, los acordes del órgano le sacaban del tedio de la liturgia. Siempre fue sensible a la música, era incapaz de quedarse en casa cuando escuchaba una banda municipal que surgía por una de las bocacalles de la plaza Redonda, reventada por obras que no terminaban nunca.

A la Lonja de la Seda iba con su madre y sus hermanos después de pasar por el mercado de los Pórticos, donde compraban hortalizas y frutas en los puestos cubiertos de toldos, los famosos *envelats* que mi padre me enseñó en alguna foto. Acababan en las *covetes* de San Juan, unas tiendecillas semienterradas que ofrecían desde alpargatas hasta utensilios de cocina. Pero, sin duda, el lugar más animado era la Lonja, el gran templo del comercio con sus muros almenados coronando la ciudad, su aire de castillo medieval, bañado por el aroma a azahar y a jazmín del patio de los Naranjos. Construida por mercaderes valencianos a finales del siglo XV, sus columnas evocaban troncos de palmera, helicoidales, perfectas, que se abrían a veinte metros de altura para formar nervaduras y bóvedas, entonces pintadas de azul con estrellas doradas, como una representación del firmamento. Para mi padre, fue el símbolo del paraíso de su infancia —y también de su abrupto final—. De niño se escapaba a hurtadillas para jugar al escondite en el espacio que existe entre el techo y la cubierta de madera, un paisaje de montículos y cambios de rasante que suben y bajan y al que se accedía por una escalera de caracol que tantas veces nos sirvió de inspiración... ¿Cuántas escaleras habremos construido en Estados Unidos en homenaje a la de la Lonja? Cuando no había niños con los que jugar, se tumbaba encima de una bóveda en compañía de los gatos, y soñaba despierto, en duermevela, por encima del murmullo del mundo. Así fue empapándose de ese «espacio magnífico», como fue descrita la Lonja, de esa «impecable maravilla» de la que mi padre decía que respiraba exactitud, proporción, elevación, grandeza. ¿No era eso a lo que debía aspirar toda creación arquitectónica? Tuvo siempre la Lonja en el corazón, y la trajo consigo a Estados Unidos. Cuando le encargaron el pabellón español en la Exposición Universal de Chicago de 1893 construimos una réplica. Por eso la conozco en sus íntimos detalles y podría recorrerla con los ojos cerrados, y subir por esa escalerilla, tan ligera que parece elevarse sola hacia el cielo, sin caerme. Y reconocería sus veintiocho gárgolas que representan monstruos, animales fantásticos y personas en actitudes indecorosas, como la que muestra una mujer masturbándose a horcajadas en una columna o la de una pareja fornicando en las arquivoltas de la puerta principal, porque mi padre me contó que aquellas estatuas despertaron su curiosidad sexual. Debió de ser un niño precoz. Con su imaginación encendida veía en las columnas salomónicas de la parroquia de San Andrés flancos de mujer... Es cierto que un alma sensible no podía mantenerse indiferente ante la sensualidad que emanaba de aquellas esculturas, de aquella arquitectura, de tanta belleza. Porque no era solo la Lonja, estaba la iglesia de San Nicolás, la de San Esteban, el claustro del convento de Santo Domingo con sus bóvedas, las más antiguas de la ciudad, y la basílica de los Desamparados, que nos sirvió de inspiración para construir la iglesia de San Lorenzo en Asheville, donde ahora reposan sus restos, los de aquel niño valenciano que creció entre dos mundos, entre la tradición mediterránea y el futuro industrial.

De su infancia y juventud, compartió conmigo varios recuerdos dispersos, esos que dejaron su huella de manera especial. Estaba acostumbrado al fuego porque vivía en una ciudad que lo veneraba. Los petardos, los fuegos artificiales y las hogueras formaban la esencia de las fiestas, herederas de una antigua tradición pagana. Todos los años, a raíz de las hogueras de San Juan, se desataban incendios pavorosos en las barracas de pescadores de los barrios marítimos. Pero el incendio que le marcó fue el de la casa consistorial, muy cerca de donde vivía, en cuya extinción tuvo que participar, con palas y cubos de agua, al igual que sus hermanos, los demás vecinos y el cuerpo de bomberos. Que un edificio tan imponente acabase reducido a cenizas en tan poco tiempo le dejó anonadado. Lo que parecía sólido y eterno se revelaba de una fragilidad pasmosa. De aquella experiencia supo sacar una lección que le fue útil cuando quiso marcharse a conquistar los Estados Unidos.

Otro de los recuerdos que dejó en él una profunda huella fue cuando, al salir de la escuela, se topó con unos frailes de la caridad que recorrían las calles haciendo sonar unas campanillas anunciando la inminente ejecución de un reo. Las ejecuciones por garrote vil tenían lugar en la plaza del Mercado y, como si de un espectáculo público se tratara, eran anunciadas días antes para todo aquel que quisiera presenciarlas. La función pasaba a ser una diversión macabra a la que mi padre, siendo un niño, quiso sumarse. El abuelo, que había sido contratado para montar las vigas del patíbulo, se lo prohibió. Pero la curiosidad pudo más y mi padre se escapó para ser testigo del morbo de los espectadores que preguntaban si se desmayaría el reo o blasfemaría enloquecido como un endemoniado. Ni se desmayó ni blasfemó. Se bebió de un trago la copita de anís que los frailes le ofrecieron, y solo dijo: «No me molesten más y terminen pronto». A mi padre la templanza de aquel hombre le pareció heroica. La ejecución le provocó un impacto, una desconfianza profunda en esa España medieval y oscura, y un miedo cerval a los hombres de uniforme y a los procedimientos de justicia.

11

Si Valencia tenía un pie en la Edad Media, el otro lo tenía bien puesto en su siglo. La modernidad se abría paso a golpe de derribos. Estaba permanentemente en obras, bien por la construcción de grandes edificios, bien por la urbanización de nuevas plazas y calles anchas y pavimentadas. La niñez de mi padre vio surgir el teatro Principal y la plaza de toros, así como fuentes públicas y el alumbrado de gas. La imagen de Valencia como ciudad peligrosa de callejuelas oscuras y estrechas comenzó a diluirse en el imaginario popular.

De la misma manera que yo en Nueva York empecé a trabajar muy joven con mi padre, nada más volver del colegio de los Whitlock, en Valencia mi padre tuvo que ayudar al suyo, al abuelo, siempre sobrecargado de trabajo porque se utilizaba mucha madera en las construcciones. Como los hijos acostumbraban a heredar el oficio del progenitor, trabajar con el abuelo le permitió conocer los fundamentos de la construcción: por ejemplo, aprendió que la pasta de yeso fraguaba más rápido que el mortero de cal. Observó cómo se construían las escaleras con ladrillos ligeros, sin cimbra, pegados por el canto hasta formar una curvatura. Era la técnica que se utilizaba en Valencia, y que se remontaba a la arquitectura islámica. Lo llamaban bóveda tabicada porque se trataba de montar un tabique, una pared delgada de ladrillo estrecho colocado de canto. Con ese método se levantaban también cúpulas y bóvedas; casi todas las iglesias tenían alguna, y las escaleras de nueve mil edificios del centro histórico de Valencia estaban hechas así.

Mi padre ya conocía las bóvedas tabicadas, porque entre tanta demolición había visto cómo estaban hechas por dentro y había podido descifrar sus tripas.

Aunque él disfrutaba dibujando, hasta el final de la adolescencia mostró una clara preferencia por la música, quizás porque no estaba vinculada a ningún trabajo en el que tuviera que colaborar. Para él, la música fue siempre sinónimo de libertad. El tío Antonio* le daba clases de solfeo y le inició en el violín. Esos días, mi padre no se quedaba jugando en la calle, al contrario, llegaba puntual de la *escoleta* de la plaza Ancha de la Platería, donde su profesor le tenía por un alumno aplicado, sobre todo a la hora de ilustrar sus cuadernos. Más tarde tomó el relevo de las clases su primo hermano, el afinador de pianos, que también se llamaba Antonio** y que le ayudó a perfeccionar el manejo del violín. Mi padre se aficionó tanto que dijo que quería ser intérprete profesional.

A los doce años, terminó la instrucción primaria y se matriculó en las Escuelas Pías, uno de los pocos establecimientos que ofrecían estudios de secundaria. Seguía acudiendo a su profesor de primaria cuando necesitaba ayuda con los deberes porque siempre mantuvieron una excelente relación. De los otros profesores nunca me habló. Lo que recordaba bien era la iglesia pegada al colegio, las misas bajo la cúpula enorme, imponente como la de San Pedro o la de Florencia. Esa cúpula lo abarcaba todo, dominaba el espacio, le daba sentido al edificio, su razón de ser, como el

---

* Antonio Guastavino Buch (1810-1876), primogénito de Davide Giuseppe Guastavino y hermano mayor de Rafael Guastavino Buch, padre del arquitecto Rafael Guastavino Moreno.

** Antonio Guastavino Escribá (1837-1897), hijo de Antonio Guastavino Buch y primo de Rafael Guastavino Moreno.

Panteón de Roma, como la que estoy construyendo en San Juan el Divino, en pleno corazón de Manhattan. Me doy cuenta de que la visión de lo que estoy reproduciendo viene de la ensoñación de mi padre ante aquella cúpula, y de que ese sueño la ha mantenido viva, ha borrado el tiempo y la ha hecho eterna, para que yo ahora la replique, para que dentro de cientos de años algún discípulo la construya de nuevo, adaptándola, pero manteniendo su esencia y su grandeza. Siempre he creído que lo clásico nunca muere, porque la belleza es eterna. Cuando en esa iglesia se celebró el funeral por la muerte de su abuela, mi padre tenía catorce años. Ya fuese por los acordes del órgano, por la solemnidad del lugar, por los efluvios de incienso; ya fuese por la emoción de haber perdido un ser tan querido, el caso es que mi padre me contó que ese día sintió que aquella iglesia estaba viva, como lo podría estar un ser humano. La revelación de que los edificios tenían vida como la de sus creadores le llevó más tarde a pensar que, al igual que las personas, las edificaciones debían tener integridad, ser auténticas, coherentes, fieles a su razón de ser.

El abuelo, que no podía esperar a que el talento musical de Rafaelito le ayudase a sacar a la familia adelante, lo puso a trabajar por las tardes con él en el balneario flotante La Florida que el arquitecto municipal Sebastián Monleón, antiguo cliente suyo, construía en la playa. «Me gustaría que ganase experiencia y de paso algunos reales», le dijo el abuelo. Como era querido y respetado, y porque también era vocal del gremio de carpinteros de Valencia, el arquitecto admitió a mi padre. Había mucho trabajo. El éxito de los baños La Florida, cuya toma de aguas era recomendada contra el reumatismo y la obesidad, puso de moda estos establecimientos que remplazaban las populares *barraquetes* de nadar. Disponían de una gran piscina de agua de mar, de cuartos particulares con bañeras de zinc, de comedores con capacidad para trescientas personas, y hasta se habilitó un servicio extraordinario de trenes y tartanas para los desplazamientos desde el centro.

Aparte de los balnearios, Monleón abarcaba interesantes proyectos, entre los que destacaba la estufa del jardín botánico, un invernadero pionero en España con más de quinientos metros cuadrados de superficie acristalada, y la plaza de toros, de ladrillo y con forjados de vigas de madera. También tenía su propia fábrica de azulejos, San Pío V, que además de vender externamente, le servía como suministro de sus propias obras. Si cuento este detalle es porque nosotros, muchos años después, acabamos montando nuestra fábrica de ladrillos y azulejos en Woburn, Massachusetts, con innovaciones técnicas en el proceso de fabricación, y lo hicimos inspirados en el ejemplo de Monleón. Registramos un gran número de patentes, dieciocho invenciones de mi padre, que yo amplié a veinticinco.

Al darse cuenta de que el abuelo no tenía los medios para pagarle el conservatorio, mi padre fue olvidándose del sueño de vivir de la música. Además, en el trabajo oía decir que había que aprovechar las oportunidades que ofrecía la renovación de la ciudad. Al terminar el balneario, Sebastián Monleón le propuso trabajar en su despacho por las tardes, después del colegio. Mi padre hacía de delineante y recadero, a la vez que ayudaba a mi abuelo en el taller de ebanistería. Siempre mantuvo una gran afición al violín, su inseparable compañero, el amigo en el que se recostaba cuando necesitaba consuelo.

En el despacho de Monleón coincidía con Rafael, el hijo del arquitecto, de su misma edad*. Era un gran dibujante con vocación de pintor. Mientras mi padre hacía de corre-

* Rafael Monleón Torres (1843-1900) acabó siendo un pintor y grabador reconocido y hoy tiene obras en el Museo del Prado. También fue arqueólogo naval, y a él se debe la reorganización científica y el catálogo del Museo Naval de Madrid.

veidile, Rafael utilizaba las hojas y las instalaciones del despacho para sus dibujos, que nada tenían que ver con la arquitectura, y hasta decía en voz alta que no le interesaba la construcción, que quería ser artista. «A mi hijo le va la fama, lo que le gusta es firmar —decía el padre—. Pero la arquitectura es una cosa colectiva: ¿o es que alguien recuerda el nombre del que diseñó las pirámides?». Monleón decía que los arquitectos debían olvidarse de la gloria personal y dedicarse de lleno a expresar el alma del pueblo, sus necesidades y sus aspiraciones. No en vano estaba erigiendo una monumental plaza de toros, máxima expresión de la fiesta popular.

Mi padre renegaba de ese desparpajo de señorito que mostraba el hijo porque necesitaba llevar dinero a casa y se esforzaba todo lo que podía en conseguirlo. Tenía una gran baza a su favor: conocía el mundo de la obra desde la base, desde sus entrañas, mejor que muchos de los que trabajaban en el despacho. No solo por el abuelo carpintero y sus precedentes, sino también por la familia de su madre, judíos conversos aragoneses dedicados desde antiguo a la construcción. El eco de la fama del antepasado Juan José Nadal se transmitía de generación en generación. En las reuniones familiares se hablaba de cómo en el siglo XVIII, el célebre maestro de obras participó en la construcción de veintidós templos, algunos con envergadura de catedral, como la parroquia de San Jaime de Villareal. Mi padre la visitó en varias ocasiones de camino a las fiestas familiares que se celebraban en el pueblo de Torreblanca, en Castellón, de donde era oriunda la familia de la abuela. Era imposible no caer rendido de admiración ante la cubierta de tejas esmaltadas en azul, en forma de ojiva, que reflejaba los destellos del sol; ante la magnificencia de la nave central y su bóveda de luneta; ante la belleza de las laterales, de arista o ante la cúpula que se elevaba sobre el tambor y que también estaba hecha por el procedimiento de la bóveda tabicada. Le parecía un milagro que algo tan mayestático se mantuviese en pie por ese método tan sencillo y ligero.

Que un antepasado nuestro hubiera logrado semejante obra de arte no solo era motivo de hondo orgullo familiar, para mi padre fue una especie de epifanía —no sería la única— el sentir que ese edificio estaba habitado por la presencia divina. Me contó que en su última visita —debía de tener quince años— percibió bajo esa cúpula la presencia de Dios, y de una manera muy nítida. Y me dijo que a partir de ese momento pensó seriamente en dedicarse a emular a nuestro antepasado, un héroe humilde, como son todos los héroes, que al final de su vida afirmaba de su obra: «Aunque corta de cumplimientos es rica en voluntad». Quizás —pensó mi padre— podría contribuir él también a construir algo grande, sólido, y dejar así su marca en las marismas de la vida.

Yo no sé si fue una revelación lo que tuvo mi padre, porque no soy religioso como lo era él. Quizás había subido a ver la iglesia después de haber estado comiendo con sus tíos, que cultivaban viñas y bebían un blanco dulce delicioso que llamaban mistela, y al que mi padre se aficionó siendo todavía un niño. O quizás había asistido a misa como monaguillo y se le había subido a la cabeza el sorbo del vino consagrado.

Lo cierto es que mi padre se movía como pez en el agua entre los despachos de los maestros de obra y arquitectos de Valencia. Como mostró gran facilidad para el dibujo técnico, pronto fue compaginando las idas y venidas entre los despachos y las visitas de obra con el trabajo de delineante. El arquitecto Ramón María Ximénez, el más viajado de su generación, de gran solvencia y competencia técnica, le ofreció levantar los planos de la Lonja para una monografía de monumentos españoles que le habían encomendado. Fue su primer encargo serio como delineante, lo que prueba la alta consideración en la que le tenían, a pesar de ser tan joven. ¿Cómo no iba él a conocer la Lonja palmo a palmo, si midió y dibujó cada uno de sus rincones con método y obstinación?

Lo que no pudo conseguir Sebastián Monleón de su hijo —interés en su profesión— lo conseguía de mi padre, cuya excelente disposición para todo lo que tuviera que ver con el oficio era un acicate para formarlo. De modo que le enseñó la versatilidad y la agilidad de la bóveda tabicada en la erección de obras importantes. También a combinar las bóvedas con nervios y arcos fajones, a trazar arcos en el vacío con simples guías y, sobre todo, a emplear la bóveda tabicada sin recurrir al uso de la madera.

12

La Navidad de 1858 marcó la vida de mi padre de manera definitiva. Ese año, el tío Ramón, acompañado de su esposa e hija, vino a pasar las fiestas con el grueso de los Guastavino y con la familia de su mujer, Manuela López, que también era valenciana.

Ramón Guastavino Buch, hermano del abuelo, era el rico de la familia, por eso aquella visita despertó tanta ilusión. Trajo regalos de la sastrería de su propiedad, en la plaza Real de Barcelona, tejidos finos que colmaron de felicidad a la abuela y a las tías: estampados sobre algodón y lino, sedas de la India, muselina, tiras bordadas de organdí y encajes de Bruselas. Ya soñaban con la ropa que se confeccionarían.

El tío Ramón se había enriquecido aprovechando el auge de la industria textil catalana y asociándose con un amigo llamado Pere Bosch y Lambrú, un avispado abogado que le propuso abrir tiendas con un aire novedoso. Por ejemplo, para acabar con la costumbre ancestral del regateo, vendían más barato que la competencia. Dotaron a sus comercios de mostradores anchos y de luminosos escaparates. A los vendedores les exigieron cuidar su aspecto físico y aseo personal, y a nunca hablar en voz alta a los clientes. Esto, que parece obvio aquí en los Estados Unidos, no lo era tanto en la Barcelona de mediados del XIX, donde los comercios solían ser anticuados y lóbregos. El éxito de su cadena de tiendas —almacenes El Águila— llenaba los bolsillos del tío Ramón a la vez que lo introducía en la flor y nata de la sociedad catalana.

Pero si la fortuna le había sonreído, Dios le había negado —a él y a la tía María— su anhelo más ardiente, el de tener hijos. ¿Qué no había intentado la tía María para quedarse embarazada? La pobre mujer había seguido los consejos de los mejores galenos, había tomado sus medicinas y sus aguas pero, al no responder a ningún remedio, la mujer acabó en manos de curanderos, que le recetaron brebajes y ungüentos, y que hiciese el amor en luna llena. Nada funcionó. Al final, iniciaron el procedimiento legal para adoptar una niña del orfanato del hospital de la Santa Cruz, que ahora tenía dieciséis años, unos meses menos que mi padre. Se llamaba María del Pilar Guastavino. Su prima.

Delgada, ni guapa ni fea, con el pelo castaño claro, casi rubio, recogido en dos trenzas que caían sobre los hombros, tenía unas facciones angulosas que se acentuaron con la edad, como pude comprobar el día que vino a casa de mi madre y descubrió que yo era hijo de su marido.

Pilar y mi padre congeniaron enseguida. Esa aura de prima rica le daba un encanto especial, como una pátina de exotismo que la hacía diferente de las chicas de Valencia. Parecía más madura que su edad, y hasta un poco resabiada, consecuencia de sus años de orfanato. Al igual que el resto de la familia, sucumbió a los encantos de mi padre cuando le escuchó interpretar al violín *La noche de Navidad*, un villancico muy popular. El tío Ramón no cesaba de elogiar a su aventajado sobrino, un joven de ánimo resuelto y múltiples talentos. Ella debió de ser sensible a la compostura de persona mayor de Rafaelito cuando hablaba de su trato con arquitectos de postín, o cuando se servía una copita de vino de Turís.

El día de Nochebuena, tanta era la agitación en casa de los Guastavino que las mujeres mandaron a los hijos a hacer recados o a pasear con tal de que no entorpeciesen la labor de la cocina. No solo debían preparar la cena, un guiso de gallina que la abuela cocinaba con verduras y patatas, sino también la comida de Navidad, el tradicional puchero de garbanzos, con chorizo y pelotas de carne envueltas en hilo de coser. A los primos los enviaron a comprar una cascá hecha de almendra, el roscón valenciano típico de la Navidad.

Las calles de Valencia estaban muy concurridas. Los campesinos acudían de sus aldeas a pagar el impuesto por las aves de cría que se consumían en las fiestas. Grupos de chavales cantaban villancicos haciendo sonar zambombas y matracas que habían comprado en el mercado central; cuanto más grandes las matracas, más ruido hacían. Niños y mayores contemplaban los belenes a las puertas de las iglesias y se quedaban pasmados ante los personajes de arcilla, que parecían tener vida propia. En uno de los puestos improvisados mi padre compró la cascá y en otro un pedazo de turrón que Pilar se iba comiendo a trocitos, haciéndolo crujir con los dientes, fascinada por esas montañas de dulces, chocolates y frutas en almíbar que vendían en cajas decoradas con lazos de colores. En lugar de regresar a casa, mi padre le pidió que le acompañase a la Lonja porque le faltaban unas mediciones para rematar su trabajo. En realidad, quería presumir. Presumir de delineante, presumir de monumento, presumir de ser un hombre hecho y derecho a sus dieciséis años. Tenía las llaves para acceder por entradas que normalmente estaban cerradas, y subieron por escalerillas de caracol hasta la cubierta, y contemplaron desde lo alto los tejados rotos, los muros agrietados, las calles atiborradas y se rieron de las gárgolas obscenas. Luego le enseñó su lugar secreto, entre las bóvedas y el tejado, allí donde solo entraban las palomas y los gatos, allí donde se había refugiado en sus juegos inocentes de la infancia. Ahora disfrutaban de la sensación de estar escondidos del mundo, de la soledad compartida, de la excitación de lo prohibido. Aquella tarde, buscando el calor en el frío de aquel lugar insólito, en esa oscuridad que disimulaba el rubor que les estremecía, se entregaron a las delicias del amor entre el zureo de las palomas y los ruidos de la calle. Sin ser conscientes de ello, sellaron así el final de su infancia.

13

Cinco meses más tarde, las faltas repetidas de Pilar, y su obsesión desde la Navidad de hablar constantemente de su primo el valenciano, hicieron sospechar a la tía María que la llevó al médico que confirmó el embarazo. Vaya escándalo. El sobrino que tanto prometía, o sea mi padre, había resultado un fiasco. Un seductor, incapaz de dominar sus impulsos. Un chico que había manchado la reputación de la familia y que había arruinado su vida y la de su prima. «A quien Dios no da hijos, el diablo da sobrinos», murmuraban las malas lenguas, disfrutando del momento. No todo podía salirle bien al tío Ramón, si no la vida sería demasiado injusta. Que su sobrino favorito hubiera dejado embarazada a esa hija tan deseada solo podía ser un gesto de justicia divina. Un mecanismo compensatorio del destino.

Mi padre aguantó estoico la monumental bronca que le echaron los abuelos: qué decepción, qué salvaje, qué pecador, qué manera de echar la vida a perder, qué pichabrava, le dijo su hermano Antonio. Aturdido por tanto revuelo, asumió su responsabilidad sin ambages. Pilar le había convencido, a base de cartas ardientes, de que él también estaba enamorado, y que si Dios les había puesto en sus respectivos caminos, sus razones tendría, porque Él nunca se equivocaba.

De modo que se plegó a la autoridad divina, a la de su padre y la del tío Ramón, que afrontaron el problema con templanza, intentando paliar los efectos del desastre.

Pusieron al mal tiempo buena cara y trazaron un plan. Lo primero era casarlos, lo antes posible, antes de que naciera el vástago, para evitar un mayor escándalo susceptible de perjudicar los intereses del tío Ramón en sus negocios y en la posición que se había ganado en la sociedad de Barcelona. Gracias a Dios no eran primos carnales y la Iglesia no pondría inconveniente. Lo segundo era organizarles la vida. Tendrían el niño y vivirían como marido y mujer, primero en Valencia hasta que Rafaelito terminase el bachillerato, y luego en Barcelona para que hiciese los estudios superiores.

Mi padre no entendió lo que susurraban las mujeres de la familia —que tener al tío Ramón de suegro era una bendición del Altísimo— hasta que fue a Barcelona a casarse, acompañado del abuelo, en plena canícula de agosto. La ciudad sufría una expansión mayor que la de Valencia, después de que hubieran demolido las murallas y aprobado el plan del Ensanche. Entre tantas obras, la plaza Real era un remanso de tranquilidad y lujo. Mi padre me contó su sorpresa al llegar con el abuelo desde la estación, con su hatillo al hombro, y caminar bajo los soportales de la plaza, con cafés abiertos de par en par y lujosos escaparates, y descubrir que la sastrería del tío era más grande y estaba mejor surtida de lo que había imaginado. El tío Ramón y su familia vivían encima de la tienda. Una sirvienta de uniforme les abrió y les condujo hasta el salón, decorado con muebles señoriales y cortinas de seda donde les esperaba Pilar, una mano abanicándose y la otra sobre su barriga redonda que contrastaba con su aspecto de niña, el rostro enmarcado por trenzas en forma de caracol sujetas a la cabeza. Llevaba un vestido a cuadros escoceses, calcetines blancos y zapatos de charol. Les recibió con una sonrisa de felicidad que borró de inmediato el temor que les invadía a sentirse desplazados, en un ambiente que no era el suyo. El piso tenía cuatro ventanas que daban a la plaza, presidida por una escultura en yeso de Fernando VII.

La boda fue un mero trámite, sin invitados y con un calor asfixiante, en la vecina iglesia parroquial de San Jaume, cuyas bóvedas de crucería el novio contempló con sumo interés mientras el cura leía el sermón. Pilar llevaba un vestido de damasco azul, y hasta su abanico era azul. Por muy amigo de la familia que fuera el cura, no le permitió ir de blanco. El azul, según las revistas de costura de las que Pilar era asidua lectora, equivalía al amor siempre verdadero. Al final, los empleados de servicio de la casa hicieron de testigos. El tío Ramón seguía resentido con mi padre y apenas le dirigió la palabra, pero la tía María estaba pletórica, satisfecha en el fondo de esa unión casi incestuosa que le aseguraba que su nieto tendría sangre de la familia, aunque de un modo totalmente inesperado, a través del sobrino y no de la hija. De alguna manera, el embarazo de Pilar compensaba todas las frustrantes tentativas que había sufrido en el pasado.

Al día siguiente, mi padre y el abuelo volvieron a Valencia y se reincorporaron a sus respectivos quehaceres. Pilar permaneció en Barcelona unas semanas más, hasta que la canícula remitió. Con dieciséis años, un anillo de oro en el anular y un hijo en camino, mi padre se reintegró al despacho de Monleón. Aparte de un insidioso «aquí te pillo, aquí te mato», lanzado por algún colega gracioso, los jefes le recibieron como si no hubiera pasado nada, distinguiendo entre su vida profesional y la personal. De hecho, en esa época mi padre llegó a sentir que el despacho era su verdadero hogar, más que la casa familiar, donde le miraban con desconfianza. En el trabajo era un Dios, en casa siempre reinaba el caos.

Como regalo de boda, Monleón le obsequió con un libro de un colega suyo llamado Manuel Fornés que acababa de reeditarse en Valencia. El autor era a su vez pariente del responsable de la gran cúpula de las Escuelas Pías, en la que mi padre había experimentado una especie de éxtasis el día del funeral de su abuela. En *Observaciones sobre la práctica del arte de edificar* detallaba con precisión el procedimiento para la construcción de bóvedas tabicadas, con el acento puesto en las virtudes incombustibles del sistema. Era un libro destinado a maestros de obras y alarifes que mi padre atesoró toda su vida, y en el que me inspiré para San Juan el Divino.

Nueve meses después de aquella escapada navideña, nació un niño que bautizaron con el nombre de José*: mi hermano por parte de padre, de cuya existencia me enteré aquella tarde en Nueva York al leer la correspondencia y después de aquella bronca. Vivía en La Plata, cerca de Buenos Aires, y fue un arquitecto de prestigio. Me carteé varias veces con él. Murió antes de que pudiera conocerlo.

---

* José Guastavino Guastavino (1859-1904)

14

De los dos años pasados con los Whitlock, los primeros meses fueron los más duros; la paciencia y la amabilidad de la señora Whitlock hicieron mucho para que pudiera integrarme. Aprendí inglés sin acento, rudimentos de álgebra y matemáticas, historia de los Estados Unidos, carpintería y dibujo. Todo lo que me enseñaron entonces me sigue siendo útil hoy. Sobre todo, aprendí la importancia de tener orden en la vida, en todos los aspectos, en eso los Whitlock fueron grandes maestros. Uno podía tener talento, otro ser más inteligente, más rico o más pobre, pero si uno no sabía organizarse, desperdiciaba gran parte de su potencial y la vida se le complicaba. Es una lección que a mi padre le habría venido bien recibir en su infancia; se hubiera ahorrado muchos disgustos.

Hubo un recuerdo, sin embargo, que me perturbó tanto que pensé en escaparme del colegio. No había transcurrido un año desde que mi padre me había dejado a cargo de los Whitlock cuando un día, mientras jugaba al béisbol en el campo —ya era fan de los Knickerbockers—, me llamaron porque alguien había venido a hacerme una visita.

Era mi madre. Y la Paqui. Y Engracia.

No podía creer lo que veían mis ojos: allí estaban, empapadas, vestidas con trajes oscuros, como una aparición. Como si hubieran llegado no de Barcelona, sino del más allá. Me froté los ojos por si estaba soñando. Pero no: eran ellas. Era mi pobre madre, que no podía vivir sin mí y acababa de regresar de España. Le di el abrazo más largo que jamás he dado en mi vida. Lloramos los cuatro, sin parar, porque la Paqui y la Engracia también estaban emocionadas. Pensé que venían a sacarme del colegio y que volveríamos a compartir la vida en un cuchitril de Nueva York o en Barcelona, daba igual el lugar, lo importante era que estuviéramos juntos, siempre juntos. Pero no fue el caso.

—Volveremos pronto a por ti —me dijo mi madre—. Hoy solo hemos venido a hacerte una visita. Nos tenemos que instalar primero en Nueva York y cuando acabe el curso vendrás tú. Ahora es importante que aproveches este colegio.

Pasamos la tarde juntos, riendo y llorando. Nos dimos miles de besos.

Pero no las volví a ver.

«Han regresado a Barcelona», me dijo mi padre a los pocos meses cuando vino al colegio a recogerme. Se habían cumplido dos años desde que me había traído por primera vez a casa de los Whitlock. Decidió que ya había hecho suficientes progresos, que ya estaba preparado para asistir a la escuela pública y que me necesitaba en Nueva York, había mucho trabajo en el despacho. Cuando vi que venía acompañado de Francisca lo entendí todo, pero inconscientemente no quise admitirlo.

—¿Y mamá? ¿Por qué no está? —insistí.

—Tu madre y yo... intentamos volver, pero... Mira, hijo, cuando las cosas se rompen, se rompen —intentó explicarme—. Y no se puede comer en una vajilla rota, ¿verdad?

Yo supe que Francisca había ocupado el lugar de mi madre. En un principio, la odié por ello. Luego, poco a poco, me acostumbré.

Acabo de encontrar una carta del 8 de enero de 1882 que mi madre le dirigió a mi padre.

Mi queridísimo Rafael:

Te participo que Juan, el tabernero de la calle de las Carretas, me presta el dinero que me hace falta para mi viaje, y que determino salir de Barcelona en el vapor Castilla que va para La Habana y de regreso para en Nueva York. Si tú no tienes inconveniente, mándame parte enseguida, que ya tendré tiempo de recibirlo antes de que salga el vapor. Y si no recibo ninguna orden me pondré en camino el 25 o el 26. En La Habana te mandaremos parte para que vengas a bordo con mi querido Rafaelito a recibirnos. No despidas a las planchadoras de tu casa hasta que nosotras estemos en Nueva York.

Sin más, recibe recuerdos de las hijas y besos para Rafaelito, y tú dispón de esta tu aff. S.S.

Paulina Roig

Cuando llegó mi madre por segunda vez a Nueva York mi padre ya estaba con «esa institutriz». Por eso omitió mandar el «parte» que mencionaba en la carta. Me imagino la sorpresa al comprobar que nadie las esperaba en los muelles, luego la desazón, finalmente la tristeza. Permanecieron un par de meses que no debieron de ser fáciles, dependiendo de mi padre, que ya no las quería allí ni las necesitaba. Además, ponían en peligro su relación con Francisca. Cuando esta le amenazó con dejarle, él reaccionó y les organizó de nuevo el regreso, el segundo en un año. Fue en ese intervalo cuando vinieron a visitarme, y luego se fueron para siempre a Barcelona.

Recibí una carta de mi madre en la que me recordó lo emocionante de nuestro encuentro en el colegio y en la que intentaba explicarme que no había sido posible volver a vivir con mi padre, pero que me esperaba en Barcelona cuando hubiera terminado mis estudios. Después recibí otras cartas suyas, cada vez más espaciadas, hasta que dejaron de llegar. Solo contesté a la primera, luego ya no sabía qué decirle. Así que procuré olvidarla, creo que el olvido es un mecanismo de defensa para no sufrir; quizás a ella le ocurrió lo mismo. Ahora no sé dónde vive, ni si sigue viva. Cuando haya organizado los temas de la herencia de mi padre, y cuando termine San Juan el Divino y encuentre tiempo, viajaré a España y la buscaré. Quiero saber por qué me tocó vivir sin ella todos estos años. Ahora me arrepiento de no haberle dicho nunca lo mucho que la eché de menos.

15

En Nueva York, mi padre y Francisca se veían todos los días, pero no vivían juntos. Ella seguía de institutriz, no quería dejar su trabajo pese a las repetidas peticiones de mi padre. Además, sentía que yo la percibía como usurpadora del puesto de mi madre, y pensó que más valía mantener cierta distancia, hasta que me fuese acostumbrando a su presencia. Quería que yo la quisiese. Era lista, Francisca. Y tampoco la casa nueva correspondía a la idea que una mujer podía hacerse de un hogar. Era un taller cerca del East River que había servido de almacén. Un lugar enorme y vistoso adonde mi padre se mudó cuando vivía solo. En la puerta un cartel rezaba: «Rafael Guastavino. Architect», que había esculpido en madera, a la manera del abuelo. En el contexto de ese edificio, parecía más una declaración de intenciones que un anuncio formal. Alquiló ese espacio porque, por un precio razonable, disponía de la planta entera, en el último piso de un edificio vetusto. Las vigas desnudas de la techumbre estaban al descubierto y los ventanales daban al río por un lado y a la ciudad por el otro.

—¡Qué padre la vista, mira! —decía Francisca. Abajo se veían los tejados, los depósitos de agua, las chimeneas, los tranvías de caballos. En la avenida, las personas eran puntitos negros, como hormigas que se movían en todas las direcciones—. Voy a preparar algo para almorzar.

Junto a una pila, Francisca había colocado un infiernillo que servía de cocina improvisada. Estaba prohibido encender semejante artefacto por el riesgo de incendio, lo tapábamos con una tela para que nadie lo viese. En una habitación contigua estaba la cama de mi padre; yo dormía al fondo del taller, entre rollos de planos y cachivaches. Excepto una foto de Francisca enmarcada, mi padre no añadió ni un cuadro, ni un objeto personal, nada que no fuese nuestra ropa y su violín, su arma de seducción, que imaginé habría utilizado con la mexicana. Dibujos había por todas partes, apilados, tan numerosos que parecía que eran los dibujos los que habitaban ese lugar, no nosotros. El aseo se encontraba fuera, en el pasillo.

—Aquí tu padre tiene espacio necesario para arrancar su negocio pero, ahora que has vuelto, ya está pensando en alquilar una casa menos bohemia para los dos.

—¿Para los dos? ¿Y tú no piensas mudarte con nosotros?

—Ya veremos, solo si Rafaelito quiere. —Sonreí tímidamente, pero no dije nada. De momento, no quería—. Las cosas le van muy bien, cuéntale lo de Fernbach, Pelón.

¿Pelón? Estallé de risa. No sé por qué me hizo tanta gracia que llamase Pelón a mi padre. Además, ya no le hablaba de usted, le tuteaba.

—Se ha quedado con lo de Pelón porque, aparte de que está medio calvo, siempre que va al baño dice lo mismo, que hace un frío pelón. Así que le llamo Pelón.

Mi padre se reía. Estaba contento, muy pendiente de ella. Además, se daba cuenta de que yo había cambiado, que ya no era un niñito travieso al que había que vigilar constantemente, y eso le sosegaba. La experiencia de haber vivido con otros chicos, en comunidad y sin el paraguas de una familia protectora me había hecho madurar. Tenía doce años, pero me comportaba como si fuese mayor.

Mi padre me puso al día. Sus dibujos para *The Decorator and Furnisher* habían llamado la atención de un arquitecto un judío de origen alemán, Henry Fernbach, que formaba parte de la junta del comité encargado de levantar un edificio para el Progress Club. Era el club social de los judíos ricos, de los que se sentían discriminados por el otro club, el Metropolitan, cuando les ponía pegas por sus apellidos a la hora de afiliarse. Fernbach y mi padre habían congeniado bien, les gustaban los mismos diseños. En realidad, estaba de moda lo que llamaban el estilo español, que había recibido un renovado impulso después de que un renombrado arquitecto llamado Henry Richardson hiciese un viaje por España en 1882 y volviese deslumbrado por la catedral de Salamanca.

—Fernbach me ha ofrecido presentarnos juntos al concurso para un edificio de tres plantas en la 78. Ha sido una oferta generosa.

—¿Un edificio entero?

—Sí.

—Me dejarás ayudarte, ¿verdad? A mí lo que me gusta es lo del cemento, los ladrillos y esas cosas.

—Sí, ya lo sé, construir, como a mí a tu edad. Y todavía no se me ha pasado. Claro que me tendrás que ayudar. Pero es difícil ganar, competimos con los mejores arquitectos de la ciudad.

No me cabía la menor duda de que mi padre se alzaría victorioso.

—Toma, tu *omelet* sin chile —nos interrumpió Francisca al tenderme el plato—. Lo vais a ganar, estoy segura.

Al terminar de recoger los cacharros, se levantó y se puso el abrigo.

—Me voy, tengo que recoger a los niños. —Le dio un beso en la boca a mi padre, y yo giré la cabeza para hacer como si no lo hubiese visto. Sentí una punzada de celos, como si yo fuese el intruso en ese trío, cuando en realidad pensaba que ella era la intrusa. Antes de irse me dijo—: Rafaelito, mañana te acompañaré a tu nuevo colegio, es muy grande, no tiene nada que ver con el que acabas de dejar.

Me habían inscrito en la escuela pública número 29, a dos manzanas de casa. Era un colegio con muchos alumnos, y entré con ganas. Me gustaba que fuese grande, estaba harto de ver siempre las mismas caras. La maestra que me presentó Francisca era una irlandesa corpulenta que hablaba con voz de pito y que me acogió con simpatía. Entre los alumnos había de todo, muchos italianos, irlandeses, norteamericanos cuyos padres habían inmigrado a la ciudad, algún latino. Se peleaban mucho, yo me mantenía al margen. Mantener siempre una sana distancia con el grupo era una de las cosas que había aprendido en el colegio de los Whitlock. Mi mayor problema de adaptación, aprenderme el *slang* neoyorquino, lo resolví rápidamente. Me inscribí en el equipo de béisbol y jugaba al *basket* cuando mi padre me dejaba las tardes libres.

Después del colegio hacía de recadero, traductor, ayudante, y hasta de albañil, que me encantaba, sobre todo manipular el yeso. Una tarde de lluvia fuerte, oímos un toc-toc-toc. Unas gotas de agua caían del techo, justo sobre el último de sus planos. Rápidamente hubo que traer un cubo, poner los dibujos a salvo y a mí me tocó comprar un saco de cemento y una espátula.

—¿No querías aprender a construir? Te voy a enseñar a fraguar el cemento y a arreglar una gotera.

Limpié el área como buenamente pude y lo colmaté. Que mi padre me incluyese en todos los quehaceres de su vida me daba confianza, me hacía sentir que era importante para él. A veces me pedía que terminase un dibujo, o preguntaba mi opinión, lo que me llenaba de orgullo. Me trataba como un adulto, y eso hacía que tendiese a comportarme como tal, pero no dejaba de ser un niño.

—Lo haces muy bien, chavalín —me decía—. Y esto no te lo he enseñado yo.

Él se pasaba los días concentrado en las mesas enormes de nuestra casa-taller. Era muy consciente de que el concurso del Progress Club era su gran oportunidad. Dibujaba como un compositor guiado por una iluminación mística. Le daban inspiraciones súbitas, de pronto añadía una bóveda en la cubierta plana de una estructura acabada, o dibujaba una cúpula con incrustaciones de azulejos blancos y verdes, o descartaba una fachada enfoscada y la remplazaba por una de ladrillo. Apretaba con fuerza los lápices, la mina se quebraba y volvía a afilarlos.

—A un buen plano no le tiene que sobrar ni una línea —decía.

Las estructuras eran austeras, solo al observarlas con detenimiento podía uno darse cuenta de su complejidad, y a la vez, aunque suene paradójico, de su simplicidad. Era puro Guastavino. A Fernbach, su valedor, lo que le atrajo por encima de todo, más allá de la calidad de los diseños, fueron las ventajas del sistema patentado por mi padre, basado en las bóvedas mediterráneas, de inspiración bizantina e islámica, y que bautizó como «construcción cohesiva», por asimilación, en oposición a la construcción mecánica, por gravedad, cuando dos elementos sólidos se oponen el uno al otro dando lugar al equilibrio de la masa total. Además, solo requería materiales corrientes y de bajo coste, no eran necesarias las cimbras y el proceso de ejecución era muy sencillo para un obrero conocedor del oficio. Se trataba de una técnica muy versátil aplicable a múltiples soluciones constructivas. Sin contar su mayor virtud: era a prueba de fuego.

16

Mi padre ganó el concurso del Progress Club, y después construyó el edificio con Henry Fernbach. Era un edificio muy bello en estilo morisco español, de tres pisos con un torreón, minaretes en las esquinas y arcos en forma de ojiva que pronto empezó a levantarse en la esquina de Lexington y la calle 59. Uno de los promotores más prósperos, Bernard Levy, se interesó por su trabajo y le contrató para diseñar dos hileras de casas adosadas, frente a frente, en la cara norte de la calle 78, el barrio con más futuro. Pensaba que el estilo de inspiración morisca, que gustaba tanto a los judíos adinerados y cuyas líneas se le daban tan bien a mi padre, sería un aliciente para la venta. Mi padre intentó convencerle para que utilizase su sistema de «construcción cohesiva» pero, al contrario de Fernbach, al promotor le seducían sus dibujos de arquitecto más que la técnica ignífuga, en la que no creía demasiado. Como a muchos profanos, la resistencia de la bóveda tabicada le parecía un fenómeno inexplicable, algo misterioso.

Esta renovada notoriedad sirvió para que mi padre se sintiese como en sus mejores tiempos. Volvía a ser un gran arquitecto, como en Barcelona. A los dos años de nuestra llegada a Nueva York había conseguido llamar la atención y situarse en la galaxia de los que inventaban la ciudad más sorprendente del mundo. Tenía grandes planes para el futuro inmediato: comprar unos terrenos y construir. Convertirse, él también, en un magnate. Las dificultades del principio quedaban superadas, ya solo faltaba deslizarnos hacia la cumbre aprovechando los vientos favorables. Qué ingenuidad la nuestra. En general, el éxito cambia la vida de las personas, para bien y para mal, y nosotros no íbamos a ser una excepción.

Mi padre era muy generoso y cuando entraba el dinero, no reparaba en gastos. Simplemente, el dinero no le interesaba, pensaba que era un mal necesario y que, si se trabajaba mucho y bien, nunca faltaría. Por eso lo derrochaba. Y porque le permitía comportarse como un gran señor. A Francisca le compró un anillo con un pequeño brillante: «Ya somos novios», le dijo al entregárselo mientras ella ponía ojos como platos. También le regaló vestidos de falda estrecha, la última moda, y sesiones de peluquería y manicura, pero la mexicana no era una mujer sofisticada y aunque agradecía los obsequios, desconfiaba de tanta largueza. Con sus amigos escultores, Fernando Miranda y Domingo Mora, era de una prodigalidad infinita. Disfrutaba convidándoles a champán y a los mejores vinos de la bodega de Delmonico's.

A mí me compró un abrigo con cuello forrado de piel, para distinguirme del común de los inmigrantes, como me dijo. Él se hizo trajes de franela a medida, adquirió cajas de vino y garrafas de aceite de oliva importado de Italia a un precio exorbitante, y empezó a frecuentar al barbero diariamente. Para celebrar mi cumpleaños, fuimos con Francisca al teatro de Tony Pastor en la calle 14, un espectáculo nuevo de vodevil, concebido para familias, donde nos reímos y lo pasamos en grande. Si no gastábamos más era porque no teníamos tiempo de hacerlo.

Trabajábamos mucho. Todos los días, menos el domingo, mi padre salía de casa a las cinco de la mañana y no regresaba hasta bien entrada la noche; al acabar el colegio me reunía con él. Me esperaba como agua de mayo, necesitaba ayuda, estaba construyendo un edificio sin hablar el idioma. Solo se entendía con los obreros italianos a base de gestos. Con los irlandeses sus conversaciones eran una cacofonía espantosa.

Pero me tenía a mí.

—A ver, Rafaelito, quieres decirle que coloque un zuncho sobre este muro.

—No sé cómo se dice zuncho.

Entonces se ponía nervioso, alzaba la vista al cielo y con los brazos abiertos clamaba: «*One zunch!*». Y los demás seguían sin entender. Pero yo acabé aprendiendo a decir zuncho en inglés. Y me hice un experto en el vocabulario de la construcción: «Prepara un capazo de yeso», «Dobla la bóveda con mortero de cemento», «Coloca los ladrillos a matajuntas».

Fui su voz.

Enseguida nos mudamos a un apartamento de alquiler en la parte alta de Manhattan, en el lugar del proyecto del promotor Levy. También mi padre quería hacer negocio en esa zona, la más pujante. Buscaba comprar terrenos y hacer de promotor. En esta nueva etapa que se anunciaba prometedora, quería compartir su vida, de modo que le pidió a Francisca que se viniese a vivir con nosotros.

—No puedo dejar mi trabajo de buenas a primeras —le dijo ella—. Esos niños me necesitan. Pasaré tiempo con vosotros, pero no puedo mudarme.

—Vivirás como una reina —la tentó mi padre.

—Lo sé, amor mío, pero tengo un compromiso con los padres, son como mi familia.

—Tu familia somos nosotros.

Ella le dio un beso y le pasó la mano por la cabeza medio calva, con canas.

—Ay, Pelón... Si casi pudieras ser mi papá. —Fue entonces cuando mi padre le pidió matrimonio. Era un farol, sabía que no podía casarse porque seguía casado con Pilar, su prima. Pero estaba enamoradísimo de la mexicana, que se dejaba querer—. ¿Y cómo le digo a mi mamá que me voy a casar con un gachupín que me dobla la edad, tiene hijos por todo el mundo y el pelo blanco como el suyo?

—Blanco no, gris —replicó mi padre, haciéndose el ofendido—. ¿Qué pretende tu madre, que te cases con un norteamericano con quien no pueda intercambiar dos palabras? Eso es como tener un muerto en lugar de un yerno.

Francisca se rio como si no fuera con ella, pero se mantuvo firme en su negativa. Estaba muy unida a su madre, una profesora que le enseñó a escribir sin faltas de ortografía, no como la Paqui. O como mi madre, que era analfabeta y necesitaba que alguien le transcribiera las cartas. Francisca tenía carácter y sabía «de letras», y eso a mi padre le impresionaba porque no estaba acostumbrado a lidiar con mujeres fuertes ni cultas. Pero le reprochó que le hubiera colocado entre la espada y la pared cuando la visita de mi madre:

—¿Por qué insististe para que se fueran de Nueva York si no era para estar conmigo? —le preguntó.

—Es que tenía celos. —Me gustaba su franqueza, rayana en la insolencia. Luego resumió—: Te quiero mucho, Pelón, pero ahorita lo de vivir juntos o casarnos pues no puede ser.

Entonces la intentó convencer de que por lo menos fuese su ayudante para tanto proyecto como le rondaba por la cabeza, pero la mexicana a todo decía que no. A mí, la verdad, esa resistencia numantina me parecía heroica porque mi padre tenía gran poder de persuasión, sobre todo cuando le iban bien las cosas y ganaba dinero. No entendía que Francisca quisiese trabajar de niñera cuando él le ofrecía el cielo y más allá.

Para evitar malentendidos y dimes y diretes, nos presentamos ante los vecinos de nuestro nuevo apartamento como míster Guastavino, su hijo Rafael Junior y su hija Francisca. Así disimulamos la diferencia de edad. La casa contaba con dos chimeneas, cómodos sillones de orejas, un sofá y camas mullidas. Ella nos ayudó con la mudanza y luego pasaba casi todos los días para amenizarnos la vida: un día traía unas flores que arreglaba en un bonito jarrón, otro día nos cocinaba un *cheesecake* o unas fajitas, o colocaba unas cortinas en el salón, o zurcía un roto en mis pantalones. Luego, invariablemente, se marchaba a la Sachs School a recoger a los rubitos. Mi padre no entendía que nos dejase, pero yo, en el fondo, se lo agradecía. Me gustaba estar a solas con él.

17

El 17 de mayo de 1884 mi padre nos llevó a Francisca y a mí a uno de sus lugares predilectos, el puente de Brooklyn. Esta vez no fuimos a admirar la proeza constructiva, ni el diseño vanguardista, sino a ver desfilar a mi viejo amigo Jumbo, el elefante del circo Barnum, que, al frente de una procesión de otros veintiún paquidermos y siete camellos, cruzó los dos kilómetros del puente, acompañado de *majorettes* y al son de la fanfarria: un show delirante como solo los norteamericanos saben organizar. La insólita idea, sugerida por el propio Barnum y avalada por el ayuntamiento y la empresa constructora, era generar confianza en la solidez del puente. En efecto, unos meses antes, el día de su inauguración oficial, una mujer tropezó en las escaleras de subida y provocó una estampida que se saldó con doce muertos y treinta y dos heridos graves. Fue una tragedia nacional que, después de trece años de obras y de altas expectativas, modificó la imagen de aquella realización faraónica en el imaginario colectivo. Ahora los elefantes, al probar que esta obra de ingeniería era segura y concebida para durar, devolvían al puente el glamur perdido. La noticia dio la vuelta al mundo.

Como colofón de esa tarde grandiosa, fuimos a cenar a Delmonico's, que era el cuartel general de mi padre. Allí se encontraba con amigos españoles, cubanos y latinos que se codeaban con magnates de Wall Street, políticos y personajes de la farándula. Delmonico's había dejado de ser aquella extravagante sala de banquetes con un estanque en el centro de la mesa donde nadaban majestuosos cisnes mientras los comensales cenaban bajo unas jaulas colgadas del techo llenas de pájaros multicolores. El nuevo establecimiento de la calle 26, cuyas columnas de la entrada fueron traídas desde Pompeya, seguía siendo un lugar suntuoso, pero lo habían modernizado. Ahora era bar y restaurante, en ambientes diferenciados. Y era el único establecimiento con mujeres en la caja. La familiaridad de la cajera al saludar a mi padre excitó los celos de Francisca.

—¿De qué la conoces? ¿Cómo se llama...? —le preguntó al oído.

—Se llama Minnie, es de Milwaukee y le digo tonterías en español.

—¿Tonterías? ¿Qué tipo de tonterías?

—Le digo, por ejemplo, ven a vivir conmigo, que mi novia mexicana me tiene abandonado.

La risa de Francisca estalló como el cristal.

A mí no me dejaban entrar en el bar, pero sí en el comedor. Nos unimos a la mesa de los españoles amigos de mi padre. Estaba, cómo no, Domingo Mora, que venía de Boston, donde le habían contratado para unos bajorrelieves en el edificio del tribunal de justicia. Esa noche también se unió José Francisco Navarro, el magnate vasco que promovía los Spanish Flats en Central Park, el socio y amigo de Edison. Todos comentaron el desfile de los elefantes, deslumbrados por la audacia de semejante operación publicitaria. Y hablaron de sus negocios: Fernando Miranda quería que mi padre le diseñara una promoción en la que estaba involucrado, y Cuyás, que había tenido que cerrar su revista en catalán, seguía con la idea de erigir la estatua de Cervantes. Domingo Mora quería llevar a mi padre a Boston y presentarle a los arquitectos que conocía.

—Lo de Boston es como lo de Nueva York —le dijo—. Construyen por todas partes, tienes que venir.

José Francisco Navarro resultó ser un hombre sencillo, tan campechano como mi padre. Le había impresionado la carta de Eusebio Güell, que contaba cómo las fábricas catalanas construidas por Rafael Guastavino se habían convertido en un modelo genuino y original de arquitectura industrial. Ambos hablaron de cómo se estaba transformando Nueva York, de cómo en Wall Street brotaban edificios de calidad donde antes solo había almacenes y depósitos aduaneros, del prometedor futuro de los ascensores y sobre todo de las virtudes de un nuevo tipo de cemento inglés, el Portland, que Navarro quería popularizar en los Estados Unidos y que mi padre conocía bien porque era la parte fundamental del sistema constructivo que había patentado. Brindaron con cóctel de champán por futuros negocios: «¡Unidos por el cemento! ¡Ja, ja, ja!». Mi padre estaba exultante en aquel decorado, satisfecho de formar parte del núcleo de paisanos prósperos de la ciudad, orgulloso de lucir una belleza como Francisca, tan joven y dicharachera, y feliz de estar con su hijo. Todo le producía un regocijo íntimo y profundo y parecía que ese estado de júbilo iba a durar siempre.

La felicidad se escurre, no tiene forma, se escapa por una rendija sin que lo percibamos. Es difícil reconocerla, y cuando nos damos cuenta de que nos bañamos en ella, es porque ya nos falta. La alegría de mi padre se vio empañada en plena construcción del Progress Club. Mientras inspeccionaba la obra, Henry Fernbach, el hombre que había impulsado el proyecto, cayó fulminado de un ataque al corazón. Que el amigo que le devolvió la confianza y le dio su primera gran oportunidad le hubiera dejado solo, de repente, sumió a mi padre en una gran tristeza. Francisca y yo le vimos descompuesto ante esa jugarreta del destino. El día del entierro, en el cementerio judío de Brooklyn, éramos como una mancha negra en el paisaje nevado. Mi padre se unió a un grupo de violinistas, que, en la mejor tradición de los judíos de Prusia, acompañaron al féretro desde la entrada del camposanto hasta la tumba. Iban tocando bellísimas melodías *kadish*, que añadían nostalgia a un día de por sí melancólico. Mientras bajaban la caja, mi padre se puso a tocar en solitario la marcha fúnebre del *Cuarteto de cuerda, número 3*, de Tchaikovsky, una partitura que ponía los pelos de punta. Le dolía despedirse del único amigo que se había hecho que no era ni español ni latino; el único que le entendió y que apostó por él.

Pero no tuvo mucho tiempo para llorarle, porque se quedó solo al frente de la obra, y faltaba más de un año para terminarla.

Resultó un edificio armonioso, elegante, bien proporcionado y con el toque exótico que le daba el estilo mudéjar, y recibió excelentes críticas en las revistas especializadas. También pienso, al igual que mi padre, que los edificios son como las personas: unos arrastran problemas toda la vida y otros nacen con estrella. El Progress Club recibió elogios desde el momento del diseño hasta su concreción final. En la estela de ese éxito, el estudio de arquitectura Schwartzman & Buchman le propuso participar en el diseño y construcción de la nueva sinagoga en Madison Avenue. Era todo un honor, porque ni era judío ni era conocido, y se trataba de un edificio público.

Mi padre estaba en el séptimo cielo. Para mostrar su agradecimiento fue a la tumba de su amigo Fernbach a tocarle una melodía. Decía que el dios de los judíos le trataba mejor que el de los cristianos.

18

Mi padre hubiera podido limitarse a terminar la sinagoga, las casas de Levy, cualquier otro encargo que hubiera surgido, pero se empeñó en aprovechar la buena racha y hacerse empresario. Estaba convencido de que construir unos edificios de apartamentos con su sistema de «construcción cohesiva», a prueba de incendios, le iba a servir para demostrar la utilidad de su invento más allá de lo que había podido exponer en el Progress Club, y sentar así las bases del futuro de su empresa. Estaba un poco harto de que ciertos arquitectos y constructores le vieran como un visionario, o como un soñador. Ahora iba a poder demostrar cosas concretas, como por ejemplo que se ahorraban unos dos mil quinientos dólares por planta construyendo bóvedas tabicadas, por la cantidad de hierro que no se usaba.

—Ha llegado el momento de lanzarme al ruedo, de montar mi propio negocio, que para eso he venido.

Él también quería ser un magnate, como Navarro, y formar parte del olimpo de la ciudad. Y los demás estábamos seguros de que lo conseguiría.

Se enteró de que vendían unos terrenos en Columbus Avenue con la calle 99, a muy buen precio. Era un descampado «en medio de ninguna parte», como dicen los americanos. El edificio más cercano, unas millas al sur, despuntaba en el horizonte: una mole de estilo alemán renacentista recién inaugurada que llamaron el Dakota porque la zona estaba tan poco habitada que se consideraba tan remota como el territorio Dakota.

—¡Es una ganga! —dijo mi padre.

—¿No te parece que está muy lejos de todo?

—La ciudad va a crecer hacia aquí, Manhattan es una isla y no hay otra salida. Voy a levantar unos *tenements* para inmigrantes. A ellos no les importa vivir un poco apartados si el precio es bueno.

Los agentes del vendedor eran dos abogados que nos contaron cómo el dueño de los terrenos se había arruinado con una fábrica de su propiedad en Nueva Jersey, de ahí la necesidad de generar liquidez y la prisa por vender. El precio era tan bajo que había más gente interesada, tenía que decidirse rápidamente.

—Mañana le doy una señal... ¿Se lo puedes decir?

—¿Cómo se dice señal? —pregunté.

—*Down payment* —apuntó Francisca—. Pero ¿no prefieres pensártelo un poco más, Pelón? Solo lo hemos visitado una vez.

—¿Sabes, Francisca?, la arquitectura es un esfuerzo de la imaginación, ver lo que aún no existe con mayor claridad que lo que se tiene delante. Ahora no hay mucho que ver y no quiero que me lo quiten. Además, siempre que he pensado mucho una decisión, me he equivocado. Las buenas decisiones son las que se toman así... —chascó los dedos—, ¡en el momento!

El abogado le dijo que mañana podía ser demasiado tarde, que mejor sería recibir unas arras ese mismo día, así se aseguraba la operación y dormiría tranquilo. Mi padre nos contagió la seguridad que tenía en sí mismo. En casa, fue al escondrijo a sacar su dinero ahorrado, ese al que mi madre había dado un buen pellizco. Contó los billetes, los metió en una cartera de cuero y por la tarde fuimos al despacho de los abogados. Estabamos eufóricos. Yo veía que íbamos a construir uno o varios edificios, que iban a ser totalmente nuestros y que me esperaban muchas horas de diversión.

Los abogados lucían corbatas, chalecos y bigotes engominados que les daban un aire solemne. El despacho rebosaba de carpetas y papelotes. Mi padre preguntó por las escrituras y nos las enseñaron. Francisca las tradujo en voz alta; la descripción correspondía bien con lo que habíamos visto, y encima venía con sorpresa: la superficie de los terrenos era mayor de lo anunciado inicialmente.

—Un negocio aún mejor —dijeron—. Estas cosas solo pasan en Nueva York. Es su día de suerte, *gentleman*.

La verdad es que eran muy afables y hacían hincapié en defender tanto los intereses de su cliente como los del comprador.

—La confianza es la base de nuestro trabajo —dijo uno.

—Los buenos negocios son los negocios en los que todo el mundo gana —dijo el otro.

Mi padre no podía estar más de acuerdo, y firmó el contrato de compra. Pagó la señal y quedó en volver en unos días para abonar el resto. La suma excedía los veinte mil dólares. En total, incluyendo el proyecto y la construcción, tendría que invertir unos cuarenta mil dólares, una pequeña fortuna para la época. Aparte de sus ahorros, contaba con el dinero de sus últimos trabajos más los adelantos de los futuros encargos. Pero lo que le empujaba más que todo a meterse en el negocio era el ambiente euforizante de Nueva York, donde surgían millonarios de la noche a la mañana. Parecía que, si no hacías algún negocio, si no reclamabas tu parte de ese pastel creciente, eras un incapaz o un loco.

Acabamos los tres en Delmonico's celebrando la compra. Nada podía salir mal; teníamos el viento en popa.

—En la vida hay que aprovechar las rachas —dijo mi padre—. Esta es la obra más importante de todas las que voy a hacer, es la que nos va a lanzar.

19

Mi padre desarrolló una capacidad de trabajo que dejaba a propios y extraños asombrados. Dibujaba de noche porque el día lo tenía ocupado en las distintas obras. Para sus terrenos concibió dos edificios a prueba de fuego. La planta baja la pensó completamente abovedada entre muros; y los forjados de los pisos superiores a base de anchas bóvedas entre vigas metálicas que cubrían habitaciones enteras. Nada de madera. Suelos y techos de rasilla. Hizo las escaleras como se hacían desde tiempos inmemoriales en Valencia, con ladrillo pegado de canto. Eran ligeras y resistentes, pero muy distintas a las que se realizaban en Estados Unidos. Todo el sistema de construcción era diferente. A juzgar por la cantidad de visitas que venían a ver las estructuras, la obra suscitaba el interés de la profesión. Descubrían que la construcción cohesiva era tanto o más ignífuga que la que utilizaba arcilla y gran cantidad de masa. Y además permitía el uso de formas constructivas desconocidas hasta entonces. Era algo inspirador, despertaba el interés que mi padre había estado buscando. Era buena señal.

En una carta que escribió en aquella época a un amigo suyo llamado Juan Roig y que he rescatado de entre sus papeles, decía:

> *En cuanto a mí, estoy perfectamente bien de salud, el país me es favorable y luego de dos años terribles de lucha*

y sufrimiento (muy saludables siempre), me hallo aún relativamente joven y en mi elemento, pudiendo trabajar catorce o dieciséis horas diarias, con la actividad que es necesaria a mi naturaleza.

Luego respondía a unas cantidades que le reclamaba Roig por unos trabajos del marmolista de su casa en Barcelona que faltaban por pagar.

... mi señora (Pilar) fue la que pagó ese recibo, y no yo, estando aún Paulina en esa casa y posible era que Vd. hubiera hecho recibo a nombre de ella y no el mío.

Y daba noticias de la familia, con la que jamás dejó de mantener una nutrida correspondencia, y también le hablaba de mí.

Los mayores, Pepe y Ramón, trabajan de arquitectos en La Plata, y habiendo conseguido casita propia, viven con la madre. Manuel, el tercero, tiene negocio aparte en el ramo de publicaciones. Me pidieron fuera a reunirme con ellos, pero el estado muy adelantado de mis negocios hace ya imposible eso sin grandes perjuicios. Rafaelito, el pequeño que tengo conmigo, lo tengo en un colegio. Este, como no corre tanta prisa, no lo he de forzar como a sus hermanos a una vida activa prematura. Reúne inmejorables condiciones para seguir mi profesión, a la que está dedicándose ya.

Se despedía mandando recuerdos del escultor Fernando Miranda, «discípulo con Vd. del señor Piquer de Madrid (...) el cual está ahora haciendo un trabajo para mí, y del escultor señor Mora, que Vd. usted también conoce».

Por fin, Francisca se vino a vivir con nosotros. La familia para la que trabajaba estaba pasando apuros financieros y decidieron mudarse al Medio Oeste, de donde eran oriundos. No supimos reconocer en esa ruina el síntoma que acabaría por afectarnos a todos. La institutriz quedaba liberada, y aunque hubiera podido unirse antes a nosotros, yo creo que tenía miedo del carácter desordenado de mi padre. Temía que, sin la válvula de escape de la distancia, la convivencia se resintiese. No fue así. Al contrario, se reveló de una gran ayuda para la buena marcha de la empresa y de la casa. Junto a ella, mi padre estaba feliz, y eso se traslucía en su capacidad de trabajo, en su determinación y en su arrojo.

La planta baja más los cinco pisos de ambos edificios surgieron del suelo a una velocidad asombrosa. Como siempre en las obras, el principio fue rápido y luego se ralentizó. El optimismo del inicio fue dando paso a un cierto cansancio, pero ahí estaba mi padre, que cumplía a la perfección su función de director de orquesta, tratando a todos por igual, desde el más humilde peón o el cantero que tallaba un bordillo hasta el ebanista que pulía un pasamanos o el vidriero que cortaba una hoja de cristal, dando consejos y a veces poniéndose manos a la obra él mismo. Acostumbrado a trabajar desde niño, siempre sintió apego por cada uno de los oficios que formaban parte del mundo de la construcción. Profundizaba en los matices de los cementos —que si era Rosendale, que si era Portland—; se aseguraba con una plomada y un cordel la verticalidad de una pared con una minuciosidad que era toda una lección, le dedicaba el mismo tiempo y la misma intensidad a discutir la armonía geométrica del trazado de la fachada con un delineante que a asegurarse de que un albañil alisaba el cemento fresco para que no hubiera rebaba. Me gustaba seguirle, mirarle; estar a su lado, simplemente. Verle trabajar era para mí un espectáculo, y una lección.

Un día, le acompañé al último piso de la estructura, donde se puso a dar instrucciones al capataz. Aburrido de esperarle, me deslicé por una escalera: «Ten cuidado», le oí decir. El edificio iba a tener un día un ascensor, pero de momento solo estaba el agujero en el centro de la estructura. Los albañiles lo utilizaban para subir materiales y bajar escombros en contenedores por medio de una polea y una soga. Permanecí tiempo en el primer piso, cuyos suelos estaban cubiertos de planchas de madera. Oí unas voces de unos obreros que todavía no habían terminado su jornada.

—¿Has mojado bien los ladrillos antes de ponerlos en obra?

—¡Que sí, que sí! —dijo el otro, exasperado.

Me incliné, miré hacia arriba para ver dónde estaban y solo vi un cuadrado de cielo azul. Luego, en una décima de segundo perdí el equilibrio, y al incorporarme me agarré a la cuerda. El tirón que di fue suficientemente brusco como para que basculase el contenedor situado en un piso inferior, al filo del hueco. Después de un instante de vacilación, se balanceó y cayó a plomo, mientras yo, bien agarrado a la soga, fui impulsado hacia arriba. Al subir di vueltas sobre mí mismo, y fui cogiendo velocidad hasta que pude aprovechar el balanceo y, justo arriba, me aferré con fuerza a un tablón de madera antes de que el final de la cuerda se perdiese en la polea que colgaba de unas vigas. Tirado en el suelo, mientras recuperaba el aliento, oí cómo el contenedor se estrellaba contra el suelo. Y después la voz atronadora de mi padre: «¡Rafaelito, ¿estás bien?!». Perplejo al ver cómo bajaba del piso superior, temblando y pálido, cuando hacía poco me había visto dirigirme hacia el piso inferior, me abrazó con todas sus fuerzas, algo muy inusual porque no era muy efusivo en sus demostraciones afectivas. Estaba lívido, temblaba más que yo. Cuando se hubo serenado, me echó una bronca interminable que duró hasta por la noche, hasta que llegó Francisca y, al verle en ese estado de nerviosismo, le pidió que le tocase algo al violín. Qué bien le conocía, porque no tardó en serenarse. Todavía me acuerdo de todo lo que me dijo sobre las medidas de seguridad necesarias. Estaba muy sensibilizado con el peligro en las obras porque desde siempre había escuchado contar en la familia que el tatarabuelo Juan José Nadal estaba lisiado de una pierna por caerse de un andamio, y que más tarde murió a consecuencia de unas heridas por otra caída. Y que también se le había muerto un pintor en Barcelona, en la fábrica Batlló. Tenía un miedo cerval a los accidentes laborales, y consiguió transmitírmelo. Las noches siguientes tuve pesadillas en las que veía a mi padre caer de un andamio y morir desnucado. Me despertaba entre sudores y lágrimas, iba a su cuarto y él acababa haciéndome un hueco en su cama. No podía soportar la idea de que se pudiera morir. Pegado a su cuerpo, sintiendo su calor, me daba la impresión de que nunca nada malo nos podría ocurrir. Esos días tomé conciencia de lo mucho que le quería.

20

Todo lo meticuloso y eficaz que era mi padre a pie de obra lo era de descuidado y negligente con el dinero. Si un albañil venía a pedirle un adelanto, nunca se lo negaba. Le costaba hacer previsiones de pago, meterse en los libros de contabilidad, calcular los gastos y los ingresos. Francisca hacía lo que podía, y fue ella quien dio las primeras señales de alarma: se hacía imposible cumplir el calendario de pagos y era necesario retrasar los sueldos.

—No hay problema, porque al final se los vamos a pagar —dijo mi padre—. Son gente buena, y me son fieles. Aguantarán lo que sea necesario.

—Aguantarán porque no les queda más remedio —replicó Francisca.

—Pasa también en las grandes constructoras, Levy me debe dinero, se ha retrasado conmigo... y ha tenido que cerrar una de sus obras.

Él achacaba los temores de Francisca a su inexperiencia y a lo que llamaba su propensión al susto. Dormía tranquilo porque sabía que sus clientes eran fiables, que ni la sinagoga ni Levy le dejarían tirado. También porque llegaba exhausto de la obra, con la cabeza puesta en la organización del día siguiente. Nos llevábamos a la cama el olor a yeso y a pintura, a madera y a barniz. Teníamos sueños de grandeza. Nos dormíamos con la ilusión de despertarnos al día siguiente para seguir viendo cómo esos inmuebles crecían. La materialización en cemento y ladrillo de lo que al principio fue solo un dibujo era algo prodigioso, mágico.

Los periódicos se amontonaban en el quicio de la puerta de nuestra casa porque nadie los leía. Excepto Francisca, cuando se mudó con nosotros. Ella sí estaba pendiente del repartidor, que, desde el carrito que empujaba por la calle, lanzaba el diario con brío. Por el ruido que hacía al chocar con la puerta, sabía que eran las seis de la mañana, tiempo de ponerse en marcha. Ese era mi reloj.

Un día de primavera, el periódico trajo noticias que iban a trastornar por completo nuestra vida. Anunciaban la bancarrota de los bancos Grant & Ward y Marine National Bank of New York. El pánico cundía al sur de Manhattan, en el distrito financiero.

—Mira esto, Pelón.

En el periódico aparecía una ilustración que mostraba Wall Street, tan abarrotada de gente que ni los tranvías de caballos conseguían circular. La policía, con las porras en alto, ponía orden entre la turba que se agolpaba frente a las ventanillas de los bancos para retirar sus ahorros.

—«Pánico comercial en los Estados Unidos —leyó Francisca en voz alta—: La policía ha atacado con violencia a un grupo de desempleados en Tomkins Square Park... El mercado de petróleo de Pittsburg se ha derrumbado esta noche, mientras que el de Bradford, alcanzado por el pánico, ha visto cómo los operadores importantes han vendido activos seguidos por los más pequeños, lo que ha provocado una avalancha de ventas... La oleada de pánico obliga a los bancos a vender más activos, lo que repercute en el precio de estos». Ay, Pelón, ¡pues qué chingada! ¿qué va a ser de nosotros?

—Tranquilos —dijo mi padre, que tenía un as en la manga—, siempre me queda un recurso en caso de que nos falte liquidez.

—Nos está faltando ya, la cuenta del banco está casi a cero, y no me quieres escuchar.

—Tendré que hipotecar los terrenos con los inmuebles de garantía.

—Pero si están a medio terminar.

—Los puedo hipotecar igualmente. Es una manera de conseguir dinero.

Mi padre sabía tranquilizar a sus equipos, incluyendo a su propia familia. Era un optimista inveterado, le costaba ver el lado sombrío de las cosas, se creía sus propias ilusiones y las transmitía a su gente. Pero no podía hacer milagros. Pronto el ambiente en el trabajo se deterioró. Retrasar los pagos a sus obreros repercutió en la obra: unos llegaban tarde, otros no aparecían en todo el día, otros solo lo hacían al final de la jornada para ver si podían cobrar algo. Los albañiles aguantaban porque confiaban ciegamente en él, a quien consideraban uno de los suyos. Tampoco podía atender la obra porque pasaba las mañanas de despacho en despacho reclamando el pago debido por los encargos. En todas partes le daban largas. Cuando el propio Levy le dijo que no podía pagarle hasta que amainase la tormenta, mi padre empezó a entender la gravedad del asunto. Estábamos en el ojo del huracán, en medio de una crisis financiera cuya reacción en cadena de impagos nos golpeaba de lleno. Al final, no le daban ni largas, le decían simplemente que no le pagaban y que no sabían cuándo le podrían pagar. Pero él, a sus obreros, les pedía paciencia. Les prometió que pronto tendría *cash* —esa palabra sí se la había aprendido—, que solo era cuestión de días que la hipoteca solicitada al banco pudiera hacerse efectiva. Para convencerlos, blandía las escrituras de propiedad. El personal quería creerle y los grupos se disolvían entre murmullos, pero al día siguiente volvían a reclamar. Pronto se vio enfrentado a una rebelión en sus filas. Francisca y yo dejamos de ir a la obra.

Un día de mediados de junio, mi padre fue convocado por su banco, el Fourth National Bank, y me pidió que le acompañase para servirle de intérprete.

—Se nos acaban los problemas, Rafaelito —me dijo—. Si me han llamado, es para darme la hipoteca.

No quería ir con Francisca para evitar tener que dar explicaciones sobre su estado civil. Cogimos el tranvía hasta Wall Street, era un precioso día de primavera. Se veían mendigos en las esquinas, y pobres rebuscando en las basuras. Al llegar al distrito financiero vimos muchos policías. Las colas para entrar en los bancos eran tan nutridas que gente de toda condición, desde el humilde panadero de barrio vestido con el delantal blanco hasta corredores de bolsa con sus sombreros de alto copete, pasaban horas en la calle, apretujados. A nosotros, por tener cita, nos dejaron entrar, aunque el conserje me miró de reojo: no estaba acostumbrado a ver niños circulando por el banco. Subimos al segundo piso de un edificio con columnas como un templo griego y entramos en un despacho donde ponía «*Legal affairs*». Nos esperaban dos empleados —abogados del banco— que se sorprendieron de verme allí, tan jovencito.

—Es mi hijo, me ayuda con el inglés —así me presentó mi padre.

No esbozaron ni una sonrisa. Nos ofrecieron sendas sillas alrededor de una mesa llena de los papeles de mi padre. Enseguida percibí algo raro. Ambos hombres exhibían una expresión de gravedad que no se correspondía con nuestro aspecto radiante, convencidos de que habíamos llegado al final de nuestras penalidades.

—*Mister* Guastavino —le dijeron—, hemos examinado con detenimiento su petición y todo su dosier y lamentamos tener que decirle que nos hemos encontrado con un problema inesperado.

A mi padre se le ensombreció el semblante.

—¿Problema? ¿Qué problema?

—Hemos ido al registro, hemos investigado las escrituras de propiedad que nos ha facilitado y resulta que son falsas.

—Tradúceme, niño.

—Que dice que son falsas —le dije.

—¿Que son falsas...? ¿Qué es falso?

—Los *deeds*, las escrituras de propiedad.

—¡No puede ser! ¿Cómo es posible? Debe de haber un error.

No había error. Las escrituras no tenían valor alguno. Mi padre había comprado papel mojado. No quiso creérselo al principio, pero cuando nos mostraron las burdas falsificaciones de esos papeles, se dio de bruces contra la realidad. No era dueño de nada. Aquellos abogados tan afables le habían estafado. No solo no podría pagar a sus empleados, sino que lo perdía todo.

Absolutamente todo.

21

Francisca tampoco podía creerse que aquellos abogados de bigote engominado que nos vendieron los terrenos fuesen unos estafadores. Corrimos hasta las oficinas donde firmamos la compra, pero el piso llevaba meses cerrado y estaba vacío. Nadie nos dio razón de los antiguos inquilinos. Se confirmaba la estafa.

—¿Cómo se lo digo a los obreros? —preguntó mi padre.

—Te van a linchar —conjeturé yo.

—Calla, niño.

—¡Compraste con tanto apuro, Pelón! —intervino Francisca—. Ahora sé que te tengo que amarrar bien cortito.

—¿Cómo podía pensar que eran...?

A mi padre no le salían las palabras. Se estaba dando cuenta de que su negligencia a la hora de comprar esos terrenos transformaba lo que hubiera sido una crisis pasajera en algo peor, en un drama, para nosotros y también para los obreros. Aún le quedaba la esperanza de la policía. Fuimos a poner una denuncia. Le acompañamos, y tuvimos que esperar nuestro turno una tarde entera.

—¿Y usted firmó este contrato de compraventa sin haber contratado a un abogado para verificar la operación? —le preguntó el policía.

—Sí. Me fie. —El agente alzó los hombros, como diciendo: «Te lo mereces, por estúpido»—. En mi país no se contrata un abogado cada vez que se compra algo —añadió mi padre, en un vano intento de exculparse.

—Esto es Nueva York, *mister* Guastavino, y usted ni es Alicia ni está en el País de las Maravillas. En plena crisis, esto se ha convertido en un criadero de delincuentes. Aquí las cosas se hacen bien o, si no, mejor no hacerlas.

A su manera le dio una lección, y no era para menos. Mi padre aguantó estoico la bronca porque sabía que no podía echar la culpa del desastre a nadie que no fuera él. Creo que se sentía avergonzado de que estuviésemos delante, pero el suyo había sido un error de principiante y lo sabía. Revelaba una verdad contundente sobre su persona, que tanto Francisca como yo conocíamos ya: era un pésimo hombre de negocios. No amarraba los contratos, se fiaba de quien no había que fiarse, calculaba mal, no se leía nunca la letra pequeña, tampoco se entendía con los abogados. Los textos legales le parecían un embrollo y le aburrían los detalles que adquirían más importancia que el concepto general. No le interesaban ni el mundo del dinero, ni el de las finanzas ni el de las leyes. Uno podía preguntarse cómo había llegado tan lejos desatendiendo aspectos tan cruciales. La vida es así de misteriosa.

Como necesitaba consuelo, pasamos por Delmonico's, donde nos encontramos con Fernando Miranda, que se quedó estupefacto al oírle.

—¿Qué pensabas, que estabas entre amigos en Valencia o en Barcelona, donde todos se conocen?

—No sé cómo he podido ser tan ingenuo.

—Si me hubieras preguntado, te habría recomendado un abogado, conozco a varios de confianza.

—¿De confianza? Aquí los abogados son delincuentes de cuello blanco.

—Pero todo pasa por ellos.

Fernando Miranda tenía problemas legales con una promoción de pisos a medio terminar, y estaba pensando en volver a España.

—Rafael, regresa conmigo. Por lo menos hasta que pase la crisis, que no hay mal que cien años dure.

—No, eso no. A España no quiero volver.

—Entonces, ¿qué vas a hacer? Habla con Domingo Mora, dice que en Boston hay algo de actividad, que lo peor de la crisis está aquí, en Nueva York.

—Por lo pronto, lo que tengo que hacer es decírselo a mis obreros.

—Pues cuanto antes, mejor.

Fue nuestra última visita a Delmonico's en mucho tiempo.

Mi padre no tenía otra opción que la de coger el toro por los cuernos, de modo que organizó una reunión a pie de obra.

—Cuéntales la puritica verdad —le recomendó Francisca, que insistió en acompañarle, pese a la oposición de mi padre.

Tampoco quería que yo fuese, temía que la situación se desbordase, pero no tenían donde dejarme. Cuando llegamos, aquellos edificios a medio levantar parecían mirarnos con desconcierto, sin entender cómo se les castigaba a la intemperie eterna, al purgatorio de lo inacabado. Francisca y yo nos fuimos a un rincón apartado. Mi padre tenía que explicar al personal que ya no era una cuestión de paciencia, sino que la obra se había levantado sobre un suelo cuya propiedad estaba siendo cuestionada, y que se detenía por imperativo legal. Era una forma de echar balones fuera.

—¿Por cuánto tiempo?

—Semanas, quizá meses —dijo tímidamente.

Se oyó un abucheo, cuyo eco retumbó en las estructuras vacías, como si los edificios participasen de la protesta.

—O sea, que todos a la calle, ¿no? —gritó uno—. ¿Por qué no lo dices alto y claro?

La respuesta de mi padre se perdió en el alboroto general. Los jornaleros estaban furiosos. Furiosos por haberle creído, furiosos por haber seguido trabajando en vano, furiosos por volver a casa sin nada en los bolsillos. Furiosos contra un jefe tan inepto que se había dejado estafar. Un irlandés corpulento le agarró del cuello, gritando:

—Te voy a matar, *son of a bitch!*

Francisca y yo nos temimos lo peor. Pero enseguida otros albañiles le rescataron, esos que le veían como un colega, esos que admiraban a los jefes porque en el fondo ellos habían venido a América buscando una oportunidad de ser jefes algún día, o dueños de algún negocio. Pedían contención porque la crisis estaba en todas partes. Eso decían, que la crisis lo permeaba todo, lo contaminaba todo, lo arruinaba todo. El patrono también era víctima de ese mal. Nadie se libraba, como nadie se hubiera librado de una epidemia tan contagiosa. Creo que, en Europa, le hubieran dado una paliza, o algo peor. Aquí no le lincharon de milagro, pero sus afines lograron sacarle del edificio. Enseguida nos metieron a empujones en un coche de caballos. Oí el chasquido del látigo y arrancamos de sopetón. Mi padre tenía el pelo alborotado y los ojos asustados.

Se le acabó el sueño americano. Eso es lo que pensábamos todos ese día.

22

De la crisis no se libró nadie, ni siquiera el magnate José Francisco Navarro, que declaró su empresa de construcción en bancarrota, aunque él tenía participación en otras que eran demasiado grandes para caer.

Nosotros lo perdimos todo.

El negocio, por supuesto. Y luego, la cómoda casa donde vivíamos. Nos tocó hacer otra mudanza, perdí la cuenta de todas las que habíamos hecho. Despedimos a las planchadoras, empaquetamos nuestras cosas con la inestimable ayuda de Francisca y dejamos el apartamento confortable y calentito para volver al gélido taller. No nos podíamos quejar, decía mi padre —que a pesar de las circunstancias seguía de animador—, mucha gente ni siquiera tenía un techo, eso sí que debía ser terrible. Siempre había casos peores, gente más arruinada que nosotros. Ya se sabe que la desgracia es relativa.

—En mi país se dice «mal de muchos, consuelo de tontos» —dijo Francisca.

—Y en el nuestro.

Francisca no tardó en convertir de nuevo ese taller en un hogar. Se las arregló para confeccionar unas cortinas, consiguió un par de butacas reventadas que tapizó ella misma, y unas alfombras de cáñamo. Me gustaba esa casa donde guisábamos a escondidas. A pesar del frío y de lo dramático de la situación, yo no me sentía desgraciado, al contrario. Lo veía todo como un juego, tenía todavía la inconsciencia de la niñez, aunque rondaba los catorce años. Seguía yendo al colegio, no me faltaba nada de lo básico y vivía rodeado de afecto. No tenía la menor duda de que mi padre se recuperaría, aunque en aquella época era difícil, por no decir imposible, imaginárselo. Desde aquella casa-taller, la crisis tenía forma de caballo muerto abandonado en las aceras: ya no recogían los cadáveres con la celeridad de antes.

La vida cambió. Se acabó el «cómprate lo que quieras, hijo» al que me había acostumbrado. Él tuvo que renunciar a las visitas diarias al barbero, los almuerzos en Delmonico's y los buenos vinos, y Francisca a los regalos caros, expresiones del amor incontrolable de mi padre. A ella le daba igual, seguía siendo una mujer feliz, importaba el cariño.

Ya no venían los amigos a casa, no porque se desinteresasen de nosotros, sino porque ellos también estaban inmersos en la vorágine de la crisis, que dejó sin trabajo a un millón de norteamericanos y obligó a cerrar multitud de fábricas. Un día apareció en casa la mujer de uno de los capataces de mi padre, desesperada porque su marido estaba enfermo y no tenía para medicinas. Se notaba que le daba vergüenza pedir dinero. Mi padre se lo dio sin vacilar, sin reparar en los gestos que Francisca y yo le hacíamos: «¡Si no tenemos ni para comer!», intentábamos decirle. Pero así era él, generoso y con ínfulas de gran señor. El dinero le quemaba las manos, aunque no lo tuviera. Vivía aferrado a la confianza de que la denuncia interpuesta le permitiese recuperar la propiedad de los terrenos. Sabía que, desde la interrupción de las obras, cada día, cada hora, cada minuto que pasaba los elementos estaban socavando sus edificios, destrozando su proyecto, su porvenir. Se daba grandes paseos en solitario para ir a verlos, como si su presencia pudiese detener el deterioro, y se encontraba con el ulular del viento entre las estructuras, que era un llanto. En aquellos edificios la humedad lo corroía todo, el frío y el calor contraían y dilataban las vigas de hierro, el óxido rezumaba por las juntas y luego se infiltraba por los muros como una herida sangrante, la piedra se desgastaba, la madera se carcomía, el ladrillo se pulverizaba. Varias veces volvió a casa con el rostro descompuesto. Había estado llorando. Dormía mal, se despertaba angustiado, sin poder respirar, sudando, impotente frente a la aniquilación de su sueño.

Tuvo que pasar el luto por aquellos edificios, como si de amigos muertos se tratara. Le costó reconocer que cada día que transcurría era más improbable recuperarlos, y tardó tiempo en asimilar que los había perdido para siempre.

Como tampoco era un hombre que se regodease en la melancolía, se refugió entonces en la esperanza de que uno de los demás proyectos arrancase, o alguno de sus acreedores le pagase; decía que Bernard Levy estaba a punto de recuperarse, que faltaba poco para que las obras en la sinagoga se reiniciasen. Francisca y yo manteníamos ese hervidero de posibilidades siempre bullendo porque había que alimentar la ilusión. No podíamos permitirnos que papá, el pilar de nuestra vida, se viniera abajo.

Pasó el verano y ninguna gestión dio sus frutos, ningún proyecto salió adelante. El único dinero que entraba era el de Francisca, que consiguió que una familia relacionada con sus antiguos empleadores la contratase para impartir clases particulares a los hijos. Daba justo para comer. Por lo demás, nuestra existencia era precaria. La ropa nos la remendaba ella, no podíamos comprar nada que no fuese lo estrictamente indispensable. Mi padre, que necesitaba sentirse útil, se convirtió en visitador de oficinas. A pesar del calor pegajoso e infernal del verano neoyorquino, salía todas las mañanas trajeado y con sombrero a dar una vuelta por los despachos y en todas partes le decían lo mismo: se ha retrasado el proyecto, vuelva usted la semana que viene. Yo le propuse que tocase el violín en la esquina de Central Park, que le caería alguna moneda.

—Calla, niño —me dijo—. No hagas bromas de mal gusto.

El calor era tan asfixiante y mi aburrimiento tan intenso que mi padre llamó a los Whitlock a ver si podían tenerme unos días con ellos, en el campo. También les dijo que pasaba por dificultades y que no podía pagarles, pero los Whitlock, siempre tan generosos, me recibieron con los brazos abiertos. Pude bañarme en el lago y jugar con los nuevos alumnos. Como mi padre siempre encontraba una excusa para retrasar mi recogida y la estancia se alargaba, temí que de nuevo me abandonase allí por tiempo indefinido. Pero vino a por mí a principios de septiembre para que no perdiese un solo día de colegio.

Lo vi cambiado. La ruina y las dificultades le estaban pasando factura. Tenía más canas, y el ceño siempre fruncido. La ropa acusaba la crisis: los codos de su chaqueta estaban raídos, ya no tenían sus trajes la prestancia de antaño. Todo en mi padre olía a crisis. En el tren de vuelta, me dijo que la madre de Francisca había enfermado, y que vivían pendientes de sus noticias. Entonces entendí el porqué de su humor sombrío. La perspectiva de quedarse sin la mexicana le producía una angustia profunda.

Empecé el colegio, volví a mi rutina, llegó el frío. Un día, Francisca recibió un telegrama urgente. Era de su hermano, que le anunciaba que su madre no mejoraba y temían por su vida. Le pedía que volviese a México. Francisca compró un billete en el primer barco que salía para Veracruz. También ella dejó de sonreír. Estaba arrepentida de no haberse ido antes. «Como le pase algo a mi mamá y yo no esté... ¡me muero!», decía con el rostro bañado en lágrimas.

Nunca vi a mi padre tan hundido como en aquellos días. Quitarle a Francisca era el castigo supremo que le deparaba el destino. El golpe de gracia. Podía arruinarse mil veces, perderlo todo, vivir del aire, pasar hambre, pero perder a la mexicana, con aquella alegría y desparpajo, quedarse sin la amante y compañera que era capaz de lidiar con un acreedor o hablar con mi profesora con la misma facilidad con la que preparaba unas fajitas o cantaba una ranchera, eso equivalía a dejarle viudo y desvalido.

—Pelón, te escribiré todos los días —le dijo al despedirse—. Ten un poco de paciencia, volveré lo más pronto posible. Te quiero mucho. Y a ti también, Rafaelito, cuida de tu padre.

Me dijo lo mismo que me había dicho mi madre cuando se fue desde ese mismo muelle. Claro que cuidaría de mi padre, aunque ahora lo tenía más difícil porque el hombre estaba muy afectado. Al alejarnos de la pasarela del barco, nos cogimos de la mano, mi padre me la estrechó con fuerza. Esta vez, no podíamos culpar de nuestra desgracia ni a la crisis ni a nosotros mismos.

Al volver a casa, mi padre puso sobre la mesa los billetes que le había dado Francisca —nos dejó todo su sueldo— y los fue apartando según sus prioridades: primero los gastos del colegio —compra de libros, matrícula, etc.— y el resto, que era poco, para la comida y el alquiler. Luego se puso a tocar el violín hasta bien entrada la noche, cuando unos vecinos nos pidieron que por favor parase ya, que no podían dormir. Nos fuimos a la cama sabiendo que, al día siguiente, al despertarnos, estaríamos solos como antes, como si nada hubiera ocurrido entremedias. Volvíamos al punto de partida, a la casilla de salida.

23

Qué otoño más largo, qué invierno más frío. Mi padre vivía pendiente de las cartas de Francisca, lo único que alegraba sus días. Se escribían continuamente. Por la tarde me daba clases de dibujo, ahora que tenía tiempo. Se alegraba cuando hacía las cosas bien.

—Nadie puede enseñarte nada que no esté ya en tu cabecita, allí donde todo surge —me decía—. Yo solo te puedo enseñar a hacerlo mejor.

Cuando las cosas van mal, hay que pensar que pueden ir todavía peor. Por primera vez desde mi llegada, caí enfermo con una gripe que me tuvo en cama varios días. Había epidemia en el colegio. Mi padre intentaba disimular serenidad para no transmitirme su angustia, pero yo era capaz de leerle el pensamiento al observar su mirada. Vino a verme un médico, y mi padre le pagó con un cheque sin fondos. A partir de ese día, cada vez que oíamos ruido en la escalera, pensábamos que venían los cobradores del galeno.

Lo que llegó fue una *eviction notice*: una orden de desalojo. Debíamos varios meses de alquiler y nos iban a desahuciar si no pagábamos en el plazo de dos semanas. Vi a mi padre desesperado. No sabía dónde pedir un dinero prestado, Domingo Mora ya le había dejado una cantidad para los anteriores alquileres y Miranda estaba en España. Todas las puertas estaban cerradas y jamás hubiera ido a pedirle a José Francisco Navarro, antes se habría muerto de hambre. La crisis encerraba a la gente en su propia soledad. Los amigos no se podían ayudar porque estaban todos en las últimas. Mi padre tenía que elegir: o compraba las medicinas que yo necesitaba, o pagaba el alquiler. No había para las dos cosas.

A mí no me cupo nunca la menor duda de que me compraría las medicinas, aunque acabásemos en el Salvation Army o bajo un puente. Y es exactamente lo que hizo.

Mejoré rápidamente y en unos días volví al colegio.

Una tarde, sin avisarme, salió de casa y volvió a las dos horas.

—Ya está, Rafaelito, no tenemos que preocuparnos más. El alquiler está pagado.

No me quiso contar cómo lo había conseguido, y yo tampoco insistí porque lo adiviné enseguida, y pensé que le dolería decírmelo. Había ido con su violín al prestamista de la calle 14 y lo había empeñado para pagar al casero. Debió ser como desprenderse de una parte de su cuerpo, tuvo que dolerle mucho porque volvió con el gesto torcido. Aun así, me dijo:

—Hoy comeremos paella. —E hizo tintinear sus monedas en el bolsillo. Le miré sorprendido—. Vístete y acompáñame.

Nos fuimos caminando hasta el East River a comprar en los puestos de pescado. Era un lugar lleno de inmigrantes, sucio y pestilente. Los pescaderos se calentaban las manos exhalando vaho y frotándolas mientras cantaban los precios.

—Vamos a jugar a una cosa —me dijo—. Vamos a buscar morralla y el que más consiga, gana.

—¿Y qué gana?

—Doble ración de paella.

—No, eso no. Con un plato me basta. Otra cosa.

Se quedó pensando, luego dijo:

—¿Qué quieres ganar?

—Un pastel de chocolate con nueces, de los de Fleischmann's.

—Hecho.

—Pero ¿tenemos dinero?

Se metió la mano en el bolsillo.

—Claro que sí. Al volver, nos pararemos en Fleischmann's, está de camino a casa.

En los muelles, jugamos a recoger morralla del suelo, aunque mi padre no se atrevió, era demasiado digno para agacharse y hurgar entre los puestos. Se limitó a comprar una cabeza de congrio.

—Para el caldo, que es lo que de verdad importa en la paella —dijo con cierta solemnidad—. Antiguamente, era un plato de pescadores que se hacía con las sobras —me explicó—. Acércate a ese barco, ¿ves que hay un pescadito en el suelo? A ver si lo puedes coger.

Y ahí me lanzaba yo, creyéndome el cuento de ganar a ese juego, en el que, por supuesto, arrasé. Volvimos con nuestros pececillos y nuestra cabeza de congrio sanguinolenta por esas calles cubiertas de estiércol congelado en las que era fácil resbalar. De pronto éramos muy pobres, pero a mí me daba igual, estaba con mi padre y eso me bastaba. Para mí la crisis era una etapa más de la montaña rusa que era la vida.

Al final, no fuimos a Fleischmann's, mi padre se inventó que tenía que volver rápido a casa porque le estaba dando un apretón.

24

Consiguió cocinar la paella en el infiernillo. Como buen valenciano, los arroces le salían sabrosos; en realidad, era lo único que sabía guisar. Ese lo hicimos a escondidas, y para que los aromas del caldo no se expandiesen por las escaleras, tapamos el espacio bajo la puerta con una toalla, como hacía la mexicana. Vigilamos las rondas del portero de noche y apagábamos el fuego cuando oíamos sus pasos. Luego volvíamos a encenderlo. La paella salió riquísima, o así la recuerdo. No existe en el mundo mejor plato de pobres.

Aunque mi padre luchaba por mantener el entusiasmo, a veces le notaba triste. Debía de ser difícil conservar la moral alta en aquellas circunstancias, con el agua al cuello y con Francisca en México.

—Padre, en Barcelona no hay crisis —le dije un día—, ¿por qué no volvemos?

—No, hijo, no. A España no quiero volver.

—¿No quieres? Pero si te pasas el día hablando de lo rico que es todo allí, del buen tiempo, de las aceitunas, del vino, dices que las calles huelen a jazmín y no a estiércol como aquí.

—Sí, todo eso es verdad. Pero prefiero esperar a que vuelva Francisca.

—Pues vayámonos a México entonces.

—No, hijo. Aquí es donde hay futuro. La crisis pasará.

—¿No está Miranda en España? ¿Por qué no nos vamos con él, y cuando acabe la crisis volvemos?

—No puedo ir a España, hijo, tengo demasiados líos pendientes.

—¿Qué líos?

No me contestaba y se quedaba mirando al vacío. Éramos un par de exiliados afectados de *homesickness* —añoranza, morriña del terruño—. Idealizaba la vida en su país como yo la vida en Barcelona, cuando vivíamos todos juntos bajo un mismo techo. No entendía por qué se obcecaba en quedarse, si no fuera por esperar a Francisca. Me miraba con cara de entender mi pregunta, pero no me respondía. Muchos años después, cuando me enteré de la manera en que había salido de España, comprendí aquel silencio.

Estuvo pensando en trabajar de albañil, o de pintor de brocha gorda, de lo que fuese, pero la crisis había arrasado con la demanda de esas faenas, nadie pintaba su casa. Yo seguía con mi idea, erre que erre.

—¿Qué prefieres, padre, ser albañil en Nueva York o arquitecto en España?

Me sonreía, pero no contestaba. Yo no le entendía; recordaba a mi madre cuando decía que mi padre era «muy cabezón».

Al final, después de unas semanas angustiantes, de nuevo nos salvó la revista *The Decorator and Furnisher* y mi padre volvió al tablero de dibujo. Los veinticinco dólares semanales nos permitieron capear la crisis, cuya única ventaja es que solo duró unos meses. Con el primer pago recuperó el violín, se compró dos puros habanos y saldó sus deudas con Domingo Mora, que le hizo una propuesta.

—Vente conmigo a Boston el próximo fin de semana. ¿Te acuerdas de Stanford White...? Fue el autor del zócalo que soporta la estatua del monumento a Farragut, te invité a la inauguración en el Madison Square Park.

—¿El del bigote pelirrojo en forma de escoba? Sí, me acuerdo, un hombre muy afable.

—Exacto, y un gran arquitecto. Se ha asociado con otros dos colegas y su estudio se presenta al concurso para construir la Biblioteca Pública de Boston... Un obrón, Rafael. Con la excusa de su cumpleaños, nos invita a una fiesta, pero lo que quiere es reunir a sus amigos —los que hemos trabajado con él antes— para hablar del proyecto. Quiero que tú estés. —Mi padre le sonrió. Qué bueno era sentir a un amigo, tan cerca, tan pendiente. Domingo prosiguió—: Boston todavía no se ha recuperado del gran incendio, hay mucho por hacer y esto es una oportunidad para que le presentes tu sistema de construcción ignífuga, estoy seguro de que le va a interesar.

—Gracias, Domingo, pero yo apenas le conozco.

—Pero eres mi amigo y eso basta. Te conviene. Te presentaré a Saint-Gaudens, al que conocí en Francia, el autor de la escultura de Farragut. Fue él quien me convenció, cuando vivíamos en París, para que me viniese a Estados Unidos. Luego, me consiguió el contrato para los bajorrelieves del tribunal de justicia de Massachusetts. Es un buen amigo y conoce a mucha gente.

—No me atrevo a dejar al niño solo, solo tiene trece años.

—Te lo traes, ya nos ocuparemos de él. —Mi padre no se atrevía a decirle que no tenía dinero para costear el viaje. Domingo debió de presentir su malestar, porque enseguida añadió—: Los gastos del viaje corren de mi cuenta, Rafael, y el hospedaje, tengo alquilada una casa a las afueras de Boston. Dentro de poco pienso mudarme con la familia, hay más trabajo allí que en Nueva York. Así que solo preocúpate de traer tu violín.

En Boston la crisis no había golpeado con tanta virulencia, y eso se reflejaba en la vitalidad de sus calles. Era una ciudad más pequeña que Nueva York, los edificios estaban más juntos, las esquinas mejor iluminadas y el frío era más punzante. Decían que las partes pobres de la ciudad eran tan densas como Calcuta, pero nosotros no las vimos. El centro era ruidoso: el estruendo de las ruedas de los carromatos contra los adoquines se mezclaba con la música de las pianolas y los gritos de los vendedores ambulantes en yidis, italiano y portugués: «¡Tamales calientes!», «¡Ricos *bagels*!» «¡Pescado fresco!». Del otro lado del espectro estaban los ricos, que allí llamaban Boston Brahmins, gente asociada a la Universidad de Harvard, al anglicanismo, a las costumbres tradicionales angloamericanas de los primeros colonos. Ellos se habían propuesto financiar la construcción de una gran biblioteca, un templo del conocimiento, un poderoso símbolo que confirmase a Boston, en el imaginario colectivo del país, como la capital intelectual de Norteamérica.

Y luego estaban los artistas, los bohemios, los amigos de Domingo Mora.

Nos acomodamos en la casa que tenía alquilada en Allston, a las afueras, y como no me dejaron ir a la fiesta a la que los mayores estaban invitados, me enfadé con mi padre.

—No estarás solo, te vas a quedar a cargo de una señorita que se va a ocupar de ti.

—Yo quiero ir contigo. Si no, haberme dejado en Nueva York, podía haberme quedado muy bien solo.

—Eso será cuando seas mayor de edad. A los trece años, no te voy a dejar solo varios días en una ciudad como Nueva York, lo siento mucho. Y a la cena de esta noche no puedes venir porque es una cena para mayores.

—¿Soy mayor para acompañarte a la obra, pero no para cenar contigo? —le dije con aplastante lógica infantil.

—No digas tonterías. Si te trato como a un adulto es porque no solo eres mi hijo, sino también mi aprendiz. Pero esto es una invitación, las normas no las pongo yo. No admiten niños, y tú, aunque no te guste, sigues siendo un niño.

—Quiero ir contigo.

—No puede ser, ya te lo he dicho.

Entonces mi padre se sacó un as de la manga. Siempre tenía uno.

—¿Sabes que está en Boston el circo Barnum? ¿Quieres que vayamos mañana?

—Sí —contesté sin vacilar.

—Entonces esta noche te quedas tranquilo con la señorita Schurr.

Protesté:

—¡Me dejas con una señorita como si fuese un niño de ocho años!

—Ya tendrás tiempo de quedarte solo, la vida es muy larga... Por ahora, te quedas con esta señorita que se ha prestado a atenderte. Y espero que te portes bien.

Emma Schurr era la secretaria que Domingo Mora tenía contratada para sus asuntos en Boston, una mujer joven, con el pelo rubio y rizado, de ascendencia alemana. Se ofreció a cuidar de mí esa noche e hizo todo lo posible por entretenerme, pero nada de lo que proponía —ni el dominó, ni el loto, ni los palitos chinos— me divertía. Era soltera, y se la notaba torpe con los niños, al contrario de Francisca, a la que en el fondo echaba de menos. Fui odioso con ella, la amenacé con irme solo a la calle y luego con prender fuego a un oso de peluche; me gustaba llevarla al límite y ver cómo se le agriaba el semblante con mis provocaciones. Qué mal me porté, si hubiera sabido que en el futuro íbamos a vernos más habría tenido más cuidado. Pensaba que si mi padre me trataba como a un mayor, era yo también responsable, pero solo era un niño consentido.

No quise dormirme hasta que mi padre y Domingo volvieron, alegres y parlanchines de tanto beber. Se habían divertido mucho con tanto personaje excéntrico. Gente con sentido del humor, como Augustus Saint-Gaudens, el amigo íntimo de Domingo Mora, casado con una sorda, profesor de escultores, considerado el maestro del bajorrelieve, una estrella en alza desde que cosechó su gran éxito con su estatua del almirante Farragut*, «el monumento público más sofisticado que se haya visto en la nación», como lo describió la prensa. O Stanford White, que sabía reírse de sí mismo, y que confesó sin ningún pudor que su padre era un dandi que nunca se preocupó de dar una buena educación a sus hijos y que no había estudiado más allá de los dieciséis años. Que lo había aprendido todo de su maestro, el gran Henry Richardson, que descubrió su talento a los diecisiete años y lo contrató.

—¿Sabéis por qué? Porque Richardson detestaba decorar los edificios, a los arquitectos no les suele gustar la decoración, pero a mí sí. Se me da bien.

Aparte de experto en cerámica, White coleccionaba arte, tapices y antigüedades. Era un personaje extravagante enamorado de Europa, donde encontraba sus ideas. La inspiración para diseñar la torre de la iglesia de la Trinidad en Boston la encontró en la catedral de Salamanca. En Nueva York, fue responsable de levantar la Giralda, la torre que dominaba el parque de Madison Square, una réplica de la de Sevilla. Con mi padre compartía la afición por los habanos y le contó su reciente periplo por España entre volutas de humo.

Por primera vez en mucho tiempo, vi a mi padre contento, no solo por el efecto del alcohol, sino porque había vislumbrado en aquella reunión de artistas que había vida más allá de la crisis, trabajo más allá de Nueva York. Y había brillado con luz propia, no por su bagaje de arquitecto, porque se expresaba mal, sino por su maestría al violín. A la gente se le olvidaba su inglés macarrónico cuando le escuchaba interpretar sus melodías.

---

* David Glasgow Farragut (1801-1870) fue un militar norteamericano, héroe de la guerra de Secesión, hijo del militar menorquín Jorge Farragut (1755-1817).

En casa siguió tocando hasta muy tarde. Estábamos todos desvelados. La señorita Schurr, exhausta, no me delató, al contrario, dijo que me había portado bien. Todavía se lo agradezco. Cuando se despidió de nosotros, entre bostezos, el coche de caballos la estaba esperando para llevarla a su casa.

25

A la mañana siguiente me dejaron unirme al grupo de los mayores. Stanford White nos impresionó por su ingenio y cultura cuando nos llevó a visitar los terrenos destinados a la futura Biblioteca Pública de Boston, situados en Copley Square, frente a la magnífica iglesia de la Trinidad. El estudio del que ahora formaba parte, al que se acababa de incorporar invitado por dos amigos arquitectos, Charles McKim y William Rutherford Mead, era uno de los veinte estudios de arquitectura que pugnaban por ganar el concurso de lo que debía ser el gran templo de la cultura en Norteamérica.

—En nuestra firma no queremos abarcarlo todo; siempre buscamos asociarnos con otros arquitectos, socios, diseñadores y dibujantes para llevar a cabo partes concretas. —Mi padre escuchaba muy atento—. Para la decoración externa, el tema escultórico, de bajorrelieves y mosaicos, vamos a repetir la jugada, exactamente como hicimos enfrente, ¿os acordáis? —les dijo, apuntando a la iglesia de la Trinidad.

Diez años antes, Augustus Saint-Gaudens, Domingo Mora y un pequeño ejército de artistas y artesanos, bajo la dirección del jovencísimo White, habían trabajado a destajo en la decoración de aquel templo, que dominaba el otro lado de la plaza. White entonces era la mano derecha del arquitecto más conocido del país, el célebre Henry Richardson, elegido para reconstruir la iglesia. Richardson, cuyo estilo medieval románico, influenciado por las formas históricas europeas, marcó la arquitectura norteamericana de la segunda mitad del siglo XIX, confió a White parte del diseño y la decoración interior. Para el aprendiz fue su primer gran encargo y el inicio de una colaboración con el arquitecto más emulado y admirado del país.

—Richardson cree, y yo también, que debemos transferir la riqueza de los logros pasados a la arquitectura moderna, en lugar de elegir entre la penuria del presente.

—Si solo imitamos lo que otros han hecho antes, poco vamos a avanzar —dijo Saint-Gaudens.

—No se trata de imitar, se trata de añadir algo más a una tradición ya existente. Como lo hicimos aquí.

En ese momento cruzamos el pórtico de la iglesia de la Trinidad. Aquella nave no se parecía a ninguna otra en Norteamérica: era una obra de arte. La sacralidad del espacio le recordó a mi padre la de la parroquia San Jaime de Villareal, y de pronto se sintió en territorio familiar como si nuestro antepasado Juan José Nadal estuviera presente. Pero si aquella era sobria, esta era una extravagancia de murales, vidrieras, ventanales, molduras doradas y pinturas policromadas. El conjunto era original, de una belleza deslumbrante, y hoy se le reconoce como uno de los más bellos edificios norteamericanos jamás construidos.

—Se trata de producir edificios que sean, en última instancia, soberbios por sí mismos —continuó—, que trasciendan su momento histórico, aunque estén influenciados por la historia. Que irradien belleza a través de su volumen, de sus proporciones, de todo lo que capta la atención de quien lo observa.

Stanford White, el hombre del bigote en forma de escoba, o de cola de ballena, como yo lo veía, fue un guía magistral. Mi padre escuchaba embelesado, y me preguntaba nervioso lo que no entendía, para que se lo tradujese. White habló del control de la forma, que atribuía al talento de

Richardson, unas formas animadas por un juego de simetría y asimetría, por la frescura de los materiales naturales, de la estudiada relación entre las partes, del ventanal a la pared, del techo al suelo, de fuera adentro.

Mi padre estaba excitadísimo al descubrir que Richardson encontraba su inspiración en la arquitectura preindustrial, pero no entendía que diese la espalda a la tecnología. No compartía la idea purista del americano, esos arcos macizos como si los hubieran levantado en el medievo. Mi padre abogaba por mezclar elementos antiguos con tecnología moderna, la bóveda tabicada con el cemento Pórtland, por ejemplo. En suma, adaptar la belleza del pasado a las necesidades del presente. ¿El progreso no trata precisamente de añadir un punto de vista nuevo, o una mejora, a algo que ya se ha probado? ¿Aportar un grano de arena a la gran obra humana que se asienta sobre siglos y siglos de conocimiento acumulado? Esa idea era la base misma de su proyecto, de su patente, de su idea constructiva. Bajo las bóvedas de aquella iglesia iluminada por la tenue luz de las vidrieras, mi padre habló con Stanford White de historia, de cómo la inmigración musulmana trajo de Bizancio maneras de construir desconocidas hasta entonces en el mundo cristiano, de cómo levantaban las bóvedas sin masa, con ladrillos finos alrededor de un eje, de cómo se inspiró en ellas para su sistema constructivo que había desarrollado en Barcelona, en el Progress Club y en las obras de Levy en Manhattan. Stanford White mostró un genuino interés en todo lo que contaba mi padre, sobre todo cuando habló de la cualidad ignífuga de su método de construcción. A pesar de su inglés, corregido por mi modesta aportación, White se dio cuenta de que tenía enfrente no solo a un violinista con talento capaz de amenizar una reunión de amigos, sino a un constructor con ideas originales, un arquitecto culto que podría serle de gran utilidad en sus proyectos.

—¿Tu podrías colaborar con alguna bóveda?

—Sí, pero una bóveda aislada no soluciona el problema de la resistencia al fuego, tiene que haber un conjunto.

—Entiendo; lo que te pregunto es si estarías dispuesto a colaborar en partes concretas de la obra, teniendo en cuenta que la autoría final no sería tuya, sino del estudio.

White no habría hecho esa pregunta si hubiera sabido lo necesitado que estaba mi padre.

—No me importa no firmar como arquitecto, además pienso que varias mentes son mejor que una.

White le dio una palmada amistosa en el hombro: estaban hechos para entenderse. A modo de despedida, mi padre soltó una pregunta que su maestro valenciano Sebastián Monleón solía hacer para explicar que la mejor arquitectura era colaborativa: ¿es que alguien recuerda el nombre de quien diseñó las pirámides? Al reírse, el bigotazo en forma de cola de ballena de White se abrió, dejando ver una perfecta hilera de dientes amarillentos por los cigarros. Era una risa de complicidad. Quedaron en verse en Nueva York.

Por la tarde, mi padre cumplió su promesa y me llevó al circo. Me lo había ganado. También invitamos a la señorita Schurr. Cómo me gustaba el circo.

Aquel viaje a Boston fue una burbuja que nos hizo creer —lo que duró el viaje de vuelta— que ya habíamos salido del hoyo. Mi padre se sentía ungido de esa felicidad que da el sentirse comprendido y aceptado en un mundo cerrado y excluyente, al que aspiraba pertenecer. El efecto euforizante de la palmada que le había dado White duró hasta que el tren nos devolvió a Nueva York, arrojándonos de nuevo a nuestra realidad, hecha de escasez de trabajo y de dinero, de falta de reconocimiento... y de soledad. Mi padre esperaba con ilusión noticias de Francisca, estaba seguro de que el buzón rebosaría de cartas con sellos de México, quizás también una nota relativa a los edificios confiscados que aportase alguna esperanza de recuperarlos, pero en ese hueco oscuro y vacío dentro del portal solo estaba la última factura del alquiler. Estaba dolido, notaba mucho la ausencia de la mexicana. Y yo también, no solo por mi padre —era horrible verle sufrir de mal de amores—, sino porque Francisca era una fuente constante de alegría, siempre dispuesta a animarnos, a encontrar soluciones, a salir adelante. A mí me proporcionaba una gran sensación de seguridad: con ella cerca podía caerse el mundo que —estaba seguro— no nos pasaría nada. Era lo más parecido a una madre que podía tener.

Mi padre le escribió largo y tendido para contarle el viaje a Boston, para darle esperanza de que estaban a punto de abrirse nuevas puertas y de que todo iba a ir mejor (en el fondo, temía que Francisca se estuviese desinteresando de nosotros por la ruina que padecíamos), y para decirle que seguía sin noticias de la denuncia para recuperar la propiedad de los edificios. Al mirar por encima de su hombro, pude leer su despedida: «Adiós, cacho de cielo, tuyo, Pelón».

26

Siguieron largas semanas en las que mi padre alternaba la búsqueda de nuevos proyectos con la supervisión del final de la construcción de la sinagoga. Vivía en una angustia permanente porque se daba cuenta de que había presupuestado mal los trabajos. Luchaba no por ganar dinero, sino para que no le costase; sería un drama excederse porque carecía de capacidad de endeudamiento. Pero era su forma de ser: jamás presentó un presupuesto que se ajustase luego a la realidad. Pensar que todo era más barato formaba parte de su naturaleza optimista y emprendedora. El problema llegaba luego, al final de las obras. Entonces hacía lo que hacen todos, pagaba a sus obreros con los trabajos siguientes, siempre que hubiera futuros encargos.

Por eso, cuando le llamaron de Boston, por intermediación de Saint-Gaudens, para restaurar una villa al borde del mar, en Rhode Island, se relajó. La rueda de los pagos podría seguir funcionando.

—Papá, te acompaño.

—Imposible, van a ser varios días.

—Me puedo quedar con la señorita Schurr, me dijo que siempre podría quedarme con ella.

—Dijo eso porque es una señorita educada, por quedar bien, pero es que no quiero que pierdas colegio. Te quedarás aquí en Nueva York, en casa de Domingo Mora, te han invitado, tiene un hijo de tu edad.

No me gustaba quedarme en casa de otra gente, por muy cómoda que fuera o por muy bien que me tratasen. Me había acostumbrado a pasar largas horas con mi padre y cuando no estaba con él, me sentía inquieto, su ausencia me perturbaba. Para mí, una tarde perfecta era compartir con él un tablero de dibujo y estar cada uno a lo suyo, sin hablar más que lo estrictamente necesario, sin interferencias, excepto cuando le preguntaba qué le parecían mis dibujos. Esperaba su mirada indulgente, y luego su comentario siempre constructivo me proporcionaba una seguridad reconfortante que me envolvía en una onda de placer sutil. Mi paraíso particular era mi padre.

La casa de Domingo Mora estaba patas arriba porque estaban preparando la mudanza para irse a Boston. Era un adosado, un *brownstone* cerca de la Segunda Avenida, con cuadros amontonados en los pasillos, estatuas envueltas en papel y muebles antiguos en los salones. De estilo bohemio pero opulento, no como la nuestra. Su mujer, Laura Gaillart, era una francesa de la región de Burdeos cuyas hermanas estaban casadas con los herederos de la familia Bacardí, dueños del imperio del ron. Entendí que Domingo Mora jugaba en una liga distinta a la nuestra, de ahí que tuviese los contactos que tenía y esas casas tan amplias. Al principio me sentí cohibido, había que sentarse puntualmente a comer, no poner los codos en la mesa, hablar bajo, todo un código de buenas maneras que no me sabía bien. Pero me hice amigo de su hijo Francis, que tenía una maravillosa colección de soldaditos de plomo. Jugábamos a la guerra, y sobre todo dibujábamos, él era muy bueno en escenas de la vida cotidiana y en retratos. Yo solo sabía reproducir edificios y monumentos.

Poco tiempo después de que mi padre volviese de Boston, Bernard Levy le convocó. Saneada su situación financiera, ya podía lanzarse a terminar la construcción de los adosados de la calle 78. Poco a poco, la vida volvía a ser lo que era.

Excepto por Francisca, que no anunciaba su regreso. «Mi amada Francisca —le escribió mi padre en una carta que acabo de encontrar—, hoy es sábado y no he tenido noticia alguna de ti. No sé si estás viva o muerta. Dice un adagio inglés *"No news are good news"*, pero yo no soy inglés y no lo entiendo así. Aquí está lloviendo día tras día, como tú no estás el sol se esconde...».

Creo que mi padre llegó a pensar de todo, que Francisca había dejado de quererle, que estaba rehaciendo su vida, que mientras estuviera solo y en la ruina no volvería, etc. Lo cierto es que la mexicana lo estaba pasando mal y no sabía cuándo podría regresar.

Nos llegó su respuesta a la nueva casa donde nos mudamos, un piso pequeño donde no había que esconderse para cocinar.

> *Estoy en esta prisión de la que no puedo salir... No pienses que ha sido insignificante la herida que he recibido al llegar y en vez de estrechar a mi madre en mis brazos encontrar no una familia buena, sino enemigos que tenía yo por lo que mi mamá dejaba, y tal era la envidia e infamia de la hermana e hijas de mis cuñados que más bien querían y deseaban hacerme desaparecer. No me eches en cara que no te quiero y no te escribo. No, Pelón, Francisca te ama con toda su alma.*

Le consolaba que Francisca tuviese poderosas razones para demorar su regreso. No es que se hubiese olvidado de nosotros, es que la agonía de su madre se hacía eterna y la vida podía ser muy dura allá en México. La echaba de menos como amante, de eso estoy seguro, y también como compañera. Ahora que necesitaba trabajar fuera de casa, en la obra de Levy, la organización para que yo estuviera atendido se hacía complicada. Cuando Francisca vivía con nosotros, todo fluía. Ahora mi padre me tenía que dejar solo, o yo debía acompañarle a todas partes, como su fiel escudero.

Esta vez, dispuesto a convencer a Bernard Levy de las bondades de su sistema de construcción, le propuso alterar los planos de una de las casas.

—Para que lo entiendas bien, quiero que veas cómo hago las bóvedas tabicadas. Te voy a ahorrar costes y va a quedar... *biutiful!* Confía en mí de una vez.

Levy era escéptico, pero mi padre era un maestro a la hora de levantar esos arcos que prescindían de las vigas tradicionales y que además dejaban el sótano diáfano. Aprovechó para enseñar la técnica a los albañiles. Yo participé, me lo tomaba como un juego y hasta invité a Francis Mora, porque a los niños siempre les ha gustado construir con sus manos. En lugar de maquetas, aprendimos a levantar tabiques como un obrero más.

El espacio creado era bonito, la construcción sólida, a prueba de fuego, y barata. Levy empezó a tomar en serio a mi padre. Sus ideas mediterráneas dejaron de parecerle un exotismo o el capricho de un excéntrico porque pudo comprobar *in situ* la genialidad del método. Se fue entusiasmando tanto que, en el segundo grupo de casas, el de la cara sur de la calle, incluyó en cada una de ellas unas bóvedas de ladrillo rebajadas, recubiertas de azulejos... e ignífugas.

Levy acabó siendo un adepto entusiasta del método Guastavino. Le preguntó a mi padre por la patente, esa que había tramitado en España antes de venir.

—Las patentes te van a ayudar a ganar credibilidad en la industria de la construcción —le aseguró.

El promotor no lo decía solo por querer protegerle, sino también porque acariciaba la idea de montar una empresa con mi padre y otros accionistas de cara a explotar esos inventos. Ahora que creía en ello, que era un converso, puso una condición: que mi padre aceptase no involucrarse en el día a día de las cuentas y las finanzas. Levy sabía lo desastroso que era con los negocios, después de la ruina de los *tenements,* y lo mal que hacía los presupuestos.

—Rafael, tus presupuestos son incumplibles. Siempre los haces por debajo de su valor. ¿Por qué no calculas los costes con algo de precisión?

—Lo intento, pero nunca tengo tiempo de verificar los precios de los materiales.

La verdadera razón era otra, y Levy, que la conocía, se lo dijo.

—El problema es que estás enamorado de lo que haces. Y esa es tu perdición. Lo llevas en la frente, todos lo ven y se aprovechan de ti, saben que por ahí te tienen agarrado.

Era bien cierto. Si le interesaba el encargo, mi padre tiraba los precios porque quería llevar a cabo la obra, por encima de todo, aunque perdiese dinero.

—No puedo estar sin construir.

Lo decía como quien dice que no puede estar sin respirar.

—Sí, pero luego vienen las malas sorpresas... —le respondía Levy—. Quizás en España la falta de formalidad no sea tanto problema, pero aquí está mal visto. Tienes que hacer un esfuerzo y ser más realista. O nunca saldrás de la ruina, por mucho que te ayudemos los demás.

Nada más volver a casa, mi padre se puso a rebuscar en baúles llenos de planos y papelotes hasta que extrajo un manojo de documentos amarillentos, que me mostró.

—Aquí está la patente —dijo muy ufano—, la que solicité en Madrid.

—A ver...

El título era de lo más farragoso, lo leí a trompicones.

—«Privilegio de invención número 5902 por cinco años de un sistema de construcción de techos abovedados de inter-estribos y descargas...». ¡Uf!

—Ese es el título de la patente, ¿me lo puedes traducir?

Pensaba que me lo decía de broma, pero no, iba en serio.

—Pero papá...

—Aquí tienes el diccionario. Venga, te voy a ayudar.

—¿Tú? —En ese momento estallamos de risa. Mi padre tenía sentido del humor—. Padre... —le dije.

—¿Qué?

—Que esta patente está caducada.

—¿Cómo dices?

—Se firmó en enero de 1878 y estamos en 1885. Y aquí pone que es por cinco años.

Era un problema muy típico de mi padre no darse cuenta de los vencimientos de los contratos, o de cualquier cosa que tuviera fecha de caducidad. Había perdido su capital en la compra de los terrenos, ahora resultaba que no tenía la patente, de la que tanto se había jactado. No tenía nada de lo que pensó que sería indispensable para triunfar en América. Tampoco podía culpar a nadie ni echar balones fuera, era responsabilidad suya.

Levy le dijo que de todas formas ese «privilegio de invención» española no era convalidable en Estados Unidos, aunque no hubiera caducado, y que tenía que presentar una solicitud nueva en la U.S. Patent Office. Mi padre no sabía cómo efectuar ese trámite, ni por dónde empezar, de modo que Levy, como buen amigo que era, le ayudó con todo el procedimiento. Sin él, no habría sido posible. También le echó una mano a la hora de redactar el texto con las especificaciones del invento y le facilitó testigos para la firma, un requerimiento necesario. La patente número 323.930 para la construcción de edificios a prueba de fuego fue firmada por los testigos Fernando Miranda, que ya había regresado de España diciendo que el país era un caos y que era imposible trabajar, y el abogado R. Bowen, amigo de Levy. Luego presentó la 336.047 para la construcción de escaleras ignífugas, y la 336.048 para cubiertas, forjados y techos, también a prueba de fuego.

—Quizás te sea más fácil obtener trabajo de constructor con estas patentes, y hacer partes concretas de una obra, que como arquitecto —le dijo Levy.

—Sí, me haré constructor de forjados, techos y escaleras.

Mi padre no tenía vanidad de autor. Era consciente de que en los cuatro años que llevaba intentándolo como arquitecto no había conseguido ni de lejos el éxito que había conocido en España. Pero tenía una fe inquebrantable en sus ideas sobre diseño y construcción, y su entusiasmo era arrollador, aun en lo más negro de la crisis.

27

Por eso, al volver de Boston, no dejó pasar tiempo para ir a ver a Stanford White. Levantar villas individuales, construir adosados estaba bien, pero necesitaba involucrarse en un proyecto público de envergadura para que su aportación tuviese un impacto. Estaba convencido de que la biblioteca de Boston podía ser su gran oportunidad: un proyecto de ese calibre le daría a conocer. Necesitaba que Stanford White cumpliese con lo que le había dicho en Boston, que le dejase participar en el concurso, que le hiciese un hueco. Lo primero era explicarle con todo lujo de detalle sus sistemas constructivos, hacer de él un adepto como había conseguido con Levy.

El estudio de McKim, Mead & White se encontraba en el 57 de Broadway, todavía no eran aquellas lujosas oficinas de Park Avenue, concebidas para impresionar a los clientes y que se convertirían en el símbolo del éxito y del poder de la arquitectura norteamericana. El estudio de la calle 57 rezumaba actividad; era ya el prototipo de estudio de arquitectura moderno donde muchos producían trabajos en nombre de unos pocos. Mi padre llegó con sus carpetas bajo el brazo, y conmigo detrás. White nos recibió con su cortesía habitual. Nos presentó a sus ayudantes, delineantes y arquitectos, antes de hacernos pasar a otra sala con tableros de dibujo.

Desde el principio mostró un interés genuino por el trabajo de mi padre. Sabía lo que se estaba construyendo en Barcelona, ciudad considerada por la profesión como moderna y progresista. De hecho, había oído hablar de la fábrica Batlló, y mi padre le contó que había levantado sus cinco pisos a base de forjados de arcos tabicados con cemento, reforzados con tirantes de hierro que hacían que el conjunto fuese a prueba de fuego. Que mi padre hubiese sido el responsable de su diseño, con apenas veinticuatro años, le impresionó tanto como las cualidades ignífugas que le estaba describiendo. Que un profesional tan joven tuviese semejante oportunidad en la vieja España era de por sí elocuente. Eso tenían en común, que no eran arquitectos de trayectoria tradicional, ambos habían empezado muy jóvenes. Mi padre diseñaba a los veinte años y White, sin previa formación profesional, a los dieciocho años era ya el ayudante principal del arquitecto más afamado de Estados Unidos, Henry Richardson.

White se mostró sensible a la originalidad del concepto y a la ejecución cuidada de los edificios que mi padre le mostraba en las láminas que extendió sobre el tablero. Era imposible que un arquitecto inquieto y curioso como él, y tan sensible al tema de los incendios, no se interesase por ese planteamiento.

—Si entiendo bien, las bóvedas hechas con ladrillo fino, con rasilla, actúan como una sola masa cohesionada, ¿correcto?

—Correcto. De ahí el nombre de construcción cohesiva con el que he patentado mi sistema. Las bóvedas tradicionales, hechas de mampostería y cal, aguantan solo por la fuerza de gravedad. Estas aguantan por sí mismas.

—¿Pero esta creencia está respaldada por cálculos o por alguna teoría de ingeniería?

—No, pero lo puedo demostrar.

—Ya, el problema es que mis socios son muy... como diría... bueno, somos los tres unos *redneck,* cabezas cuadradas, y ellos necesitan números, muchos números, mucha teoría y matemáticas.

Mi padre fue sincero.

—Lo sé de manera empírica, por haberlo probado y luego desarrollado, por mis años de maestro de obras.

—Es que parece un milagro que la forma tan fina que se consigue con los ladrillos sea capaz de soportar tanto peso. Y los milagros no venden bien en este mundo.

—Esa seguridad y esa firmeza se consiguen porque la forma es la adecuada, no el volumen o la masa de los materiales.

—Lo entiendo, ahora hace falta que los demás lo entiendan igual de bien. —White abrió uno de sus cajones—: Mira, Rafael, esto te va a gustar... —Con sumo cuidado, extrajo un ladrillo de tipo romano, fino y largo, de color clarito y moteado. Era producto de la fábrica Terra Cotta Company, de la que era dueño y en la que había trabajado Domingo Mora, en Nueva Jersey—. Mira, un Tiffany, hecho en mi fábrica. Lo llaman así en honor a la Tiffany House, el edificio de la calle 72 y Madison donde lo empleamos por primera vez.

Mi padre lo acarició como si fuese un objeto de arte.

—Con esto y cemento Portland, que fragua enseguida y resulta tan sólido, no se necesita más para construir barato y a prueba de fuego —afirmó—. La adhesión que se produce entre el mortero de cemento y este tipo de ladrillo permite que cada bóveda funcione como un material unificado que aguanta la tensión y no ejerce fuerza lateral.

—Es casi demasiado bonito para ser verdad, pero tiene sentido.

Mi padre le enseñó los planos de la sinagoga de Nueva York, del Progress Club, de las casas de Levy y de sus *tenements*, esos que había dejado a medio construir, y le invitó a visitarlos.

—¿Puedes hacerme un diseño de salas abovedadas para adjuntar al proyecto? Podría ser la sala de la entrada.

—¿Para cuándo lo necesitas?

—El plazo acaba dentro de dos semanas.

—Okey —asintió mi padre, haciéndose el americano.

—Tengo que hablar con mis socios, estas decisiones las tenemos que consensuar los tres, no puedo garantizarte nada, pero lo podemos intentar.

Al despedirse, lo hizo con su legendario sentido del humor: «¿No te parece difícil concentrarse en la parte artística de nuestro trabajo con tantas mujeres exigiendo armarios empotrados?». Era la típica broma de arquitecto que hizo que mi padre se desternillase.

Durante el año 1885, mi padre se presentó a dos concursos: la sede de la Arion Society, un club social musical alemán de Nueva York, y la Biblioteca Pública de Boston, con el diseño de una sala abovedada en la entrada.

No ganó ninguno.

Ya fuese por su manera de hablar, por su aire de caballero europeo un poco trasnochado, porque iba conmigo de la mano a todos los despachos y no era algo habitual, no podía evitar ser considerado un soñador, un personaje estrafalario que llegaba con la historia de la humanidad a cuestas y que vendía un sistema *too good to be true,* demasiado bonito para ser verdad. Era difícil romper ese prejuicio.

Pero le ayudaron los tiempos. El día de la publicación de los resultados del concurso del Arion Club, *The New York Times* titulaba: «Epidemia de incendios en Boston» y en la misma página, abajo: «Dieciocho incendios simultáneos en un solo día en Nueva Orleans». Los incendios seguían siendo un problema de primer orden, por eso el comité de la Arion Society, después de que mi padre les convenciese del ahorro en costes, le ofreció construir los forjados del edificio con su sistema ignífugo. Había perdido el concurso, pero había ganado un encargo.

En cuanto a la biblioteca de Boston, el comité encargado de elegir un proyecto de diseño declaró el concurso desierto. No tanto porque no hubiera un planteamiento digno de ser elegido, sino porque los miembros del trust, todos magnates de la industria que donaban su dinero para levantar edificios públicos, no se ponían de acuerdo con el estilo que debía tener la biblioteca. Se abría así una larga etapa de debates para seleccionar el estudio de arquitectura idóneo.

Pero otras obras empezaron a dar sus frutos. Bernard Levy se mostró radiante al leer una crítica de sus adosados publicada en la revista especializada *Real Estate Record and Builder's Guide*, que confirmaba la apuesta por Rafael Guastavino. Ese día mi padre llegó a casa con la revista en la mano, exultante, como si hubiera ganado la lotería.

—Léeme esto, Rafaelito, despacito y con mucha atención. —Empecé a leer—: «Los diseños de estas mansiones son producto de un caballero español que ha desplegado su quehacer con la gracia y el espíritu artístico por el que sus compatriotas son conocidos». ¿Eh? ¿Qué te parece? —me interrumpió. Dejé la revista y le aplaudí. Eso significaba que volvían los buenos tiempos. A saber cuánto durarían—. Me llaman caballero español, como un don Quijote, ¡ja, ja...!

—Entonces yo soy tu Sancho Panza, ¿verdad?

—Un poco más delgado, pero sí.

—Seguí leyendo: «Estas seis nuevas viviendas son un ejemplo del buen gusto que prevalece en la zona de Central Park West. El estilo arquitectónico es renacimiento español, y la fachada llama la atención por su belleza y su aire novedoso. Un detalle particularmente bonito lo componen los azulejos blancos, azul claro y marrón que decoran el vestíbulo...».

Lo celebramos con una merienda en Fleischmann's, la pastelería vienesa a la que no íbamos desde el principio de la crisis. Aunque éramos igual de pobres que antes de la publicación del artículo, mi padre ya empezaba a derrochar, no lo podía evitar, las buenas noticias le aflojaban el bolsillo. Como tampoco podía evitar creer que, tarde o temprano, su momento llegaría.

28

El 27 abril de 1886, Norteamérica se despertó con la noticia de la muerte de Henry Richardson. La prensa comparó su partida de este mundo con «la desaparición de una gran montaña del paisaje». El mentor de Stanford White, el arquitecto más admirado e imitado de los Estados Unidos —con el pedigrí añadido de ser el bisnieto de Joseph Priestley, el descubridor del oxígeno—, falleció en el zenit de su carrera, después de padecer una enfermedad renal irreversible durante diez años. Para acentuar el drama, solo tenía cuarenta y siete años.

Mi padre, que debía ir a Massachusetts para terminar los arreglos de una villa, aprovechó para pedirme que le acompañara y, de paso, asistir al funeral, que se celebraría en la obra cumbre de Richardson, la iglesia de la Trinidad, en Boston. Domingo Mora le dijo que acudirían los prebostes de la arquitectura y la construcción, y que convenía hacerse ver. Y así pasábamos unos días juntos en la casa de Allston donde Domingo estaba ya instalado con su familia, feliz de haber cambiado Nueva York por Boston.

El funeral contó con la presencia de los magnates que le habían contratado, de colegas con los que había debatido, de autoridades que le habían apoyado, y hasta de obreros, albañiles y artesanos que habían trabajado a sus órdenes. Y, por supuesto, de los amigos artistas como Saint-Gaudens, LaFarge, Mora y un largo etcétera. Bajo la bóveda que había diseñado con tan fina inspiración, el sacerdote —y luego varios amigos, entre los que se encontraban Standford White y su socio Charles McKim—, visiblemente afectados, glosaron la enorme personalidad del arquitecto, su presencia enérgica, su encanto magnético, su curiosidad infinita. Un orador se lamentó de que no hubiera vivido lo suficiente para levantar la Biblioteca Pública de Boston, porque, según él, era «el único capaz de aunar las visiones discrepantes». Mencionaron que su vida había fluctuado entre el éxito profesional y la decadencia física, y que había expirado en el punto más álgido de su carrera.

En los corrillos que se formaron a la salida, en la plaza, surgió otra imagen del dios de la arquitectura. Se decía que hasta el final trabajó con auténtica obsesión, y que negarse a reconocer la fragilidad de su salud le llevó a ser negligente en sus asuntos personales, que por eso murió intestado e insolvente, con sus negocios desatendidos y sus papeles en el mayor de los desórdenes, dejando a su familia en la ruina, a pesar de ser el arquitecto que más dinero ganaba de entre todos sus colegas. Una personalidad que me recordaba un poco a la de mi padre.

Me quedé observando, entre tanta pompa y circunstancia, cómo la mujer y los seis hijos del difunto salían de la iglesia, cabizbajos, de negro, y me dio pena que la vida les fuese a deparar privaciones y miserias por haber perdido al cabeza de familia. Por primera vez pensé que mi padre se podía morir también, y me pareció algo terrible. Era un pensamiento insidioso que me hundía en la tristeza, pero duraba poco tiempo, me bastaba oír de nuevo su voz para convencerme de que era inmortal.

Un poco más lejos, entre el gentío, mi padre y Domingo Mora daban el pésame a Stanford White.

—No me olvido de ti, Rafael —le dijo White—. A pesar de que no haya salido el proyecto de la biblioteca, te tengo presente. Ven, te voy a presentar a mi socio.

Charles McKim, que también había trabajado con Richardson como delineante y aparejador, era famoso por las casas y mansiones vanguardistas que diseñaba, y ya despuntaba como un arquitecto innovador, creador de un estilo propio que se conocería como «renacimiento estadounidense». Mi padre, intimidado y nervioso, empezó a venderle su sistema, pero McKim era un hombre muy solicitado y le reclamaron para unirse al cortejo fúnebre. Nos quedamos en la plaza, mi padre con la palabra en la boca, viéndolos partir hacia el cementerio de Walnut Crest.

Domingo Mora nos llevó a su casa, y me gustó reencontrarme con su hijo Francis y organizar las estrategias de los soldaditos de plomo. Lo que me gustó menos fue cuando mi padre dijo que no dormiría conmigo y que volvería a la mañana siguiente a por mí.

—Pasaré la noche en la oficina de Domingo.

—Pero quédate aquí conmigo, compartimos cama.

—No, que no duermo. Ya vas siendo mayorcito. Te recogeré mañana a las diez. Daremos una vuelta por el *playground* antes de coger el tren.

Los *playgrounds* eran arenales con máquinas de hacer gimnasia, un invento de la municipalidad de Boston para tener vigilados a los hijos de los inmigrantes mientras los padres trabajaban. Allí trepaban y jugaban, vigilados por una vecina. Eran toda una novedad, pero yo no quería jugar a nada de eso, ni con niños tan pequeños. Me ponía nervioso que mi padre me tratase como a un adulto o como a un niño, según le conviniese. Lo que quería era que se quedase conmigo.

—No pienso ir al *playground* mañana —le dije—. Estoy harto de que me trates como a un niño pequeño.

—Precisamente por eso no vamos a dormir juntos esta noche. Que descanses.

A la mañana siguiente me recogió puntual. No venía solo, sino acompañado de la señorita Emma Schurr, que se mostró cariñosa conmigo. Hasta me regaló una caja de dulces, pero apenas le di las gracias. Entendí lo que pasaba. Mi padre no había dormido solo en el despacho de Domingo.

Atando cabos, ahora me explicaba sus numerosas escapadas a Boston... Era cierto que le salían obras de pequeña envergadura, pero también era cierto que Emma Schurr no solo le hacía de secretaria.

Al volver a Nueva York, nos encontramos con una carta certificada de España, de un tal Genaro Marín, que tengo ahora entre mis papeles. A mi padre le perseguían las deudas, como hilos de una medusa gigante de los que uno nunca se libra del todo.

> *Usted me indicó las fechas en que podía pagarme, yo le contesté que si no podía pagarme toda la cantidad como me había prometido, lo hiciera ingresando algo a cuenta, pues usted me contestó que iba trabajando algo a pesar de ser ese país refractario a todo lo español. En mis cartas de 1885 me prometía satisfacerme las cuentas en varios plazos. Hoy que veo puede hacerlo, le ruego me diga si quiere pagarme.*

—Claro que quiero pagar, el problema es que no puedo —dijo mi padre.

—Padre, pero ¿qué deudas son esas de España? Hace ya mucho tiempo que nos hemos venido.

—Mira, hijo... Antes de embarcar para Nueva York, y porque necesitaba dinero para el viaje y para empezar aquí el negocio, pedí un préstamo a varios amigos. Y claro, ahora me lo reclaman, pero preciso más tiempo para devolvérselo.

Era una verdad a medias hecha para acallarme. Esa misma noche escribió una carta a Genaro prometiéndole un pago antes de final de año. El problema con mi padre era que, aunque en ese momento ganaba lo suficiente para vivir, siempre le faltaba. Aunque ganase un millón de dólares, le seguiría faltando.

Domingo le consiguió otra obra, el diseño y la construcción de un mausoleo en un camposanto cerca de Boston. Era algo rápido, pero, aun así, debía desplazarse a menudo. La primera vez, un mínimo de tres días y, como no quería dejarme solo, fue a preguntar a la directora del colegio si podía quedarme en casa de algún compañero. A mí aquello me daba pavor e intenté discutírselo, pero ni podía llevarme con él ni quería dejarme solo. Decía que, si los encargos seguían viniendo de Boston, abriría una oficina en la ciudad y quizás un día nos mudaríamos allí, así podría jugar con Francis a diario. La directora del colegio, muy acostumbrada a solucionar problemas de logística entre la población inmigrante, consiguió que la familia de un compañero italiano me ofreciese su hospitalidad, contra un pago por mi manutención. A regañadientes tuve que aceptar quedarme con extraños en Nueva York.

Esas situaciones nos hacían echar de menos a Francisca, que tan bien sabía ocuparse de mí cuando mi padre se ausentaba. Él le seguía escribiendo con regularidad, le reprochaba que ella no le quisiese y decía que por eso retrasaba su regreso. Tengo aquí las respuestas a esas cartas, me gusta releerlas porque aflora la esencia misma de Francisca, son el espejo de su alma: «Te ruego no desconfíes de mí ni un segundo, pues no me harás justicia a lo que yo he sufrido» —le contestó en una carta. La pobre, después de perder a su madre, se enfrentaba a la muerte de su padre: «He perdido a dos seres idolatrados que tenía en este mundo —le escribió—, y tienes que saber que mi corazón no es falaz y que cuando amo es fielmente y para siempre». No era el caso de mi padre, para quien la fidelidad nunca fue un valor absoluto; pasaba temporaditas con Emma Schurr en Boston.

Pero su corazón estaba con Francisca, yo lo sabía. Emma Schurr era una solución de reemplazo. En otra carta, la mexicana le reprochó que no la tuviese mejor informada de sus proyectos, y lo hizo llamándole de usted: «¿Cree que si le digo me escriba espontáneamente lo hago por antojo? No, no, es porque quiero ahora simpatizar con sus penas, y que si está sufriendo no me tenga ignorante de sus trabajos».

Otra táctica de mi padre para hacer que Francisca volviese era dar pena de sí mismo. Exageraba al contar sus males, pero puedo atestiguar que era mentira: estaba como un roble. Lo hacía para ablandarle el corazón. Ella contestaba con esa mezcla de frescura y sinceridad: «Mi amado Pelón, no sé qué decirte de las noticias que me das de tu salud. Tú no sabes lo que he sufrido a falta de mi madre y de ti. Ahora que pronto podremos endulzarnos la vida, me sales con que te vas a morir. Ay, Pelón, Francisca te ama con toda su alma».

Francisca contó que no consiguió heredar nada, que su hermana y cuñados habían maniobrado para quedarse con lo poco que habían dejado los padres, que abandonó esa lucha ante las amenazas de muerte que recibió, y que estaba sin un peso. Le pidió a mi padre que le mandara doscientos cincuenta dólares para que pudiera zanjar sus asuntos y volver a Nueva York. En ese momento, mi padre no tenía esa cantidad, y ella le respondió: «Sin un centavo yo no puedo arreglar mi viaje solamente que me vaya volando. ¡Pelón, ponte bueno de salud! Y harás feliz a tu Francisca que tanto te ama. Tuya siempre».

Al final, entre mausoleos y villas al borde del mar, mi padre consiguió trabajar y pronto vivimos una situación más desahogada. A pesar de que seguía viendo a Emma Schurr, mandó el dinero a Francisca.

Entonces yo le pregunté:

—Pero, padre, ¿tú a quién quieres... a Francisca o a Emma?

—Las quiero a las dos, pero de manera diferente...

—Como Pilar y mi madre, ¿no?

—También las quería a cada una a su manera... Debo de ser un poco moro.

—¿Qué quieres decir?

—Que los moros, los musulmanes, tienen derecho a tener hasta cuatro mujeres, eso no está mal visto entre ellos.

—¿Eres musulmán? —le pregunté, un poco confuso.

Mi padre se echó a reír.

—No, pero los entiendo. —Luego añadió—: Aunque, por otra parte..., ¿tú sabes lo que cuesta mantener a varias mujeres?

—No.

—Pues mucho.

—Tú llevas cuatro: Pilar, mi madre, Francisca y Emma...

—Vaya, me estás llevando las cuentas.

—¿Les mandas dinero a todas?

Le hice esa pregunta como se la hubiera hecho a un prestidigitador.

—Todas me piden dinero, unas más, otras menos.

—¿A mi madre le das dinero?

—Pues claro.

—¿Y a Pilar también?

—Eso es más complicado...

—Cuéntame...

—Otro día. Ahora me tienes que jurar que no vas a decir nada ni a Francisca ni a Emma. Es un secreto entre nosotros.

—Vale, pero dime una cosa... Si tuvieras que elegir, ¿con cuál te quedarías?

—Uf. Qué niño más preguntón.

—Contéstame.

—Con las dos, pero júrame que no vas a decir nada.

—¿Siempre necesitas a dos mujeres?

Pareció dudar entre lanzarme una reprimenda o seguir dándome explicaciones.

—Júrame que no vas a decir nada.

—Vale, te lo juro. Pero contéstame, ¿a cuál prefieres, a Francisca o Emma?

—Ya te lo he dicho. A las dos.

A finales de año, recibió esta carta de México:

> *Mi adorado Pelón,*
>
> *Nada más estoy pensando que tú te estarás figurando todo lo malo que hay en el mundo, y harás muy mal porque yo he tenido una infinidad de disgustos para poder acabar y salir de esta. Con esto, mi amado Pelón, esté seguro de que el jueves de la semana próxima estaré en Veracruz para embarcarme el viernes, si Dios es servido, con destino a New York. Ya sabes que tú eres mi único amor y que no he de amar a nadie sino a ti, y que deseo vivir solamente por ti y para ti. Pelón, ponte bien de salud y harás feliz a tu Francisca que tanto te ama.*

Conociendo el carácter de Francisca, presentí que se avecinaban tiempos borrascosos.

29

La relación de mi padre con las mujeres acababa siempre de manera tormentosa. Las quería, las mimaba, las necesitaba, su carácter se agriaba cuando no tenía una a su vera. Las necesitaba tanto que no podía vivir sin ellas. Luego, con tal de no perderlas, las mantenía en el engaño —le salía muy natural— hasta que se daban cuenta de que eran compartidas y la relación saltaba por los aires. Por eso, cuando Francisca se fue, acabó rápidamente en brazos de Emma Schurr. Y ahora que la mexicana volvía, no tenía intención alguna de renunciar a la otra, no fuera a ser que le dejasen de nuevo solo. No sé si tenía alma de bígamo o miedo a la soledad. Que hiciese malabares con las mujeres me divertía, era como si tuviese algo de prestidigitador. Y yo le hacía de claque, aunque le diese vergüenza hablar de su situación sentimental conmigo. Sabía que no era un buen ejemplo para mí y se avergonzaba de ello. Pero, al final, no le quedaba más remedio porque me necesitaba de cómplice.

A medida que fui creciendo, sentía cada vez más la necesidad de entenderle, de saber cómo fue su relación con Pilar y con mi madre, cómo fue su vida triunfal en Barcelona. Esa vida envuelta en una nube de misterio que mencionaba de vez en cuando o de la que otros hablaban con admiración. Esa vida que me había perdido por ser yo muy pequeño. Ahora quería saberlo todo y cuanto más reacio se mostraba a mis preguntas, más insistía yo. Me parecía tener derecho a ello porque siempre pensé que lo suyo también era mío.

Con Pilar, la relación seguía siendo borrascosa. Periódicamente llegaban a Nueva York cartas que a mi padre le provocaban muecas de hartazgo. Pilar reclamaba dinero sin cesar, le acusaba de haberla empobrecido, le tachaba de caradura y estafador.

—Ojito al casarte —me decía—. No conoces a tu mujer hasta que te separas de ella.

—¿Cuántos años has estado con Pilar?

—Muchos. Demasiados.

—¿Y siempre os llevasteis mal?

—No, al principio éramos dos chavalines con un recién nacido, tu hermano José. Vivíamos en Valencia, yo estudiaba el bachillerato por las mañanas y por las tardes iba a trabajar al estudio de Sebastián Monleón. Tus tías y mi madre la ayudaban mucho con la crianza. Esa fue la mejor época con Pilar, nos queríamos mucho.

En 1860, al graduarse de bachiller en ciencias, de nuevo Pilar quedó embarazada. Como en ese estado le daba miedo viajar y cambiarse de ciudad, decidieron permanecer en Valencia hasta tener el niño. Para no perder el tiempo, mi padre se matriculó otra vez en dos asignaturas que le permitieron obtener el título de licenciado en filosofía.

Al segundo hijo lo llamaron Ramón, en honor al tío que vivía en Barcelona, el padre de Pilar. Su nacimiento coincidió con el final de los estudios de mi padre, lo que les obligó a plantearse el futuro.

—Yo siempre tuve claro que quería ser arquitecto, como Monleón o sus colegas, a los que admiraba, los arquitectos valencianos de entonces. Podía escoger entre la Escuela de Arquitectura de Madrid, recién inaugurada, o quedarme en Valencia en la Academia de San Carlos, pero al final, el tío Ramón, mi suegro, me ofreció pagarme los estudios en Barcelona, en la Escuela de Maestros de Obras, y quedarnos a vivir en su casa. Él quería disfrutar de la familia, había amasado una fortuna con sus almacenes El Águila, tenía muchos contactos entre la aristocracia del textil y pensó que yo sabría aprovechar todo eso en beneficio de su hija y de sus nietos. La familia, ante todo.

Que bautizasen a mi medio hermano Ramón con el nombre del tío-suegro era solo un modesto homenaje al hombre que les ofreció una oportunidad excepcional para salir adelante. Es cierto que mi padre valía, siempre fue un trabajador incansable. El tío Ramón lo comprobó durante el verano de su llegada, en cuanto le dio trabajo en su sastrería. Vio que mi padre era astuto y tenía talento, y eso hizo que la afrenta del embarazo de Pilar cayese en el olvido. Mi tío Ramón se dio cuenta de que mi padre era el hijo que no había tenido, de modo que ayudarle tenía aún más sentido. ¿Qué suponían mil reales al año, el precio de la matrícula, comparado con la alegría de ver crecer a esa descendencia tan deseada?

La carrera de maestro de obras gozaba de gran prestigio, y no era fácil. Mi padre se matriculó en 1861, con diecinueve años recién cumplidos. Por las mañanas trabajaba en las oficinas del tío Ramón y por las tardes iba a clase en la antigua lonja, un espléndido edificio neoclásico. En el salón de la contratación, convertido en aula, con sus catorce metros de altura y seis arcos que sostenían los forjados de madera del piso superior, asistía cada día a hora y media de clase teórica, y a dos horas y media de clases de dibujo y delineación.

—Estudiar en aquel edificio tan magnífico, tan elegante, era... era algo extraordinario para un muchacho que venía del despacho de Monleón —me contó mi padre—. La escalinata era soberbia, las proporciones perfectas. Toda esa belleza me daba ganas de estudiar, porque quería replicarla. ¿Sabes?, la belleza da sentido a las cosas, le da sentido a la vida.

El programa consistía en clases de topografía, geometría, estereotomía o corte de la piedra, mecánica, materiales, composición de edificios públicos y privados, historia de la arquitectura, así como aplicaciones prácticas cotidianas. El aspirante a maestro de obras debía asimismo ganar experiencia trabajando en proyectos de construcciones públicas o privadas durante sus vacaciones de verano. Años más tarde, en su libro sobre su técnica de construcción cohesiva, mi padre elogió a sus maestros: «Debo mi comprensión de este material no tanto a mis estudios y mis investigaciones, sino a lo que aprendí de mis excelentes profesores en la escuela de Barcelona, como Juan Torras y Elías Rogent, que recuerdo con gran afecto porque estimularon mi interés en las ciencias aplicadas y en las artes».

—Un buen profesor puede cambiarte la vida, Rafaelito, es como una luz en el camino que te ayuda a ver claro dentro de ti y a crecer. Rogent y Torras me enseñaron a amar mi profesión aún más, eso solo lo consiguen los buenos maestros.

—Tú eres mi profesor, pero no eres tan bueno porque te pones nervioso.

—Hago lo que puedo.

Un día le confesé que nunca iba a ser tan bueno como él. Me estrechó en sus brazos, me miró fijamente y me dijo:

—No digas eso, nunca. Serás mucho mejor que yo, ya lo verás.

30

Mi padre me contó que disfrutó mucho de sus estudios porque jugaba con ventaja. Ninguno de sus compañeros había trabajado tanto a pie de obra, ninguno estaba tan familiarizado con los procedimientos y con los materiales. En las clases prácticas era imbatible. Cuando el profesor Juan Torras le explicaba las distintas maneras de aparejar ladrillos, o cómo montar andamios, él ya lo sabía por haberlo practicado infinidad de veces.

El profesor Torras, que tenía algo de sabio inventor, siempre investigando, era un hombre original con vocación docente. De su admiración por el tratado de Louis Vicat y sus experimentos con el cemento le vino a mi padre el interés por la composición de los morteros. Experto en la construcción con ladrillo, reivindicaba las técnicas tabicadas que mi padre aprendió en Valencia. Pero a la vez era un firme defensor de sustituir la madera por el hierro, por funcionalidad y economía y para conjurar el riesgo de incendio. No en vano llegó a ser conocido como el «Eiffel catalán», en alusión al arquitecto responsable de la célebre torre de París.

Torras invitó a sus alumnos a participar en la construcción de su propia casa en la ronda de Sant Pere, 74, convirtiéndola en un taller experimental para poner en práctica lo último en tecnología de la construcción. Allí sus alumnos aprendieron a construir techos tabicados de rasilla y acero, una solución de forjado armado que era una innovación absoluta; a colocar cubiertas de ladrillo tensadas con tirantes de hierros, a probar combinaciones que nunca antes se habían ensayado. En definitiva, se trataba de soluciones prácticas y funcionales, y más lógicas. De Torras, que había patentado una manera de construir puentes, jácenas y techos, aprendió que se podían patentar sistemas de construcción, y eso fue un acicate para su imaginación de inventor, que muy pronto tendría oportunidad de poner en práctica en una obra suya.

En las tardes de Nueva York en las que me enseñaba el oficio, mi padre me repetía una de las máximas de Torras.

—Para que una obra resulte científicamente aceptable y artísticamente bella, es necesario que todos los elementos materiales sufran en iguales proporciones con respecto a su límite de resistencia, o, mejor dicho, de rotura.

—¿Que sufran?

—Pueden sufrir de dolor o dormir plácidamente. ¿Sabes cómo lo explicaba mi profesor Torras?

Yo negaba con la cabeza.

—Nos preguntaba: «¿Qué dirían las construcciones disonantes, sin armonía, si pudiesen hablar? Pues algunas armarían un griterío espantoso. Los materiales que estuviesen trabajando en exceso pegarían chillidos, mientras otros dormirían a pierna suelta por no ejercer esfuerzo... ¡porque son vagos!». —Me partía de risa—. En cambio, cuando en un edificio los materiales trabajan todos por igual, las vibraciones mecánicas son tan armoniosas que se pueden comparar con un canto, con una sinfonía. ¿Entiendes lo que quiero decir?

Así explicado era fácil de entender.

De su otro maestro, Elías Rogent, mi padre aprendió los fundamentos de la arquitectura monumental, y a través de él recibió la influencia de la École des Beaux-Arts de París, que hacía hincapié en los estilos históricos, así como en la teoría e historia del arte. Esto le sirvió luego para poner en contexto sus conocimientos sobre las bóvedas moriscas y los métodos constructivos antiguos que había descubierto en Valencia. El vínculo que se creó entre él y sus profesores iba más allá de una relación maestro-alumno: «Guastavino es un joven con una imaginación brillante y con una práctica extensa a sus espaldas», dejó escrito Elías Rogent. Los tres se admiraban mutuamente y establecieron un diálogo creativo y enriquecedor en el que provocaban asociaciones de ideas y se influenciaban los unos a los otros. Se pasaban el tiempo probando combinaciones nuevas y, si no funcionaban, haciendo variaciones sobre la tradición.

A la ventaja de tener esos profesores y un mentor como el tío Ramón se sumó el momento tan especial que vivía Barcelona con la aprobación del Plan Cerdá de ensanche de la ciudad. Una inmensa superficie libre de construcciones —por haber sido zona militar estratégica— se abría a la urbanización. Una de las innovaciones del plan, que luego se transformó en el signo identificador de la ciudad, era proponer una cuadrícula continua de manzanas con chaflanes para permitir una mejor visibilidad. Los indianos que llegaban con el final de las colonias encontraban en el nuevo ordenamiento una excelente oportunidad de invertir sus dineros. La reina Isabel II colocó la primera piedra del ensanche en lo que más tarde se llamaría la plaza de Cataluña. Empezó así la expansión de la ciudad, un fenómeno similar al que conocería Manhattan dos décadas después. Cuando mi padre me lo explicó, entendí por qué luego vino a Nueva York. Buscaba lo mismo, la misma prosperidad que había conocido en Barcelona, un ambiente estimulante y unas oportunidades atractivas.

31

En tres años mi padre cursó todas las asignaturas con notas excelentes, pero no pudo hacer las prácticas de fin de carrera porque su vida familiar, con la llegada en 1863 de un tercer hijo, Manuel, le dejaba escaso tiempo. Además de trabajar en el negocio del tío Ramón, el último año se matriculó en la Escuela de Pintura, Escultura y Serigrafía, y obtuvo la mejor nota final en historia del arte. Pero carecer del título de maestro de obras no le impidió trabajar. En el segundo año de carrera levantó un mapa topográfico para un proyecto de su profesor Rogent, a quien le habían encargado los planos de la nueva universidad. Sus profesores firmaban, y él hacía el trabajo.

Nada más terminar la escuela, el tío Ramón le puso en contacto con su amigo el comerciante textil Miquel Buxeda, heredero de una insigne familia de fabricantes de lana de Sabadell. Le convenció para que mi padre le diseñara la casa que quería hacerse en el chaflán de paseo de Gracia con la ronda de Sant Pere. «Te lo hace mi sobrino por casi nada, y por el mismo precio tienes a los mejores maestros de obras de la escuela a tu disposición». Era un buen trato que permitió el milagro de que mi padre diseñara su primera mansión a los veintidós años. El resultado fue muy suyo: una fachada elegante, una distribución interna habilidosa y —marca de la casa— unas galerías verticales y semicirculares en las esquinas. Quien lo firmó fue el maestro de obras Jeroni Granell Barrera, cuyo hijo conocía y apreciaba a mi padre por haberle empleado en las prácticas de la carrera. Pero todos sabían que la casa Buxeda era puro Guastavino.

Un año después, el tío Ramón repitió la misma jugada en un edificio de cuatro plantas en el Ensanche, propiedad de su amigo el zapatero Paz Montalt. Vendía a su sobrino como el más genial de los arquitectos vivos —ahí estaba la casa Buxeda para demostrarlo— y ofrecía la seguridad añadida de poder contar con la supervisión y la experiencia de los profesores de la escuela. La fórmula funcionaba: mi padre adquiría experiencia y nombre en el mundillo de la construcción, los clientes pagaban menos por más, el tío Ramón se sentía orgulloso de su estirpe y el resultado solía sorprender positivamente a profesionales y profanos. Para añadir más confusión, en ciertos proyectos, mi padre aparecía como autor del diseño, mientras que lo hacía en otros como director de las obras; ya en aquella época se quejaba de la mala calidad del cemento para hacer sus bóvedas tabicadas y buscaba soluciones prácticas. Nunca dejó de mantener contacto con Torras, el gran experto en cementos.

El resultado de tanta actividad fue que Pilar, desbordada por la prole a pesar de la generosa ayuda de la que disponía, empezó a protestar.

—Solo piensas en trabajar, nunca estás en casa. Y tus hijos ¿qué?

Mi padre alzaba los hombros.

—Tengo que aprender a ganarme la vida.

—Para eso ya tienes a mi padre.

—Tu padre es tu padre, y yo soy yo.

Tío y sobrino hacían un buen tándem, mientras el matrimonio empezaba a resentirse de tanto trasiego de hijos, proyectos y visitas de obra. La relevancia social de la que mi padre disfrutaba —por ser el sobrino-yerno del tío Ramón y trabajar con las familias de la aristocracia textil— le distraía de la vida familiar. Le invitaban a inauguraciones de monumentos y edificios, a reuniones del ayuntamiento, a cócteles en mansiones del Ensanche, a conferencias en la Escuela de Maestros de Obras. Pilar no le acompañaba nunca, no porque estuviera ocupada con los niños, sino porque no apreciaba la vida social ni le interesaba el mundo aquel. A él le gustaba la gente y todo lo relativo a su profesión; a Pilar la casa. Poco a poco fue dándose cuenta de que estaba más enamorado de su trabajo que de Pilar. Lo que siempre hizo —como lo hizo conmigo también— fue llevar a sus hijos a pasar la tarde a las obras, así podía trabajar mientras la niñera los vigilaba. Ese trajín de albañiles y operarios era siempre divertido para los niños, pero Pilar era renuente a la idea porque le parecía peligroso. «¿Y si se caen de un andamio?». En esa pregunta tan simple había algo premonitorio.

—Estarán siempre vigilados.

Los encargos empezaron a solaparse, gracias a la excelente labor de relaciones públicas que hacía el tío Ramón, que disfrutaba del éxito de su sobrino porque también era el suyo. Otra familia amiga, los Blajot, comerciantes catalanes establecidos en Puerto Rico y que se dedicaban al comercio de productos coloniales con Cataluña, le encargaron una casa en paseo de Gracia, 32. Ese trabajo le valió a mi padre una mención en la prensa: «Sería difícil encontrar en Barcelona un inmueble particular que superase en belleza y equilibrio de proporciones a esta casa proyectada por Guastavino». A pesar de que el proyecto fue firmado por Antoni Serra i Pujals, otro compañero de la escuela, la autoría de mi padre no se cuestionaba.

Algunos encargos de esa época dieron lugar a amistades que todavía perduran. El magnate Lorenzo Oliver, descendiente de una familia de Mahón, se había retirado de los negocios en México y vivía entre París y Barcelona. El buen nombre de mi padre había llegado a sus oídos y le encargó el diseño de una mansión aislada para una sola vivienda con jardín en paseo de Gracia. El diseño del palacio Oliver, como se daría a conocer, a la vez convencional y ecléctico, marcó el estilo de ese primer tramo del paseo. Acabaron siendo buenos amigos y, juntos, aprovechando la epidemia de filoxera que redujo la producción de vino en Francia, años después se metieron en un negocio vitivinícola en Huesca, donde mi padre aprendió todo lo que sabe sobre el vino.

Pero el proyecto más significado, el que hizo de mi padre un arquitecto de renombre aun sin título, lo que era insólito, fue la fábrica Batlló, que se convertiría en punto de referencia de la arquitectura industrial. El tío Ramón gozaba de la amistad de los dueños, los hermanos Joan y Feliu Batlló, oriundos de Olot, que no pusieron inconveniente alguno en incluir a mi padre en el equipo responsable del diseño y construcción de una de las industrias más modernas de España, dedicada a producir todas las fases del ciclo del algodón, desde hilatura, tejeduría, blanqueamiento hasta estampación y acabados. El proyecto levantó en toda Cataluña una expectativa sin precedentes por la escala de sus dimensiones, porque iba a competir con el de las otras familias de la aristocracia textil, como los poderosos Muntadas. Los hermanos Batlló habían comprado enormes terrenos en el Ensanche para levantar naves capaces de agrupar la producción dispersa de sus otras fábricas en Cataluña. Su idea era convertir el recinto en una auténtica colonia fabril, con sesenta mil husos de hilar y mil quinientos telares, a la que vendrían a trabajar unos tres mil obreros diariamente y con cien viviendas para otros trabajadores.

Fue un proyecto colectivo en el que Rafael Guastavino aparecía como director de la obra. Pero su aportación fue mucho más allá de lo que su puesto daba a entender. Conscientes del peligro de incendio, el ingeniero jefe Alejandro Mary le encargó el diseño arquitectónico, y mi padre, dando rienda suelta a su imaginación y a sus conocimientos, añadió una ristra de innovaciones. Para el edificio de la tejeduría, de una sola planta porque debía acoger los pesados telares, concibió un tejado de bóvedas sopladas con tirantes metálicos sobre columnas de hierro, ignífugo; para la hilatura, diseñó un edificio de cinco pisos, con seis naves de seis metros de luz y setenta y cinco metros de longitud cada una, y dos escaleras de bóveda tabicada de tres grosores, así como cuatro pisos con la misma técnica. Los humos de la combustión de las calderas y las máquinas de vapor recorrían unos colectores subterráneos antes de ser expulsados por una monumental chimenea octogonal de ladrillo visto de sesenta metros de altura que dominaba el conjunto. Fiel a las enseñanzas de Torras, introdujo el ladrillo visto en las fachadas, las fajas, las cornisas y en los arcos de las ventanas hasta el segundo piso. También empleó muchas columnas de fundición y tirantes de hierro vistos, y por primera vez utilizó cemento, y no yeso, para unir los ladrillos de las bóvedas tabicadas. En realidad, todo Guastavino estaba ya en ese compendio de innovaciones.

32

En la profesión, que mi padre se llevase tanto crédito sin siquiera tener el título creó fricciones hasta el punto de que tuvo que escribir al *Diario de Barcelona* para defenderse.

> *En todos los edificios de esta índole existen dos pensamientos representados por dos facultativos distintos cuyas atribuciones o límites son bien determinados. El uno representa lo principal, lo eminentemente útil, lo que constituye la dirección y proyección de la fábrica; esto corresponde al ingeniero, a quien todo se ha de subordinar por la índole misma del edificio. El otro representa lo secundario, es decir el aspecto exterior, la proyección y dirección pura y simplemente arquitectónica. La primera parte corresponde exclusivamente a mi distinguido amigo don Alejandro Mary; la otra, a quien no le gusta se publique su nombre, si ha de herir susceptibilidades.*

Esa carta sirvió para aumentar aún más su aura de arquitecto innovador, de *enfant terrible* de la arquitectura fabril y vanguardista. Todo iba viento en popa y estaba en la cresta de la ola, pero, como decía un proverbio chino que mi padre gustaba repetir: «Cuando todo va bien, hay que empezar a preocuparse».

En la obra siguiente, la de los apartamentos Juliá, en el 80 del paseo de Gracia, ocurrió una calamidad que iba a trastocar la vida de toda la familia. Un pintor que estaba trabajando en la fachada resbaló y cayó del andamio. Lo trasladaron en volandas al hospital del Sagrado Corazón, pero murió al llegar. Para la empresa era un número más que añadir a la lista de numerosos accidentes laborales; para mi padre, que lo conocía y apreciaba, supuso un fracaso, la consecuencia de varios fallos en las medidas de seguridad que no debían volver a repetirse. El recuerdo de la muerte trágica del antepasado familiar, Juan José Nadal, a consecuencia de una caída de andamio, le perseguía. Desde ese día se hizo más estricto en todas sus obras, lo que aumentó su reputación *de original* por defender a los obreros.

El pintor al que le sucedió la desgracia se llamaba Joan Valls. Mi padre acudió al entierro en el cementerio de Poblenou; fue el único representante de los patronos. Siempre se sintió muy próximo de los obreros y albañiles. Sabía de las dificultades de encontrar trabajo, entendía lo duro que era bregar de sol a sol en andamios inestables o cargar materiales pesados durante horas para acabar cobrando un jornal de miseria. Lo sabía porque lo había vivido muy de cerca en Valencia y los jornaleros le devolvían el aprecio de sentirse comprendidos confiando en él. En más de una ocasión le tocaba a él hacer de puente entre la empresa y los trabajadores. Si no se lo pedían unos, lo hacían los otros.

Le pidieron que asistiera al entierro, al que acudieron trabajadores de la fábrica Batlló y los familiares. El pintor dejaba mujer y dos hijas de cuatro y ocho años de edad que, vestidas de negro, se limpiaban las lágrimas con sus pañuelos blancos; eran la imagen misma de la desolación y a mi padre le conmovió.

Unos días más tarde, estando en la obra, un operario vino a pedirle si podía colocar a la viuda del pintor, que pasaba por apuros económicos.

—¿Qué sabe hacer?

—Coser, y ocuparse de los niños.

Habló con Pilar y, más que por necesidad, la contrataron por piedad. Aparte de ocuparse de los remiendos de la ropa, debía pasear a los niños por las tardes. O los llevaba al parque, o a la obra «del señor», donde mi padre les mostraba las pasteras, y les balanceaba en los cubos que servían para transportar el cemento y que colgaban de una soga. O les dejaban que se deslizasen por las rampas de transporte de materiales. A la mujer le daba por llorar. Lloraba a solas, lloraba por todo lo que le recordaba al marido difunto, por sus hijas huérfanas, por su soledad.

Aquella viuda se llamaba Paulina. Es mi madre.

Tenía quince años cuando por fin conseguí que mi padre cediese a la presión a la que le sometía para que me contase esa historia. Por fin conocí los detalles de cómo la había conocido. Por fin supe quién era mi madre... y de dónde venía yo.

Me sentí aliviado, porque el peso de la ignorancia se me hacía insoportable. En plena adolescencia, uno tiene que saber quién es. La pulsión es irrefrenable y aunque la revelación no cambiaba mi vida cotidiana, ni mis hábitos ni mi rutina, sí modificaba la imagen que tenía de mí mismo. Y entendí muchas cosas del comportamiento de mi padre hacia mí.

Aun así, era difícil comprender su actitud. ¿Cómo era posible que alguien tan volcado en su trabajo como él, tan estudioso, tan meticuloso con sus diseños, tan serio en sus compromisos, fuese incapaz de controlar sus impulsos más básicos? ¿Cómo es posible que, estando en el cenit de su fulgurante carrera, disfrutando de éxito social insólito y de estabilidad familiar, se arriesgase tanto a perderlo todo?

—Hijo, a veces cuesta mucho controlar el arrebato.

Me contó que, a principios de 1871, cuando estaba enfrascado en la obra del palacio Oliver, enfermó de gripe y tuvo que pasar varios días en cama. Paulina se encargó de llevarle caldos calientes y de atenderle.

—Cuidaba muy bien de mí: me daba salicilato para el mal cuerpo, infusiones de hojas de tilo, belladona después de cenar... El caso es que no sé si me enamoré o me dejé llevar. Se notaba que quería ser feliz, pero la pobreza no la dejaba. Tenía buen carácter, comparado con el de Pilar, siempre exacerbada, quejándose del sonido del violín, que la ponía nerviosa.

La llama de la pasión con Pilar se había extinguido. Vivía su vida y mi padre la suya. Más que marido y mujer, eran como dos hermanos.

—Tu madre era distinta, era cariñosa y de buen ver... Tenía rizos rubios que le enmarcaban el rostro. El azul de tus ojos lo has heredado de ella.

Un día en el que la familia salió a la finca de unos amigos, solos en casa, mi padre, ya convaleciente, la descubrió llorando. Pasó muy cerca de ella, le daba pena y al mismo tiempo le provocaba un intenso deseo, según él mismo me contó. Trastornado por su propia audacia, le pasó el brazo por el cuello y le acarició los bucles del pelo. Temía un ramalazo de pánico, pero ella le respondió con una sonrisa. Entonces mi padre la abrazó y ella se le entregó, necesitada, según él, de la seguridad que le infundía un hombre decidido. Empezaron una relación a escondidas, a base de besos robados y de citas en las esquinas, de miradas y de roces, de mentiras y disimulos que lo hacían aún más excitante, pero más peligroso también. Sabía mi padre del carácter autoritario del tío Ramón, que Pilar había heredado a pesar de ser hija adoptiva, y que ninguno de los dos le perdonaría semejante burla a su confianza.

33

Y ocurrió lo inevitable. Una noche en la que pensaban estar solos, entregados a las delicias del amor en el desván del piso de la plaza Real, irrumpió el tío Ramón con un candil, pensando que iba a ahuyentar a unos ladrones. Lo que vio le trajo a la memoria los momentos aciagos de cuando se enteró del embarazo de su hija Pilar. De nuevo Rafaelito era el culpable, pero esta vez las repercusiones eran aún más graves. De nuevo debía soportar la vergüenza de tener un sobrino rastrero que ahora fornicaba con una criada en el santo hogar familiar. Un desagradecido amoral y pendenciero que flotaba en un charco de sudor sin saber qué decir ni dónde mirar. De nuevo sintió el cuchillo de la traición, ese que duele más cuando lo blande un ser próximo y querido. De genio de la arquitectura pasaba a ser un aprovechado, un personaje inmundo que no respetaba nada ni a nadie, que no valoraba lo que los demás hacían por él, que carecía del más mínimo rigor moral. Mi madre recogió su ropa en un santiamén y salió de aquella casa avergonzada y con el malestar de sentirse inferior.

Luego se impuso el silencio. El tío Ramón, que no era un hombre que se dejase llevar por sus impulsos, debió de medir las consecuencias de lo que había visto. Seguramente pensó que decírselo a su hija solo serviría para darle un disgusto y alimentar otro escándalo que traería el escarnio a la familia. Los tíos odiaban los escándalos; ellos, que habían luchado tanto por labrarse un hueco de respetabilidad en la sociedad catalana. El tío Ramón se debatió unos días entre la duda de si decírselo a su hija o no (tampoco quería traicionarla) y, como hombre sabio que era, optó por dejar pasar tiempo. Tiempo de asimilar que Rafaelito no era su hijo, como le gustaba pensar, y no podía ser tratado como tal. Tiempo de pensar en proteger a Pilar, su hija y madre de sus nietos, la expósita rescatada, la que nunca les fallaría. La tía Manuela le ayudó en el empeño disculpando a su yerno: que si era muy joven, que si el ímpetu varonil aniquilaba la razón, que si Pilar se llevaría un disgusto monumental, que si perturbaría a los niños, que más valía tragarse el sapo y dejar correr el tiempo. Contra la ignominia, el silencio, porque, al final, todo volvería a su cauce.

Mi padre se refugió en el trabajo, dedicándose en cuerpo y alma a la casa Camilo Juliá en la esquina de Mallorca con el paseo de Gracia. Igual que en la casa Blajot, construyó unos miradores con columnas de fundición, una escalera principal de hierro y mármol en cuyas barandillas añadió motivos vegetales y animales. La elegancia y sobriedad del diseño le valieron nuevos elogios de la profesión, que acabaría reconociendo que mi padre introdujo el modernismo en obras como esta, evocando el estilo por el que años más tarde otro joven arquitecto llamado Gaudí se daría a conocer.

A los cincuenta y seis años, el tío Ramón ignoraba que el tiempo se le echaba encima. El 24 de junio de 1871, quizás a causa del calor, quizás a causa de la cascada de emociones que acababa de vivir, o simplemente sin razón alguna, sufrió un ataque al corazón y se desplomó en su tienda de la plaza Real. Los empleados se movilizaron, cundió la alarma en el edificio, pero cuando llegaron los auxilios, era tarde. Horas después, los cocheros funerarios bajaron el ataúd, seguidos de los curas. El vecindario de la plaza Real, ante el susto de esa muerte fulgurante, seguía perplejo desde sus balcones la marcha de la carroza y de la comitiva, compuesta por la familia y las autoridades. Aquello no fue una muerte, fue un terremoto. Al entierro en el cementerio de Sarriá acudió lo más granado de la sociedad barcelonesa, así como los parientes de Valencia, sus padres, sus hermanos y sus tíos. Fue José, el hermano menor de mi padre, que era cura, quien dio un responso por el eterno descanso de su alma mientras veían cómo se hundía en la tierra el dios de la familia Guastavino, un hombre ungido de la magia del éxito, un pilar de seguridad para amigos y familiares. Sabían que ya nada sería como antes. Mi padre estaba especialmente devastado, por haber perdido a su «segundo padre» y por la vergüenza añadida de haberle defraudado. Se sentía culpable y se odiaba a sí mismo, lo que constituye la peor forma de desprecio. De su tío había aprendido de negocios, del trato con clientes, algo de finanzas y de organización de empresa. Pero, sobre todo, había sido feliz bajo su ala protectora. Su tío Ramón le había hecho ver que los sueños en la vida se pueden convertir en realidad. Porque lo que habían conseguido, a esa velocidad, era como un sueño, algo irrepetible. El éxito de ambos se había convertido en una droga dulce, que ahora la muerte le retiraba brutalmente. Las miradas clavadas de la tía Manuela, cargadas de reproche, le hacían sentirse indigno. Le recordaban lo que ella sabía, que mi padre se lo debía todo al tío Ramón y que no había estado a la altura.

La empresa almacenes El Águila se disolvió con la retirada de capitales del socio Pere Bosch i Lambrú. La tía Manuela heredó la nuda propiedad de la fortuna resultante y Pilar el usufructo. A mi padre le tocó 1/32ª parte del capital de su tío, unas dos mil pesetas, que invirtió en la compra de un solar en el Ensanche, en la esquina de la calle Aragó con Llúria, con ayuda de Pilar, porque no le daba para comprarlo solo. Era un terreno desde donde se veía el centro de Barcelona, blanca y grande, y al fondo el mar, una estrecha banda azul que ceñía el horizonte, con los barrios de levante salpicados de chimeneas y la costa envuelta en neblina, y velas latinas flameando contra el sol del atardecer. Del otro lado se veían Sarriá y Les Corts, con sus palomares y sus torreones, y las masías esparcidas por el huerto de Llobregat, cubierto de hierba y de árboles frutales. Era un buen lugar para construir una casa familiar donde cupieran a sus anchas sus tres hijos y su mujer. Con la disolución del negocio, le parecía que ya no tenía sentido mantener un piso encima de la sastrería compartido con la suegra. Los niños crecían y necesitaban más espacio. Además, era una manera de pasar página, de mostrar que quería lo mejor para la familia, así como un intento de galvanizar algo de entusiasmo por parte de Pilar, que estaba destrozada. Diseñó un edificio de cuatro plantas con un vestíbulo de entrada de mármol, una elegante escalera circular y unos miradores que suavizaban las esquinas del chaflán. Lo dibujó pensando en el tío Ramón, en hacerle una casa de la que se hubiera sentido orgulloso, en consonancia con su relevancia social y su buen gusto. Como constructor ensayó un nuevo cemento de Inglaterra, el famoso Portland, una versión artificial del cemento natural que se obtenía mezclando componentes diversos sometidos a una cocción de mil cuatrocientos grados. Ese invento lo había patentado el hijo de un albañil de Leeds llamado Joseph Aspdin y lo denominó Portland por su similitud con la famosa piedra inglesa. Mi padre importó una pequeña cantidad para probarlo: se dio cuenta de que, una vez fraguado, ofrecía mayor solidez y uniformidad. El único problema que quedaba por resolver era conseguir que los sacos de Portland tuvieran una calidad homogénea y estable.

La muerte del tío Ramón trajo consigo una disminución de los encargos y mi padre aprovechó para hacer la reválida y sacarse el título de Maestro de Obras junto antes de que la escuela se convirtiese en facultad de Arquitectura. Ahora que no disponía de su principal valedor, mejor era estar preparado para defenderse de los ataques de sus detractores, que no aceptaban que se pudiera llegar tan lejos sin título. La explicación se encontraba únicamente en el poder del tío Ramón y en su capacidad de influencia entre las familias de indianos ricos dedicadas al textil. Y eso se había acabado.

La vida de estudiante, unida a una menor actividad profesional, le permitió pasar más tiempo en casa, lo que calmó los ánimos de Pilar, que le reclamaba ayuda para lidiar con la complicada herencia de su padre. Había que vender valores españoles y extranjeros, cupones de toda clase, cerrar cuentas corrientes, hacer imposiciones a interés fijo para reducir el riesgo, subscribir empréstitos y emisiones... Para mi padre era una jerga incomprensible y su consejo valía bien poco. Él necesitaba ayuda financiera para llevar a cabo el proyecto de la casa de la calle Aragó, pero Pilar se mostraba reticente y utilizaba argumentos contundentes.

—Mirando por el bien de nuestros hijos, no quiero exponer su porvenir con empresas arriesgadas —le dijo.

—Una buena casa en el Ensanche es una inversión segura.

—Ya te he dejado dinero para que pudieras comprar el solar. Todo es de mamá, y tengo que velar por ella, entiéndelo. Si quieres seguir con la casa, tendrás que afianzarla con una hipoteca.

Mi padre intentó convencerla, pero Pilar, con su desconfianza de mujer, defendió encarnizadamente los dineros de su madre, que ella administraba. Él tuvo que aceptar que esa casa la tendría que financiar con sus propios recursos. No insistió más porque no quería enfrentarse a ellas, ahora que tenían todo el poder. Sabía que las acabaría necesitando.

Para escapar de la atmósfera de su casa, que le parecía opresiva, iba a ver a mi madre a hurtadillas.

—Pilar y yo no teníamos relaciones íntimas —me explicó—, y yo no podía estar sin una mujer.

Entonces Paulina vivía con las niñas, Paquita y Engracia, en casa de su madre, en una vivienda modesta del barrio de la Riba, lugar idóneo para guardar el anonimato porque no había ni una persona conocida en esas calles bulliciosas donde se cruzaban agentes de aduanas, pescaderos, marineros, descargadores de carbón, vendedores de chufas, de naranjas y de dátiles. Era un buen escondite para alguien que no salía del mundo de las Ramblas y paseo de Gracia. La abuela Paula hacía la vista gorda cuando iba mi padre de visita. No podía hacer otra cosa: ese hombre era la única posibilidad que tenía aquella familia de no caer en la miseria, que es cuando a la pobreza se le añade la desesperanza.

A mi padre trabajo no le faltaba porque las obras tardaban en concluirse, siempre había que volver y modificar algún elemento, como ocurrió en los apartamentos Juliá o en la fábrica Batlló, a la que tuvo que regresar. No conseguía rematar los trabajos por la tensión constante con los obreros. Barcelona, al igual que las demás grandes ciudades españolas, vivía las consecuencias de la Gloriosa, una sublevación militar que en septiembre de 1868 supuso el destronamiento de la reina Isabel II y el primer intento de establecer en España un régimen democrático. A mi padre le encargaron un proyecto para erigir un monumento a la Gloriosa en la plaza Real, frente al piso familiar, pero nunca se llevó a cabo. Al intento por parte de Amadeo de Saboya de fundar una monarquía parlamentaria se sumó una grave crisis de subsistencia debido a una racha de malas cosechas. La escasez y la carestía de productos básicos como el pan golpearon sobre todo a las clases populares. Motines y revueltas estaban a la orden del día.

—Hay que invertir en el campo, lejos de las algaradas que dificultan las inversiones inmobiliarias —le propuso su amigo Lorenzo Oliver, en una de las visitas que hizo para dar el pésame a la familia. Mientras mi padre le construía su palacete en el paseo de Gracia, Oliver adquirió una finca de setecientas hectáreas a diez kilómetros de Huesca que destinó al cultivo de la vid—. Quiero que vengáis a verla. Hay mucha tierra disponible.

Se lo dijo también a Pilar, que escuchaba con suma atención, ahora que tenía dinero de la herencia para invertir. Los argumentos de Oliver eran imbatibles. La epidemia de filoxera que había surgido en las viñas de Francia había reducido drásticamente la producción, lo que había impulsado la exportación de vino de Cataluña a Francia. Producir vino en España se antojaba un negocio con futuro. A mi padre —gran aficionado al vino, la única bebida que consumía aparte del agua— la idea de tener sus propias viñas y su propia bodega le seducía, de modo que aceptó la invitación y organizó un viaje familiar.

34

Un terreno adyacente al de Oliver llamado colonia San Ginés, con tres construcciones ruinosas, les pareció un lugar idílico. Un riachuelo que se convertía en un arroyo caudaloso pasaba por debajo de un antiguo molino harinero de tres alturas. Hileras de chopos y álamos alternaban con prados sembrados de árboles frutales. El aire era cristalino y traía aromas de montaña. Mi padre no tuvo que esforzarse en convencer a Pilar y a la tía Manuela para que lo comprasen porque también les cautivó. El precio era barato, el riesgo pequeño y la tía Manuela, viendo que ambos estaban hechizados por aquel lugar, pensó que un proyecto común les ayudaría a mejorar su maltrecha relación.

Mi padre acondicionó una casa de labranza con cuadras y un pajar, y las habitaciones del molino. La tercera ruina la destinó a bodega. En años posteriores fue comprando más terrenos, hasta sumar unas veintidós hectáreas. Pilar disfrutaba mucho cuando iba de vacaciones con mis hermanos. Más tarde, cuando fueron mayores, José, el primogénito, y Ramón, el segundo, vivieron largas temporadas en la finca, que se convirtió en el lugar de esparcimiento preferido de mi padre. La alquimia de hacer vino le apasionaba tanto como construir edificios o tocar el violín, y le apartaba, aunque solo durante breves paréntesis, de la vorágine de la construcción en Barcelona. Con el correr de los años, sus caldos Guastavino del Alto Aragón consiguieron una calidad notable.

Otras familias pudientes siguieron el camino de Lorenzo Oliver, buscando invertir en lugares más seguros que las grandes ciudades. Los Muntadas eran una poderosa familia industrial, grandes competidores de los Batlló. En Cataluña empleaban más de diez mil personas en sus blanqueadoras, fábricas y plantas de teñido e impresión. Uno de los herederos, Juan Federico Muntadas, un individuo polifacético y original, doctor en literatura, escritor y empresario, se enamoró de una finca que su familia poseía en la provincia de Zaragoza, que durante siglos había sido propiedad de monjes. En medio de una extensión de veinte mil hectáreas, el monasterio de Piedra contaba con iglesias, conventos y el palacio del abad, monumentos que abarcaban el románico, el gótico y el periodo renacentista. Tanto le gustaba que vivía allí parte del año con su familia.

En octubre de 1871, mi padre recibió una invitación de este señor, que buscaba convertir el inmenso convento en una hospedería. Recordaba la fecha porque el 8 de ese mismo mes ocurrió una tragedia que hizo mella en las mentes de todos los que en Europa se dedicaban a diseñar y a construir. Un pavoroso incendio devastó Chicago. A mi padre, que de pequeño había sido testigo de los incendios que se producían en las barracas de pescadores de Valencia, y que nunca olvidó el de la casa consistorial, en cuya extinción participó junto a sus hermanos y los vecinos aterrorizados, le conmovió la descripción de la destrucción de Chicago, los trescientos muertos, los nueve kilómetros cuadrados de ciudad arrasada, los diecisiete mil edificios calcinados, todo lo que la prensa contaba sobre el caso. Le hubiera gustado ir, hablar con los responsables municipales y con los constructores, decirles lo que ya sabían, que era una aberración usar tanta madera en ciudades industriales. Le hubiera gustado explicarles que construiría bóvedas de rasilla con mortero de cemento en vez de forjados de madera, y que las atirantaría con hierro oculto en los muros de ladrillo, y que eso bastaba para evitar un desastre semejante. Creo que fue la primera vez que pensó que podía ser útil al otro lado del océano.

La visita al monasterio de Piedra fue una revelación, una de sus epifanías, que vino a confirmar sus intuiciones de constructor. Quedó fascinado por la belleza del lugar.

Mientras contemplaba la cascada de agua, le invadió el pensamiento de que esa gruta inmensa, una de las obras más sublimes y extraordinarias de la naturaleza, estaba delimitada por una sola masa de cimientos, muros y techo, sin cimbras; un todo compuesto de partículas colocadas las unas sobre las otras, tal como la naturaleza las había dispuesto. «Entonces comprendí por qué mi distinguido profesor de construcción, don Juan Torras, dijo: "El arquitecto del futuro construirá un día imitando a la naturaleza, ya que es el método más racional, duradero y económico"».

La honda emoción que sintió le ayudó a estructurar su pensamiento. Para él, la primera arquitectura había sido la egipcia, que denominaba «de gravedad», porque los materiales —la piedra— actuaban en función de su peso, de su masa. Después, los romanos inventaron una nueva arquitectura que mi padre llamaba cohesiva, porque los materiales actuaban en función de su capacidad para mantenerse íntimamente unidos, como los conglomerados de la naturaleza, como los arcos de triunfo romanos, el Panteón, la cúpula de Santa Sofía, la de la catedral de Zamora, por poner solo unos ejemplos. La mayor parte de esas construcciones eran de hormigón, es decir, cemento mezclado con fragmentos de piedra, grava o arena. «Pero pronto descubrí que una construcción abovedada se ejecutaría mejor con ladrillos que con hormigón. Me refiero a ladrillos recibidos con mortero de cemento. El hormigón es ciertamente una imitación de la naturaleza, pero, como en esta, requiere una gran masa y, sobre todo, tiempo para adquirir resistencia. El proceso me pareció demasiado lento y laborioso para esta época en la que, por supuesto, se aprecia el valor del tiempo».

De regreso a Barcelona, aplicó las conclusiones que había sacado de ese viaje a la casa que se estaba construyendo. «Realicé la primera experiencia sobre mí mismo, como un médico probaría su propia medicina, llevando a cabo mis ideas en una construcción de cerámica y cemento, prácticamente sin vigas». Después, en años sucesivos, empleó la misma técnica en una fábrica de productos de lana merina, en la fábrica de cristal de Modesto Casademunt y en el teatro de Vilassar de Dalt. «Todo ese trabajo fue prácticamente empírico. No tenía la sanción técnica necesaria, mas ¿cómo era posible tenerla? El espesor de las bóvedas se determinaba por intuición y experiencia, como un herrero decide el tamaño de las piezas que fabrica, o un buen marino el grosor de la soga o un aparejo. Pero ¿es esa una actitud científica? ¿Puede haber alguna garantía basándose solo en la intuición y en la experiencia?».

35

Había mucha pasión en mi padre, investigaba, ensayaba, intentaba teorizar, probaba y volvía a probar, buscaba la ciencia que respaldase su experiencia práctica. Muy informado, devoraba las publicaciones especializadas y todo lo que tuviera que ver con su trabajo, ya fuese en francés, que leía directamente, o en inglés, en cuyo caso lo mandaba traducir. Se enteró de que cerca de donde había comprado el terreno en Huesca había una fábrica de yeso y de cemento natural. Fue a ver al dueño, un industrial republicano llamado Rafael Montestruc, uno de los primeros productores de cemento natural en España que a su vez era propietario del periódico *La Revolución*, y le obsequió con un libro sobre la investigación de morteros*, que era un referente internacional sobre la química del cemento, la cocción y el tipo de hornos. Consiguió convencerle para que, con ayuda del libro, fabricase un tipo de cemento Pórtland. Le dijo que, si conseguía una calidad aceptable, sería su mejor cliente. Montestruc le hizo caso, se puso manos a la obra y logró un cemento de calidad suficiente. Mi padre lo utilizó en sus obras; su amigo el empresario revolucionario se enriqueció con el invento y dejó de fabricar cemento natural.

Pero toda esta efervescencia creativa y profesional se cobró su parte. Pilar protestó de nuevo porque, después

* *Recherches expérimentales sur les chaux de construction, les bétons et les mortiers ordinaires,* de Joseph Louis Vicat (1818).

del paréntesis de tranquilidad mientras se sacaba el título, ahora su marido estaba poco en casa. No solo eso, sino que el desorden que dejaba mi padre en la estela de su trayectoria repercutía en la estabilidad familiar. En efecto, seguía actuando como si el tío Ramón estuviera vivo. Como si su estructura y organización empresarial siguiesen asumiendo los costes de sus investigaciones, los encargos de cemento a Inglaterra «para probar», las construcciones que se derribaban para volverlas a construir de otra manera, todo lo que su entusiasmo y curiosidad generaban. La contabilidad se la llevaba un antiguo socio del tío Ramón, Miquel Buxeda, que no podía prestarle a mi padre ni la atención ni los recursos que necesitaba. Buxeda se quejó a Pilar de que los presupuestos no cuadraban y que los gastos de la obra de la calle Aragó eran inasumibles.

—¡No te construyas un palacio, Rafael!

¿Cómo podía explicar mi padre que no se trataba de levantar un palacio, sino de aprovechar esta nueva construcción para seguir investigando, para seguir probando mezclas de materiales, para seguir aprendiendo, para seguir avanzando? No eran argumentos que hiciesen mella en Pilar ni en la abuela Manuela, que le obligaron a renegociar la hipoteca que había pedido al banco so pena de cortarle los fondos. A punto estuvo de tener que interrumpir las obras. Quedaba claro que no bailarían al son que él marcaba, y que las propietarias de los bienes eran ellas, y solo ellas. De hecho, mi padre no tenía nada, excepto deudas. Dependía de Pilar.

Para añadir al caos, llegué yo. Sí, yo.

El 10 de mayo de 1872, un año después de la muerte del tío Ramón, mi madre, la Paulina, dio a luz a un precioso bebé de ojos azules. Nací en casa de la abuela, en esa barriada vocinglera cerca del puerto, con ayuda de las vecinas, en condiciones precarias. La Paqui me cogió en brazos y no me soltó hasta que llegó mi padre, o eso me contó.

«Eras mi cuarto hijo —me dijo él—, así que tenía cierta costumbre de veros nacer, pero estuve tan ocupado durante los meses de embarazo de Paulina que casi no pensé en ti. Tu llegada fue como una bofetada. Una bofetada suave, claro. Cuando la Paqui te puso en mis brazos y me miraste con esos ojos bien abiertos, color del cielo, sin llorar y acurrucado contra mi piel, de repente me di cuenta de tu existencia, y de que a partir de ese momento nunca te podría dejar. No lo había sentido con tanta intensidad con tus otros hermanos porque de alguna manera los veía protegidos por su madre, por los abuelos, por el entorno. Pero a ti te sentí desvalido, me pareció injusto que, siendo mi hijo, no fueses a tener un padre como ellos, ni las mismas oportunidades que ellos, y se me avivó un hondísimo instinto de protección». Un instinto que le duró hasta la muerte.

Mi padre no quería un hijo natural. Sus hijos, los asumía. A mí me quiso desde el primer momento, como yo a él desde que fui consciente de su presencia. Tampoco podía él romper con Pilar, con su familia legal: la necesitaba casi tanto como ellos le necesitaban a él. A mi madre y a la abuela Paula les dijo que estaba dispuesto a darme su apellido, pero que, para hacerlo legalmente, tendrían que falsear los datos. No se opusieron, al contrario; que mi padre se hiciera cargo del niño era una bendición, mi porvenir estaba asegurado y, de paso, el de ellas también.

No sé cómo se las arregló, pero a los dos días, el 12 de mayo, mi padre se presentó a las tres y media de la tarde ante el juez municipal del distrito de San Pedro en Barcelona para inscribirme en el registro civil:

> *Como padre del mismo declaro: que dicho niño nació en la casa del declarante a las seis de la mañana del día 10 del actual. Que es hijo legítimo del declarante y de su mujer María del Pilar Guastavino, natural de Valls, mayor de edad, domiciliada en el de su marido. Que al expresado*

niño se le ponen los nombres de Rafael, Pascual, Antonio. Todo lo cual presenciaron como testigos don Félix Soler, casado y de profesión comerciante, y Elías García, natural de Madrid, casado, empleado. Firmado por el señor juez, el declarante y los testigos, y de toda ella como secretario certifico: Antonio Espiguel.

Le había encasquetado a Pilar un hijo del que no sospechaba ni la existencia. ¿De dónde había sacado aquellos testigos? Uno de ellos era un empleado de su empresa vitivinícola y el otro llevaba una tienda de material de construcción y le debía dinero, por lo que estaba feliz de devolverle el favor.

Civilmente yo ya era Rafael Guastavino y Guastavino —qué orgullosa estaban la abuela Paula y mi madre (a pesar de que legalmente había dejado de ser su hijo)—, pero quedaba un duro hueso de roer: el bautizo. No bastaba con conseguir dos amigos, o con comprar a dos empleados, esa operación requería una puesta en escena de mayor envergadura. A la iglesia no se la engañaba solo con el papel del registro. Por eso no me bautizaron hasta el 22 del mes siguiente. Porque hubo que esperar a que llegase el tío José de Valencia, el hermano de mi padre, para que hiciera de testigo. Era la pieza clave, sin la cual el ardid no funcionaría. Así contado parece fácil, pero no lo fue tanto, prueba de ello es que tardaron 42 días en bautizarme, algo insólito para la época. Mi padre necesitaba a su hermano porque era capellán castrense y, como tal, capaz de dar ante el cura de la catedral la credibilidad necesaria a la ceremonia. Al tío José vestido de sotana no le pediría papeles, no le cuestionaría. En un principio, José se negó a prestarse a esa pantomima. Pobre hombre, el conflicto le carcomía: por una parte, no podía aprobar la doble vida de su hermano, pero, por otra, bien veía que yo sería el mayor beneficiado de la mentira piadosa que le pedían. No se podía dejar a ningún niño sin bautizar: sería como dejarle en las fauces del demonio. Menos aún a un sobrino, aunque fuese «natural», lo que, por cierto, ya no era. En realidad, como bien le explicó mi padre, que tuvo que emplear toda su capacidad de persuasión para convencerle, no tenía ni que mentir, solo avalar la ceremonia con su presencia. Eso y una generosa donación bastarían para que el cura allanase el camino. El truco funcionó. Parecía un bautizo más de una familia corriente.

Tengo conmigo la nota registral, que he encontrado entre sus papeles:

> *... el infrascrito tornero de esta santa iglesia de la catedral de Barcelona en la pila bautismal bauticé solemnemente a un niño hijo de los consortes don Rafael Guastavino, maestro de obras, y doña Pilar Guastavino. Nació el 10. Abuelos paternos: don Rafael, carpintero, y doña Antonia Buch, naturales de Barcelona. Maternos: don Ramón, fabricante, y doña Manuela María López, natural de Valencia. Padrinos: don José Guastavino, soltero, natural de Barcelona, y la abuela materna. Y por ser así lo firmo. Damián Montesa.*

La que estaba presente junto a José era en efecto la abuela materna, Paula, mi abuela «natural», pero no la abuela Manuela, la madre de Pilar, como daba a entender el escrito. Vestida de negro con mantilla, una abuela se parecía a cualquier otra.

36

Mi padre aprovechó el parón de encargos para organizar la actividad de la colonia San Ginés con plantaciones de cepas que importó de Francia y contratando a un ebanista de Huesca, Ramón Alfaro, que le hizo las primeras barricas de la bodega. Para ese negocio sí consiguió que Pilar y su madre pusieran dinero. Estaban enamoradas de ese campo, porque veían en aquella empresa un futuro para sus hijos y porque las temporadas pasadas allí eran los únicos momentos de armonía familiar. En Barcelona, la tensión en el matrimonio se disparaba ya fuese por sus ausencias o por sospechas de infidelidad, ya por choque de caracteres, hasta el punto de que varias veces tuvo que abandonar el domicilio. No se instalaba en nuestra casa porque era modesta, no había espacio y hubiera sido demasiado arriesgado. Prefería aceptar la invitación de Lorenzo Oliver, que le ofrecía su hospitalidad en su palacete del paseo de Gracia. Es posible que se corriesen buenas juergas, que anduviesen con mujeres, pero eso mi padre nunca me lo contó. Me decía que no le gustaba estar solo y a los pocos días volvía al piso de la plaza Real con sus hijos, a los que extrañaba. A mí también me echaba de menos. Sé que es verdad porque todos los días, en secreto, pasaba por casa, a veces se quedaba una hora, otras la tarde entera, a veces la noche.

Necesitaba encargos para que entrase dinero y poder terminar su casa de Aragó. Como no llegaban, pensó que debía dedicarse a dar a conocer su trabajo. «Una cosa es saber hacerlo; y otra es hacerlo saber», le gustaba ese refrán francés que había aprendido en la Escuela de Maestros de Obras. De modo que en la exposición de la Universidad de Barcelona presentó las casas Blajot, Montalt, Juliá y Oliver, pero no salió ningún contrato. ¡Cómo echaba de menos al tío Ramón! Es cierto que había un parón en la industria inmobiliaria, pero el tío Ramón tenía acceso a gente cuya fortuna le permitía tomar decisiones independientemente de la situación económica general.

En 1874, trabajó con gran ilusión en un proyecto de la Compañía General de Depósitos para construir unos almacenes de mercancías, los Docks, avalado por su profesor Rogent. Pero pasaron los meses y, al final, para su gran decepción, el concurso fue declarado desierto.

A falta de construir, se mantuvo ocupado con otras actividades: participó en la organización de la Exposición Marítima Española, lo que le valió una medalla de honor. También formó parte del jurado que debía adjudicar la construcción de la fachada de la catedral de Barcelona. Le pidieron que presentase un modelo de casa para la Exposición Universal de Viena y, tres años más tarde, celebró una gran muestra de sus construcciones en el Centro de Maestro de Obras. Estaba bien implicado en la sociedad catalana, con una notoriedad establecida. En solo diez años, durante la década de los 1870, casi la totalidad de las fábricas de la región se modernizaron mediante la utilización de las estructuras tabicadas empleadas en la fábrica Batlló. Era un reconocimiento implícito a su capacidad innovadora, pero que no se traducía en más proyectos importantes, en «hacer carrera», y eso le exasperaba.

Al final, tuvo que hipotecar tres veces la casa de Aragó para poder acabarla. Cuando estuvo lista, invitó a que Pilar y los niños, que ya eran adolescentes, se mudasen. Era una mansión de cuatro plantas, con entresuelo y buhardilla, decorada con toques premodernistas en frontones, frisos y estucos.

—Así has tardado tanto en terminar la obra —le dijo Pilar—. ¡Es el Partenón!

—No protestes, que la he acabado con dinero del banco. Además, lo griego está de moda, con tanto descubrimiento arqueológico.

El cambio de escenario no implicó una mejora de la convivencia, al contrario. Pilar no se sentía cómoda en aquella casa; se quejaba de que era demasiado grande y costosa de mantener. Allí se encontraba aún más sola. No tenía a su madre cerca porque Manuela se había quedado en el domicilio familiar de la plaza Real. Y como apenas participaba de la vida social de su marido, tampoco veía la ventaja de vivir en el Ensanche, donde había menos comercios, y salir y callejear no era tan fácil como en el centro.

La relación no podía mejorar, según me contó mi padre, porque el deterioro ya estaba muy avanzado. Habían crecido en direcciones distintas, no compartían afición alguna, excepto la lectura y el gusto por el campo, pero aun así sus intereses eran del todo divergentes. Mi padre le echaba en cara que no plantase un solo esqueje o unas flores en un tiesto, no digamos un árbol, en la finca de Huesca, ni colaborase en la puesta a punto del molino. «Había que dárselo todo hecho», se lamentaba. Además, los hijos —el nexo que les unía— estaban llegando a la edad de emanciparse. El problema que surgía en el horizonte era evitar la llamada a filas y para ello barajaban varias opciones, una de ellas mandarles al extranjero. Para Ramón, el segundo, era una mala opción porque le gustaba vivir en la finca de Huesca. Heredó de su padre la vocación de vinatero.

Claro que yo nunca pude cotejar la opinión de Pilar. Me la puedo imaginar —tan perfeccionista ella— harto irritada de aguantar el desorden de mi padre, su impuntualidad, sus delirios de grandeza, sus incumplimientos de presupuestos, sus peticiones de dinero. Y sus ausencias. Y escuchar las maledicencias que le debían de llegar sobre las aventuras de su marido, hacer como que no se enteraba, pero luego notar que las entrañas se le agriaban de tener que aguantar la humillación de sentirse engañada. Pero todo había de sacrificarse en el altar de la respetabilidad de la sacrosanta familia, por el bien de los hijos. ¿Conocía Pilar la relación de mi padre con Paulina? Probablemente algo sabía, quizás su madre le contó antes de morir lo que había descubierto el tío Ramón en aquel desván. La tía Manuela exhaló su último suspiro el 23 de julio de 1874, a consecuencia de una enfermedad que le trastocó «los humores», y lo hizo en su cama, en el piso de la plaza Real, rodeada de su hija, de sus nietos, de mi padre y de los fieles empleados de la antigua empresa. Fue un momento triste en el que Pilar, por segunda vez en su vida, volvía a ser huérfana. Mi padre le propuso que fueran a la finca a pasar el luto y allí permanecieron una temporada más larga de lo habitual. Volvieron a Barcelona y parecía que mi padre había sabido consolarla y que se habían reconciliado.

Lo que no sabía Pilar —ni podía imaginarlo— era que él venía todos los días a vernos a casa de la abuela Paula, ni que estaba pendiente de nosotros como lo estaba de sus hijos legítimos. No se le pasaba por la mente que su marido mantuviese otra familia, que quería tanto como la suya.

Mi padre aparecía todos los días por nuestra modesta casa y si no llegaba era porque estaba enfermo o porque se había ido de viaje, en cuyo caso no le esperábamos. Pero en días normales, mi mejor momento era acechar su llegada en la calle, que era donde los niños pasábamos la mayor parte del tiempo. En cuanto le veía bajar del coche de caballos corría hacia él, me lanzaba a sus brazos y él me apretaba con fuerza y me plantaba unos besos sonoros y pegajosos que retumbaban en mi oído. Nos deteníamos en el barquillero de la esquina; me gustaba jugar a la rueda que apuntaba a diferentes números y ganarme unos barquillos, y con ese trofeo entrábamos en casa y me sentaba en su regazo, en la sala de estar. Me gustaba como olía: a yeso, a polvo, a veces a pintura. Y a tabaco, porque fumaba unos puros enormes, mientras mi madre atendía los quehaceres de la casa y mi abuela Paula cocinaba. Esa vida familiar, humilde y sencilla, esa vida le gustaba. El olor a sopa, o al guiso de conejo estofado con coles que mi abuela le preparaba los días de fiesta, los ruidos de la barriada, el calor del brasero, la atención de mi madre, que era casi servil, le proporcionaban un placer intenso e íntimo porque, creo yo, le recordaba a su infancia en Valencia, cuando vivían amontonados en una casa pequeña y modesta al calor de los afectos mutuos. Para mí, era un superhombre, un dios cercano y asequible. Su aspecto era distinto al de los del barrio, vestía chaleco, chaqueta y sombrero, como un señor, aunque con un toque algo desharrapado y polvo en los zapatos. Le metía la mano en el bolsillo y hurgaba hasta sacar su reloj de leontina y me quedaba observando, maravillado, las agujas de oro detrás del cristal, el movimiento de la maquinaria, los engranajes, ese mundo en miniatura que se me antojaba sofisticado, extraño y lujoso. Me traía unos recortables que eran casas y edificios, y con su voz grave me daba indicaciones para montarlos. Los colocábamos en las estanterías y hacíamos calles. Un día trajo «El pequeño arquitecto» —¡cómo no!—, un juego que constaba de diversas piezas de corcho que se podían combinar. En uno de mis cumpleaños, me regaló una linterna mágica, y todavía recuerdo la fascinación que me produjo. Era una cámara oscura con un juego de lentes y un soporte corredizo en el que iba colocando transparencias pintadas sobre placas de vidrio. ¡Cuántas velas habremos gastado jugando con ese aparato precursor de la cámara fotográfica! Mi padre era como ese juguete, una caja de sorpresas constante.

Un año después de la muerte de la tía Manuela, a principios de 1875, se ausentó de Barcelona más tiempo de lo normal. Volvió triste y abatido, había ido a Valencia al entierro de su padre, el carpintero ebanista que había dejado su huella de artista en las puertas de la seo de Urgell, ese abuelo mío que nunca conocí, el hombre concienzudo que crio a siete hijos a base de trabajo y esfuerzo. Agarró el violín nada más llegar a casa y empezó a tocar. Se le humedecieron los ojos, dejó el instrumento, lo guardó en su estuche y en ese momento estalló en sollozos, sin poder controlarse. Me causó una honda impresión, le tenía por un ser indestructible, verle llorar así era muy perturbador. Me abracé a su pierna y me cogió en brazos, me dijo que yo también perdería a mis padres, que era ley de vida y que por eso debíamos querernos mucho y —añadió— hacer muchas cosas juntos. ¡Vaya si hicimos cosas!

A los dos meses murió la abuela, como pasa a veces con los matrimonios de toda la vida, que no pueden vivir el uno sin el otro. La abuela Pascuala, que dio a luz a catorce hijos, y que vio morir a la mitad en su tierna infancia. De nuevo mi padre se ausentó. De nuevo volvió hundido. Pero yo, a cada regreso de viaje, sentía paz y felicidad.

A ese rosario de pérdidas se sumó la del tío Antonio, el hermano de mi padre que le había enseñado los rudimentos del violín y que también murió inesperadamente unos meses más tarde. Su complicada vida y la relación cada vez mas agriada con Pilar, que ahora era la heredera universal de la fortuna de su padre, hicieron mella en su humor. Dejaron de oírse sus sonoras carcajadas, campanadas de risa y felicidad que retumbaban en las paredes de cal de nuestra casa de barrio. Viendo que la promoción a la que se había dedicado con tanto esfuerzo tampoco dio los resultados esperados, se hundió en la melancolía. Lo que le ofrecían era más de lo mismo: una pequeña fábrica de lana merina para Carreras y Hnos., otra en Villafranca, también de lana, una nave en el Grau, un taller en la calle Urgell... y siempre con presupuestos exiguos. Echaba de menos un proyecto grande o complejo, a la altura de la fábrica Batlló. Algo que supusiese un auténtico desafío y cuyo presupuesto le permitiese respirar una buena temporada sin depender tanto de Pilar. Un proyecto donde pudiera demostrar sus teorías, donde pudiera lucirse como arquitecto innovador.

Porque el tiempo se le hacía largo mientras se dedicaba a lo que consideraba proyectos menores. Apenas le pedían casas individuales, vivía de la fama de arquitecto industrial que le había proporcionado la fábrica Batlló, y eso le molestaba porque no quería que le encasillasen. Se quejaba de la falta de medios y de que los materiales que encontraba eran de calidad irregular, incluido el cemento de su amigo Montestruc. Así era imposible establecer promedios aceptables que permitieran un encuadre teórico del sistema. España empezó a hacérsele pequeña, y él se impacientaba.

Nunca dejó de cuidarnos. Para evitar que mis hermanas fuesen analfabetas como mi madre y mi abuela, insistió en mandarlas al colegio —en aquella época menos de la mitad de los niños estaban escolarizados—, de modo que la Paqui y Engracieta aprendieron tarde a leer y a escribir, por eso lo hacen tan mal. Intentó enseñar a mi madre, pero no lo consiguió. «No firma porque no puede», dice un documento oficial, abajo en una esquina. Debería decir: «No firma porque no sabe», pero eso era quizás una manera demasiado cruda de dejar constancia de la realidad. A leer y escribir se aprende de pequeño; cuando el cerebro está formado es muy difícil, casi imposible, iniciarle a la gimnasia de la escritura. Que Paulina no supiera escribir no le impidió mandar muchas cartas, pero se las redactaba la Paqui, o si no pagaba a un escribano. A mí, mi padre me enseñó en casa, muy despacio me mostraba las letras y me hacía repetir los sonidos que iban asociados. Aprendí los signos de puntuación, el abecedario y a contar. Luego también me mandó a un colegio de curas, y yo protestaba porque era mucho más estricto que la escuela de mis hermanas. Nunca me gustó el colegio. Me parecía una pérdida de tiempo estar sin mi padre. Sentía por él un respeto reverencial, pero nunca me intimidó, nunca le tuve miedo, sino confianza. Creía en mí, me felicitaba cada vez que le mostraba un dibujo, le traía las notas, o me veía saltar a pídola sin machacarme los genitales.

—¡Papá, mira!

Todavía tengo ese reflejo, a mis años, de decir: papá, mira. Mira esta bóveda, mira esta fachada, mira esta perspectiva. Mira todo lo que he aprendido de ti. Mira cómo resuelvo los problemas que plantean tantos y tantos proyectos que llegan a nuestra empresa desde las cuatro esquinas de este inmenso país. Ahora que te has ido, papá, mira qué solo me he quedado.

37

Debía de tener unos seis años cuando nuestra vida cambió. Recuerdo con nitidez el día en que nos instalamos, mi madre, mis hermanas y yo, en una casa que mi padre había construido en 1877 para una rica viuda catalana en la esquina de paseo de Gracia y Aragó, vecina de la suya, en la que alquiló los bajos para nosotros. Más que un cambio de casa fue un cambio de mundo. No estábamos acostumbrados a que los pomos brillasen como joyas, ni a esas puertas de castaño macizo que se cerraban con una suave inercia, ni a esos ventanales ni a ese cuarto de baño con lavabo de loza y agua que salía milagrosamente caliente del grifo de la bañera. Ni a esa cocina separada de la sala de estar con azulejos en las paredes y una fresquera en la que cabía yo de pie. Comparada con la casa de donde veníamos, la de la abuela Paula, esto era un palacete. Mis hermanas estaban extasiadas mientras colocaban nuestras pertenencias en los armarios, y aun así parecían vacíos. O teníamos pocas cosas, o los armarios eran muy grandes. La abuela se vino a vivir con nosotros. Cosía y ayudaba a mi madre con la plancha y la cocina. También ella estaba maravillada, aunque echaba de menos a las vecinas de su barrio, que entraban sin avisar porque eran como de la familia. En el Ensanche, la gente no se conocía ni se saludaba por la calle.

El despacho profesional de mi padre se encontraba muy cerca, en su antigua casa familiar de la calle Aragó. Después de hipotecarla varias veces, al final no tuvo más remedio que venderla para saldar la deuda pendiente. Pilar se negó a asumirla. Quizás fue una venganza por sus repetidas ausencias, y al no tenerle confianza, descartó compartir esa casa con él. De todas formas, nunca le gustó vivir allí y, al morir su madre, volvió al piso de la plaza Real, su querencia. Como él se negó a seguirla, plantearon una separación. Pero, en el fondo, ni él quería estar sin sus hijos ni ella quería algo tan drástico mientras las infidelidades de su marido, que sospechaba, no fueran de conocimiento público. Las apariencias y el qué dirán eran importantes para ella, así como para toda la sociedad de entonces. Mientras él mantuviese ese pacto tácito, la convivencia con el padre de sus hijos seguiría siendo posible. Para una mujer religiosa como Pilar, el matrimonio era un vínculo sagrado. Nunca abandonó la esperanza de domesticarle porque disponía del arma suprema: el dinero. Por ahí lo tenía agarrado, porque él siempre lo necesitaba: para terminar una obra, para empezar otra, para algún arreglo en la casa, para la finca de Huesca, para abrir una oficina en Madrid... Pilar sabía que mi padre no podía estar sin trabajar, sin construir, sin proyectar. Esa dependencia de Pilar no propiciaba el amor, al contrario, le producía un sinsabor permanente y ganas de tomarse la revancha, que es lo que hacía manteniéndonos a nosotros, sin decírselo a nadie, en la oscuridad del anonimato. El equilibrio de su relación con Pilar era tan precario que cualquier día podía saltar por los aires.

—Sí, de acuerdo, la fortuna era de tu padre, pero yo he contribuido a su buen nombre —le decía a Pilar— y a aumentarla.

—Si hubiera sido por ti, estaríamos todos en la ruina hoy en día —replicaba ella.

Es muy posible que ambos tuvieran razón.

Como mi padre necesitaba mantener su despacho profesional —y algo de independencia—, lo que hizo fue alquilar una parte de la casa familiar a los compradores a los que se la había vendido. Era también una manera de permanecer en ese lugar creado con tanto mimo e ilusión. Conocía sus tripas de memoria, el ángulo de la escalera, las medidas de las habitaciones, donde estaban los desagües y las llaves de paso. A mí me tranquilizaba saber que él trabajaba a una manzana de casa. Estando tan cerca, parecía que nunca nada malo podría ocurrirnos. De pronto aparecía por la mañana y se tomaba un café con mi madre, o venía a comer. Por las tardes, después del trabajo, nos hacía una visita. A veces tenía el semblante lúgubre y estaba de mal humor porque no le había salido un proyecto o porque debía dinero o porque se había peleado con Pilar, entonces se ponía a tocar esas melodías tan bonitas de músicos valencianos que él conocía tan bien y se producía el milagro, recuperaba la alegría y me llamaba.

—Rafaelito, siéntate aquí.

Me acomodaba en sus piernas y me enseñaba a adoptar la postura correcta, a sujetar el violín y el arco, a colocar los dedos.

—Te costará llevarte bien con el instrumento, pero luego te acostumbrarás y solo pensarás en la música.

Al principio me gustó, y a base de mucho esfuerzo conseguí tocar alguna melodía, pero nunca logré que el violín se convirtiese en mi mejor amigo, como lo era de mi padre, que era capaz de conmoverse hasta las lágrimas cuando se inspiraba.

Pocas veces se quedaba a dormir en casa pero, cuando lo hacía, me sentía el niño más feliz del mundo. Se quedaba en el cuarto de mi madre, y al despertarnos por la mañana saltaba a su cama y jugábamos a la oca o empezábamos a dibujar. Recuerdo que me invadía un sentimiento de plenitud que todavía hoy añoro. Más tarde supe que si se quedaba unos días con nosotros era porque Pilar y mis hermanos se habían ido a la finca de Huesca. Ramón, el segundo de sus hijos, vivía allí permanentemente. Esas temporadas se le veía especialmente feliz, o por lo menos eso me parecía a mí. Luego recuperaba su semblante serio y ya solo podía disponer de él, a ratos, por las tardes.

En su búsqueda de nuevos horizontes, envió a la Exposición Universal de Filadelfia de 1876 veintiuna fotografías de sus edificios junto con una propuesta especial que llevaba por título «Mejora de la sanidad en las ciudades industriales». Era la aplicación práctica de lo que mi padre llamaba la construcción tubular, a base de muros alveolados cuyas cavidades interiores garantizaban aislamiento y ventilación al mismo tiempo que ligereza y resistencia. Idealista y visionario, lo proponía para construir ciudades enteras, en sintonía con las corrientes higienistas y sanitarias más avanzadas, que pretendían una mayor calidad de vida para los trabajadores de las ciudades industriales. Él también quería cambiar el mundo.

Para su gran sorpresa, la Exposición de Filadelfia le concedió una medalla de bronce *in absentia*. No se lo esperaba, aquel galardón fue como recibir una bocanada de oxígeno. Como buen supersticioso, se lo tomó como un signo del destino. Dejó volar su pensamiento hacia los Estados Unidos en el momento en que «hacer las Américas» estaba en boca de muchos en Barcelona a causa del estancamiento general de la economía y la vida política española. Se daba cuenta de que el parón en los encargos no se debía tanto a la ausencia del tío Ramón como al país en el que vivía. No había día sin manifestaciones en las calles, a veces violentas. El premio le devolvió la esperanza de que podía hacer carrera. Veía que las ciudades del este de los Estados Unidos representaban una oportunidad única de desarrollar su potencial creativo.

38

Ese año, descubrió sorprendido que la Compañía General de Depósitos estaba ejecutando el proyecto que había presentado dos años antes a concurso. Si se había declarado desierto, ¿cómo es que ahora veía esas bóvedas tabicadas construidas de manera exacta a como las había especificado? Estaba claro que estaban construyendo los Docks sin él, pero con sus planos, sus cálculos y sus fórmulas. Se enteró de que la compañía había adjudicado el proyecto al mismo Elías Rogent, que lo estaba dirigiendo. Es decir, el profesor utilizaba el trabajo de su antiguo alumno basado en la bóveda de ladrillo plano y añadiendo alguna que otra modificación. Era una práctica habitual en el mundo académico, donde se suponía que el alumno debía sentirse honrado de que su maestro utilizase el proyecto propio o partes de este. Pero mi padre se quedó perplejo porque Rogent no era solo su maestro, sino también un colega con quien había debatido regularmente de esos temas. En un momento dado, pensó ir a pedirle explicaciones, pero no quería enemistarse con el pope de la arquitectura en Barcelona, un hombre influyente capaz de conseguir proyectos, pero también, si se terciaba, de arruinar la carrera de quien se le enfrentara. Entonces se acordó de su otro maestro, Juan Torras, con quien siempre estuvo en mejor sintonía.

—No me parece justo que, en los Docks, que están a punto de terminarse, ni se me haya mencionado ni haya cobrado una peseta.

Torras le dio la razón y le aconsejó que tramitase un «privilegio de invención y exclusividad», así llamaban a las patentes. Él mismo lo había hecho con un sistema de vigas y techos colgados, o sea de forjados, y cobraba de los constructores cada vez que lo utilizaban.

—Es la mejor manera de protegerse —le dijo.

Le indicó los pasos a seguir. Lo primero era ir a Madrid, donde había que cursar el papeleo.

A finales de la década de los setenta, la fiebre del oro se apoderó de Barcelona. Fue una súbita burbuja económica provocada indirectamente por ese minúsculo organismo, la filoxera, que había arruinado las viñas del país vecino. De rebote, el aumento de las exportaciones de vino a Francia impulsó la economía catalana y en apenas dos años brotaron veinte bancos nuevos. La ruina de aquel lado de los Pirineos provocaba el enriquecimiento de este lado. Uno de los negocios que prosperaron fue el de mi padre en la colonia San Ginés. Pilar lo financiaba alegremente porque Ramón, el segundo de los hijos, demostraba un genuino interés por la enología y por el negocio y le gustaba la vida en el campo. Aprendía el funcionamiento de la explotación gracias a otro Ramón, de apellido Alfaro, el ebanista que mi padre contrató para hacerle las barricas de la bodega y que terminó convertido en gerente de la empresa y más tarde en su cuñado, al casarse con su hermana Juana.

Frente a la demanda creciente de sus caldos, y como Ramón hijo podía atender el día a día de la finca, mi padre envió a Ramón Alfaro a Madrid a abrir un establecimiento de vinos y licores, en la calle Atocha, 88, para comercializar el vino Guastavino del Alto Aragón a toda España y al extranjero. Espoleados por el éxito, en 1878 enviaron una remesa de caldos a la Exposición de Matanzas, en Cuba, donde les fue concedida la medalla de bronce, un galardón que a mi padre le produjo una alegría sin parangón, mayor que si se lo hubieran dado a un edificio o monumento suyo. Fue un premio a su olfato, a su sentido del gusto, a su habilidad para cultivar sus viñas, mezclar cepas, elegir los mejores toneles para envejecer el vino. Un premio a sus sentidos, y a su idea de negocio. Pero también un premio a la confianza que Pilar y la difunta tía Manuela habían depositado en él. Y le producía una íntima satisfacción ver que su hijo Ramón compartía su entusiasmo por el arte de hacer buen vino.

Como el papeleo para solicitar el privilegio de invención debía cursarlo en Madrid, mi padre aprovechó uno de sus viajes y dio unos poderes a un ingeniero para que tramitase en su nombre su famosa patente, la que nos iba a sacar de pobres aquí en Nueva York. La obtuvo el 10 de julio de 1878, como yo mismo leí en los papeles que me entregó, cuando los reclamó el constructor Bernard Levy. A partir de entonces, era propietario en exclusiva de su método para construir bóvedas tabicadas con tirantes de hierro, algo que nadie había hecho antes. Los derechos le permitían cobrar cinco duros por cada techo de treinta palmos de fachada fabricado de esta manera. Los constructores le pagaban quinientas pesetas como canon por la concesión y se comprometían a ir a medias en los derechos que percibían en la zona geográfica de los alrededores de Barcelona que les correspondía. Era un ingenioso sistema comercial que enseguida le valió dos encargos: la remodelación de la nave antigua de Can Maneras, así como la nueva fábrica Saladrigas, ambas construidas con su patente, pero sin haber sido proyectadas por él. Mi padre añadía una faceta más a su carrera, la de inventor.

La fiebre del oro permitió la reindustrialización de buena parte de Cataluña, que había sido asolada por una crisis profunda. Se reanudaron las cooperativas de consumo, se abrieron nuevas fábricas textiles y metalúrgicas, y ese flujo de dinero nuevo sirvió, entre otros proyectos, para remodelar teatros y monumentos. En la comarca del Maresme, el pueblo de Vilassar de Dalt, a veinticinco kilómetros de Barcelona, contaba con una sala de conciertos de madera que, a pesar de haber sido restaurada con ayuda de dos conocidos pintores decoradores, resultaba demasiado precaria, de modo que un grupo de doce vecinos acaudalados decidió levantar un teatro a la altura de esa localidad próspera, que contaba con tres importantes hilaturas. Eligieron a Rafael Guastavino para llevarlo a cabo. Y lo hicieron por dos razones: porque el sistema patentado era más barato que cualquier otro, y porque estaba probado.

Por fin, en octubre de 1880, le llegó el encargo de un proyecto significativo, lo que mi padre había estado esperando desde Batlló. Un edificio público, singular, que iba más allá de las habituales casas de vecinos y naves para fábricas. Un campo nuevo para experimentar con las posibilidades artísticas y arquitectónicas de sus innovaciones, una oportunidad de diseñar un espacio grande utilizando su tecnología de bóvedas tabicadas. Era también el primer encargo que mostraría su trabajo directamente al público, y en el que su contribución a la estética del edificio estaba inextricablemente ligada a su contribución a la estructura.

Y era también la posibilidad de escapar de su realidad cotidiana, de las broncas con Pilar, de los materiales defectuosos que había que devolver en obras nimias de las que apenas sacaba beneficio, de las facturas que se amontonaban en su mesa, de los problemas que le planteaban sus hijos mayores. No le vimos durante varios días porque se encerró en su despacho a dibujar febrilmente. En noviembre de 1880, solo un mes después de haber firmado el contrato, empezó a construir y en pocos meses surgió del suelo una cúpula esférica de diecisiete metros de altura cuyo armazón era de solo cinco centímetros de espesor. El secreto de su cohesión era un anillo metálico alrededor de la base que absorbía el empuje hacia el exterior. Nunca se había construido una bóveda tan fina con relación a su curvatura y solo se vería superada en Alemania en los años 1920 por las cáscaras delgadas de hormigón armado. El teatro de La Massa iba a ser su banco de pruebas, la demostración palpable de sus teorías, la muestra vívida de lo que era capaz de lograr, su tarjeta de visita.

Pero nunca la vio terminada. Cuántas veces hablamos él y yo de La Massa, en las noches frías y tristes de Nueva York, cuando arreciaba la crisis y no veíamos la luz al final del túnel. Me la describía al detalle y se preguntaba cómo la habrían rematado, si el enlucido lo habrían pintado según sus directrices. Hablaba de La Massa como si de una mujer frágil se tratase, como si estuviera viva y necesitase cuidados, como un padre a quien le arrancan un hijo. Tanto la extrañaba que la replicó en 1898 para la Universidad de Nueva York. Soñábamos despiertos que un día iríamos de viaje a España a visitar aquel teatro de proporciones perfectas, aquella bombonera que le sobrevive, que nos sobrevivirá. Él no conocerá el fruto de su ingenio, pero yo espero ir a verlo, muy pronto.

39

Ya he contado que un día llegó una señora que no conocía de nada y entró en nuestra casa, muy alterada, pidiendo hablar con mi madre. Fue poco antes de que viajásemos a Estados Unidos. Apareció por sorpresa, a media mañana. Ignoro lo que se dijeron porque permanecí fuera, en el jardín. Estuvieron hablando un buen rato y luego mi madre me obligó a venir a saludarla. Era una mujer bien vestida, con mantilla, el rostro afilado y la mirada penetrante. Recuerdo perfectamente cómo se agachó para ponerse a mi altura, cómo me cogió los brazos y cómo me miró, escudriñándome. Ahora pienso que buscaba en mi fisionomía rastros de la de mi padre, pero en aquel momento no sabía qué demonios le pasaba.

—Son los ojos de usted —le dijo a mi madre. Luego me preguntó—: ¿Cuantos años tienes?

—Nueve —le dije.

Me pasó el dedo índice por la nariz, suavemente, y luego por la barbilla. De pronto, rompió en sollozos, me dio un beso furtivo en la mejilla y se fue de casa. Me daba apuro que una señora tan de postín reaccionase de aquella manera. Mi madre no me dijo que se trataba de Pilar. Por mucho que le pregunté, evitó responderme. Para acallarme, acabó diciéndome que la señora estaba mal de la cabeza.

Me lo confirmó mi padre en Nueva York, cuando nos quedamos solos. No solo Pilar se enteró de su doble vida, de que mantenía a mi madre y a sus hijas en los bajos de la calle Aragó, a tiro de piedra de su despacho profesional, sino que también supo de mi existencia.

Era inevitable que tarde o temprano Pilar lo descubriese. Cuando vivíamos en casa de la abuela Paula, en la Riba, cerca del mar, algunas tardes mi padre me sacaba a dar una vuelta por el barrio, e íbamos a la lonja por callejuelas abarrotadas de compradores y curiosos que se empujaban ante puestos de ropa, de muebles y de cachivaches. A veces comprábamos pescado, otras paseábamos entre hileras de carros y carromatos cuyo traqueteo hacía un ruido ensordecedor e íbamos hasta los muelles. El bosque de mástiles era tan denso que tapaba la vista del mar. Mi padre nunca se encontró a nadie conocido durante aquellos paseos, porque ese no era el mundo en el que se desenvolvía.

Pero cuando nos mudamos a la calle Aragó, ya no podíamos pasear sin correr el riesgo de ser vistos por un amigo o un familiar, por eso mi padre era reacio a salir conmigo. Hasta que un día me encontraba tan aburrido que insistí para que nos llevase, a mi madre y a mí, al Parque de la Explanada, el lugar favorito de los niños de Barcelona. Llevaba tiempo soñando con ir con los dos, como una familia normal, a jugar y a merendar al parque.

Recuerdo la felicidad de aquella tarde junto a mis padres, algo que no había sucedido jamás. Después de jugar en el estanque que llamaban la Fuente de las Ocas, entre magnolios, palmeras y árboles centenarios, nos sentamos en la terraza de la lechería y confitería de las Cabañas Suizas, como cualquier otra familia. Allí fue donde Manuel, el pequeño de los hijos de mi padre con Pilar, nos vio. Tenía diecisiete años y estaba con unos amigos. Optó por no decir nada a su padre, y tampoco se lo trasladó a su madre. Pero esa bola hecha de vergüenza ajena y culpabilidad empezó a crecerle por dentro hasta que se le debió de atragantar. Aquella visión de su padre con Paulina y conmigo le colocaba en una posición difícil: si no perjudicaba a su padre, engañaba a su madre. Aguantó el silencio hasta que un día, después de que mi padre le castigase por haberle sorprendido bebiendo más vino de la cuenta, explotó. Y en su rabia de adolescente, contó a su madre lo que había visto en el parque de la Explanada y que éramos otra familia. Lo vomitó todo y se echó a llorar en su regazo, liberado de aquella carga y a la vez arrepentido de haberla soltado. Si Pilar lo supo, fue indirectamente por mi culpa, por haber insistido en ir al parque.

A pesar de que llevaba tiempo sospechando de que mi padre tenía algún *affaire*, Pilar enloqueció. Nunca hubiera imaginado una doble vida tan establecida, y menos aún que hubiera un hijo de por medio. Después de venir a comprobarlo, despechada y presa de dolor, tomó una serie de decisiones que cambiarían nuestra vida —y la de su familia— para siempre.

Lo primero que hizo fue revocar el poder sobre los bienes parafernales de mi padre, es decir, le echó de la colonia San Ginés, de su negocio del vino y de todos los que había emprendido con el dinero heredado del tío Ramón. La segunda decisión fue llevarse a sus hijos a Argentina. Varios amigos de su padre invertían en compañías de ferrocarril, emulando en Argentina a los Vanderbilt y otros grandes norteamericanos. Hablaban con entusiasmo del país del futuro. Para sus hijos, sobre todo los mayores que estaban a punto de ser llamados a filas, Argentina era la tierra prometida donde escaparían del servicio militar obligatorio de ocho años, cuatro en activo y cuatro en la reserva, que les esperaba en España. Dos años antes, en 1878, el nuevo gobierno había cancelado la posibilidad de librarse del servicio militar mediante el pago de seis mil reales, por lo que Pilar pensó que había llegado el momento de tomar la decisión drástica de llevárselos fuera. También era una manera de castigar a mi padre, separándole de su prole.

Mi padre acusó el rechazo social. Dejaron de invitarle a ciertos actos más o menos oficiales y los amigos del matrimonio le hicieron el vacío. Que sus hijos le negasen el saludo es lo que más le dolió, aunque no duró porque le querían, y volvieron a verse a escondidas. Pero la sensación de vergüenza profunda, como cuando Pilar se quedó embarazada la primera vez, como cuando el tío Ramón le descubrió con mi madre en el desván, unida al oprobio al que parecía condenado en esa sociedad tan conservadora, le hicieron darse cuenta de que era imposible seguir viviendo en Barcelona. Además, acababa de sufrir otra pérdida muy cercana, la de su hermana Pascuala, que le crio como una segunda madre y que era monja de la orden de las Trinitarias. Con la familia diezmada —de los trece hermanos que tuvo, quedaban tres, dos de ellos, Antonio y José, religiosos en Cuba—, la vida personal hecha trizas y la profesional sometida a los avatares de un país inestable y empobrecido, vio que su única salida era emigrar. Ahora o nunca, a pesar de sus treinta y nueve años, una edad avanzada para empezar de nuevo.

—Vayamos a vivir a Valencia —le sugirió mi madre.

—No, Paulina, Valencia, para mí, es ir hacia atrás. América.

—Pues Cuba, que hablan español, y además tienes a tus hermanos en La Habana.

—José me ha escrito y me ha dicho que las cosas no van bien allí, temen otra revolución como la de 1868.

Tenía claro que su destino no sería ninguna ciudad en España, y ningún país de la América española. Cuba vivía tiempos turbulentos. En México no conocía a nadie, y tampoco le ofrecía la seguridad de que podría prosperar en su trabajo. Lo mismo en Argentina. Tenía clara su meta: los Estados Unidos, el país donde le habían reconocido su ingenio con el galardón de la Exposición de Filadelfia. El país que estaba en proceso de convertirse en la gran potencia que es ahora. Y el lugar sería Nueva York, el escaparate de Norteamérica, la ciudad de los grandes despachos de arquitectura, de las obras que desafiaban a la imaginación, la ciudad de las oportunidades, que vivía una transformación radical.

—Pero ¿cómo vamos a ir a un lugar donde no hablamos el idioma? —le preguntó mi madre.

Mi madre era una mujer sencilla que tenía miedo a lo desconocido. La responsabilidad de cargar con sus hijas le pesaba. Además, tenía una razón poderosa que la anclaba a Barcelona: su madre, la abuela Paula, estaba muy enferma y necesitaba sus cuidados. Entonces mi padre dijo que iría primero conmigo, y que ellas se sumarían después.

De las decisiones rápidas que se vio obligado a tomar, una de las más duras fue abandonar la obra del teatro de La Massa.

—Dejar La Massa fue como abandonar una amante —me dijo una vez—. Pero no tenía elección, Pilar me había cortado los fondos y necesitaba dinero para emigrar a los Estados Unidos. Los negocios que no pude hacer en España quería emprenderlos en Nueva York. Me sentía preparado, me sentía fuerte, estaba seguro de mi apuesta.

Como si hubiera querido preservar a la familia unida, la abuela Paula tuvo la delicadeza de morirse en el mes de enero de 1881, a los setenta y seis años. Mi padre, que había comprado billetes para él y para mí, consiguió a duras penas otro camarote más en el *Ville de Marseille*, que zarpaba de Le Havre el 18 de febrero. Nos íbamos todos juntos, aunque mi madre lo hacía con el corazón en un puño. En menos de un mes, toda su vida se había visto conmocionada y devastada por la pérdida de su madre. Yo, como de costumbre, estaba feliz con la idea de viajar en barco y en familia.

He encontrado el testamento de la abuela Paula: a su hija y a sus nietas legó sus vestidos y su ropa, y a su hijo, el tío Josep, que conocí un día cuando pasó por Barcelona, cincuenta pesetas. Abajo, en el lugar de la rúbrica, una mención: «No firma ella por decir no saber». Pobre abuela.

40

Tenía quince años cuando mi padre decidió que ya no iría más al colegio y que continuaría mi aprendizaje con él. Me gradué en la escuela número 29 de Nueva York. Un soleado día de verano, entre aplausos de compañeros y profesores, recibí de manos del director un atlas como premio a mi «esforzada aplicación en los estudios». Qué orgullosos estaban de mí tanto mi padre como Francisca, que acababa de regresar de México. Qué contento estaba yo: el colegio reconocía mi trabajo, e iba a convertirme en ayudante de mi padre. Además, con Francisca, la vida había recuperado su sabor. Nos mudamos a un piso en la parte alta de Manhattan, muy cerca del que ocupamos antes de la crisis. Era una repetición de lo ya vivido, solo que yo era más mayor y los afectos estaban más afianzados.

Al final de ese verano, trabajaba el día entero en la oficina de mi padre. Era su aprendiz, ya no me trataba tanto como a un niño pequeño, se volvió más exigente, el dibujo tenía que ser preciso, pulcro, perfecto. No aceptaba el más mínimo error, y yo me cuidaba bien de no fallarle. Un cumplido suyo —por ejemplo: «Esto no lo hubiera hecho mejor»— me hacía el efecto de una droga que penetraba en mis venas con su dosis de placer. Así fue como, poco a poco, me fui convirtiendo en un delineante aceptable. En el tiempo libre, mi padre hacía de tutor y me mandaba a la biblioteca pública a estudiar geografía, historia, astronomía y a leer libros sobre ciencia. Como tenía una marcada afición por la arquitectura, pasaba en esa sección de la biblioteca horas y horas. De vuelta a casa, me preguntaba sobre mis lecturas, quería saber lo que iba aprendiendo. me fui formando, viviendo y trabajando con mi padre como los aprendices medievales lo hacían con su maestro.

Él le estaba sacando provecho a las patentes. Tal y como se lo había vaticinado Bernard Levy, le hacían ganar credibilidad en el mundo de la construcción. Después de tanto tiempo luchando para conseguir encargos, reconocía que eran más fáciles de obtener como contratista especializado en construcción de bóvedas que como arquitecto. Bernard Levy le consiguió cuatro socios, dispuestos a aportar un capital de ciento cincuenta mil dólares para fundar una empresa. Pero eran reticentes: aquel español les parecía demasiado charlatán y ellos querían convencerse de las propiedades ignífugas. Como mi padre se quedó corto de argumentos y aquellos socios financieros tampoco entendían de teorías arquitectónicas, tomó una decisión drástica. En el lugar donde había construido unas bóvedas para cuantificar la capacidad de carga de los ladrillos planos pegados con cemento Portland, exigencia del Departamento de Pruebas y Experimentos de Nueva York al concederle la patente, utilizó una de las cúpulas para la prueba definitiva.

Era importante reunir el máximo número de testigos para demostrar su teoría, de modo que alertó a todos sus conocidos y puso un anuncio en una revista especializada. Por su parte, Francisca organizó el envío de cartas a los periódicos anunciando la prueba.

—Mira, hijo, vas a ver algo parecido al día de la *cremá*...

Me explicó que el abuelo —y todo el gremio de carpinteros de Valencia— hacían limpieza de los talleres en víspera de San José quemando en una hoguera las virutas y trastos viejos, y que así fue como empezaron las fallas. Me lo contó en una callejuela del Downtown, rodeado de una multitud de curiosos y algunos periodistas, con una antorcha en la mano. Ante Bernard Levy y sus amigos inversores, prendió fuego a la leña bajo la cúpula. Nos quedamos todos como hipnotizados ante el espectáculo de las llamas, excepto mi padre, que parecía un niño de lo excitado que estaba. Eran sus fallas. Francisca, que no las tenía todas consigo, aguantaba el aliento, temerosa de que la cúpula colapsase. Cuando las llamaradas fueron disminuyendo, surgió de entre el humo la estructura de la bóveda, incólume.

Tres meses más tarde, en julio de 1888, mi padre y sus nuevos socios firmaban en un despacho de Wall Street el registro de la sociedad The Tile Fireproof Building Company, y la nota salió en *The New York Times*. Enseguida publicaron anuncios en las revistas especializadas para darse a conocer. A partir de ese momento, empezó a recibir encargos de techos abovedados recubiertos de azulejos. La diversidad de los clientes era una buena señal: el hotel Plaza nos encargó la bóveda de una sala de baile, el hospital Monte Sinaí la del *hall* de entrada, así como el laboratorio Philips en Massachusetts. En la mayoría participé como delineante. Quería batir el récord de mi padre: si él había iniciado muy joven su carrera profesional, yo lo haría aun antes. El resultado de los primeros encargos no pudo ser más alentador. *The New York Times* mencionó en un artículo que los «promotores inmobiliarios tienen una excelente opinión de *mister* Guastavino, el arquitecto». ¡Ya la podían tener! Mi padre tiraba los precios para conseguir esos trabajos, porque necesitaba clientes y no soportaba la idea de quedarse sin trabajar. Pero las cuentas arrojaban resultados deficitarios. Bernard Levy, que lo conocía y que había sido testigo de la ruina de los *tenements*, le llamó la atención.

—Rafael, tus presupuestos son incumplibles. Siempre los haces por debajo de su valor. ¿Por qué no calculas los costes con precisión?

Mi padre se justificó como pudo.

—Lo intento, pero nunca tengo tiempo de verificar los precios de los materiales.

La verdadera razón era más profunda y Levy, que la conocía, se lo dijo.

—El problema es que estás enamorado de lo que haces. Y esa es tu perdición. Lo llevas en la frente, todos lo ven y se aprovechan de ti, saben que por ahí te tienen agarrado.

Era bien cierto. Mi padre tiraba los precios porque quería llevar a cabo la obra, por encima de todo, aunque perdiese dinero.

—Tenemos que construir sin parar porque solo así nos daremos a conocer.

—Los proyectos se tienen que financiar por sí solos, no sirve pagar uno con el dinero de otro. Luego la bola se hace imposible de digerir, y el banco te corta los fondos. —Eso, que era fácil de entender, iba contra la costumbre profundamente arraigada en mi padre de hacer malabares con el dinero, de mezclar las partidas, de poner un parche. Tenía mentalidad de artesano, ni siquiera de contratista. Levy, en cambio, le hablaba como un empresario—. Por muchos encargos que tengamos, por muy bien que salgan las obras, no vamos a poder continuar con este desorden, Rafael. Los socios quieren planes de inversiones, cuentas de resultados.

—La sociedad está ganando dinero, no se pueden quejar.

—Hay tal lío en las cuentas que no estoy seguro de que a final de año el saldo sea positivo.

A pesar de los problemas internos, que eran siempre de financiación, el buen nombre de la sociedad empezaba a establecerse: un cliente ganado por aquí, otro entusiasmado ante la calidad de la construcción, otro sorprendido por la belleza de una bóveda tan ligera... Mi padre sabía que cada cúpula terminada era una victoria sobre la desconfianza, un paso más hacia la consolidación. Abrió una oficina en Boston, un despacho pequeño que también le servía de lugar para dormir cuando se desplazaba. Eso decía, yo estoy seguro de que dormía en la habitación que Emma Schurr tenía alquilada en el centro de la ciudad.

Un día llamó Stanford White. Finalmente, y después de grandes debates, el patronato había adjudicado a su estudio McKim, Mead & White el diseño y construcción de la Biblioteca Pública de Boston. Algunos patronos recordaban la propuesta de *hall* con bóvedas ignífugas que mi padre había presentado unos años antes a ese mismo concurso que entonces, por desavenencias en el seno del patronato, se declaró desierto.

—Rafael, a todos nos han llegado noticias del éxito de tus patentes —le dijo White—. He convencido a los patronos de su utilidad. ¿Estarías disponible para hablar del aspecto técnico con McKim?

El 27 de marzo de 1889 se entrevistó con McKim en la oficina de Nueva York. McKim tenía un aspecto demacrado y un aire tristón que contrastaba con la bulliciosa actividad del despacho. Acababa de perder a su mujer y a su hija en un trágico accidente, y estaba sumido en una depresión que pronto le dejaría incapacitado para seguir trabajando. La última vez que se habían visto fue en la explanada de la iglesia de la Trinidad en Boston, en el funeral de Henry Richardson, pero McKim no le recordaba. Le explicó cómo se había inspirado en la biblioteca Sainte-Geneviève de París y en los palacios italianos del Renacimiento para diseñar la biblioteca de Boston. Le dijo que su equipo buscaba incorporar estructuras abovedadas para crear un efecto de grandiosidad pero que, en el aspecto práctico, debían ser a prueba de incendio. Ese era el criterio esencial de los miembros del patronato.

—Hay que tener en cuenta que albergará una enorme colección de incunables, de libros, de manuscritos antiguos y documentos irremplazables, todo altamente inflamable —puntualizó.

Si no le había llamado antes —le dijo— era porque algunos miembros del patronato todavía no estaban convencidos de la bondad de sus patentes. Pero la publicidad en las revistas de la Tile Fireproof Building Company, la mención del *The New York Times* y el boca a boca entre los profesionales de la construcción estaban venciendo la resistencia.

—Tengo cuatro patentes aprobadas para su uso en Estados Unidos —dijo mi padre—. Las bóvedas que ya he levantado se pueden ver.

—¿Puedes hacernos una propuesta para las salas de la entrada?

—Necesito visitar la obra.

—¿Estas libre para desplazarte a Boston?

—Claro que sí.

Esa noche mi padre volvió a casa muy agitado. McKim representaba el *summum* de la arquitectura norteamericana, el profesional con quien todo constructor deseaba trabajar. Además, la obra estaba en marcha, no se trataba de un proyecto, era tangible. Sentía algo parecido a cuando le propusieron construir el teatro de La Massa, solo que esta vez de manera más intensa.

—Una obra pública monumental es la oportunidad que siempre he buscado. Si consigo el contrato, nunca más tendremos dificultades —nos dijo esa noche.

Francisca y yo intercambiamos una mirada de incredulidad. Ese tipo de frase nos sonaba. Cuando compró los terrenos para los *tenements*, nos soltó algo parecido... Aunque esto, en verdad, tenía muy buena pinta.

A la mañana siguiente, Francisca y yo le acompañamos a la estación de tren. Volvimos caminando a orillas de Central Park, con un viento gélido, pero bajo un sol que brillaba en esa incipiente primavera. Francisca se detuvo en Bloomingdale's, que había abierto tienda en la 59, y compró varios cortes de tela para confeccionarnos ropa. Yo me sentía incómodo, porque sabía que, en Boston, a mi padre le estaría esperando Emma Schurr en la estación.

41

Mi padre no volvió a hablarme de Emma Schurr desde el día en que me hizo prometerle que mantuviera el secreto. Siempre minimizó aquella relación, pero entre sus papeles he encontrado facturas de los regalos que le hizo, y si uno ha de juzgar la intensidad del amor por la calidad del obsequio, puedo concluir que mi padre se enamoró mucho de Emma. Uno de los regalos fue un anillo con dos diamantes que costó la friolera de quinientos dólares. Se lo compró en la época en que vivíamos como pobres en Nueva York, endeudándose con el prestamista de la 14, lo que muestra lo desconcertante y contradictorio de su carácter. De lo que sí me enteré, porque lo vi entre los papeles que dejaba desperdigados por las oficinas, fue de que mi padre pagaba el alquiler del apartamento de Emma. Otros gastos —compra de ropa, restaurantes— se debían probablemente a regalos que él le hacía. Empecé a sospechar que ella le hacía gastar demasiado. Luego, su comportamiento me parecía raro. Cuando sabía que mi padre no estaba en Nueva York, Emma me llamaba, a pesar de que las conferencias eran caras y a mi padre no le gustaba nada que las hiciéramos. Y tampoco me llamaba para nada concreto, sino para sonsacarme información. ¿Con quién vivía? ¿Quién se ocupaba de mí cuando mi padre estaba fuera?, preguntas de ese tipo, de las que yo me escabullía. Procuraba evitar los detalles, pero Emma insistía y se hacía la simpática, y me decía que le hubiera gustado que fuese su hijo... *Thank you very much,* pero yo no quería más madres, Francisca era imbatible. No me gustaba hablar con Emma, sabía que al hacerlo participaba del engaño a Francisca, a la que yo quería de verdad, y esa idea me perturbaba. Empecé a entender por qué siempre desconfié de aquella mujer, desde el momento en que hizo de niñera en casa de Domingo Mora.

Esa situación me llevó a ver a mi padre de otra manera, no como un padre heroico e intocable, sino como un hombre con sus rarezas. En mi fuero interno estaba enfadado con él, pero no se lo dije abiertamente. Sencillamente, no me gustaba que engañase a Francisca, que sentía por mi padre una devoción sincera. Tampoco me parecía bien que me hubiera puesto en la encrucijada de guardar un secreto envenenado. Uno parecido al que se encontró su hijo Manuel cuando lo descubrió con mi madre y conmigo en el parque de la Explanada. Involucrar así a sus hijos en las cloacas de su vida privada demostraba una frivolidad que no casaba con otro aspecto de su personalidad, esa que desarrollaba en el trabajo, hecha de precisión, seriedad y responsabilidad. Y una falta de respeto hacia nosotros, hacia sus hijos. En el caso de su hijo Manuel, había sido una casualidad; en cambio yo había forzado la puerta del secreto, que resultaba demasiado pesado para un adolescente. Cierto es que Francisca no era mi madre, pero en las condiciones de soledad en las que vivíamos, el cariño que demostraba por nosotros era un bien muy preciado, que no se podía desperdiciar a la ligera. Mi padre prefería jugar al equilibrista y ponerlo todo en peligro porque, como repetía, no podía estar sin una mujer.

De sus estancias en Boston no me hablaba de la vida que hacía, y ese secretismo no me hacía presagiar nada bueno, era como si estuviera engañándome a mí también. ¿Estaba gastándose los dólares alegremente con Emma Schurr? Probablemente. Su doble vida me trastornaba, así que yo tampoco le preguntaba. De lo único que me hablaba era del trabajo. Supe que pasó un día entero con Edward Benton, el fornido capataz a cargo de la obra que, en su informe a McKim, se declaró impresionado por el sistema que mi padre le describió en detalle, con los planos en la mano. «Es una pena que no hayamos hecho la planta baja tal y como me lo ha explicado. Nos hubiera salido mucho más barato, y más seguro». Acto seguido, Benton fue a ver al director del patronato para proponer, a instancias de McKim, que mi padre construyera una primera bóveda, cuestión de probar. La propuesta fue aceptada; se le allanaba el camino.

Nos mandó un telegrama a Nueva York diciendo que debía permanecer unos días en Boston. Tengo algunas fotos que demuestran la rapidez con la que levantó esa bóveda. En una imagen del 5 de abril de 1889 se ven arcos tabicados en construcción en uno de los lados de la biblioteca. Otra foto, tres días más tarde, muestra a mi padre de pie en uno de ellos, vestido con sombrero de bombín, abrigo de tres cuartos, chaleco y vigilando a los obreros. Y en una del 20 de abril aparece una de las bóvedas con una carga de seis mil kilos concentrada en dos metros cuadrados, es decir, aguantando una presión de dos mil cuatrocientos cuarenta kilos por metro cuadrado. A falta de teoría científica, demostraba así, de manera empírica, la solidez de esas formas curvas tan bellas y tan finas. Aquello tuvo consecuencias inmediatas: le pidieron un presupuesto para que construyera techos a base de arcos y bóvedas tabicados, para que los alicatara con azulejos esmaltados, para que cortara, adaptara y colocara viguetas, y para que construyera varias escaleras. Es más, también le solicitaron presupuesto para rehacer la planta baja porque, en efecto, en caso de incendio, las otras vigas, las de hierro, al adquirir temperatura se fundirían y contribuirían a agravarlo. En suma, lo que le ofrecían era una participación sustanciosa en la construcción de un monumento emblemático.

Volvió a Nueva York en un estado de gran nerviosismo. Pasó noches en blanco mientras preparaba esos presupuestos e informes que quería presentar lo antes posible. Ahora que había conseguido epatar a McKim, a Benton y al patronato, quería aprovechar el momento. A Francisca le encargó que se pusiese a buscar otra oficina porque muy pronto íbamos a necesitar más espacio. A mí me hizo supervisar sus cálculos y me mandaba a investigar precios de materiales. Esos días no teníamos tiempo ni para comer, aunque Francisca siempre se las arreglaba para que hubiera un guiso de frijoles con carne.

—Ojo con pillarte los dedos —le dijo Bernard Levy—. En una obra así, si no calculas bien los gastos, puede ser el final de tu carrera.

Mi padre sabía que jugaba en terreno pantanoso. Se había enterado por Benton, el capataz, de que algunos miembros del patronato estaban incómodos porque no existía una referencia de precios en lo que él hacía —construcción cohesiva—, ya que no tenía competencia. Entonces, para asegurar su posición, añadió una cláusula especificando que si aparecía otro contratista que hiciera lo mismo en cualquiera de los estados de Nueva Inglaterra, mi padre se comprometía a ajustar sus precios. Algo del tipo «si lo encuentra más barato, le devuelvo el dinero». En su día, ese sentido comercial había llamado la atención del tío Ramón, y mi padre nunca dejó de ser un entusiasta de lo barato, la rebaja, el saldo.

El 18 de mayo, Benton escribió a McKim para informarle de que se estaba ultimando un acuerdo con Guastavino. El 25 de junio, la contrata le fue concedida oficialmente. Le aceptaron un presupuesto de ochenta y cinco mil quinientos cincuenta y cuatro dólares, o sea, el cuatro por ciento del coste total de la biblioteca.

Ahora sí, mi padre lo había logrado.

Lo celebramos con Stanford White, que nos invitó a cenar en el Sherry's, un restaurante de moda, caro y elegante, donde probé ostras por primera vez. Lo recuerdo como un hombre muy afable. Se notaba que apreciaba mucho a mi padre, le admiraba y le hacía gracia. Había entre ambos una corriente de afecto sincero. A mí me hizo multitud de preguntas sobre lo que me gustaba, lo que quería hacer en la vida, sobre mis lecturas. Luego supe que había perdido a su hijo pequeño solo tres años antes, y que felicitó a mi padre por tenerme a mí. Fue la nota triste de una cena alegre, que acabó con un toque cómico. Cuando trajeron los lavamanos, tanto Francisca como yo creímos que era agua con limón para beber y nos lo llevamos a la boca. Mi padre nos miró con ojos de espanto y Stanford White estalló en una carcajada que retumbó en la aterciopelada sala del restaurante.

Con un contrato de ese calibre, Bernard Levy le instó a modificar la estructura de la empresa para ganar estabilidad financiera. Debía aumentar su capital como socio y al mismo tiempo aceptar algún tipo de control de las cuentas. Mi padre protestó. Suyas eran las patentes, suyo era el jugoso contrato de la biblioteca de Boston. A estas alturas, no iba a aceptar órdenes de nadie.

—No se trata de aceptar órdenes, pero sí de que te ayuden con las cuentas.

—Me queréis convertir en vuestro empleado.

—No lo veas así, Rafael.

—Quiero tener las manos libres, es mi negocio.

—Se trata de que estemos todos más protegidos.

—¿Protegidos de qué?

—De ti mismo, Rafael.

Al carácter anárquico de mi padre le costaba aceptar limitaciones. Tenía la impresión de que querían robarle su invento nada más empezar a funcionar. En casa, Francisca le calmó como buenamente pudo.

—Si es mejor para ti, para nosotros, para que podamos dormir tranquilos. Acuérdate de los *tenements*... ¡Qué pesadilla!

—Pero eso fue por la crisis.

—¿Y quién te dice que no vaya a haber otra? Dios santísimo, Pelón, yo no puedo llevar las cuentas de tu empresa, tiene que ser alguien capacitado.

Al ver que los socios no cedían y que la obra se le echaba encima, quien cedió fue mi padre. Aceptó modificar la estructura de la compañía e incorporar un nuevo socio, un amigo de Levy llamado Hoffman, un abogado neoyorquino que también había firmado como testigo en sus patentes. Acordaron que los beneficios se dividirían entre los socios con un dividendo máximo del diez por ciento. Así nació la Guastavino Fireproof Construction Company, cuyas nuevas oficinas ocupaban un piso alto del Pierce Building en Copley Square, desde donde se veía la obra y, del otro lado de la plaza, la iglesia de la Trinidad. Y fue Hoffman, con su agudo sentido de la empresa, quien contribuyó de manera decisiva a su prosperidad.

42

En junio de 1889, mientras mi padre dirigía las obras, Hoffman pasó por la oficina de un amigo suyo en Boston.

—Acabo de asociarme con un genio, un español que dispone de un sistema nuevo para construir bóvedas. Estoy buscando a alguien para llevar la parte financiera de la empresa, los libros de contabilidad, las nóminas, etcétera.

La casualidad quiso que un empleado estuviera al acecho de la conversación.

—Señor, si me permite... Mi cuñado está buscando trabajo, es un chico serio.

—¿Tiene referencias?

—Sí, excelentes. Está empleado en la New England Machine Company.

—¿Puedes concertar una cita con él? —le preguntó Hoffman.

A la mañana siguiente, apareció en su despacho William Blodgett, un joven de buen ver, alto y con ojos azules que parpadeaban mucho, vestido con pantalones de franela, chaleco y corbata. A sus veinticinco años recién cumplidos, exhibía la imagen del perfecto contable norteamericano: recto, serio, meticuloso. Un hombre que veneraba los números. No veía futuro en la empresa en la que estaba empleado, no le habían subido el suelo en tres años y ansiaba cambiar de trabajo.

—¿Cuánto te pagan ahora?

—Ocho dólares a la semana, señor.

—Aquí te podemos ofrecer mil dólares al año. —El joven intentó disimular la sorpresa. Aquello era una fortuna. Hoffman atemperó sus ánimos—: Esa es la parte buena. La otra... Bueno, pues que tendrás que lidiar con un jefe que es un hombre difícil. Te va a sentir como una imposición y puede que te haga la vida imposible, por lo menos al principio. Ese es el riesgo que corres al aceptar este trabajo. Quiero que lo sepas.

—Cualquier cambio me parece bueno, señor, acepto el reto.

El sábado 15 de junio, Blodgett se presentó en las oficinas de Copley Square, y Emma Schurr, que hacía de recepcionista, le hizo esperar en el vestíbulo la llegada de mi padre. Así recordaba su primer encuentro: «A las nueve de la mañana entró un hombre más bien bajo, fornido, tocado de un sombrero panamá, con bigote y anchas patillas plateadas, que inmediatamente reconocí como mi nuevo jefe».

—Entonces... ¿tú eres el nuevo contable? —le preguntó mi padre, casi ladrando.

Blodgett respondió tímidamente, en español.

—Sí, señor.

Mi padre se quedó estupefacto.

—¿Hablas español?

—Un poco. Lo aprendí en Texas.

—Muy bien, pues toma este cheque —le dijo—, vete al banco y trae el dinero, lo necesito lo antes posible.

Blodgett salió volando. Al regresar, vio que mi padre había preparado las nóminas y las hojas de pago. Blodgett las examinó y dijo sin parpadear:

—Esto no se hace así, señor.

—¿Cómo que no?

—No, señor. Están mal hechas. —Todo lo que mi padre le mostró, papeles de naturaleza financiera y contable, todo estaba mal hecho. Blodgett insistió—: Esto también está... totalmente equivocado, señor.

—¿Completamente equivocado?

—Me temo que sí, señor.

Mi padre le miró de arriba abajo, como si le hubieran insultado, pero enseguida reaccionó y cambió de actitud. En el fondo, le gustaba esa sinceridad porque era inteligente y apreciaba que alguien le corrigiese.

—¿Cómo lo harías tu?

Blodgett le enseñó, y mi padre se fue dando cuenta de que, en efecto, no sabía rellenar esos formularios ni esas listas. A partir de entonces empezó a tomarle en serio. «Aquello fue el principio de una asociación que duró más de treinta y cinco años, prácticamente toda mi vida profesional», escribió Blodgett en sus memorias.

Durante la construcción de la biblioteca, mi padre iba a Boston todas las semanas y se quedaba dos o tres días. El resto del tiempo lo pasaba con nosotros en Nueva York. Le esperaba con ansia para que nos contara los avatares del proyecto y yo, las noticias de la oficina. Francisca y yo nos encargábamos de tener a los clientes de Nueva York contentos: había que lidiar con el hotel Plaza que pedía modificaciones de la bóveda de la sala de baile que no estaban incluidas en el contrato, y con los constructores del hospital Mount Sinai, que tenían prisa con el vestíbulo. Pero eran obras menores comparadas con la de Boston.

—McKim y los miembros del patronato están sorprendidos por la rapidez a la que vamos.

—No me extraña, papá, ¡si en quince días habéis levantado quinientos metros cuadrados de bóvedas!

—Una media de treinta y siete metros cuadrados al día. El problema es que los obreros no pueden más. Dicen que el ritmo les agota... Han amenazado con ir a la huelga.

—¿Pueden parar las obras?

—Espero que no. He solicitado al jefe de personal que les suba el sueldo, pero dice que no está autorizado. Espero que, si no, pueda contratar gente nueva.

Al final, todos menos dos obreros fueron a la huelga, y las obras se detuvieron un par de días hasta que el jefe de personal contrató más albañiles. Pero todas las semanas pasaba algo. A finales de agosto, el progreso fue interrumpido de nuevo, esta vez por falta de azulejos. La razón era que parte de los cargamentos traían material de mala calidad.

—He pasado dos días en el puerto con Benton, el capataz, entre estibadores negros y obreros italianos. Entramos en los barcos a buscar las mejores piezas entre la carga. Pero nunca hay bastantes, y es un problema que llevamos arrastrando desde el principio.

—¿Y no puedes hacer que importen azulejos de España?

—Ya lo sugerí, pero el transporte es muy lento y sale caro. Voy a ver si convenzo a McKim para dejar la rasilla vista...

—¿Sin cubrirla de azulejos?

—Exacto, al aire. En España sería pecado porque la rasilla se considera más una parte del proceso de construcción que del acabado final. ¿Tú qué opinas?

—No sé, padre... Puede quedar horrible o, al contrario, original y bonito. Depende de cómo se coloquen.

—Sí, tienes razón, depende de cómo se coloquen, esa es la clave.

Me gustaba cuando me consultaba y encima me daba la razón. Se me hinchaba el pecho. Francisca lo sabía y me sonreía. Pensar que de alguna manera indirecta y lejana yo también participaba en la construcción de esa obra magna me llenaba de una profunda satisfacción. Mi padre se levantó y rebuscó dentro de un arcón lleno de sus papelotes, esos que Francisca quería «botar a la basura», pero de los que nunca conseguía desprenderse. Extrajo viejos ejemplares de la revista *The Decorator and Furnisher* donde había publicado dibujos de patrones de colocación de azulejos, unos en forma de espina de pez, otros en cuadrícula, otros en paralelo.

—Aquí están —dijo como quien encuentra un tesoro.

Eran reproducciones de la bóveda central del teatro de La Massa, de las bóvedas de la fábrica Batlló y otras que había llevado a cabo en Barcelona.

Mi padre se llevó las revistas a Boston y se las enseñó a McKim.

—Es arriesgado, Charles, pero puede funcionar. Y dejamos de depender del azulejo esmaltado.

A McKim le sedujo la idea. Se pusieron de acuerdo y decidieron que el ladrillo visto (la rasilla plana) actuase no solo como soporte estructural sino también como acabado decorativo. Eligieron los diseños y mi padre, ante el capataz y los albañiles, se subió al andamio para indicarles cómo debían coger la rasilla con yeso, y colocarla con cuidado.

El conjunto resultó tan vistoso y tuvo tanto éxito que se convirtió en la práctica estándar de la Guastavino Fireproof Construction Company, a la que más adelante un buen número de arquitectos encargarían los patrones geométricos de diseño.

43

Cuando mi padre estaba en Nueva York, Blodgett tenía la misión de pasarse todas las mañanas por la obra. Un día, al cabo de la tercera semana, se encontró con que el encargado no había aparecido. Subió al Pierce Building y le dijo a Emma que volvía a la obra, que estaba obligado a asumir la función de capataz. Dos días más tarde, al llegar de Nueva York, mi padre se sorprendió al ver que Blodgett estaba a pie de obra, supervisando el trabajo de los obreros de manera muy eficaz.

—¿Dónde está el capataz?

—Lleva dos días sin venir.

—Estará borracho, seguro —dijo mi padre, que lo conocía bien.

En efecto, más tarde lo encontraron dormido en un tugurio del puerto, acompañado de una niña polaca, con el suelo lleno de botellas vacías.

—Vas a tener que echarle. Ese hombre nos la ha jugado demasiadas veces.

Durante sus primeras trece semanas como empleado suyo —me contó Blodgett—, mi padre contrató a unos trece administrativos, y esa misma frase —«Vas a tener que echarle»— se la había repetido en doce ocasiones. El pobre Blodgett se preguntaba, semana tras semana, cuándo le llegaría el turno.

Pero no le llegó, al contrario.

—Te voy a nombrar superintendente —le dijo mi padre, al darse cuenta de que el trabajo avanzaba mejor que antes.

—Lo siento, señor, es que no soy competente en esto.

—Sí lo eres. Tienes don de mando, la cuadrilla te respeta, has sabido organizar el trabajo, y eso sin conocer nada del oficio.

—Un poco lo conozco, señor.

Le contó brevemente su historia, cuando su padre se arruinó y fueron a vivir a un pueblucho de Texas llamado Refugio. Allí vigilaba la cuadrilla de vaqueros mexicanos que levantaba chozas de adobe para el rancho. También aprendió a montar a caballo y a disparar. Mi padre estaba atónito. Empezaba a entender por qué ese joven no se parecía a ningún otro: era el primer contable *cowboy* que había conocido.

—Te subo el sueldo a cuatro dólares diarios —le dijo.

—Se lo agradezco mucho, señor..., pero no me gusta este trabajo. A mí me gustan los números.

—Vaya.

—Es lo mío, señor.

Desconcertado, le propuso entonces un trato.

—Está bien, hagamos una cosa, te quedas solo hasta que consigamos otro oficial.

Blodgett no tuvo más remedio que aceptar. Hizo de capataz hasta que dos días más tarde fue relevado. Eso sí, mi padre le mantuvo los cuatro dólares diarios.

El joven contable se hizo tan indispensable que acabó siendo, más que un amigo, un miembro de la familia. Nos gustaba su imperturbabilidad; era exactamente lo que mi padre necesitaba. La fuerza de Blodgett residía en su sinceridad tranquila, en no decir lo que su interlocutor quería escuchar. Era un tipo original. Pertenecía a una familia de Nueva Inglaterra de muy respetable abolengo colonial y revolucionario, pero la ruina de su padre le había arrastrado a una infancia inusual. En Refugio, sin posibilidad de educarse porque el único profesor de la escuela sabía menos que él, Blodgett se dedicó a aprender las artes locales, como cazar caballos salvajes con lazo y llevarlos al mercado. Tenía el talante de un vaquero. Esa mezcla, que hacía de él un individuo singular, es lo que nos sedujo a todos.

Mi padre intentó trasladarle a la oficina de Nueva York cuando prescindió del contable que teníamos, pero Blodgett, que acababa de ser elegido auditor de la municipalidad de Woburn, el pueblo donde ahora vivía su familia, no quiso dejar el área de Boston. Tan consciente era mi padre de lo mucho que le necesitaba que le volvió a subir el sueldo, y a regañadientes Blodgett aceptó repartir su tiempo entre ambas ciudades.

Francisca y yo lo conocimos en su primer viaje a Nueva York. Le invitamos a comer a casa, sin mi padre, que estaba en Minneapolis con la idea de abrir otra oficina. Y eso que todavía no había concluido la obra de la biblioteca.

—También quiere abrir oficinas en Chicago y Providence y en no sé qué otros sitios más.

—Todo lo ve en grande —dije, y nos reímos de buena gana.

—No está mal tener sueños de grandeza. *Dream big*, decimos aquí. Pero no puede expandirse tanto sin una buena organización.

—Se lo he dicho también —dijo Francisca—. Pero Pelón es muy cabezón.

Estallamos en una carcajada.

—Firma contratos a diestra y siniestra sin preocuparse de si son rentables o no —dijo Blodgett—. ¿Siempre ha hecho lo mismo?

—Sí, siempre —afirmó Francisca—. Cuéntale cómo compró los terrenos de los *tenements*.

Se lo conté. Ahora nos reíamos, pero el peligro de que repitiese otra operación desastrosa como aquella seguía acechando. Y se nos cortó la risa.

—Cuando a tu padre le encargan una obra, él no calcula lo que le va a costar, lo supone.

—Y no siempre supone bien —admitió Francisca, socarrona.

—Me recuerda a mi padre, que también era propenso a dejar sus cuentas bancarias en números rojos.

Me encantaba oír las historias de su vida. Nos contó cómo acabó siendo nombrado *sheriff* de Refugio, actividad que compaginaba con la venta de ganado a los cultivadores de algodón de la región. No me cansaba de escuchar cómo era su vida con los vaqueros mexicanos que le acompañaban en esos viajes de cuatro o cinco días hasta la frontera. En aquellas transacciones que dejaban muy poco margen de beneficio aprendió el valor del dinero. Y a ser autosuficiente, de ahí le venía el aplomo. Después de cuatro años de vivir como un *cowboy*, su madre lo rescató y lo devolvió a Boston, donde terminó los estudios de bachillerato y la universidad. Luego su padre regresó y la familia se instaló en Woburn. No hubiéramos podido soñar con un contable mejor.

44

El trabajo de mi padre en la biblioteca despertó tanto interés que el Instituto de Tecnología de Massachusetts (MIT), cuya sede se encontraba a pocas manzanas de distancia, le invitó a dar una conferencia. Era un gran honor, y también un desafío porque nunca había explicado en público el funcionamiento de sus bóvedas. Construirlas le salía de manera natural, hablar de cómo las hacía era más complicado. Consciente de la oportunidad que suponía poder explicarse ante la flor y nata de la comunidad científica y académica de Boston, ante arquitectos e insignes constructores, se dedicó con entusiasmo a preparar su charla. Escribió un borrador en inglés trufado de palabras y frases en español. Blodgett en Boston y yo en Nueva York pasamos noches enteras transformando su inglés en algo legible, pero el problema era que nosotros no lo entendíamos porque estaba lleno de tecnicismos. Además, como decía Blodgett, «su proceso mental es muy florido».

Al final, en Boston pidió a un delineante recién contratado, un tal McIlvaine, que se suponía era ducho en vocabulario técnico, que se sumase al esfuerzo. Cuando le pregunté a Blodgett qué tal había funcionado esa colaboración, me dijo: «Tuvimos miedo de que nos echase a los dos, porque fuimos despiadados». ¡Pobre padre, qué le habrían dicho!

Una semana antes de la charla, T. M. Clark, uno de los grandes arquitectos de la ciudad, fue a ver a Blodgett:

—Todos apreciamos mucho a *mister* Guastavino, un hombre muy interesante y un genio, pero nos es imposible saber de lo que habla. Su acento es tan marcado que se hace incomprensible. Le pido que por favor lea usted la conferencia, para que la gente la entienda.

—Es delicado pedirle eso.

—Lo entiendo, pero es muy necesario. Por favor, hágalo.

Cuando Blodgett fue a decírselo a mi padre, pensó que esta vez sí le insultaría o le pondría de patitas en la calle. Pero mi padre, que reconocía sus propias limitaciones, aceptó su sugerencia. Puso una condición.

—Quiero probaros a McIlvaine y a ti.

Una noche los puso a los dos a leer su charla, para ver quién lo hacía mejor. Me dijo Blodgett que pasaron un rato muy divertido, aunque con su dosis de tensión. Al final, decidió que McIlvaine dibujara los croquis en la pizarra mientras Blodgett leía el texto. Le parecía un mejor orador.

Pero mi padre se sentía inseguro. No era un teórico, ni un profesor de estructuras, ni un ingeniero con sólida formación matemática, ni siquiera era un arquitecto «culto», y resultó una tortura explicar en una lengua que no conocía bien aquello que él ya sabía cómo construir. Quería aprovechar la oportunidad de conseguir el respeto de la comunidad académica, de las escuelas de arquitectura e ingeniería, de modo que volvió a modificar su conferencia, esta vez con ayuda de su socio italiano, un tal Garretta, que Blodgett describió como «una reproducción de Sancho Panza». La víspera de la conferencia, cuando llegó el momento del ensayo general y Blodgett se encontró con el texto vuelto a modificar, puso el grito en el cielo. «Yo quería que se luciese en la conferencia, y me daba miedo decirle que esta versión era farragosa, ininteligible, mucho peor que la anterior». Afortunadamente, el *cowboy* no tenía pelos en la lengua.

—Usted quiere que esta conferencia tenga sentido, ¿verdad?

Mi padre le lanzó una mirada torva.

—¿Qué quieres decir?

—La primera frase no significa nada, señor.

—¿Cómo? Pues vamos a cambiarla.

—Procure explicarme lo que usted quiere decir.

—Está muy claro: «Una cúpula empuja la mitad que una bóveda de cañón del mismo perfil».

—Para usted puede tener sentido, pero solo para usted. Y la segunda frase es peor —prosiguió—. No me ha dado tiempo a leer las demás, pero me temo que son por el estilo.

Mi padre acusó el golpe, muy digno. Blodgett le explicó los matices en inglés de lo que él quería decir, y mi padre, que en el fondo tenía mucha confianza en él, le escuchó con atención.

—Está bien, necesito que me reescribas el texto, aunque nos quedemos toda la noche trabajando.

Acabaron de madrugada. Por la mañana Blodgett corrió a dárselo a Emma para que lo pasase a limpio y que insertase cálculos, ecuaciones y símbolos. Por la tarde lo recogió y fue al edificio de Tecnología del MIT, donde le esperaban ansiosamente mi padre y McIlvaine. Al revisarlo, se dieron cuenta de que faltaban notas a pie de página, así como la mayoría de los gráficos y números que Emma no había podido transcribir. Mi padre soltó un improperio, pero el tiempo apremiaba, y tuvo que aceptar que Blodgett leyese el texto tal cual.

Me hizo ir para asistir a su conferencia. Francisca permaneció en Nueva York, porque alguien tenía que vigilar el funcionamiento de la oficina, y por nada del mundo quería que se encontrase con Emma. A mí me quería de testigo para un acontecimiento equiparable a la coronación de un rey. La charla fue en el Rogers Building del MIT, ante una audiencia que aunaba lo más granado de la sociedad bostoniana: catedráticos, ingenieros interesados en temas de tecnología, y los arquitectos más prominentes. Estos eran todos ricos y estaban en la cumbre de sus carreras, pero lucían las cicatrices de la vida de aquella época, de muchas fiebres y muertes prematuras de seres queridos como McKim y White, de interminables noches en tren y demasiado güisqui y absenta. Todos llevaban trajes oscuros, cuellos blancos y tersos de almidón, y bigotes, unos negros, otros grises, otros blancos como la nieve. El contraste lo ofrecían los amigos de Boston, como Domingo Mora y Saint-Gaudens, que participaban en la decoración exterior de la biblioteca con bajorrelieves y esculturas y que se sentían responsables del éxito de mi padre. Llevaban el pelo largo y revuelto, e iban vestidos como recién salidos del taller, con pañuelos alrededor del cuello y abrigos raídos. Qué buena sorpresa fue encontrarme con Francis Mora, el de los soldaditos de plomo.

La mejor parte de la conferencia fue cuando mi padre contó su emoción al descubrir el monasterio de Piedra.

—«Imagínense la iglesia de la Trinidad de Boston cubierta por una enorme bóveda natural, soportada por muros de la misma naturaleza, con estalactitas de todas las formas y tamaños suspendidas del techo como grandes arañas. Esa gruta es realmente un magnífico ejemplo de construcción cohesiva. ¿Por qué no habíamos construido aplicando ese sistema?».

Mi padre dejó que Blodgett leyese esos folios y luego le interrumpió para dar paso a McIlvaine, que dibujaba fórmulas en la pizarra. A mí aquella jerga me era familiar, pero notaba que resultaba un lenguaje demasiado técnico para la audiencia, incluido Blodgett, que no entendía lo que leía. Me hacía gracia ver a mi padre de director de orquesta de su propia conferencia, dándole la palabra a uno, acompañando con gestos el texto que leía su contable, que no lo comprendía... Al final, dijo algo muy bonito, que el encanto de una cúpula no reside en su forma sino en la percepción que uno tiene de ella, en la idea de que se sostiene sola y cuelga en el aire. «Es todavía más fascinante para la mente que para el ojo», concluyó. Un nutrido aplauso llenó la sala, y Blodgett y mi padre saludaron con una reverencia.

Para celebrarlo nos invitó a cenar a un restaurante de postín. Se unió a nosotros Emma Schurr, bien vestida para la ocasión, que me saludó efusivamente, y volvió a acribillarme a preguntas sobre mi vida en Nueva York, pero me mantuve en una fría cordialidad. Siempre era excesivamente amable conmigo, lo que me hacía sospechar de sus verdaderas intenciones. La verdad, hubiera preferido que la mexicana estuviera allí y no Emma. Me senté junto a Francis, que estaba muy contento de haber sido admitido en la escuela del Museo de Bellas Artes de Boston. Me dijo que iba a visitar Europa con su madre y que ayudaba a su padre con los dibujos de las esculturas de la biblioteca. Esto último no sé si era verdad, creo que me lo dijo para ponerse en valor, porque mi padre contaba que yo era su mano derecha y le hacía sus diseños. Los mayores hablaron del futuro de la compañía, que se anunciaba brillante. Mi padre había conseguido publicitar su sistema como algo indestructible, casi milagroso. Llovían encargos de toda la zona este de los Estados Unidos y mi padre los quería ejecutar todos. Blodgett insistía en hacer un plan de negocios y McIlvaine en contratar a más delineantes.

Luego mi padre me quiso llevar a dormir a la casa de Emma, pero me negué. Le dije que prefería pasar la noche solo en la oficina. Me acompañó a pie hasta el Pierce Building y esa noche, al despedirse de mí, le sentí tan incómodo como lo estaba yo. Emma se había interpuesto entre los dos, y yo ya no era aquel niño de antaño. Tenía diecisiete años, era su hijo y su aprendiz, pero eso no significaba que tuviese que estar de acuerdo con él en todo.

—No me parece bien que engañes así a Francisca —me atreví a decirle—, porque además me obligas a mí a hacerlo también.

—Recuerda que hicimos un trato.

Su respuesta me enfureció.

—A ti solo te importa que no diga nada para que no te descubran. ¡No te preocupes, que no te voy a delatar!

—Háblame con respeto, que soy tu padre.

—Y yo tu hijo —le dije, mirándole en actitud desafiante.

Era la primera vez en la vida que le hablaba de ese modo, hasta yo mismo me sorprendí. Mi padre intentó balbucear unas palabras; nunca me había visto así. Entré en el edificio y di un portazo. Mi padre había dejado de ser mi dios.

45

Profesionalmente seguía siendo mi máxima referencia. Casi al final de la construcción de la biblioteca, ocurrió un accidente que contribuyó aún más a su buen nombre de constructor y al auge de la Guastavino Company. Una mole de dos toneladas se despeñó desde las plantas superiores y se estrelló contra una de las bóvedas. El impacto provocó un agujero limpio, pero ni las cúpulas ni los arcos adyacentes sufrieron desperfectos. La estructura aguantó, estoica. Fue un accidente que confirmó al gran público las propiedades supuestamente mágicas de una tecnología que le fascinaba. Mi padre mandó llamar a un fotógrafo para inmortalizar esa imagen, que explicaba su teoría mejor que cualquier croquis o fórmula matemática. Luego arregló la parte reventada y la parcheó con rasilla nueva.

Llevó aquella foto en su cartera muchos años, y la utilizamos en la publicidad que hacíamos de la compañía, cuyo auge era imparable. En 1891, dos años después de haberla creado, era una empresa bien establecida que construía simultáneamente edificios significativos. En Nueva York estábamos con las bóvedas del vestíbulo del Carnegie Hall y las del Metropolitan Club, este último como parte de un proyecto más amplio del estudio McKim, Mead & White. Entre McKim, White y mi padre se había creado un vínculo profesional muy fuerte, una sintonía perfecta que hacía que cada uno adivinase los pensamientos y supiera lo que podía esperar del otro. En sus proyectos, McKim dejaba en blanco partes enteras con una nota: «Aquí un Guastavino». Y se despreocupaba. Que el célebre estudio contase tanto con nosotros generaba seguridad en otros arquitectos. «No dudaría un segundo en poner toda mi confianza en el sistema Guastavino», respondió McKim a un colega que en 1892 le escribió para informarse. El resultado fue un contrato para las cúpulas del nuevo edificio de los almacenes Bloomingdale's en la 59, donde a Francisca le gustaba tanto comprar; la del *hall* del hotel Plaza; la cervecera Lyons; el Montauk Club en Long Island... La lista, a la que había que añadir las obras en Massachusetts, era larga. Un encargo en concreto tuvo un significado especial para mi padre: la cúpula de la iglesia congregacional de Providence, en Rhode Island; que le encargasen un edificio religioso era como la confirmación divina de su éxito terrenal, él, que era tan supersticioso y tan sensible a los fastos de la Iglesia. Varias veces le vi llorar al entrar en la Trinidad de Boston; el sonido envolvente del órgano bajo aquella maravillosa bóveda dorada le producía una elevación mística rayana en el éxtasis. Debía de ser su manera de redimirse de sus pecados terrenales.

Toda esta cascada de encargos se la debíamos al éxito de la biblioteca de Boston, convertida en emblema de la capacidad del hombre para atesorar, proteger y cuidar la cultura; en símbolo de civilización. Unas letras en una placa de mármol, sobre el muro de la entrada, grabaron para la posteridad el nombre de nuestra empresa. Once años habían pasado desde nuestra llegada al puerto de Nueva York.

Y no habíamos hecho más que empezar. Estábamos tocando con nuestras bóvedas los edificios más emblemáticos de la Costa Este, como quien coloca sobre la cabeza de una espléndida señora un sombrero que realza su belleza. Mi padre contrató a delineantes y aparejadores para responder a toda esa demanda, a la vez decorativa y estructural, y él hacía de director de orquesta, el papel que más le gustaba interpretar. Pero no dábamos abasto: «No debes dejar que los trabajos de Boston se lleven a cabo sin nosotros —me escribió en una carta—. Es sumamente perjudicial para nosotros. Enseguida que estés libre de los cobros pendientes ahora en Nueva York, te vas a Boston una semana y cada día vas a ver las obras y a los arquitectos, y a asegurarse de que Blodgett atiende los libros. El *roof* lo has de examinar y ver al que hace el hierro, y que vean que tomamos en nuestras manos la construcción. Blodgett no puede ni conviene que lleve la responsabilidad de la construcción».

Además del trabajo diario, seguía investigando. Durante un viaje en tren a Denver, donde la compañía de teléfonos nos contrató para hacerles la sede, se le ocurrió que podíamos aprovechar para buscar en canteras de los alrededores calizas arcillosas que sirviesen para fabricar ladrillos aún más ligeros. Estuvimos dos días recogiendo muestras y volvimos cargados con seis baúles llenos de tierra. Y con una idea en la cabeza: la de construir una fábrica propia.

El éxito nos volvía a sonreír. Y es tan fácil acostumbrarse... Los cumplidos, las alabanzas, las cartas de felicitación, el elixir del reconocimiento es como una droga que a mi padre le tenía narcotizado. Volvía a ser alguien, cumplía el sueño de todo inmigrante americano. Había apostado fuerte, y había ganado. El magnate José Francisco Navarro era un ardiente defensor de nuestro trabajo. Decía que el sistema de bóvedas evitaba futuros desastres. Nos recomendó a sus socios —el armador Cornelius Vanderbilt o el propio Edison— con tanto fervor que nos encargaron la hacienda Biltmore en Carolina del Norte —encargo que cambiaría la vida de mi padre— y el edificio de la Edison Electric Company en la Primera Avenida. Navarro estaba a punto de convertirse en el mayor productor mundial de cemento después de comprar una patente de hornos rotatorios que permitía obtener un Portland de calidad óptima y, sobre todo, regular. Un invento revolucionario que acabaría por imponerse.

—Cuento contigo para que me ayudes a montar una fábrica en España —le dijo a mi padre.

Y lo que decía Navarro no caía en saco roto. Todos aquellos españoles no olvidaban un solo día el país de donde habían salido. Alternaban en las galas benéficas de las grandes familias como los Vanderbilt y que eran el meollo de la vida social neoyorquina. Pero también participaban en la vida cultural promocionando lo español con el orgullo y la añoranza que solo comparten los exiliados. Navarro patrocinó la escala en Nueva York del violinista Pablo Sarasate en su gira americana, que fue memorable. El 14 de enero de 1890 asistimos al concierto en el magnífico marco del Metropolitan Opera House, y la gente se volvió loca. El «fenómeno Sarasate», como lo llamó la prensa, provocó un entusiasmo inusitado.

—Fíjate en cómo agarra el violín, su técnica de la mano izquierda es impecable —me susurró mi padre.

A su Stradivarius, regalo de la reina Isabel II, le sacaba el sonido más puro que podía esperarse de un violín, y sin mostrar esfuerzo alguno. Mi padre cerró los ojos en una especie de éxtasis y cuando los volvió a abrir, se le escaparon gruesos lagrimones. Escuchar los zorcicos vascos, la *Habanera* y los *Aires gitanos* interpretados por ese virtuoso del violín le removió las entrañas. Recuerdo que luego fuimos a cenar todos a Delmonico's y Navarro nos presentó al maestro.

—Aquí un artista, tanto toca el violín como levanta los edificios más deslumbrantes de Nueva York.

Quien estaba deslumbrado era mi padre, que se ruborizó y se fundió en un abrazo con Sarasate.

Navarro nunca dejó se sentirse muy español. Jamás solicitó la nacionalidad norteamericana, a pesar de estar casado con una neoyorquina y de estar bien integrado en la sociedad local. A veces los españoles se encontraban en el modesto centro español de la calle 14, que ofrecía guisos cuyos aromas les provocaban nostalgia del terruño. Yo heredé esa saudade del exiliado, no con la intensidad de mi padre, que seguía con su devoción íntegra por el vino tinto, las paellas y el aceite de oliva, pero sí con el sentimiento difuso de mis recuerdos de infancia, el olor a pescado frito en casa de la abuela Paula, el zureo de las palomas en el parque de la Explanada, la visión del mar plateado más allá de la Barceloneta..., y no entendía por qué mi padre, que ahora tenía los medios, no organizaba un viaje a España, ni siquiera hablaba de ello. Cada vez que se lo proponía, lo descartaba, invocando el exceso de trabajo.

—Hasta Francis Mora va a ir a Europa con su madre, ¿por qué no podemos ir nosotros? —le preguntaba.

Pero él cambiaba de tema.

Me hablaba de Navarro, que también había desarrollado una patente para el perfeccionamiento de los contadores de agua y otra de mejoras en los sistemas de ferrocarril eléctricos. Mi padre se contagió de ese obsesivo registro de patentes.

—¡Patentes, Rafaelito! Tenemos que desarrollar patentes.

A la vista de cómo nos estaba yendo con las que había registrado, no había duda. El mundo pertenecía a los dueños de patentes. Edison andaba ya por el millar... Así que yo también me puse a ello, y entre 1891 y 1892 deposité tres patentes a mi nombre, dos para forjados de techos y una de arcos tabicados. Tenía diecinueve años y mi vida había consistido en mucho estudiar y poco jugar, y sobre todo en emular a mi padre. Pero él a veces me seguía tratando como a un niño y me irritaba. Que me llamase Rafaelito delante de la gente lo consideraba una falta de respeto hacia mí, pero por más que se lo repetía no se daba por aludido. Siempre había sido motivo de orgullo compartir nombre y apellido, pero ahora me parecía una fatalidad. Por eso añadí el «junior» al final de mi nombre, como se hace en Norteamérica. Y esas patentes las firmé Rafael Guastavino Jr. Esas dos letras y el punto escondían toda una declaración de intenciones.

A pesar de las advertencias de Blodgett, mi padre abrió oficinas en Minneapolis, Chicago y Providence, aparte de las que teníamos en Nueva York y Boston. No veía el problema de los gastos generales ni de los impagos, solo veía que llegaban cada vez más encargos, y que algunos representaban desafíos profesionales insoslayables, como el que le propuso Enrique Dupuy de Lome, embajador de España en Estados Unidos. Veinte años después del gran incendio, Chicago se proponía renacer de las cenizas celebrando en 1893 la conmemoración del cuarto centenario del descubrimiento de América con una exposición universal. El embajador, que también era el máximo responsable del gobierno en lo tocante a la exposición universal, le encargó la construcción del pabellón español. Aparte de un honor, era una oportunidad de presentar nuestro trabajo al mundo: iban a participar cuarenta y seis países, se iban a levantar doscientos edificios. Por encargo de un grupo de expositores, el otro edificio dedicado a España le correspondió al estudio de McKim, Mead & White. Mi padre convenció a su amigo Stanford White para que levantasen una réplica del monasterio de la Rábida, donde Cristóbal Colón encontró refugio y atención entre sus frailes, el mismo lugar en el que luego recaló Francisco Pizarro y más tarde Hernán Cortés, donde estaba enterrado Alonso Pinzón. Tenía todo el sentido, visto el tema de la exposición. Lo que quería hacer mi padre lo llevaba en el corazón. Era un ejemplo de la mejor arquitectura que se dio en la península: una réplica de la Lonja de la Seda. Era también una oportunidad perfecta de promocionar nuestra compañía y sus técnicas —sobre todo la resistencia al peso y al fuego— en un lugar que iba a congregar a los más distinguidos arquitectos norteamericanos.

Dupuy de Lome se mostró reticente al principio porque, según él, la Lonja no tenía relación directa con el descubrimiento.

—Sí la tiene, porque fue construida justo en esa época, entre 1483 y 1506 —le dijo mi padre.

No tardó en convencerle. Primero, porque para la embajada era una ventaja contar con un arquitecto y a la vez constructor ya instalado en el país, y segundo, porque ambos eran de Valencia. El padre de Dupuy era un industrial francés dueño de una fábrica de hilaturas en Patraix que se había dado a conocer por haber instalado la primera caldera de vapor para el escaldado de los capullos de seda, una innovación que en su momento despertó la atención de mi padre.

Estaba claro que no nos iríamos de viaje a España, pero construiríamos una pequeña muestra de nuestro país de origen en el corazón de los Estados Unidos, en una ciudad que buscaba sacudirse la imagen de suciedad, vicio y contaminación que arrastraba. ¿No había escrito Rudyard Kipling que «Después de haberla visitado, no deseo volver jamás. Está poblada por salvajes»? Precisamente para quitarse ese marchamo, aquellos salvajes organizaron una feria de tamaño colosal y rica en sorpresas. Una exposición que mostraría al mundo el poderío técnico, científico y logístico de lo que en Europa llamaban el país del futuro.

46

El éxito lleva en su interior la semilla del fracaso, y viceversa. Tantos encargos tan de repente hacían pensar en un incuestionable triunfo, pero la Guastavino Company era un pequeño gigante con pies de barro. Como decía Blodgett, patinábamos sobre una capa muy fina de hielo, debido a la falta de capital de reserva. Se lo comentó a mi padre.

—¿Y para qué necesitamos reservar capital? —le soltó—. ¿Para hacer a los banqueros más ricos todavía?

—No, señor, para...

—Lo que necesitamos es más negocio. Estamos empezando, espera y verás.

—Algunos de nuestros contratos muestran una ligera pérdida —prosiguió Blodgett—, hasta ahora hemos tenido suerte porque son pequeñas. Pero suponga que perdemos mucho dinero en una obra grande. Que no nos paguen. No sería la primera vez que esto ocurre.

—Pues recuperaríamos con otro proyecto, ahora no nos faltan.

—O suponga que tenemos un accidente.

—Mi trabajo es asegurarme de que no tengamos ningún accidente. De todas maneras, ahora nos conocen, si pasa cualquier cosa, nos reharemos. No es como hace diez años con los *tenements*. Ahí sí que no teníamos reserva alguna de capital. Todo era del banco y no nos conocía nadie.

—No sé, señor, solo observo que las tornas están cambiando. Hay cada vez más impagos y la prensa habla de constructoras en quiebra. Ya sabe eso de que cuando el río suena...

—Ya quisieran esas constructoras estar en nuestra posición.

Aquello era una verdad a medias.

Si la empresa tenía una base endeble, ¿qué decir de la vida personal de mi padre? Era la de un funambulista del circo Barnum, solo que de uno distraído, con la arrogancia del que está convencido de que no se estrellará nunca. Entre la sobrecarga de trabajo y su desorden doméstico, solo era cuestión de tiempo que Francisca descubriese su doble vida. Un día, estando los dos en casa —mi padre se encontraba de viaje—, mientras ella recogía una chaqueta, cayó del bolsillo interior un papel al suelo. Enseguida reconocí la caligrafía de letra pequeña, como patas de mosca, de Emma Schurr. *Oh my God!*, me dije, con la respiración entrecortada. Estaba fechada el 21 de abril de 1890. Mientras Francisca la leía, vi su rostro descomponerse y unos gruesos lagrimones resbalar por sus mejillas. Al terminar, me la entregó. La carta decía:

> *Querido Raphael:*
>
> *He llegado a la conclusión de que la única y mejor manera es que vaya a Nueva York y te espere allí, creo que dijiste que estabas, aunque allí no podremos vernos a solas y toda mi felicidad depende de ello... El tiempo pasa, y cada día veo más problemas, puedo tomar el tren de las diez el martes por la mañana. Por favor, intenta verme tan pronto como sea posible porque no podemos vivir así.*
>
> *Tuya,*
>
> *Emma*

Intenté quitar hierro al asunto, le dije que, en efecto, Emma estaba enamorada de mi padre, pero ¿y qué? Eso no significaba que él lo estuviera. Mentí. Mentí como un bellaco para defenderle. Le aseguré que no era un amor compartido, que lo que quería era quitársela de encima... No sé lo que le dije, lo que recuerdo es que en ese momento odié a mi padre con toda mi alma. Ver a Francisca en ese estado era lo más triste que nos podía ocurrir. Se me cayó la cara de vergüenza cuando me preguntó:

—Tú lo sabías, ¿verdad? —Con esa pregunta, Francisca me arrojaba al bando de mi padre, como si hubiéramos estado conspirando contra ella. Con aire devastado, me miró con ojos mansos y, antes de que yo contestase, me dijo—: No te preocupes, Rafaelito, tú no tienes culpa de nada.

Luego se fue a recoger sus cosas y las metió en la maleta.

—No te vayas, espera a que vuelva y así hablas con él.

—No hay nada de que hablar.

Yo estaba desesperado. Verla en ese estado me partía el corazón. Había aprendido a quererla, y sentía por ella una gran compasión, inversamente proporcional al odio y al desdén que sentía por mi padre. Ella había sabido querernos, nosotros no supimos estar a la altura. Su partida era una catástrofe en toda regla. Era la persona más realista que conocía, mucho más capaz que mi padre de resolver los problemas prácticos tanto de la economía familiar como de la empresa. Era un desastre para nuestro equilibrio, nuestra vida cotidiana, nuestro futuro, nuestro corazón.

—Francisca, lee bien la carta, ella dice que quiere verle, pero no parece que él lo quiera, léela bien...

Se la leí de nuevo, haciendo de tripas corazón, intentando demostrar que era la carta de una mujer enamorada que se sentía despechada. Lo dije por decir algo, porque me pareció la mejor línea de defensa, pero —lo supe más tarde— resultó ser cierto. Francisca, en ese momento, no tenía oídos para nada.

—Dile a Pelón que es un hijo de la gran chingada.

Lo dijo sin aspavientos, sin rabia. Cogió sus cosas y se marchó. Me quedé solo en casa, sin poder avisar a mi padre, que estaba en Cincinnati. Me vino a la memoria el día en que mi madre nos dejó, y rompí en sollozos. Ese era nuestro destino, que las mujeres que nos querían nos abandonasen. Todo por tener un padre que no podía controlar sus impulsos, que corría detrás de unas faldas como un perro callejero. «Un bruto —decía para mis adentros—. ¿Será imbécil?». Me sentía desgarrado entre la pena que sentía por Francisca y la inquina contra él.

Cuando llegó, dos días más tarde, y le conté lo que había pasado, se llevó las manos a la cabeza.

—Te avisé, padre.

—¿Adónde se ha ido? Tengo que hablar con ella.

—A buenas horas lo preguntas, no lo sé, no me lo ha dicho. Quizás se haya vuelto a México —le dije para hacerle sufrir.

—No, no puede ser verdad —dijo, asustado.

—Por cierto, me dio un recado para ti.

—¿Cuál?

—Decirte que eres un hijo de la gran chingada.

Se lo solté con malicia, con deseos de venganza por haber causado tanto destrozo. Entonces le vi derrumbarse, en una sensación de *déjà vu*, como si a mi padre también le viniese a la cabeza el recuerdo del día en que mi madre nos dijo que se iba. Ahora nos volvían a dejar solos en Nueva York. Con la diferencia de que éramos más mayores los dos, sobre todo él. Y otra diferencia dramática: que él la quería mucho más de lo que jamás quiso a mi madre. Le entregué su violín, pero ni siquiera lo sacó del estuche. Se quedó prostrado en el sillón, mirando al vacío, dándose cuenta de lo mucho que había perdido.

—Ya puedes llamar a Emma, el terreno está despejado —le dije con sorna—. ¿No es lo que buscabas?

—No, no quería eso.

—Pues lo parecía...

—Si estoy con Emma es porque se me hizo muy largo el regreso de Francisca de México. Pero sabes que la quiero, y mucho.

—Ahora lo dices porque la has perdido. Si la quisieras de verdad, hubieras cortado con Emma. ¿O de verdad pensabas que nunca se iban a enterar la una de la otra?

—No me des lecciones, las cosas son más complicadas de lo que parece.

Estuvimos varias horas sin dirigirnos la palabra, pero el ambiente se hizo tan irrespirable —nosotros dos, solos, en esa casa que se nos caía encima— que al final mi padre rompió el hielo. Debió de sentir que su hijo del alma pensaba cosas horrendas de él, y hubiera tenido razón: nunca había caído tan bajo en mi estima. Por eso, al anochecer, cuando la tristeza acabó de serenarnos, me confesó los entresijos de su relación con Emma. Me dijo que llevaba tiempo queriendo romper, en realidad desde que Francisca volvió de México, y si no lo había hecho había sido por pereza, por la costumbre de tener a una mujer esperándole en Boston y porque odiaba la confrontación. Emma había depositado en él todas sus esperanzas.

—¡Está obsesionada con casarse conmigo! —me contó—. Y eso es algo que nunca se me ha pasado por la cabeza.

Nada más saber de la existencia de Francisca, Emma empezó a desarrollar unos celos tremendos. Un día le puso entre la espada y la pared.

—Tienes que elegir entre ella o yo —le dijo.

—Si me pones en esa tesitura —le respondió mi padre—, me quedo con Francisca.

Le interrumpí.

—Y ¿por qué no rompiste entonces? Era el momento.

—¿Qué quieres que te diga, que soy un cobarde con las mujeres? Pues ya está, te lo digo, lo admito. ¿Estás satisfecho ahora?

Era cierto que se sentía mucho más próximo a Francisca, les unía una cierta manera de disfrutar de la vida. Existía entre ellos un entendimiento que nunca podría alcanzar con Emma, bien lo sabía yo. Por eso, que la hubiera dejado escapar era aún más imperdonable.

En cuanto a Emma, cualquier mujer con un mínimo de dignidad le hubiera dado un portazo al no saberse la favorita, pero ella se tragó el sapo. Mezclaba su afán de posesión con un servilismo ramplón. La razón era que necesitaba dinero. Se lo pedía para todo: una subida de sueldo, algo para el cumpleaños de su madre, para un sobrino que necesitaba una operación, para alquilar un piso en mejor barrio, para comprarse ropa y zapatos. De ahí venían esas notas de gasto que descubría periódicamente entre los papelotes de mi padre. Él entendía que ese era el precio que tenía que pagar por tenerla a su disposición en Boston, pero lo pagaba a regañadientes porque, a su manera, cuidaba el gasto. Se sentía agobiado por tanta presión, pero carecía de voluntad para cortar por lo sano. Él no cortaba con las mujeres; siempre lo hacían ellas, cuando no podían más.

—Ayúdame a encontrar a Francisca, te lo pido.

Era el ruego de un hombre desesperado. Estaba tan deshecho que me dio pena. Llegué a pensar que Emma le había escondido esa carta en el bolsillo, adrede para que Francisca la encontrara. Ya estaba disculpándole porque en realidad no podía odiarle más de cinco minutos.

Hice algo por él, y también por mí: intenté encontrarla. Me fui hasta la parroquia frecuentada por inmigrantes latinos de la calle 14, porque sabía que le gustaba la misa cantada de los domingos por la mañana. Pregunté por ella, en vano. Hablé con el capellán, y con unas mujeres portorriqueñas, pero no la conocían. Pasé por el centro español de la misma calle, sabía que le gustaban las comidas que allí servían, pero tampoco la habían visto. Volví el domingo a la parroquia y asistí a la misa cantada: Francisca no acudió.

Mi padre, por su lado, fue al consulado de México... Ninguna gestión dio su fruto. Francisca se había esfumado.

En la oficina, en el nuevo edificio de la calle 57 que acabábamos de inaugurar, reinaba el caos. La desaparición de Francisca era un desastre en toda regla. Las limpiadoras preguntaban por sus turnos y no sabíamos qué decirles. No encontrábamos los papeles del banco, que la mexicana clasificaba y guardaba. Al faltar el alma del despacho, nada funcionaba bien. Mi padre mandó un cable urgente a Blodgett para que acudiese en nuestra ayuda, y se presentó al día siguiente, lo que trajo un poco de sosiego.

—¿Dónde está Francisca? —preguntó.

Esa era la pregunta que estaba en boca de todos los empleados. A mi padre le dio vergüenza contarle lo que había sucedido, de modo que yo le puse al día. Blodgett alzó la mirada al cielo, pero noté que se reía para sus adentros. Vaya jefe le había tocado. La cuestión era si valía la pena poner su vida en el mismo carro que la de un hombre así de original e impredecible. Aunque esa consideración tendría que esperar. Por lo pronto, lo urgente era arreglar el entuerto. Aparte de contable, Blodgett era especialista en apagar incendios.

Ahora, desde la distancia, me pregunto si no había algo inconsciente en esa actitud imprudente que mi padre tenía con las mujeres. Me pregunto si en su fuero interno no quiso ser descubierto. Parece una perogrullada, pero tanta insensatez de parte de alguien que por otra parte era tan meticuloso no tiene lógica. Cuando, viviendo en Barcelona, fue al parque de la Explanada con mi madre y conmigo, ¿no sería que en el fondo de su subconsciente quería también ser descubierto para así romper con Pilar, para que la vida le diese una patada y avanzase, porque él era demasiado cobarde para tomar una decisión drástica? ¿No había ocurrido lo mismo con la carta de Emma olvidada (o colocada) en el bolsillo de su chaqueta, un descuido tan burdo?

47

Cada vez más delgado, con pelos en las orejas y la camisa sin abrochar, el descuido del físico de mi padre era fiel reflejo de su estado de ánimo. La ausencia de Francisca no hizo que mejorase su relación con Emma Schurr, al contrario, esta aprovechó para redoblar la presión ahora que su principal competidora estaba fuera de juego. A mi padre se le hizo insoportable y evitaba ir a Boston. Que su momento personal más bajo coincidiese con su momento profesional más álgido era una mezcla difícil de asimilar y no contribuía a su estabilidad. Tenía la sensación de haber conseguido lo que quería en la vida, y sin embargo se sentía vacío. Había tenido que verse solo para darse cuenta de lo feliz que había sido con Francisca. ¿Para qué dejarse los huesos en los coches cama entre Nueva York, Boston y Chicago, el triángulo de las obras de la Guastavino Company?, parecía preguntarse. La soledad le asfixiaba. Cuando volvía al estudio hacía jornadas de dieciséis y dieciocho horas seguidas porque trabajar le mantenía a flote, le ayudaba a sobrevivir.

Nos metieron prisa con el diseño del pabellón español de la Exposición Colombina de Chicago. Un tal Burnham, arquitecto jefe y amigo de McKim, nos mandaba cables todas las semanas para presionarnos, de modo que ese proyecto se convirtió en el más urgente. Mi padre quiso que lo diseñara yo. Me entregó los grabados que tenía de la Lonja, sacados de un libro que se había traído de España, y dirigía mis esbozos, a la vez que supervisaba a los demás delineantes encargados de otros proyectos. Era muy puntilloso con los detalles que me explicaba, y al hilo de los dibujos me contaba su infancia. Porque, para él, diseñar la Lonja era viajar al pasado, a la calle Puñalería, a la casca de Navidad, al taller de ebanistería del abuelo, a sus primeras clases de violín en la casa familiar. Poco a poco diseñamos una Lonja de la Seda que construiríamos a escala tres cuartos con muros de piedra de arenisca, ventanas en forma de pico rematadas con una cruz, bajorrelieves, con sus figuras simbólicas del comercio y las finanzas, sus abultadas cornisas, sus parapetos tan sólidos como los de una fortaleza. Faltaban las figuras eróticas, esas que a mi padre le habían despertado el deseo sexual.

—¿Por qué no ponemos la de la mujer con tetas o la del mono empalmado? —le propuse.

—¿Estás loco? En Chicago no tienen sentido del humor, son unos bestias.

Al terminar los planos de la lonja, mi padre me dijo:

—Te vas a encargar tú de la obra. Te quedarás en Chicago de supervisor.

—¿Yo solo?

—Sí, solo. Te vendrá bien trabajar a pie de obra, no se puede estar todo el día encerrado, estudiando. Necesitas hacerte con una cuadrilla, aprender a manejarla. Las obras se piensan en la oficina, pero se hacen sobre el terreno. Buscaremos una pensión agradable. Te nombro delegado de la compañía en la Exposición Colombina... Iré a visitarte tanto como pueda.

—¿Y quién será el capataz? Porque yo solo...

—Buscaremos un buen oficial, hay mucha mano de obra disponible. Necesito alguien de confianza en el terreno, y ese solo puedes ser tú porque a Blodgett lo necesitamos en Boston. ¿Crees que podrás con ello?

Sentía un nudo en la tripa, pero contesté:

—Sí, eso espero.

—Preparación tienes de sobra. De todas maneras, la única forma de saberlo es lanzarse al ruedo. Así empecé yo, a tu edad.

Cuando llegó el momento de iniciar las obras, mi padre y yo fuimos a Chicago. Qué ciudad más desangelada, con las calles sucias de barro y nieve bordeadas de rascacielos de hasta veinte pisos de altura que ocultaban la luz del sol. Nos instalamos en una pensión cerca de los terrenos donde se levantaba la feria. Era una calle estrecha con tugurios de mala muerte. El viento rugía por la noche y volaban rollos de espino. Era realmente la capital del Medio Oeste. Los terrenos de la feria estaban sembrados de obras; el suelo era una mezcla de barro y estiércol. Un tren construido especialmente para la ocasión repartía materiales de construcción. Unos obreros los cargaban en carros tirados por caballos y los entregaban a las diferentes cuadrillas. La primera sorpresa nos la deparó el subsuelo fangoso, lo que nos obligó a realizar la cimentación con muros de contención de madera. Contratamos a un oficial pelirrojo, un irlandés llamado Elías Disney que conocía bien su trabajo y que añoraba su vida de campesino. Era un buen hombre, muy serio. Años más tarde, su hijo pequeño, Walt, se inspiró en lo que su padre le contó de la exposición para su propio reino de la magia, el famoso Magic Kingdom.

Mi padre supervisó la contratación de los albañiles y luego anunció que se iba. Me dejaba solo y sentí aprensión. De pronto dudé de mí, no sabía si estaba realmente preparado para enfrentarme a semejante desafío. Tuve el impulso de volverme con él.

—Padre, no sé si me van a respetar los obreros.

—Si les demuestras que sabes tanto o más que ellos, no tendrás problema.

—¿Estás seguro?

—Claro que sí. Ha llegado la hora de que pongas a prueba todo lo que te he enseñado.

Era la primera vez que me dejaba de jefe. Tenía veinte años. Mi misión era supervisar la cuadrilla, preparar las nóminas, corregir los planos, encargar y recibir los materiales y elaborar informes semanales sobre nuestros avances. Y saber responder a un error, a un imprevisto, a una urgencia. Luego supe que a mi padre le costó dejarme allí solo, y que hizo un esfuerzo en disimular su incertidumbre para que yo no flaquease. La verdad es que en la vida nunca se está realmente preparado para lanzarse al vacío. Se necesita un empujón, como el que da el pájaro a su cría para que eche a volar. No hay quien escape a ese momento de vértigo. Ahora le agradezco que me lo haya dado, porque ese impulso me ayudó a espabilar, a crecer. Pero la despedida fue un momento aciago. Recordé cuando me dejó en casa de los Whitlock, en aquel colegio familiar cubierto de nieve. Entonces no entendí la crueldad del abandono, ahora sé que son hitos que marcan el camino de la vida.

48

Fue Blodgett quien recuperó a Francisca. Me lo contó en uno de sus viajes a Chicago. Al irse de sopetón, después de descubrir la carta, la mexicana se llevó, entre las llaves del estudio, las de la caja fuerte. Cuando se dio cuenta, se puso en contacto con el contable para devolvérselas. Porque Francisca era honesta. Blodgett le dio las gracias e insistió en darle un dinero «de parte de su jefe», le pidió que por lo menos aceptase el finiquito. Se lo tomó como un insulto y lo rechazó de plano. Me reí.

—¡Te hubiera podido pegar un cachete! Tiene su orgullo.

—*Mexican pride* —dijo Blodgett.

Creo que mi padre se volvió medio loco cuando supo que Francisca estaba a tiro de piedra, viviendo en una habitación del YWCA, cuyo hostal acababa de abrir sus puertas. Daba clases de mecanografía a cambio de hospedaje. Me dijo Blodgett que mi padre le amenazó con despedirle sino le llevaba donde Francisca. De modo que nuestro contable tuvo que acompañarle al YMCA. Como era de esperar, Francisca no bajó a recibirle. Mandó decir que no lo haría. Me la imaginaba en su cuartucho, luchando contra sí misma y sintiéndose desgraciada porque en el fondo le quería. Nos quería, éramos su familia. Mi padre iba todos los días, y le dejaba flores en recepción. Esa insistencia era patética, ¿no podía haberle ofrecido flores antes? Él mismo se pasaba el tiempo dando lecciones sobre lo importante que era aprovechar las oportunidades... Sin embargo, ¿por qué no aprovechó la suya? Pensaba que la conseguiría a fuerza de insistir, pero un día el recepcionista le dijo que la señorita Ramírez se había marchado.

—¿Ha dejado alguna dirección?

—No, señor. Solo dijo que regresaba a Ciudad de México.

—Tu padre estaba muy agitado —me contó Blodgett—. Me pidió que fuese al puerto, que buscase el barco con destino a Veracruz, que la convenciese de que no se marchase... Hice lo que pude, pero yo solo soy el contable, no hago milagros.

Francisca se fue a México y mi padre se hundió. Ni Blodgett ni los colegas del estudio le reconocían. Muchos días se quedaba a dormir en la oficina porque no soportaba estar solo en el piso. Luego, durante una buena temporada no supimos más de su drama sentimental. Se volcó en el trabajo.

Me gustaban las visitas de Blodgett a Chicago. Siempre traía información de primera mano de la oficina, y al ser metódico y ordenado, me ayudaba a solucionar los problemas que a mí me surgían. Veía que estábamos contagiados del ambiente de euforia de la feria, y le sorprendía lo bien y lo mucho que trabajaban los hombres de mi cuadrilla. Lo hacían a destajo porque estaban imbuidos de ese espíritu de energía colectiva que transmitía en sus arengas el arquitecto jefe Burnham: «No hagáis planes pequeños, no tienen magia a la hora de encender la sangre de los hombres». Con frases de ese tipo consiguió que todos trabajasen como si los resultados fuesen a marcar el inicio de una vida nueva y mejor, un antes y un después.

Un cartel con la palabra «*RUSH*» (deprisa) señalaba el despacho de Burnham en una de las casetas de obra. Parte de su función era azuzar a los constructores, y yo le temía cuando pasaba por nuestra edificación, acompañado de un ayudante con un bloc de notas en la mano, un pobre chico que fumaba opio para aguantar la presión. Con mirada acuosa y hablar deslavazado, me preguntaba por los plazos y me hacía firmar papeles. Blodgett revisaba las cuentas de los pedidos de materiales y archivaba los recibos en carpetas impolutas. Un día vimos pasar a Burnham acompañando a Thomas Edison, que estaba de visita y sugirió que en la exposición se utilizasen bombillas incandescentes en lugar de arcos voltaicos, así como corriente eléctrica directa. No nos dábamos cuenta en el momento, pero el futuro se estaba abriendo paso en aquellas obras faraónicas. A medida que progresaban, más nervioso se ponía Burnham. Para paliar el retraso del pabellón de electricidad, contrató el doble de mano de obra y los puso a trabajar de noche, iluminados por las nuevas bombillas de Edison. Que dos jornaleros se electrocutasen no alteró en absoluto el ritmo. Ni que el gremio de los carpinteros amenazase con ir a la huelga. Los peores presagios —que se desencadenase una epidemia de cólera o de tifus o que un vendaval derribase las incipientes torres— tampoco se cumplieron.

Disfruté muchísimo de la experiencia de ser jefe. Tanto que me costaba dejar la obra a final de la jornada y recorrer las calles sucias y vacías de Chicago para volver a mi pensión. También disfruté de la vida independiente, era como un elixir. Un colega constructor me invitó una noche al burdel de Carrie Watson, el más conocido. Nunca había visto tantas mujeres tan guapas juntas, de todas las razas y edades. Nunca bebí tanto champán, que era en realidad vino espumoso. Me enamoré de una rubia polaca con los pechos muy apretados y olor a rosas que se sentó en mi regazo a charlar y a hacerme carantoñas. Qué simpática era. Estaba encantada, como todas, porque el negocio iba viento en popa.

—La exposición ha sido un regalo de Dios para nosotras —me dijo, dándole vueltas a la crucecita que llevaba colgada en el pecho.

Cuando me llevó al punto máximo de excitación, me pidió una cantidad obscena de dinero y ahí acabó todo. Se despidió con una sonrisa angelical, buscando con la mirada la próxima presa. Salí un poco frustrado y aturdido por ese aluvión de nuevas sensaciones. Otra noche volví, esta vez solo, pero nunca logré que rebajase el precio, estaba claro que la demanda superaba a la oferta en aquellos días de bonanza.

Cada dos o tres semanas, recibía una visita de Nueva York. Si no venía Blodgett, lo hacía mi padre. Me contaba los nuevos contratos, los problemas con las obras en marcha, y siempre me hablaba de la suerte que habíamos tenido con nuestro contable. En la pensión, apurando una botella de vino italiano, le pregunté por Francisca.

—Sigue en México, no quiere saber nada de mí.

—Eso es lo que dice, pero no me lo creo. La conozco.

—No sé qué más puedo decirle para que vuelva. He hecho mi penitencia, me he disculpado, le he rogado, le escribo dos o tres veces por semana, con lo ocupado que estoy, y nada.

—No creo que la convenzas a base de promesas, no es tonta.

—Entonces ¿qué hago?

—Cásate con ella. Por menos no creo que vuelva.

—No sabes lo que dices, hijo... Ya he cometido ese error y sería estúpido tropezar de nuevo en la misma piedra.

Mi padre suspiró. Le pregunté por Emma Schurr.

—La despedí la semana pasada —me dijo.

—¿La echaste?

—Sí, no sabía estar en su sitio. Varias veces tuve que avisarla de que no era la dueña de la empresa. Llevaba tiempo con ganas de...

—¿Habéis acabado en buenos términos?

—Pues no. He sido un poco brusco, lo admito, pero no aguantaba que viniese a Nueva York a verme, siempre presionando. Lo último fue pedirme que le autorizase su firma en el banco para que ella pagara directamente al personal...

Le dije que ni hablar y empezamos a discutir... Que si no tenía confianza en ella, que si me estaba aprovechando, bla, bla, bla... Fue a llorarle a Domingo Mora, pero él es mi amigo y cuando le expliqué la situación, me entendió perfectamente.

—¿Y el apartamento de Boston?

—Pagué tres meses por adelantado, que se lo quede ella. Prefiero quedarme en la oficina, así toco el violín por las noches frente a la biblioteca y duermo bien.

—¿Se lo has dicho a Francisca?

—Sí. Le escribí para contárselo.

—¿Y?

—Nada. No contesta a mis cartas.

El problema fue que Emma no era Francisca. La joven secretaria reaccionó con toda la rabia de una mujer despechada. Me lo contó mi padre en su siguiente viaje. Me dijo que se llevó documentos importantes de la oficina de Boston y que los puso en manos de un abogado conocido por su propensión a la extorsión.

—Vaya lío, padre.

—¿Cómo iba a imaginarme que era tan canalla?

—Lo has mezclado todo, padre, el trabajo y el amor, y te ha estallado en las manos.

—Así es la vida.

Emma había arramplado con planos y presupuestos de proyectos contratados de los no existían copias y Blodgett andaba desesperado: los problemas causados por la marcha de Francisca de la oficina de Nueva York no eran nada comparados con estos. También supe por mi padre que Emma había intentado denunciarle alegando que eran una «unión de hecho, una figura jurídica que podía equiparles a un matrimonio*». Exigía una pensión compensatoria, como en un divorcio. Estaba muy afectado.

---

* *Common-law marriage.*

—¡Menos mal que no estabais casados!

—Aun sin estarlo, estoy en manos de un juez. No es probable, pero ¿qué pasa si dictamina a su favor?

Se había quedado solo, sin la una y sin la otra, como cuando se quedó sin Pilar y sin mi madre. La historia se repetía, con dosis añadidas de malicia. La cuestión era si esta vez sacaría alguna lección de tanto disgusto.

49

En paralelo a las visitas que me llegaban, vi crecer la exposición, ese sueño cuya grandeza y belleza excedería lo que cualquiera de sus arquitectos e ingenieros pudo concebir. Un día aparecieron las réplicas exactas de las carabelas de Colón, ancladas en una pequeña rada natural. Las habían remolcado desde Cuba hasta el lago Michigan. A principios de verano, vi llenarse de agua el lago artificial. Poco después, flotaban *dhows* árabes, sampanes chinos, goletas turcas y kayaks esquimales, como en un sueño. En las orillas brotaban pueblos enteros importados de Egipto, de Argelia, de Dahomey. Vi surgir dunas del desierto y un trozo de selva amazónica. Tantas plantas odoríferas sembraron los jardineros que sus aromas se mezclaban con el del estiércol que se acumulaba en cantidades ingentes por el gran número de caballos que transportaban materiales. En ese universo exuberante, las noticias más disparatadas dejaban de sorprender, como la del comité organizador que despachó un teniente del ejército norteamericano a Zanzíbar para localizar una tribu de pigmeos que el explorador Stanley acababa de descubrir, con la misión de traer a Chicago «una familia de doce o catorce de esos feroces enanillos». Un mes después, el militar respondió que los había localizado, que podía traer más pigmeos si deseaban pero que era necesario conseguir el permiso del rey de Bélgica, con lo que se iniciaron gestiones diplomáticas al más alto nivel entre Washington y Bruselas.

Otra noticia polémica fue que, por primera vez, una mujer iba a diseñar el pabellón... de la mujer, decisión que causó gran alboroto. ¿Estaban capacitadas las mujeres para diseñar edificios de calado, para llevar a cabo obras de envergadura?, se preguntaban los periódicos. Burnham, promotor de la idea, organizó un concurso para elegir a la mujer idónea. De entre los proyectos presentados, ganó el de una arquitecta de Boston de veintiún años llamada Sophia Hayden, graduada del MIT. Le correspondieron mil dólares de premio, diez veces menos que si hubiera sido un arquitecto hombre, lo que provocó una airada reacción de las feministas locales. La prensa volvió a expresar sus dudas de que una mujer tan joven, por sí misma, hubiese concebido el edificio ganador, de modo que Burnham salió en su defensa: «El examen de los hechos nos confirma que esta mujer no ha recibido ayuda alguna en su trabajo. Lo ha diseñado todo ella misma, sola y en su casa».

Las noticias que me traía Blodgett eran preocupantes. Mi padre había tenido que contratar a unos abogados para defenderse de los intentos de extorsión de Emma. Blodgett temía que pronto se acumulasen las facturas legales y que la empresa no pudiese defenderse. También temía por su situación personal. Nuestro contable estaba comprometido con una chica diez años menor, le había pedido matrimonio e iba a necesitar más seguridad financiera en el futuro.

—¿Le dijiste a mi padre que te vas a casar?

—Sí. Y me dijo: «¿Casarte? ¿Para qué? Es lo peor que puede hacer un hombre». Le contesté que quería una mujer y un hogar míos, un lugar donde pueda comer caliente en compañía. Que estaba harto de estar solo. Se la presenté. ¿Sabes qué dijo tu padre?

—No.

—Que era una niña, que no sería capaz ni de coserme los botones. Tiene veinte años, tampoco es tan niña. Que él tenía experiencia en esas cosas..., me soltó. Luego, se debió de arrepentir de tanto malmeter, y me dijo: «Tú eres diferente. Quizás podáis llevaros bien. Supongo que ninguna mujer quiere vivir conmigo».

En el viaje que en otoño hizo a la feria, mi padre me enseñó una carta que acababa de recibir y que he conservado.

Muy señor mío,

Parece que no conseguimos un acuerdo satisfactorio a través de sus abogados aquí. Ahora si usted viene a verme, solo, sin abogados, sin mujer, intentaremos ver lo que se puede hacer. Y le aseguro que ninguna orden de arresto será emitida contra usted mientras esté aquí con ese propósito.

Respetuosamente suyo.

La firma, ilegible, correspondía al abogado de Emma y constituía un intento mafioso de negociar la extorsión.

—¿Por qué no lo denuncias a la policía?

—Mis abogados me lo han desaconsejado porque el procedimiento se puede alargar mucho. Y necesitamos esa documentación ya.

—¿Y cuánto dinero quiere?

—Unos cinco mil dólares.

—¡Vaya con Emma Schurr, la secretaria que parecía que en su vida había roto un plato! Padre, eso es una fortuna.

—Mis abogados creen que aceptará menos. Me dicen que no ceda, que no muestre que tengo prisa, pero lo cierto es que hay mucha prisa.

—¿Por qué dice en la carta que te pueden arrestar?

—Para intimidarme. No tiene ninguna base, pero amenaza para que me asuste, ceda y pague. Como me ven extranjero, se aprovechan, pero yo no me acojono, hijo. —Era mentira, vi miedo en sus ojos—. Qué mala suerte tengo con las mujeres —concluyó.

Le di un abrazo. No podía decirle lo que pensaba, que quizás eran las mujeres las que tenían mala suerte con él.

A medida que terminábamos los remates de la lonja, desde los andamios veía pasar delante de mí carros repletos de cajas y contenedores con el material más disparatado: esfinges, momias, arbustos de café, avestruces, cuadros del Renacimiento, armaduras medievales. No había día que no nos deparase una sorpresa. El panorama humano que acompañaba la carga era de lo más exótico. Lapones, jinetes marroquíes, supuestos caníbales de Dahomey llegaron junto a doscientos residentes contratados en El Cairo para poblar las calles de cartón piedra del pueblo árabe. Aparecieron con veinte burros, siete camellos, una familia de monos y un surtido de serpientes venenosas.

Mi edificio de la lonja avanzaba según los plazos establecidos, lo que me valió la felicitación de mi padre y la de Blodgett. Estaba muy satisfecho de haberlo hecho bien, pero sobre todo feliz de trabajar en lo que me gustaba. Me sentía en sintonía con el mundo. Se lo debía a mi padre, y le estaba profundamente agradecido.

En otro de sus viajes, me anunció que sus abogados estaban a punto de llegar a un acuerdo con el letrado de Emma. «Vamos a saber muy pronto si la señorita Schurr acepta el trato o no. Le mandaré un cable en cuanto lo sepa. Hemos dejado claro que mil quinientos es el límite, siempre y cuando devuelva la sortija», decía una carta de su abogado que mi padre llevaba en el bolsillo. Habían conseguido reducir mucho la cantidad, pero aun así me seguía pareciendo una suma elevada. Blodgett avisaba de que aquel desembolso nos iba a dejar sin dinero de caja. Íbamos siempre al límite. Manejábamos muchos contratos y poco *cash*.

Por fin, la pesadilla de Emma Schurr acabó en noviembre. Los abogados negociaron hasta el último momento e incluyeron el anillo de diamantes que mi padre le había regalado. La prueba de la victoria —si se podía hablar de victoria— era la nota firmada por Emma Schurr pero escrita por su abogado y que también he conservado.

> *Por la presente declaro recibir tres letras de cambio por valor de quinientos dólares cada una, y en el momento en que me sean abonadas restituiré al señor Guastavino, o a quien él designe, los documentos solicitados y una sortija que ahora poseo y que me fue obsequiada por el dicho Guastavino.*

De esta manera amarga acabó aquella historia de amor de mi padre que casi da al traste con la nueva compañía. Incluidos los gastos de los abogados, le había salido por más de dos mil dólares, sin contar el desgaste emocional.

50

En marzo de 1893 mi padre fue invitado a la cena que McKim y Stanford White ofrecieron a Burnham en el palacio de estilo moruno que White había diseñado en el antiguo jardín de Madison Square, en Nueva York. Fue un acontecimiento social de primer orden, al que acudieron pintores, escultores, escritores y arquitectos célebres, así como los mecenas que les apoyaban. No faltaron los amigos de Boston como Domingo Mora y Saint-Gaudens.

—Nos reímos mucho de Burnham por haber conseguido lo imposible —me contó—, y comimos como dioses.

—Todavía no lo ha conseguido, faltan muchos remates.

—Fue una fiesta un poco prematura, pero da idea de la gloria por venir.

Me había guardado el menú. Sabía que me gustaban esos detalles. Un día, a mí también me invitarían a cenas de gala y probaría platos como los que mi padre había degustado: «Consomé primaveral», «Patatas duquesa», «Fantasía romana», «Pato de cabeza roja»... Estaba especialmente contento porque, después del banquete, su amigo Stanford White le presentó a Richard Morris Hunt, uno de los grandes nombres de la arquitectura americana, responsable en la feria del edificio de la administración. Yo le conocía por haberle acompañado en su visita a la lonja; lo recordaba porque me hizo muchas preguntas sobre nuestra técnica para montar las bóvedas. Se lo contó a mi padre y añadió:

—Usted a mí no me conoce, pero yo a usted sí. —Mi padre estaba intrigado. Le miró intentando recordar dónde le había visto con anterioridad. Hunt le aclaró—: Usted ganó la medalla de bronce con un trabajo sobre sanidad pública en las ciudades industriales en la Exposición Universal de Filadelfia, ¿no es así?

—La exposición de 1876... Sí, en efecto. Y es un poco gracias a ese reconocimiento por lo que me encuentro hoy aquí, en los Estados Unidos.

—¿No me diga? El mundo es un pañuelo... Pues yo era miembro del jurado y me llamó mucho la atención su propuesta. Le felicito.

—Soy yo quien le da las gracias.

Fue el principio de una buena amistad y de una colaboración fructífera. Hunt estaba inmerso en una obra de prestigio, la hacienda Biltmore, un palacio extravagante que Georges Vanderbilt —heredero de la mayor fortuna de los Estados Unidos— se estaba construyendo en Carolina del Norte.

—Quiero encargarle varias bóvedas para Biltmore y una cúpula para otra residencia de los Vanderbilt en Newport, Rhode Island. Estoy seguro de que le encantará el lugar, la naturaleza allí es espectacular.

Mi padre tenía razón cuando decía que no había que menospreciar las relaciones públicas. En las fiestas y los saraos es donde se conseguían los trabajos. Lo que estaba lejos de sospechar era que Biltmore terminaría cambiándole la vida.

Biltmore era un encargo como ningún otro porque se trataba del capricho de un potentado que daba barra libre a sus arquitectos, constructores y decoradores. Un magnate que dijo bien claro que no había límite de gasto en la búsqueda de la perfección. «Encargos así salen una vez en la vida —comentó mi padre, que volvió entusiasmado del lugar—. Me ha recordado al Ampurdán, con verdes valles y bosques tupidos. Me han dado ganas de comprar una finca y retirarme allí».

Era la primera vez que le oía hablar de jubilarse.

—¿Retirarte tú?

—Sí, poco a poco... Te dejaría a ti la supervisión de las obras y yo dirigiría la empresa, pero desde lejos.

Era un sueño difuso. Dudaba de que fuese capaz de delegar tanto, y de que le gustase vivir solo en el campo. Faltaba una pieza para que su idea fuese creíble.

—¿Tú solo en el campo, alejado de todo?

—Bueno..., me iría con Francisca.

—¿Y eso? ¿Tienes noticias? —le pregunté, con los ojos muy abiertos.

—Sí, me ha escrito. Dice que vuelve a Nueva York.

Pegué un grito de alegría. Llevaban más de dos años sin verse. Entendí que la razón profunda de su buen humor no eran solo los encargos de los Vanderbilt. Encargos no nos faltaban.

—¿Te ha perdonado?

—Parece que sí. Quiero invitarla a Chicago a la inauguración de la feria. Quiero que nos reserves una habitación en el Palmer.

Ahora estaba decidido a mimarla, más valía tarde que nunca. El hotel Palmer era uno de los más lujosos, donde las autoridades tenían previsto dar una cena en honor a los invitados especiales del presidente de los Estados Unidos. ¿Qué había pasado para que Francisca hubiera cedido? ¿Fue el saber que Emma no estaba en la vida de mi padre lo que la hizo cambiar de idea? Parecía lógico pensarlo, pero, conociendo a Francisca, no me cuadraba. No se lo iba a poner fácil a mi padre, de eso estaba seguro. La verdad era más sorprendente y no tardaría en descubrirla.

A medida que se acercaba el día de la inauguración empezaron a llegar a Chicago potentados, hombres de estado y príncipes del mundo entero. Mil trescientos sesenta trenes recalaban diariamente en la estación central. En uno procedente de Nueva York llegaron Blodgett, Francisca y mi padre. Fue quizás el día más feliz de mi vida, en el que hubo una conjunción astral para ofrecerme una constelación de perfecta plenitud. Francisca y yo nos fundimos en un abrazo enorme, a ella se le escaparon algunas lágrimas, lógico, yo era como su hijo.

—Me dijo papá que os habíais arreglado... No sabes cómo me alegro.

—Tu papá es siempre muy optimista, pero sí, en principio sí, ya le avisé de que a la próxima se los corto —hizo un símil de tijera con los dedos—, me da igual acabar en prisión si es por una causa justa.

Soltamos una carcajada. Ver a mi padre pletórico era parte de mi alegría. Para nuestra pequeña y extraña comunidad, que incluía a Blodgett, Francisca era la auténtica protagonista de esta inauguración, de este día sin igual.

Era el 30 de abril de 1893, y nos unimos a los doscientos mil vecinos de Chicago que vitoreaban un grandioso desfile de carruajes, con el presidente de los Estados Unidos, Grover Cleveland, a la cabeza. Pero la estrella del desfile era, sin duda, una joven española, la infanta doña Eulalia de Borbón, hermana del difunto Alfonso XII e hija de la reina Isabel II, invitada en representación de la reina Isabel la Católica, que financió el viaje de Colón. Era una joven de aire adolescente, rubia cabellera y ojos claros que, desde el carruaje que ocupaba junto al embajador Dupuy de Lome, saludaba con su mano enguantada. El descendiente directo de Cristóbal Colón, duque de Veragua, ocupaba el decimocuarto carruaje. Era España en América.

En el pabellón de bellas artes nos reunimos con los amigos arquitectos y artistas de mi padre, que participaban ellos también, en mayor o menor medida, en la exposición. El público entraba ataviado con sus mejores ropas, el aire grave como si accediesen a una catedral, atraídos por un retrato de Colón de la escuela veneciana que presidía la entrada, aunque los cuadros más interesantes estaban en el sótano. Augustus Saint-Gaudens, cuya magnífica estatua de la diosa Diana presidía el pabellón de agricultura, se fijó en el óleo de un desconocido pintor español que llevaba el título *Otra Margarita* y que mostraba a una mujer esposada y de mirada perdida, custodiada por dos guardias civiles en un vagón de tren de madera. La leyenda decía: «Acusada de haber asfixiado a su hijo». Era un cuadro sugerente y trágico. El título —como nos explicó el embajador Dupuy, que era amigo del pintor— hacía alusión a Margarita, la amante de Fausto, protagonista de la obra de Goethe, que fue encarcelada tras asesinar a su hijo.

—Qué ambiente tenebroso y denso —dijo Saint-Gaudens—, y, sin embargo, hay un recuadro de luz solar. Mucho talento tiene este artista.

—Y solo treinta años —dijo el embajador—. Le auguro una gran carrera.

—¿Cómo se llama? —preguntó mi padre.

—Es paisano nuestro —contestó Dupuy—. Se llama Joaquín Sorolla.

Terminamos sentándonos en la terraza del edificio de la administración. En la tribuna, reconocí a algunas de las mentes brillantes allí congregadas, personajes famosos como Thomas Edison, Búfalo Bill, Houdini y Nicola Tesla. Desde allí contemplamos la procesión, que pasó delante de las carabelas, de la réplica de la Torre Eiffel, del pueblo lapón, de la aldea de los supuestos caníbales de Dahomey, del zoo y de la gran rueda de Ferris, una noria cuyo eje de quince metros era entonces la pieza de acero más pesada del mundo. Todo era exótico, y sobre todo inmenso. Estábamos fascinados, pero Francisca lo estaba aún más.

—Rafaelito, quiero verlo todo —me decía, apretándome el brazo.

El presidente dio su discurso y a las doce en punto, al concluir, apretó un botón y potentes chorros de agua surgieron de las fuentes y los surtidores repartidos por la feria. Como por arte de magia, una gigantesca bandera americana salió del agua, y de otros mástiles más pequeños subieron al cielo dos banderas más, una española y otra representando a Colón. Tuvimos que abrir los paraguas para protegernos de la rociada. Francisca lloraba de emoción, y se lo contagió a mi padre. Abrazados frente a ese espectáculo maravilloso, me costaba creer que estuvieran ahora tan acaramelados. Entre el público, una veintena de mujeres se desmayaron. Los periodistas rescataron a una de ellas y la colocaron en la mesa de prensa. Al son de los cañonazos del acorazado *Michigan*, fondeado en el lago, quedó oficialmente inaugurada la Exposición Colombina, que recibiría veintisiete millones de visitantes en seis meses, cuando el país entero contaba con sesenta y cinco millones. Un éxito sin precedentes.

¡Cómo disfruté haciendo de anfitrión! Les llevé a una sala donde se podía escuchar música en vivo desde Nueva York... La tocaba una orquesta cuyo sonido era transmitido por teléfono. Nos reímos con las primeras películas en el kinetoscopio de Edison, pero Francisca quedó fascinada por inventos más prosaicos: la primera cremallera, y el colmo de la innovación doméstica, un lavavajillas automático. Francisca lo observó con detenimiento; le parecía el invento más genial de todos los que allí se exhibían. Nos hicimos fotos con unas cámaras portátiles de marca Kodak que alquilaban a los visitantes. Paseamos a trescientos metros de altitud en un globo de hidrógeno. Cada edificio era enorme, pero la impresión de grandiosidad la proporcionaba el hecho de que todos eran de estilo neoclásico, con cornisas a la misma altura, todos pintados de un blanco suave y ninguno se parecía a lo que la mayoría de visitantes había visto en sus pueblos polvorientos. Una vez en tierra, seguimos hasta la extenuación: vimos expuesta la primera silla eléctrica cerca de donde unas mujeres bailaban la danza del vientre rodeadas de camellos. Acabamos en el museo de cera, donde asistimos a la agonía de María Antonieta a punto de ser guillotinada. Al final del día, lo que dijo Francisca resumió el sentir popular: «Después de esto, todo me va a parecer pequeño e insignificante».

Comparado con el gigantismo de todo lo demás, la Lonja de la Seda era un edificio discreto y culto. Su interior, con una fila de columnas hasta el techo, evocaba el esplendor del edificio original. En el libro de firmas, un visitante dejó una nota: «Es imposible que alguien penetre en la sala de columnas sin que se lleve un recuerdo auténtico de lo que fueron España y Cristóbal Colón». Un cumplido del que mi padre se sintió muy orgulloso, a pesar de las críticas que le llovían desde España por no haber hecho un edificio más espectacular, en sintonía con los demás.

51

El fervor del pueblo de Chicago por la infanta Eulalia fue enorme. Mientras visitaba la noria de Ferris, la mayor del mundo, la gente la aplaudía por la única razón de ser miembro de la realeza, una curiosidad inédita en el Medio Oeste americano. De hecho, era la primera vez en la historia que un miembro de la casa real española pisaba tierra americana. La prensa glosó la independencia de la infanta, que fumaba cigarrillos y por la noche abandonaba de incógnito su hotel, acompañada por su dama de compañía y un ayudante nombrado por el presidente Cleveland. «Nada me divierte más que andar entre multitud de gente que lee sobre mí en los periódicos», escribió a su madre, la reina.

Sin embargo, y para desazón de los españoles que participamos en el evento, acabó dejando un mal recuerdo. Nos hizo esperar más de una hora en la sala de banquetes del hotel Palmer, donde la dueña había organizado en su honor una cena de gala a la que asistían las grandes familias de Chicago, los industriales y los artífices de la exposición. Estábamos todos hambrientos, los camareros nerviosos y la infanta no aparecía. El embajador Dupuy de Lome fue a buscarla a su hotel; temía que estuviera indispuesta. Se quedó estupefacto cuando la oyó decir:

—En ninguna circunstancia me recibirá la esposa de un hotelero.

—Alteza, esta cena estaba en el programa oficial, los señores Palmer son una familia de abolengo en Chicago, dueños de muchos otros negocios. —Al ver que la infanta no se inmutaba, cambió el tono—: Señora, el «todo Chicago» la está esperando.

La infanta accedió, no tuvo más remedio.

Saludamos su llegada con un aplauso tibio. Tomó asiento en un trono construido por la señora Palmer especialmente para este momento histórico en los anales del hotel y de la ciudad, y, acto seguido, el embajador, que tenía el rostro desencajado, improvisó unas palabras de disculpa. El alcalde y la señora Palmer —la mujer del «hotelero»— le dieron la bienvenida. Interminables se nos hicieron aquellos discursos: mi padre acusaba los efectos del vino, y Francisca y yo, como ratas, nos peleábamos por las migajas de pan en el mantel.

Ningún elogio sirvió para que la infanta relajase su mohín de disgusto. Se la notaba de mal humor. Por fin cenamos, y no habíamos terminado los postres cuando nuestra insigne representante de la monarquía se levantó y se fue, dejándonos a todos plantados. No había permanecido allí ni una hora. ¿Esa mujer era heredera del linaje de Isabel la Católica? —me pregunté—. Qué decadencia, qué decepción, qué vergüenza nos hizo pasar a los españoles allí congregados.

El día siguiente tampoco se presentó a una comida oficial en el edificio de la administración y por la noche llegó una hora tarde a un concierto organizado en su honor. De nuevo esperaban en la sala las familias más prósperas de Chicago, pero a los cinco minutos ella se esfumó. El embajador se deshizo en disculpas y a punto estuvo de sufrir un ataque al corazón.

El resentimiento contra la infanta empezó a filtrarse a la prensa. Su actitud de mujer libre que tanta simpatía cosechó al principio se transformó en abierto rechazo. Le reprocharon su indiferencia por el protocolo y sus desplantes rayanos en la mala educación. Vaya chasco se llevaron los americanos, que esperaban algo mágico de una representante de la monarquía española y solo recibieron altanería y soberbia. Cuando abandonó la ciudad, el *Chicago Tribune* publicó en su editorial: «Mejor habría sido que no hubiera venido».

Unas semanas después, en agosto de 1893, el Instituto Americano de Arquitectos invitó a mi padre a dar la conferencia más importante de su vida en el marco de su congreso anual, que atrajo a Chicago a la mayoría de los grandes arquitectos del momento. Esta vez no pude ir porque estaba supervisando el final de las obras de la iglesia de Providence, en Rhode Island. Pero supe que a los asistentes les había impresionado el conocimiento de la historia de la construcción y de la albañilería que había demostrado mi padre. Usando ejemplos de grandes edificios como el Panteón de Roma o Santa Sofía de Estambul, abogó por la construcción tabicada que realizábamos en nuestros proyectos, y la conectó con aquellas grandes cúpulas del pasado, que conformaban el distintivo de los monumentos arquitectónicos, eso por lo que al final eran recordados. Añadió que el éxito de la Compañía Guastavino era haber sabido transformar una antigua forma de construir en una moderna. Luego criticó las estructuras de acero, que describió como «un esqueleto humano envuelto en su piel... sin alma artística». No todos estaban de acuerdo, los arquitectos que se dedicaban a levantar los primeros rascacielos se alzaban contra la idea de replicar los estilos del pasado. Eventualmente, acabarían imponiéndose, pero de momento, la conferencia de Chicago sirvió para dar un empuje a la construcción de edificios historicistas hasta la primera decada del siglo XX, y mi padre vendía la técnica de la bóveda tabicada no como una estructura subordinada a las ideas de los arquitectos, sino como el único método que permitía emular, a un coste razonable, las construcciones a base de cemento macizo del pasado.

52

En enero de 1894, Blodgett se casó en el curso de una ceremonia sencilla en la iglesia de Woburn, el pueblo donde vivía su familia y en el que de ahora en adelante se instalaría con su flamante esposa. La verdad es que me dio envidia verle acompañado de aquella joven tan bella; envidia sana, porque a Blodgett se le quería mucho. Mi padre hizo de padrino. Iba vestido de frac, y Francisca de negro, con su pelo azabache recogido en un moño y una flor roja prendida en el abrigo. Parecían una pareja de toda la vida; pero algo en su comportamiento, en su forma de hablar y de mirarse, me pareció sospechoso. Mi padre, que tanto había criticado esa boda —creo que en el fondo estaba celoso de aquella joven que podía arrebatar la atención de su contable—, se mostraba de lo más afectuoso y entusiasta. En el brindis por la felicidad de los desposados, levantó la copa de champán y soltó una parrafada. Empezó resaltando las virtudes de la novia, luego las de nuestro contable-*cowboy*, y siguió hablando de las bondades de la vida en común, algo raro conociendo su aversión al matrimonio. La sorpresa me la llevé al final del discurso, cuando dijo que unas bodas llevaban a otras, y anunció de sopetón que había pedido matrimonio a Francisca. Se volvió hacia ella y le preguntó:

—¿Cierto?

—*Yes* —dijo ella—, me lo pediste.

—Y ¿cuál fue tu respuesta?

—Que no.

Hubo una carcajada general.

—Es verdad, al principio dijiste que no, ¿pero luego?

—Luego dije que *maybe*...

—No, no, dijiste «*yes*» —protestó mi padre entre risas.

Tomé asiento para asimilar lo que estaba oyendo. De pronto lo entendí todo: mi padre había conseguido que Francisca volviese de México proponiéndole matrimonio, exactamente lo que le había aconsejado yo. Y no me había dicho nada por no hacer el ridículo al exponer sus contradicciones.

—Conque no ibas a tropezar dos veces en la misma piedra, ¿eh, padre? —comenté cuando estuvimos solos en la oficina—. ¿Cómo conseguiste que aceptara?

Dudó antes de contestarme. Dio una calada a su puro habano y me dijo:

—Me mandó literalmente al infierno cuando se lo propuse.

—Me lo imagino.

—Le pregunté si no le gustaba lo bastante. Dijo que soy un hombre casado. Me llamó bígamo, gachupín, hijo de la chingada, ya la conoces.

—¡Ja, ja, ja!

—Entonces fui a ver a mi abogado, que me aconsejó poner un anuncio en varios periódicos por si Pilar o alguien se manifestaba. Cuando expiró el plazo legal, que era de ocho semanas, al no aparecer nadie, pude proceder con el papeleo. En Estados Unidos, Pilar está oficialmente desaparecida, no existe. Cuando Francisca vio que se casaba con un viudo, se tranquilizó.

—Pero Pilar sigue en Argentina, ¿no?

—Claro, con tus hermanos.

—Mis medio hermanos será...

—Sí, tus medio hermanos, pero da igual. Me ha escrito José, el mayor. Es maestro de obras como yo, ¿sabes? De casta le viene al galgo. Siempre ha contestado a mis cartas, a escondidas, para que no se entere su madre. Pilar acaba de comprar una finca con viñedos en Mendoza, me imagino que Ramón se encargará de explotarla, siempre le gustó el campo. En Huesca le enseñé a hacer vino y se le daba bien. Se acaban de mudar. Espero que un día puedas conocerlos, son tu familia.

Le noté melancólico. Nunca había dejado de hablarme de mis hermanos. Les escribía con regularidad, y cuando encontraba en el buzón una carta con el sello de la República Argentina —de Pascuas a Ramos, todo hay que decirlo—, se le iluminaba la cara y me la leía con fruición. Ahora pienso que su obsesión con el trabajo tenía que ver con ese desgarro interno. Era quizás una forma de curar una herida que no cicatrizaba nunca, una forma de drogarse, de olvidar.

—Rafaelito, cuento contigo para que no digas nada a Francisca, las mujeres son muy celosas y prefiero que piense que no sé nada de Pilar. Como si fuese viudo.

—Claro, padre.

Pero no me quedé satisfecho. Había pasado mucho tiempo desde lo de Barcelona. Así que le pregunté:

—¿Por qué no le pides el divorcio? ¿No es más sencillo?

—Porque me odia, Rafaelito. El amor se olvida, pero el odio permanece, se enquista, es eterno. Y Pilar tiene buenas razones para detestarme, he de decirte.

Vi que mordisqueaba el puro, señal de que estaba incómodo. No le gustaba hablar del pasado e intentó que concluyéramos la conversación en ese punto. Pero yo quería saber, lo necesitaba. Quería saber quién era mi padre con la misma intensidad con la que él evitaba decírmelo. Al final, viendo que no desistía, habló.

—Cuando Pilar descubrió tu existencia, me odió tanto que se vengó separándome de mis otros hijos, siempre supo que eso me dolería mucho. Porque los quiero tanto como a ti, ¿sabes? Se los llevó a Argentina, me dejó sin dinero, sin firma en el banco, sin un real. Yo estaba desesperado, no podía quedarme en Barcelona, sin nada, con pocas posibilidades de trabajo, y tampoco quería venir a América con las manos vacías, no tenía edad para eso. Le pedí que me dejase una cantidad para empezar de nuevo, que se la devolvería cuando las cosas fuesen mejor. Se negó. Entonces le pedí el divorcio, pero me dijo que jamás me lo daría. Buscando maneras de hacerme más daño, despotricó contra mí entre los amigos, en el mundillo de Barcelona. Tanto malmetió que me daba vergüenza ir a los sitios. Aquello no es como Nueva York, es una ciudad pequeña donde todo el mundo se conoce.

—¿Por eso no quieres volver? —pregunté.

Mi padre asintió con la cabeza.

Me daba pena verle así, entre triste y avergonzado.

—Pero ha pasado mucho tiempo —le dije—, la gente lo habrá olvidado.

Me sonrió.

—Sí, lo habrán olvidado. Pero yo no.

Dejé de insistir porque notaba que le dolía. Pero su argumento tampoco me convencía, a mi padre le daba igual el qué dirán, tenía demasiado carácter para vivir pendiente de la opinión de los demás. Todavía tardaría unos años en descubrir la verdad.

53

Un día, en el estudio del Pierce Building en Boston, Blodgett, preocupado por las noticias de quiebras de empresas en todo el país, sugirió a mi padre que ahorrase algo de dinero para el futuro, que veía sombrío. «Este hombre recién casado está obsesionado con la seguridad», pensó mi padre.

—¿Por qué lo dices? —le preguntó.

—No sé... Para su mujer, por ejemplo, ahora que se va a casar.

—Eso es lo peor que puede hacer un hombre. Si dejas a una viuda con dinero, los hombres querrán casarse con ella por el dinero, no por amor. Y acabas perjudicándola.

Era ciertamente una visión muy peculiar del asunto. Blodgett se quedó perplejo.

—Entonces para su hijo... —insistió.

La idea le pareció aún más repulsiva, según me contó Blodgett.

—Mejor es dejarle que trabaje, como yo lo he hecho. El dinero no debe ser un fin en sí mismo, sino un medio para hacer cosas... Mi obligación es trabajar y no ahorrar.

A pesar de que mi padre no quería creérselo, nuestra situación financiera era frágil y más aún cuando se perfilaba otra crisis económica, provocada en su origen por el desplome de los precios del trigo en Argentina que repercutió en la economía de los Estados Unidos. Para financiarnos, teníamos abierta una línea de crédito con el Banco de Boston, y el primer plazo del préstamo gordo que habíamos solicitado estaba a punto de vencer cuando el promotor de uno de nuestros proyectos más importantes incumplió el pago. Blodgett tuvo que interrumpir su luna de miel para negociar un aplazamiento, pero cuando estaba a punto de conseguirlo, el mismo promotor volvió a fallar una segunda vez, arrastrado por la ola de impagos de esta nueva crisis. Poco después anunció su quiebra, de modo que nos quedamos sin esperanza de que nos pagase lo debido. ¡Qué poco le duró a Blodgett la tranquilidad de su vida de casado! No había pasado un mes desde su boda y se quedaba sin sueldo.

—Tiremos de los otros proyectos que tenemos —propuso mi padre.

Blodgett los examinó uno a uno, pero ninguno iba a hacernos ganar suficiente dinero para devolver el préstamo y darnos liquidez. Los márgenes de los contratos que había negociado mi padre eran demasiado justos, incluidos los de Newport y Biltmore para Georges Vanderbilt. Tal y como había predicho el contable, caímos a las primeras de cambio. Cuando saltó la noticia de que la gente retiraba sus ahorros, los bancos se vieron afectados por un efecto dominó. Entonces tuvimos que enfrentarnos a la realidad.

—Estamos en bancarrota, hay que cerrar la empresa —anunció Blodgett, con voz grave.

Al quedarse sin sueldo, Blodgett se disponía a vivir de sus ahorros, unos mil doscientos dólares que, según calculó, le durarían un año apretándose mucho el cinturón. A mí se me quitaron el hambre y el sueño. El adiós a la Guastavino Fireproof Construction Company me recordaba la situación vivida diez años atrás, en la crisis de 1884, cuando lo perdimos todo. Cuando hacíamos paellas con morralla robada en la lonja de pescadores de Manhattan. En aquel entonces yo lo viví como un juego, ahora me provocaba angustia.

Mi padre, sin embargo, no parecía afectado lo más mínimo. Estaba curado de espanto, había vivido demasiadas crisis parecidas y, gracias a Francisca, era un hombre feliz. Su entusiasmo permanecía intacto. Para él, esto no era más que un bache en el camino. Las crisis son cíclicas —decía—, la gente seguiría construyendo casas, oficinas, bancos, fábricas y templos, lo importante era tener patentes, trabajar bien —y que se supiera—. Lo demás era cuestión de resistir, es decir, de tiempo. Siempre he admirado esa fuerza de mi padre, que no se dejaba doblegar por los acontecimientos. Una fuerza que le propulsaba siempre hacia delante, y de la que yo carezco, lo confieso, con esa intensidad. Quizás porque no he tenido que desbrozar el camino como lo ha hecho él.

La historia tiende a repetirse, pero, afortunadamente, no lo hace de la misma manera. Esta vez estábamos mejor preparados para afrontar la nueva catástrofe. El dinero que nos llegaba de los proyectos pendientes de terminar lo dedicamos a mantener abiertas las oficinas de Nueva York y Boston. Las demás las cerramos. El verdadero desastre para nosotros hubiera sido que a Blodgett le hubieran propuesto un nuevo empleo y se hubiese ido. Perderlo habría significado nuestra ruina, de eso tanto mi padre como yo estábamos convencidos. Había que mantenerle a bordo como fuera. Y no solo porque colmaba nuestras deficiencias, sino porque lo considerábamos de la familia.

En el verano, mientras la sociedad estaba en proceso de liquidación, nos llegaron tres encargos menores, fruto de la buena reputación de que gozábamos. Lo primero que hicimos con ese dinero fue pagar los sueldos atrasados de Blodgett y los nuestros. Mi padre pensó que con esa cantidad y con lo que pudiera conseguir del banco (avalando con las oficinas), podríamos seguir funcionando. Consultamos con los socios. Bernard Levy estaba enfermo y desistió de seguir en la compañía, pero los demás —el bajito

Garretta de origen italiano, y Robst, que trabajaba en la oficina de Nueva York— estaban dispuestos a apoyarnos con su aval. Durante los tres años que duró aquella crisis, que afectó sobre todo al transporte ferroviario y marítimo, más que al sector inmobiliario y la construcción, mi padre decidió que no acometería nuevos proyectos grandes para evitar preguntas incómodas sobre la quiebra de la Guastavino Company. Por un tiempo dejaría su vertiente comercial, la de tratar con clientes. No quería que su fama de pésimo hombre de negocios, que arrastraba desde la ruina anterior, eclipsase la de buen constructor. Le venía bien dejar pasar algo de tiempo antes de establecerse de nuevo. Por ahora, le bastaba con los proyectos de los Vanderbilt. Dividió el trabajo: yo me ocuparía de la residencia de Newport, donde nos encargaron la bóveda del *hall* de entrada, y él se ocuparía de Biltmore. Tenía grandes planes en su vida privada.

54

Se enamoró tanto de Biltmore y de toda la zona, bendecida con un microclima que dulcificaba el frío del invierno y el calor del verano, que aprovechó los viajes de obra para buscar un terreno, a pesar de no encontrarse en una situación boyante. Pero sintió la necesidad imperiosa de afincarse en aquel lugar que, según él, evocaba el Ampurdán porque en el horizonte surgían las cumbres más altas del este de los Estados Unidos, las Smoky Mountains, y le recordaba a los Pirineos. Como siempre, el dinero era lo de menos: la tierra era baratísima, y había que aprovechar el momento. Decía que una vez terminado Biltmore, los precios en la zona podrían dispararse. Siempre encontraba una justificación cuando quería algo.

La opulenta mansión que Georges Vanderbilt se construyó, inspirada en los castillos del Loira, contaba con doscientas cincuenta habitaciones y se encontraba en medio de una finca de tres mil doscientas cuarenta hectáreas moldeada por el mismo paisajista que había concebido la Exposición de Chicago. En el edificio principal, el arquitecto Morris Hunt hizo una copia de la extraordinaria escalera de caracol del castillo de Blois, diseñada para que los caballos que tiraban de los carruajes pudiesen ascender a los pisos superiores. Hunt demostró tener una confianza ciega en mi padre. Sus planos finales, que me llegaron a la oficina de Nueva York en julio de 1894, dejaban en blanco los lugares donde irían las bóvedas, sin ninguna precisión, lo que contrastaba con el resto de las especificaciones sobre los detalles más nimios, como el color de los raíles de las cortinas o la forma de las lámparas. Aprovechando la confianza, mi padre le convenció para añadir más espacios abovedados, como los techos del vestíbulo, el porche de entrada, el jardín de invierno, los sótanos y los techos de la piscina, del gimnasio, de la bolera y de las cocinas. Las bóvedas engrandecían el espacio, lo magnificaban. Y cuanto más le encargaban, más dinero entraba en la sociedad. De modo que la crisis del 93 dejó de afectarnos.

Dieciocho horas tardaba el tren nocturno que le llevaba de Nueva York a la ciudad más próxima, Asheville, en Carolina del Norte, conocida por sus balnearios, sus hoteles y sus sanatorios. El aire templado ofrecía, según un folleto turístico, «una alegre combinación de estímulo con sedación», además de «curar el asma, el estreñimiento, la diarrea y los males del hígado». Después de trabajar en Biltmore se dedicaba a recorrer los alrededores. Había mucha tierra disponible. Encontró un valle por el que descendía un arroyo, situado cerca del pueblo de Black Mountain, a escasos kilómetros de Asheville. Varias partes del terreno eran arcillosas, lo que permitiría experimentar con la fabricación de ladrillos y azulejos. Al no tener fácil acceso, únicamente por un sendero pedregoso, el precio era muy interesante.

—Qué lugar más idílico —me contó—, he comprado un centenar de hectáreas por un puñado de dólares.

—¡Pero papá, si todavía no nos hemos recuperado!

—¿Qué precio le pones tú al paraíso? He hecho el mejor negocio de mi vida. He comprado un trozo de edén a precio de ganga.

Estaba entusiasmado y no quería quebrarle la ilusión. Pensé que era un capricho y que una vez hubiera terminado Biltmore, no volvería por allí.

Me equivoqué. A mi padre nunca se le conocía del todo.

El 12 de septiembre de 1894 fue el día en que mi padre sentó la cabeza. Por fin. Ese día se casó con Francisca Ramírez en Boston. Él tenía cincuenta y dos años y ella treinta y tres. El plazo legal para que Pilar o sus descendientes diesen señales de vida había expirado, dejándoles vía libre para casarse por lo civil. La boda religiosa, que ambos deseaban, tendría que esperar.

Fue una boda rápida, con los Blodgett y los Mora de testigos, seguida de una comida en un famoso restaurante de pescado. Antes de partir para Nueva York y empezar su luna de miel, mi padre quiso pasar por una obra que teníamos a medio terminar, cuestión de revisar el forjado. Francisca alzó los ojos al cielo.

—¡Dios mío, lo que me espera!

No le faltaba sentido del humor.

Hice el viaje hasta Nueva York con ellos, me dejaron en el piso de Manhattan y ellos se fueron a Black Mountain.

—Nos vamos de luna de miel —dijo mi padre.

—Eso dice Pelón para camelarme —replicó Francisca—, sé que vamos a trabajar como burros.

Empezar las obras de su propia casa era la mejor luna de miel que mi padre podía desear. Además, sin límite de tiempo. Desde que se hizo la mansión en Barcelona no había vuelto a construirse una vivienda para su propio disfrute, por eso estaba tan feliz. Esta vez sus circunstancias económicas no le permitían el lujo de hacerse una casa de ladrillo y cemento, él, que tanto había denostado el uso de la madera en la construcción. Ahora debía servirse de los carpinteros locales, que eran muy competentes y que permitían hacerse una casa a un precio razonable, y lo que ofrecían los aserraderos de la zona. A los pocos días de su partida, recibí una carta de Francisca.

Estamos rodeados de montañas, y allá donde vamos, solo hay más montañas, árboles, arroyos y ríos. No hay nada pavimentado, no hay luz eléctrica ni gas. No hay organilleros, no hay alemanes, ni irlandeses, ni orientales; solo negros alegres que ríen tanto que parece que te van a tragar...

Se instalaron en un hotel del pueblo, «Este es un sitio muy barato para vivir. La pensión completa nos cuesta a la semana seis dólares por persona. Tenemos una buena habitación que da a la estación». Contrataron obreros y alquilaron caballos y herramientas para desbrozar el camino. En octubre de 1894 Francisca me escribió:

Voy poco a la finca por la mañana porque el camino es malísimo, pero a veces Pelón me consigue otro caballo y le acompaño. Los senderos cruzan el bosque y son tan estrechos que me da miedo acabar en el fondo del valle. Quiero decirte que Pelón está peor que nunca con su trabajo. Se despierta a las cinco de la mañana con el ruido del primer tren, se viste y baja a desayunar. Y de ahí se va a la finca a animar el trabajo de los hombres. Así es desde que hemos llegado. Parece que nunca descansa.

La alegría de mi padre era esa: trabajar como un poseso rodeado de obreros competentes. Nada podía hacerle más feliz. De esa forma consiguió que en diciembre estuvieran los muros y la techumbre. Regresaron a Nueva York para pasar el invierno y con idea de mudarse definitivamente en primavera. De las visitas que esos días hizo a sus amigos arquitectos nos surgieron algunos encargos. No eran importantes, pero ayudaban a mantenernos a flote, y a mi padre le proporcionaba liquidez para construir su casa. En esa época Blodgett y yo llevábamos las riendas de la compañía, y nos iba bien. Blodgett se encargaba de lidiar con los bancos y de todo lo que tuviera que ver con los asuntos financieros. Yo me ocupaba de supervisar las obras en marcha, era la voz de mi padre en los proyectos que él no podía seguir por encontrarse lejos. Decidido a no repetir los errores del pasado, Blodgett insistía en revisar los presupuestos a conciencia.

—¿Cómo sabes que estas vigas de hierro van a costar tres mil dólares? —le preguntaba.

—Porque es lo que costaron cuando la Exposición de Chicago.

—Pero el precio ha podido variar. Hay que comprobarlo.

Y hasta que no lo verificaba, no seguían adelante. Mi padre se ponía nervioso porque el procedimiento le parecía largo y puntilloso —¿qué más da una pequeña variación arriba o abajo?, pensaba—. Le costaba admitir que la suma de todos los pequeños desajustes podía alterar significativamente el coste final. El carácter riguroso e inmutable de su contable-vaquero hacía función de muro, más sólido que si fuera de hormigón armado. A regañadientes, se plegó a esta nueva manera de trabajar que consistía en respetar la división de tareas: Blodgett mandaba en los números y él seguía llevando la voz cantante en todo lo que tuviera que ver con diseño e ingeniería.

Blodgett y yo nos llevábamos muy bien. Como no quise quedarme solo en Nueva York, me fui a vivir a su pueblo, a Woburn, a diecinueve kilómetros de Boston, donde residía con su mujer. Alquilé una habitación cerca de su casa; era más barato que en la ciudad, así no me encontraba tan solo. A mis veintidós años, tenía una sólida experiencia en la mesa de dibujo. Con ayuda de los ingenieros que desfilaban por el estudio con motivo de los contratos, me interesé por la gráfica estática, la ciencia que se ocupa de la tensión en las estructuras, es decir, lo que determina la cantidad de presión que se puede aplicar antes de que la estructura se doble o se rompa. Me fue de gran ayuda cuando los arquitectos de la capilla de Saint Paul de la Universidad de Columbia quisieron comprobar si era seguro colgar una lámpara de seis toneladas del vértice de la cúpula. Como no se fiaban de nuestras explicaciones, contrataron a un ingeniero que analizó, a base de gráfica estática, nuestra estructura de rasilla y ladrillo. Al final, dio el visto bueno. Pero a mí me sirvió para entender que este método permitía más precisión y ayudaba a conseguir mayor sofisticación en los diseños. Basándome en el flujo de las fuerzas, conseguía encontrar la forma perfecta de una bóveda. Además, me ayudó a desarrollar mi habilidad analítica. Lo comenté con mi padre, pero no le interesó. Siempre había funcionado con su manera tradicional de calcular y diseñaba por intuición. Creo que era tarde para que cambiase de método de trabajo. A mí, sin embargo, me fue muy útil en mis treinta años de vida profesional.

55

Yo estaba un poco harto de estar siempre a las órdenes de mi padre. Cada vez se volvía más mandón: «Es conveniente que salgas para Boston inmediatamente para ver cómo va la obra de la biblioteca Newton, no me gusta cómo van los trabajos ni me gusta el constructor, mister Stevens...», me escribía. Siempre con prisas, siempre todo gravísimo. Yo conocía bien al constructor, *mister* Stevens, y tenía plena confianza en él, y las obras estaban en fecha. Pero mi padre necesitaba controlarlo todo a todas horas, y no me escuchaba. Yo estaba cansado de ser su apéndice. Hacía tiempo que la admiración sin límites que por él sentía de pequeño había dado paso a una visión más crítica, muy típica de la adolescencia, aunque yo, por la particular formación que tuve, ese cuestionamiento lo viví más tarde. Y no surgía de lo más obvio, como podría ser su comportamiento errático con las mujeres, o su falta de previsión en los negocios, o su desorden personal. No, hacía tiempo que había aprendido a aceptar sus defectos. Yo quería a mi padre con todas sus consecuencias, que es como se quiere de verdad. Ya podía arruinarse otras cuatro o cinco veces, o abandonar a Francisca y liarse con una ninfa rumana, o estafar a sus socios, eso no hubiera afectado un ápice al profundo cariño que le profesaba. La tensión era más superficial, pero no por ello menos perturbadora. Surgía cuando trabajábamos juntos, cuando, por ejemplo, no estábamos de acuerdo en una solución arquitectónica o cuando me imponía su criterio sin escuchar el mío. O cuando yo generaba la forma de una cúpula basándome en el flujo de las fuerzas, tal y como aprendí con la gráfica estática, y él no lo entendía y rehacía los cálculos con su simple regla de tres. Eso me irritaba.

A principios de 1895 me presenté a un concurso de la Liga de Arquitectos de Nueva York, una muy respetable institución profesional, sin decírselo a nadie. Necesitaba existir por mí mismo, brillar con luz propia. El tema era una iglesia de estilo colonial. Dibujé un tejado picudo y un campanario que le daba un aire convencional a mi iglesia, muy en el estilo de Nueva Inglaterra.

Una mañana, al entrar en la oficina de Boston, recibí en el correo la noticia de que el jurado me había concedido el primer premio y la medalla de oro. ¡Qué alegría! Qué ganas de celebrarlo. Me invadió un intenso bienestar, como si a un sediento le hubieran acercado una cantimplora. Como era obvio, mi primera reacción fue compartir ese notición con mi padre. Me había presentado a ese concurso no solo por mí, sino también por él. Para demostrarle que su hijo había heredado su talento. Qué orgulloso se iba a sentir, pensé; orgulloso de mí —y de él—. Necesitaba decírselo cuanto antes, pero se encontraba en el tren nocturno regresando de Black Mountain y a punto de llegar a Nueva York. Decidí llamarle por teléfono. En aquel entonces, las conferencias eran caras y difíciles de conseguir. Además, si bien nuestra oficina de Nueva York disponía de aparato, la de Boston no. Pero me las ingenié y fui a la *post office* a pedir la conferencia calculando el tiempo que mi padre tardaría en ir de la estación al estudio. Luego, mientras esperaba, me arrepentí. A mi padre no le gustaba hablar por teléfono. Lo usábamos poco, solo para noticias graves. Se asustaría pensando que nos habría ocurrido una calamidad. Estábamos construyendo los techos de un banco en Boston y el arquitecto y mi padre habían discutido sobre la conveniencia de sujetar las bóvedas con zunchos de hierro. Le aseguramos que no eran necesarios. A ver si ahora iba a pensar que se había derrumbado algo, y que por eso sonaba el teléfono.

Cuando por fin entró la llamada, oí la voz de Robst, el socio ingeniero: «Sí, tu padre acaba de llegar —me dijo— está revisando el correo». Escuché su voz: «Es Boston, es tu hijo, quiere hablar contigo».

Como era de esperar, mi padre se asustó. «¿Qué ha pasado? —dijo—. ¿Ha habido un accidente?». El trauma de los accidentes laborales era recurrente en él. Aunque estaba seguro de que los techos del banco de Boston no se podían derrumbar, uno nunca sabía cuando se trataba de una localización desconocida.

—*Allo, allo?* ¿Quién es?

—Soy Rafael, en Boston —dije, sin ninguna necesidad de identificarme porque sabía que era yo.

—¿Qué ocurre?

Me quedé paralizado.

—Nada —dije. En lugar de contarle lo que quería, pasé a hablarle de las vicisitudes de la obra—: Quitamos los andamios ayer y todo va bien. Vino a verlo el encargado del banco y está muy satisfecho, ahora su arquitecto no parece en absoluto preocupado.

—Ya sé, no tenía ninguna razón para inquietarse. —Hubo un silencio un poco incómodo. Luego mi padre me preguntó—: ¿Me llamas desde Boston solo para contarme eso?

—Hay algo más que quiero decirte. ¿Te acuerdas de los dibujos de la iglesia que me viste hacer en primavera, cuando volviste del campo la última vez?

—Sí..., más o menos —contestó.

En realidad, no les había prestado el más mínimo interés.

—Pues he ganado.

—¿Qué has ganado?

—El concurso.

—Bien, muy bien —me dijo—. Nos has conseguido un nuevo encargo, te felicito. ¿Dices que es una iglesia? ¿Es grande?

Ya la estaba presupuestando en su cabeza. Estaba claro que solo le importaba la empresa, le daba igual cómo me fuese a mí.

—No es un encargo, padre. Es el concurso de la Liga de Arquitectos, he ganado la medalla de oro.

—¡Oh! ¿Una medalla de oro, dices? Bien, muy bien, enhorabuena.

—Gracias.

Hubo otro silencio, solo se oían las interferencias de la línea.

—¿Hay algo más que quieras decirme?

—No —le contesté.

—Bueno, pues te dejo. Las conferencias son muy caras. Adiós, hijo.

Colgué. Qué impotencia y desesperación la mía. Por un momento pensé en buscarme un trabajo en otra empresa, para que mi padre me extrañase de verdad. Para que se diese cuenta de que yo también valía por mí mismo. ¡Qué frustración no poder compartir ese momento con alguien! Blodgett, sumergido en sus números, no lo entendería. Pensé fugazmente en mi madre... ¿Dónde estaría ahora? ¿Cuál sería su vida? ¿Sería capaz de entender ella lo que ese premio significaba para mí? Tenía mis dudas. Se me pasó el berrinche en cuanto me metí en el despacho a revisar cálculos de resistencia. Sabía que mi padre no era una persona fría, intuí que en algún lugar de su corazón estaría contento de que me hubieran concedido ese galardón.

Me lo confirmó Robst cuando le vi en el despacho de Nueva York. Me contó que mi llamada había pillado a mi padre concentrado en su correo, pero que al colgar estaba exultante.

—¡Rafaelito ha ganado una medalla de oro, qué bien!

—Es una excelente noticia —le dijo Robst—. A ese concurso se suelen presentar delineantes que trabajan para arquitectos famosos, que, por cierto, suelen ser mejores que sus jefes.

—Los arquitectos famosos son sobre todo buenos vendedores —le dijo mi padre. Y luego añadió, muy satisfecho de sí mismo—: Qué bien he formado a Rafaelito.

Era un consuelo saber que mi padre acabó por reaccionar, aunque apuntándose la medalla.

En un primer momento, pensé que no había captado el mensaje, pero no tardó en encargarme el diseño y la ejecución de un proyecto complejo, una cúpula de veintidós metros de diámetro en una iglesia de Lowell, Massachusetts*, que, en su corona —la parte más alta— solo debía contar con tres capas de rasilla. Como era coherente, y en relación con lo que le había dicho a Robst sobre lo bien que me había preparado, pensó que había llegado el momento de darme más responsabilidad, no solo la de supervisor. Por primera vez, el desarrollo pleno de un proyecto recaía enteramente sobre mis hombros. También fue la primera vez en la que no le iba a tener respirándome en el pescuezo. ¿No era eso lo que quería, una oportunidad para demostrar mi valía? ¿Para medirme a mí mismo? Ni que decir tiene que asumí el desafío y sus dificultades técnicas con fervor. Lo que hice fue llevar lo más lejos posible todo lo que había aprendido, y diseñé una cúpula con un índice de espesor de doscientos a uno, es decir, dos veces más fina que la de la cáscara de un huevo (a una escala mayor, se entiende). Volqué todo el saber y la experiencia de tantos años en un experimento cuyo objetivo era llegar al límite. Si mi padre había conseguido bóvedas

---

* Grace Universalist Church.

muy finas, yo estaba dispuesto a dar un paso adelante diseñando la más fina de todas las concebidas en la empresa. No estaba seguro de cuál iba a ser su reacción cuando le envié los planos para su aprobación, porque era un diseño osado. Pero reaccionó como yo, en mi fuero interno, esperaba.

—Eres un valiente —me dijo.

Y me dio ánimos. ¡Cómo echo de menos ese diálogo «profesional», si se puede llamar así, que iba más allá de lo personal, donde lo único que contaba era la pureza de las ideas! Ese intercambio, esa comprensión mutua eran inmunes a los estados de ánimo o a las circunstancias externas. Era una línea pura de comunicación, un entendimiento que no precisaba ni de palabras ni de gestos, solo de nuestras respectivas inteligencias y del respeto a la eficiencia como valor supremo de nuestro quehacer. Lo demás sobraba. Tengo relaciones muy fructíferas con otros arquitectos e ingenieros, y en este país donde la amistad se entiende sobre todo como intereses compartidos más que como afinidades comunes, esos profesionales son buenos amigos míos. Salimos a cenar juntos, tengo interesantes conversaciones con ellos, hay un toma y daca muy gratificante, y hasta viajamos de vacaciones con nuestras respectivas mujeres cuando se tercia. Pero nunca ese diálogo es tan intenso, tan profundo y a la vez tan silencioso como lo era con mi padre, porque no necesitábamos las palabras para entendernos. Esa comunión del pensamiento era un antídoto contra la soledad. No la física, porque para entonces ya vivíamos separados, sino la soledad del alma, la que más duele cuando la muerte te arrebata a tu interlocutor. Las amistades y los amores son temporales; el amor de un padre hacia su hijo, y viceversa, es eterno porque se manifiesta mucho después de la muerte de ambos, en lo que han puesto en marcha mientras vivían y cuyo eco resuena en el tiempo.

Igual que lo hice en el diseño, quise innovar en la construcción de la «cúpula más fina del mundo», como la llamaba en broma. Era imperativo tomar extraordinarias precauciones (no podía permitirme un derrumbe, y menos aún un accidente laboral), hacer cálculos muy precisos y obrar con gran cuidado en la ejecución. En lugar de utilizar un aparatoso encofrado, que nos hubiera costado tiempo y dinero montar, levanté la cúpula en una serie de círculos concéntricos que, al estar comprimidos, no se derrumbaban hacia dentro. De esa manera, conseguí acabarla en menos de ocho semanas, un récord absoluto. Con un mínimo andamiaje logré la máxima eficacia. Estaba tan satisfecho que firmé los planos, lo que no se solía hacer en la empresa porque los trabajos se consideraban de autoría colectiva. Pero estaba todavía en esa fase en la que ansiaba reconocimiento. Por eso, el plano de la iglesia de Lowell lleva, abajo a la izquierda, la firma de Rafael Guastavino Jr.

Inmediatamente después, y a causa de la buena impresión que causó la cúpula de la iglesia, nos salió otro proyecto para el East Boston High School. De nuevo se me confió el diseño y la ejecución. Repetí la misma fórmula con esta cúpula que medía veintitrés metros de diámetro, un poco mayor que la anterior, y la reduje en su corona a tres pulgadas de espesor. Eso y un tiempo total de construcción de cinco semanas lo convertían en un nuevo récord.

56

Mientras mi padre construía su paraíso particular en Carolina del Norte, Blodgett y yo capeamos el temporal de la crisis. En 1896, liquidamos las deudas pendientes, saneamos las cuentas y volvimos a ganar dinero. Ganancias modestas pero constantes, que nos permitieron encarar el futuro con más ambición. Blodgett también buscaba ser algo más que el contable. Se había dado a conocer en la industria de la construcción en los alrededores de Boston vendiendo las bondades de nuestro método cohesivo y al mejorar la situación económica general consiguió dos proyectos importantes: el edificio de la American Soda Fountain y el de American Type Founders, ambos en Boston. Estaba tan contento como yo cuando gané mi medalla de oro. Las capacidades individuales de cada uno de nosotros enriquecían la empresa. También acabamos de negociar un proyecto que había conseguido mi padre antes de la crisis, pero que se había congelado, el Munsey Building en New London, Connecticut. Los tres encargos fueron altamente rentables, tanto que mi padre pensó en refundar de nuevo la sociedad.

Le propuso a Blodgett dejar de ser asalariado y pasar a ser un socio más. «Conocía suficientemente bien el negocio para saber que había futuro —escribió Blodgett en sus memorias—, a condición de que se observase un orden escrupuloso de las finanzas». Fue su manera de decir que aceptaba el trato si le dábamos la potestad de controlar el dinero de la sociedad. Cada socio debía responsabilizarse de su aportación, ya fuese con su capital o avalando con sus propiedades para obtener dinero del banco. Sería una compañía más pequeña, pero con gran potencial de crecimiento.

Aunque mi padre detestaba que le dijesen lo que tenía que hacer, aceptó que Blodgett llevase las finanzas, porque a estas alturas era consciente de sus limitaciones y porque teníamos una confianza ciega en él. Pero puso una condición: los cheques los firmaba él. No podía salir un solo dólar de la cuenta de la empresa sin su aprobación. Era lógico que quisiese el último control —al fin y al cabo, todo se lo debíamos a él—, pero, como se vio más tarde, no era nada práctico.

Las discusiones no tardaron en surgir. Primero sobre el capital social. Mi padre se inclinaba a poner el mínimo, pero Blodgett estaba convencido de que el capital social tenía que ser significativo. La compañía debía tener cierta entidad para así ganarnos el respeto del mundo financiero, dicho sencillamente. Al final, mi padre cedió, a regañadientes, y nombró tres directores: él se puso de presidente, a mí de vicepresidente y a Blodgett le nombró tesorero. Como cualquier noción de permanencia le repelía, dijo que en las sucesivas juntas de accionistas irían rotando los cargos. Pero nunca nos cambiamos. Blodgett siguió de tesorero durante toda la vida de la compañía.

La segunda discusión la tuvieron un poco más tarde, al encontrarnos con un superávit. También por cinco mil dólares.

—Creo que hay que comprar bonos del gobierno con parte del beneficio.

Mi padre le miró como si hubiera propuesto algo repulsivo.

—¿Bonos del gobierno?

—Sí, nos conviene comprar unos cinco mil dólares de bonos.

—Pero ¿por qué? —dijo subiendo el tono—. ¿Por qué tener el dinero inmovilizado?

—No está inmovilizado, ese dinero nos va a rentar algo...

—Muy poco, mucho menos de lo que nos rentaría empleándolo en nuestras obras. No entiendo por qué quieres aparcar cinco mil dólares, es mucho dinero para tenerlo parado.

Lo que no quería repetir Blodgett era el funcionamiento anterior, ese que había llevado la «antigua» compañía a la bancarrota, y que era la manera de proceder de mi padre. Discutieron mucho, y pensé que Blodgett acabaría por tirar la toalla y presentar su dimisión. Se empeñó en ganar esa batalla, porque era la batalla del respeto. Si todo iba a seguir como antes, ¿de qué servía montar de nuevo la empresa? ¿De qué servía ser un director financiero sin poder alguno?

—En los años que vengo trabajando con vosotros —le dijo Blodgett a mi padre— siempre nos ha faltado liquidez, he estado persiguiendo el *cash* como un loco antes de que venciesen los plazos de los créditos. Esta es una manera de ir con más seguridad, con más solidez.

Mi padre no lo entendía y se opuso con fiereza, pero Blodgett no cedió un ápice en su posición. Cuando estaba convencido de algo, no transigía, esa era su fuerza. Si había de ocuparse de los dineros de la nueva sociedad, tendría que ser bajo su criterio. Dijo que, sin ese colchón, no podría trabajar bien, que había que aprovechar el beneficio para apuntalar el futuro de la empresa. Tuve que intervenir y ponerme del lado de Blodgett. Fui duro con mi padre para que transigiera.

—A ver, padre, ¿por qué quieres darle la responsabilidad de llevar la tesorería de la empresa si no es para hacerle caso? Te recuerdo que, bajo tu dirección financiera, nos hemos arruinado varias veces.

—Nos hemos arruinado porque nos han pillado crisis muy jodidas —se defendió mi padre.

—Sabes perfectamente, y además lo dices, que el dinero no es lo tuyo. Déjale a él, que sí sabe de esto, nos lo ha demostrado.

Le costaba mucho delegar, pero al verse acorralado, cedió. Siempre fue más inteligente que orgulloso y sabía que le decía la verdad. «Toda su vida le perturbó que tuviéramos cinco mil dólares ahí parados, como decía él, pero a mí me han dado mucho confort —escribiría Blodgett en sus memorias—. Yo necesitaba desde el principio cultivar buenas relaciones con nuestro banco de Boston porque siempre nos sacó de los peores entuertos, aunque fueron escasas las veces que pedimos dinero».

Nada más formarse la nueva compañía nos llamaron del departamento de urbanismo de la ciudad de Nueva York para unas pruebas de resistencia al fuego, algo parecido a lo que hicimos en 1888 ante Bernard Levy y los socios. Esta vez el experimento era oficial y tuvo lugar en un descampado. Construimos una bóveda con un peso añadido de doscientos kilos por pie cuadrado. Le prendimos fuego, llevamos la temperatura hasta dos mil grados Fahrenheit y la mantuvimos así durante cuatro horas. El resultado fue minuciosamente anotado por los funcionarios del ayuntamiento. El dictamen, que fue positivo porque la estructura calcinada se mantuvo incólume, nos dio mucha publicidad y nos trajo más encargos. Pronto abarcamos clubs sociales y auditorios, más edificios de apartamentos y de oficinas, más fábricas, más colegios y bibliotecas, más iglesias y bancos, más edificios públicos y residencias privadas. Habíamos desarrollado tanto el sistema de la bóveda tabicada que ya no se conocía por ese nombre. La miríada de arquitectos que nos contrataban hablaba simplemente del «sistema Guastavino». Habíamos creado marca.

57

Estábamos los tres tan ocupados que nos veíamos poco, aunque gracias al correo, al cable y al teléfono manteníamos contacto cotidiano para lidiar con la marcha de la compañía, mi padre desde su paraíso de Carolina del Sur, Blodgett desde Woburn y yo pululando por la Costa Este, al albur de los proyectos. Ahora vivía en hoteles la mayor parte del tiempo. Me acostumbré a que me hicieran la cama, a que hubiera orden en el cuarto de baño, a pedir comida si tenía hambre. Mi nueva familia eran las camareras de cuarto y los chicos del restaurante, porque siempre volvía a los mismos establecimientos. Descubrí que los hoteles favorecen el trabajo porque, al cubrir las necesidades físicas, ayudan a que la mente se libere. Además, en la *happy hour* siempre encontraba a alguien para charlar. Así hice varios amigos.

En 1898, tuve problemas con la cúpula de la biblioteca de la Universidad de Virginia, un encargo del amigo Stanford White. Se trataba de remplazar la cúpula original, obra de Thomas Jefferson, que había quedado calcinada unos años atrás. Pero las partidas de azulejos y rasilla que llegaron eran tan defectuosas que no pudimos colocarlas y me vi obligado a detener la obra. Un retraso en la entrega nos penalizaba económicamente y daba una mala imagen de la compañía ante arquitectos y propietarios. Por eso era importante conseguir material sin alteraciones en el color y en la calidad. El problema lo llevábamos sufriendo desde hacía años. Carecíamos de poder sobre los fabricantes porque encargábamos poca cantidad; la mayoría de nuestras obras eran pequeñas y requerían azulejos de diferentes colores.

Mi padre, que llevaba años queriendo tener su propia fábrica y de esa manera controlar todo el proceso, me escribió para que fuese a verle. Me dijo que había construido un horno de arcilla en su finca y necesitaba ayuda para hacerlo funcionar. «Nunca me he encontrado mejor en mi vida —añadía en su carta—. Trabajo duro, nada me distrae, el aire es límpido, Francisca me cuida muy bien, es una vida muy agradable». Había pospuesto la visita varias veces por la gran carga de trabajo que tenía. Pero al comunicarme Blodgett que volvíamos a tener dificultades financieras porque mi padre estaba haciendo un uso demasiado laxo de la caja de la compañía, decidí que el momento había llegado. Quería averiguar en qué gastaba tanto dinero. Además, a mediados del año noventa y ocho estalló la guerra de Cuba entre España y los Estados Unidos, lo que propició un ligero bajón de la actividad. Pensé que más valía escapar del ambiente antiespañol desatado por Randolph Hearst en sus periódicos. La opinión pública estaba contaminada y los ánimos muy caldeados. Un amigo de mi padre, Arturo Cuyás, editor de la revista en catalán *La Llumanera*, que le había dado trabajo nada más llegar a Estados Unidos, había tenido que huir de la ciudad, perseguido por un grupo de cubanos norteamericanos que le denunciaron por su acendrado españolismo. Otro de sus amigos, el magnate José Francisco Navarro, que representaba los intereses de España en la crisis, también estaba amenazado. Quien peor lo pasaba era Enrique Dupuy de Lome, nuestro embajador de España. Se le vino el mundo encima cuando el 17 de febrero el *New York Journal* publicó en portada una carta confidencial que había enviado a su amigo José Canalejas, político liberal, exministro y dueño de *El Heraldo de Madrid*. La carta nunca llegó a su destino porque le fue sustraída por un secretario de la embajada que trabajaba para los insurrectos cubanos, y que la vendió al periódico. En ella, Dupuy de Lome ridiculizaba al presidente McKinley, calificándolo de politiquero ruin, débil y populachero. ¡Qué bochorno! Debía de estar horrorizado al ver que su sincera carta a Canalejas se convertía en un arma mortífera para la causa del país al que servía. Una semana después de su publicación explotaba el acorazado *Maine* en la rada del puerto de La Habana y Estados Unidos declaraba la guerra a España.

Mi padre estaba al corriente de todo, máxime porque tenía amigos implicados. Vino a buscarme a la estación de Black Mountain en un carro de caballos, como un lugareño de toda la vida. Llevaba un sombrero de ala ancha, un peto de jornalero, un puro en la boca y un montón de periódicos bajo el brazo. De camino a la finca saludó al alcalde, a la panadera y al cura.

—*This is my son... My son!* —decía muy ufano.

Me presentó a todos, y parecían asombrados de que tuviera un hijo de ojos tan azules. Enseguida me di cuenta de que se había convertido en un personaje querido. La media hora de trayecto hasta su casa pasó volando, en medio de un paisaje de grandes árboles, arbustos en flor, huertos de manzanos y viñedos contra un horizonte de montañas de color violeta.

—Esta guerra es un montaje, Rafaelito. El año pasado, Hearst envió a La Habana a su dibujante preferido para que consiguiese imágenes de la supuesta revolución, pero el hombre, al llegar a la isla, encontró un ambiente tranquilo, de modo que telegrafió de vuelta diciéndole: «No hay revueltas. No habrá guerra. Quiero regresar...». Y ¿sabes qué contestó Hearst?

—Pues no, padre.

—Por favor, quédate. Mándame dibujos que la guerra la pondré yo. Y es lo que ha hecho. —Y añadió—: Y ahora España lo perderá todo.

Estaba indignado. La guerra de Cuba le tocaba de cerca porque aparte de tener amigos implicados directamente en el conflicto, su hermano José, que era capellán castrense, y su hermano Antonio, que después de haber enviudado se hizo monje franciscano y organista de la catedral de La Habana, buscaban la manera de salir de la isla. Quería mandarles dinero para que pudiesen regresar a España, pero ahora que la guerra se había declarado, las comunicaciones estaban cortadas y nada se sabía del tío José y del tío Antonio.

No podía creer lo que veían mis ojos cuando, al subir por el valle donde pastaban caballos, vacas y ovejas, apareció la casa de mi padre, mucho más grande que las granjas de alrededor. En la verja, un cartel anunciaba: «Rhododendron», nombre que le puso en alusión a las matas de flores que moteaban de colores el paisaje, de la familia de las azaleas. Que los lugareños lo llamasen el Spanish Castle daba cuenta de lo imponente que era. Ahora entendía que hubiera necesitado bastante dinero para su «refugio en el campo», como nos lo describía. En realidad, era una casa de madera de tres plantas con un campanario en lo alto de un torreón y un reloj que marcaba las horas para que los trabajadores supieran cuándo tocaba comer o descansar. En la base, mi padre había mandado grabar: *«Labor prima virtus»*, el trabajo es la principal virtud.

Francisca nos esperaba en el porche de entrada. Me dio una vuelta rápida por la casa, que constaba de ocho habitaciones en el primer piso, incluyendo los cuartos de servicio, dos cocinas, un trastero, un taller, el cuarto del teléfono, un amplio comedor con dos mesas grandes y una vitrina de loza, y una habitación con todo tipo de instrumentos musicales, incluido un piano de cola. Al lado estaba el salón con «los muebles más bellos que uno pudiera soñar», según reveló una de las criadas años más tarde al *Asheville Chronicle*. Algunos de los muebles y cuadros los había adquirido con el asesoramiento de Stanford White. Once habitaciones ocupaban el segundo piso, entre las que había un dormitorio tapizado en terciopelo granate oscuro y una capilla donde mi padre iba a rezar todas las mañanas antes del desayuno. Había una biblioteca bien nutrida y una sala de billar. Por fuera, era una construcción proporcionada, y bella. Según mi padre, le había salido muy barata por ser de madera. A él, todo le parecía barato.

Desde mi cuarto, cuyo balcón dominaba el valle, comprendí perfectamente que se hubieran enamorado de aquel lugar: el aire cristalino, el silencio interrumpido por el graznido de los patos y de las ocas que paseaban a sus anchas sobre el césped y el paisaje sublime de las montañas conformaban un auténtico jardín del edén.

—Todos los días me despierto sola en la cama porque Pelón ya anda por ahí haciendo cosas. Y hay días en que tengo que ir a buscarle cuando se hace de noche y le obligo a cenar, a bañarse y a afeitarse. Si no, es capaz de quedarse a dormir con los obreros.

—Le gusta acabar agotado, para él es un placer.

—Sí, pero además no sabe disfrutar de las cosas simples de la vida, en eso se ha hecho muy gringo. Tenemos este paraíso, pero vive como un obrero más.

Mi padre vivía en su mundo, y estaba feliz porque lo compartía con Francisca, que también lo había hecho suyo. Solo con alimentar a todo el personal, ya estaba ocupada buena parte del día. La otra montaba a caballo, de lado, y se iba a visitar a los enfermos en los hospicios y ayudaba a todo el que pasase necesidad. Vestía como una campesina de la zona, con una falda larga negra llena de remiendos.

Pero era la señora indiscutible del valle; llevaba la elegancia por dentro. Si una vecina caía enferma o estaba impedida, llamaba a un médico y le dejaba una chica de servicio para atenderla. Vivía pendiente de todos y su alegría era hacer felices a los demás.

Mi padre había convertido esa finca en su gran terreno de experimentación y juego. Bajo el aspecto de serenidad campestre bullía una actividad incesante. Al fondo del jardín había construido un lago artificial, no solo para decorar, sino para proveer de energía hidráulica al aserradero que había del otro lado del lago, a la maquinaria para el corte de baldosas, y a una prensa para las manzanas. Daba salida a su cosecha fabricando sidra, la embotellaba como «champán de sidra» y con una etiqueta que ponía «Rhododendron» la distribuía a las tiendas de la zona. Pensaba retomar su antigua pasión de hacer vino y en la bodega que había cavado en un lado de la colina reposaba su colección de vinos importados. En el fondo, buscaba replicar en este valle aquella finca de Huesca que tanto le gustaba y donde consiguió hacer un vino decente, como si todos estos años no hubieran sido más que un paréntesis en su vida.

¡Qué torbellino era mi padre! Me había desacostumbrado, ahora que no convivíamos. Estaba pletórico en ese mundo que se había fabricado a su medida y donde siempre había algo que hacer. Francisca se había adaptado bien a la vida en el campo, y les unía un cariño profundo. Ella dirigía con suma diligencia el equipo de jardineros, obreros eventuales y los cuatro permanentes de ayuda doméstica. No tenía tiempo de aburrirse. Se encargaba de que siempre hubiera algo de comer en la mesa, de que la casa estuviera limpia, los muebles sin polvo, la ropa planchada y los botones cosidos. También se ocupaba de la administración y las cuentas de la casa, todo lo que una mujer debía asumir. Ella buscaba agradarle y no siempre lo conseguía. Cuando él se iba a Nueva York o a Boston a trabajar, Francisca ponía un carpintero a construir una terraza a orillas del lago o un cobertizo para el guarda cerca de la valla de la entrada. Pero esas sorpresas solían irritarle —los expertos siempre quieren diseñar sus edificios, sean grandes o pequeños— y le parecía que ella se metía en un terreno que no era el suyo. Él necesitaba controlarlo todo, hasta el último detalle. Se involucraba en el diseño del jardín y en el color de las flores. Hasta que ella estallaba.

—¡Que no soy tu pinche criada, Pelón!

Y seguía una discusión explosiva como un fuego de artificio, en la que intercambiaban un cúmulo de improperios. Luego, muy poco tiempo después, las aguas volvían a su cauce y se iban a pasear de la mano por las corralas, como si nada hubiera ocurrido.

58

Me quedé estupefacto cuando descubrí que el «horno de ladrillos» que mi padre había construido en una parte alejada de la casa era en realidad una fábrica entera, con cuatro hornos de ocho metros de diámetro y toda la maquinaria industrial necesaria para fabricar losetas de barro. Me pareció una locura.

—¡Esto es una fábrica de verdad! —le dije, entre enojado y sorprendido—. ¿Para qué has comprado todo este material industrial? Pensé que habías hecho un horno para que ensayásemos.

—No estamos para jugar a hacer cerámica, Rafaelito. Las cosas hay que hacerlas en serio. Si vamos a fabricar ladrillos y azulejos, es mejor estar bien equipados. Mira, he marcado con cal las parcelas que contienen arcilla, verás que hay varias por los alrededores. La mejor es la de color café muy claro.

Llevaba mucho tiempo con ganas de tener su propia fábrica —«como Sebastián Monleón», decía, aquel arquitecto que fue su maestro y que en Valencia construyó San Pío V, una fábrica de azulejos para abastecer su negocio—. Que mi padre quisiese hacer algo distinto en la vida, no estar todo el día doblado sobre unos planos, eso lo entendía. Ahora sé que, a cierta edad, cuando uno empieza a notar que la vida se escurre, quiere probar otras cosas. Lo que no me cabía en la cabeza era que hubiera invertido tanto dinero y trabajo en una fábrica en aquel lugar remoto, cuya viabilidad técnica y comercial era muy dudosa. Repetía su patrón de fracaso, que consistía en asumir enormes riesgos con una compulsión, una voluntad impaciente.

Se lo comenté a Francisca.

—Mi padre con dinero es un peligro porque da rienda suelta a sus excentricidades, y no todas son graciosas o rentables.

—El problema de tu padre es que, cuando se le mete algo en la mollera, es como un toro, no hay quien le detenga.

En épocas de vacas flacas era cuando daba lo mejor de sí mismo. Pero cuando cambiaban las tornas, el dinero, en el fondo, le corrompía. Cualquier pretexto valía para satisfacer su impulso en gastarlo. Esta fábrica era un ejemplo. El problema de su irrefrenable ansia de gastar era que repercutía en la compañía, porque desviaba recursos que podríamos necesitar más tarde. Y, francamente, me molestaba que lo hiciera sin consultarnos. Seguía actuando como en sus comienzos, cuando tomaba las decisiones solito. Ahora, cuanto más dinero manejaba, mayores eran las locuras —y esta era enorme—. Pero no atendía a mis críticas, solo veía ventajas en producir ladrillos y azulejos caseros.

—La proximidad de una línea de ferrocarril nos permitirá transportar la producción al este... de un día para otro.

—Pero ¿a qué coste? ¿Te has parado a pensarlo?

—Claro que sí. Nosotros utilizamos cantidades relativamente pequeñas de azulejos y rasilla, y aunque el transporte incremente el coste, tendremos la tranquilidad de saber que es nuestro material y cuáles son sus propiedades exactas. Aunque solo sea por eso, vale la pena asumir ese gasto añadido.

Yo no estaba de acuerdo. Veía demasiados problemas técnicos, poca mano de obra que supiera del tema, y temía que la repercusión de los costes disparase los presupuestos hasta hacerlos poco competitivos. No era la primera vez que chocaba con mi padre, pero era la primera vez que me daba cuenta de la distancia que nos separaba. Veía las cosas de manera cada vez más diferente a cómo las percibía él. De tanto estar con Blodgett y de tratar con los propietarios, me había imbuido de una cierta cultura de empresa y había asimilado conceptos que él ni consideraba. Me daba cuenta de que mi padre no evolucionaba, seguía siendo fiel a sí mismo, solo que sus características se acentuaban con la edad. Genio y figura.

A pesar de mi enojo, le ayudé a probar con varios tipos de arcilla. Experimentar nos divertía a ambos. Pero esos hornos de carga discontinua eran diabólicos. A la fuerza, nuestra producción tenía que ser limitada porque no podíamos mantenerlos siempre encendidos, fabricábamos por lotes. Los trabajadores que nos ayudaban no eran profesionales, de modo que debíamos controlar el proceso en todo momento: el secado, la cocción y el almacenamiento. Usábamos una técnica que mi padre había patentado para hacer seis ladrillos en un solo bloque, lo que suponía, según él, un ahorro en la manufactura. Cada bloque se podía romper *in situ* con un simple golpe de martillo. Era ingenioso, pero, aun así, nos costó conseguir una calidad aceptable. Es cierto que aprendí mucho haciendo funcionar esa fábrica. Aprendí sobre la densidad de los ladrillos, las proporciones de sílice, alúmina y óxido de hierro que debía tener la arcilla, cómo hacer la mezcla y cuál debía ser el tiempo de cocción exacto para conseguir que la loseta adquiriese propiedades ignífugas. Probamos varios tamaños de azulejos con distintas densidades y acabados. No hicimos otra cosa en varias semanas. Por las noches, extenuados, cenábamos en el porche y luego mi padre se ponía a tocar el violín —le había dado por componer valses— mientras yo me enfrascaba en la prensa del día para seguir las noticias de la guerra de Cuba, que duró diez semanas.

La víspera de mi regreso, mi padre sacó unos planos de su despacho y me los enseñó. Quería saber mi opinión.

—Del otro lado del lago quiero levantar una capilla como Dios manda. —Los planos, muy elaborados, mostraban una iglesia con una cúpula de diez metros de diámetro, un altillo para el coro y una cripta—. Quiero que me entierres aquí —me dijo.

Sentí un escalofrío al oírle decir eso.

—Que sean dos plazas, Pelón —añadió Francisca.

Era la primera vez que me hablaba de su muerte. Le comenté que la iglesia me parecía muy bella, y que me recordaba a las iglesias portuguesas con los ángulos redondeados del frontispicio.

—No tengas prisa, padre —le dije—. Además, te va a salir más cara que la casa, porque esta es de piedra y ladrillo.

—¿Cara? Cueste lo que cueste, no será cara porque es para la eternidad. ¡Fíjate si hay tiempo de amortizarla!

Siempre encontraba un argumento para justificar sus gastos. Pensé que era otra de sus locuras, que correspondía a su deseo compulsivo de construir. ¿Qué pintaba una iglesia de obra en medio de la nada? No me atreví a decírselo. Veía su muerte como algo tan lejano e improbable que pensaba que no merecía una nueva excentricidad. Ahora se me ocurre que estaba comprando el cielo, que el peso de sus pecados —porque él fue siempre muy creyente— se le hacía duro de soportar y que buscaba una manera de congraciarse con Dios.

59

En los años siguientes volví pocas veces a Black Mountain. Solía ver a mi padre en la oficina de Nueva York, donde nos poníamos al día sobre nuevas ideas de patentes o discutíamos sobre los proyectos en curso. Después, él regresaba a su campo y yo tomaba la dirección de la obra más próxima, y de allí seguía a otra, y luego a otra... A veces teníamos cinco grandes obras al mismo tiempo, lo que exigía por mi parte una atención y un control totales. A los veinticinco años mi pelo era gris de tantas canas. Y no tenía vida. O, mejor dicho, mi vida era mi trabajo y giraba alrededor de mi padre. No había espacio para nada más. Pasaba el tiempo en habitaciones de hotel, resolviendo problemas técnicos y de personal. Disfrutaba la parte del trabajo creativo, del diseño, de la concepción de una obra, sobre todo si veía la posibilidad de hacer algo original o diferente. Soñaba los espacios abovedados y luego los ponía sobre papel, esa era mi felicidad, porque encontraba en ello más dosis de placer que de sacrificio. Lo demás era puro trabajo: supervisar los presupuestos, contratar a los albañiles, vigilar la calidad de los materiales, la seguridad de los andamios, tranquilizar a los propietarios, discutir con los arquitectos. Era una rutina agotadora porque no había respiro. Los encargos llegaban de poblaciones cada más alejadas de la Costa Este. En cierto sentido, yo me sentía víctima de nuestro éxito. Y no podía quejarme porque tenía mucho más que lo que cualquier chico de mi edad podía tener; sin embargo, no era feliz, era presa de un malestar del que no encontraba la causa.

Feliz era Blodgett, asentado en Woburn, una comunidad en la que era tan querido que acariciaba la idea de presentarse a las elecciones para alcalde. Tenía una mujer cariñosa, un hijo pequeño, una familia cercana y original. Llevaba las cuentas de la empresa con ayuda de tres contables y su trabajo era irreprochable. No tengo pudor en confesar que seguía sintiendo por él una mezcla de envidia y admiración, era un poco el modelo que me hubiera gustado seguir. Pero yo estaba hecho de otra pasta, era un vagabundo, a imagen y semejanza de mi padre. Un vagabundo en el alma, se entiende, un solitario. Alguien sin raíces, sin ataduras, sin querencia, sin estructura familiar. No puedo decir que fuese un desnortado porque para norte tenía a mi padre, y bien cerquita. Pero me sentía a la deriva, como viviendo una vida que en el fondo no era la mía. A mí la adolescencia me llegó diez años tarde.

En la obra de la iglesia de Lowell, me enamoré de una camarera del hotel National donde me hospedaba. Todo empezó cuando entró en mi cuarto pensando que estaba vacío para guardar mi ropa limpia y doblada. Me pilló en calzoncillos tumbado en la cama. Se ruborizó y para salvar el momento incómodo se me ocurrió ponerle la mano en el brazo: «No pasa nada», le dije. La retiró, dejó la ropa y se fue diciendo: «*I am sorry, I am very sorry....*». A mí me conmovió, no sé por qué. Era patoso con las mujeres, no sabía muy bien qué decirles —no iba a hablarles de viguetas pretensadas ni de cúpulas, que era o único de lo que sabía— y en consecuencia ligaba poco. Pero me gustaban mucho. Esa camarera tenía el pelo rubio en grandes bucles desordenados, un cuerpo bien proporcionado, ojos verdes chispeantes y una boca bien carnosa. Tenía *sex-appeal*, como dicen los norteamericanos.

Irina Cziraky, así se llamaba la camarera, era alegre y pizpireta, y siempre tenía tema de conversación, con la ventaja añadida de que no exigía que la escuchase, lo cual era muy relajante porque, si el tema no era de mi interés, podía seguir divagando con mis cálculos de tensión y de forjados. Después de rechazar dos veces mis invitaciones a salir, a la tercera, cuando le dije que tenía entradas para el circo, aceptó entusiasmada. Nadie en su sano juicio rechazaba una tarde en el circo. Fue un momento grandioso bajo la carpa, con unos trapecistas tan osados que Irina, de tanta emoción, clavaba las uñas en mi brazo y a mí, en lugar de dolor, me producía un placer indecible. Estaba en el séptimo cielo, disfrutando como cuando era niño. Acabamos en un pub irlandés donde daban cerveza y *shepherd's pie*, un pastel de carne. El alcohol le subió a la cabeza, hablaba sin parar y yo estaba embelesado, de modo que me acerqué, la abracé y nos besamos. No me rechazó y volvimos a besarnos. Pero cuando quise llevarla a mi cuarto de hotel, resultó que no estaba tan borracha como pensaba, y se negó.

Me gustaba tanto estar en Lowell que no quería que la obra terminase. Irina me alegraba la vida. Le encantaban los saldos y me proponía acompañarla a Le Bon Marché, que se anunciaban como los mayores grandes almacenes de Massachussets, y otras tiendas en pueblos de los alrededores cuyas gangas había visto anunciadas en el periódico. «Soy *size 10*, es muy fácil encontrar algo para mí». Hablaba mucho de su talla 10. De mi trabajo, sin embargo, no parecía interesarle nada. Nunca me hacía preguntas. La llevé a ver la Biblioteca de Boston, le enseñé la placa en la fachada de la entrada, cuestión de presumir, y lo que hizo fue plantarme un beso en la boca diciendo: «*Oh, my sweet little architect!*» (¡Oh, mi dulce arquitectito!). Fue lo más cerca que estuvimos de entablar una conversación sobre mi trabajo. Luego fuimos de compras.

Irina me daba la vida. Era seria y despreocupada a la vez. Por fin una noche pude convencerla —con ayuda de unas cervezas— para que nos colásemos a escondidas por la puerta trasera del hotel. Subimos las escaleras con cautela y nos refugiamos en mi cuarto. La luz de la luna entraba por la ventana. Nos tumbamos en la cama y poco a poco nos fuimos desnudando, emocionados de descubrir nuestros cuerpos, de explorarnos mutuamente, de acariciarnos y besarnos. Fue mi primera noche de amor de verdad; lo que había experimentado antes con mujeres de la calle no tenía nada que ver con esto, aquello era puro desahogo sexual, esto era tocar el cielo. Irina se quedó dormida, y yo permanecí observando su cuerpo pegado al mío, pensé en Blodgett y me dije: «Sí, esto debe de ser la felicidad». Y si no se le parecía mucho. La acaricié hasta que el efecto de las cervezas que había bebido se disipó. Entonces se despertó, me miró como si no me hubiera visto nunca antes, y dijo:

—¡Uy, tengo que ir a casa, es tardísimo!

Se vistió a toda prisa y se despidió:

—*See you, honey!*

Disfrutaba mucho en su compañía. Era divertida, cariñosa y caprichosa, quería una cosa y la contraria a la vez. Pero tenía encanto, y acabé enamorado. A su vera, el malestar existencial que sentía se disolvía como un azucarillo. Disfrutar de su compañía se convirtió en una necesidad, a pesar de que no teníamos nada en común. Me presentó a sus padres y a sus hermanos, unos inmigrantes húngaros que me invitaban a compartir su *chicken paprika* dominical. A dos de sus hermanos los contraté para la obra. Eran buenos albañiles, serios y trabajadores. Con Irina exploré las glorias del sexo y mantuvimos una relación intensa, reforzada por la sensación de tener familia, algo nuevo y reconfortante para mí. Ella estaba harta de Lowell y quería irse a la gran ciudad. Entre nuestros planes estaba la idea de comprarnos una casa en Boston. Para mí, era un primer paso hacia la independencia, el inicio de una conversión para acabar siendo como Blodgett.

Pedí un préstamo a mi padre para la entrada de un piso, el resto lo pagaría con una hipoteca que nuestro contable, debido a sus excelentes relaciones con el banco, me ayudaría a conseguir. Pero mi padre no quiso saber nada, ni me contestó, y cuando le insistí, me dijo tajantemente:

—No necesitas comprar ningún piso, tienes nuestra casa para vivir.

Su reacción me enfureció porque me parecía de justicia que después de todo el tiempo que dedicaba a la empresa, y de mi devoción al trabajo, me concediese el primer favor que le pedía. Entre viaje y viaje, se lo comenté a Francisca, y ella habló con él.

—Rafaelito no es un niño —le dijo—. Lleva a cabo su trabajo con imaginación y buen juicio. Mira cómo tiene el pelo de haber trabajado a tu servicio.

—¿A mi servicio? Él sabe que todo será suyo, pero no ahora.

—Es lógico que quiera su independencia.

—Yo no tenía esas exigencias a su edad, mi problema era ganarme la vida, y él eso lo tiene solucionado. No tiene derecho a quejarse ni a exigir nada.

—Eran otros tiempos, Rafael, y vivías en otro país. Aquí, en América, los hijos se independizan pronto, ya lo sabes.

—No voy a permitir que una camarera de hotel le eche el guante —le dijo a Francisca para zanjar el asunto.

Ese era el problema, según Francisca, que mi padre estaba celoso de Irina. Temía que me engatusase y perdiese eficacia en el trabajo, que todo su esfuerzo en formarme acabase arruinado por un amor de temporada. Yo lo veía desde mi punto de vista: mi padre quería tenerme sojuzgado, a su servicio, y me cortaba las alas. Estuve varios meses evitando un encuentro directo con él. Nos comunicábamos por cable o por carta. La relación nunca se había enfriado tanto. Si pudiera ir atrás en el tiempo y aprovechar esos meses en los que no quise verle para decirle lo mucho que ahora lo siento... Cuánto cambiarían las relaciones entre la gente si tuviésemos clara y bien presente la inevitabilidad de la muerte.

Recuerdo bien el ambiente de bombo publicitario de aquellos días previos al cambio de siglo. Los medios predecían cosas insólitas, como que en los próximos cien años la gente viviría más tiempo, sería más alta, más sana y más bella en todos los aspectos. Apuntaban que el lejano año 2000 sería «*a wonderful time*» en el que la humanidad alcanzaría una especie de armonía universal, en que las enfermedades serían vencidas y «todos los matrimonios serán felices». Otras predicciones, como las del escritor John Habberton, muy popular entonces, no eran tan optimistas. Según él, los bosques de la Tierra desaparecerían y el humo de las fábricas oscurecería los cielos. Había vaticinios para todos los gustos.

¿Y nosotros? ¿Dónde estaríamos? Mi padre acertó a prever el Modernismo y sus líneas onduladas, porque fue la extensión de lo que había puesto en marcha. En cambio, no compartía mi opinión sobre lo que yo veía para después, el funcionalismo. No había una conferencia en la que algún joven arquitecto no soltase el mismo latiguillo: «La forma sigue la función», y que daría la victoria a las fachadas de cristal, los edificios rectangulares y racionales. Preveía el uso de materiales como el mármol, el cristal y el hierro con técnicas estructurales avanzadas. Mi padre se rebelaba contra esa «arquitectura sin alma».

—Romper con el pasado es de ignorantes —decía—. No se puede anteponer la originalidad a la belleza.

60

Por lo pronto, después del pequeño bajón del noventa y ocho, que duró lo que duró la guerra de Cuba, el cambio de siglo nos trajo una avalancha de nuevos encargos. Tuvimos que ser selectivos, lo que provocó una enconada discusión entre mi padre, acostumbrado a aceptarlo todo, y Blodgett y yo, que rechazamos los proyectos pequeños o que no desembocasen en grandes obras. La dispersión nos impedía maximizar el rendimiento de la compañía. Necesitábamos un criterio para que la empresa pudiera crecer ordenadamente, pero mi padre no entendía bien lo de rechazar encargos, por muy pequeños que fuesen.

—¡Padre, no podemos hacer cuartos de baño en una vivienda y al mismo tiempo la cúpula de la rotonda de la Universidad de Virginia!

—¿Por qué no?

—Porque no podemos abarcarlo todo, porque con tanta competencia lo mejor es especializarse.

—¿Especializarse en qué, en lo eterno y lo monumental? Si nos fallan los grandes proyectos, que todo puede ocurrir, ¡verás lo felices que estaremos de poder diseñar cuartos de baño!

La visión de empresa de mi padre era como la de una prolongación de sí mismo; la nuestra, en cambio, era más estratégica, a largo plazo. La veíamos como una organización con vida propia, que debía aunar sus recursos para un mejor rendimiento. Nuevamente discrepábamos y siempre era delicado porque... ¿hasta dónde podíamos tensar la cuerda? Reconozco que el buen hacer de Blodgett, su manera convincente de hablar, sus razonamientos hechos para que mi padre los entendiese, todo eso fue fundamental a la hora de encauzarle y de dirigir la compañía. Porque lo cierto es que, a esas alturas, ya no era mi padre quien llevaba las riendas, a pesar de que siguiera ejerciendo su control. Las llevábamos Blodgett y yo, pero debíamos ser lo suficientemente hábiles para hacerle creer que él estaba al mando. En ese juego delicado, Blodgett era más paciente que yo en el trato con mi padre. Cómo me arrepiento de haber sido demasiado duro con él, pero es que me exasperaba. Me irritaba que se mantuviese tan fiel a sí mismo, que no evolucionase con el tiempo, que siguiese pensando que a estas alturas podríamos volver a las andadas, a hacer cuartos de baño y armarios empotrados para señoras pudientes. Llegué a verle como un obstáculo para la buena marcha de la empresa.

Otro problema que limitaba nuestro crecimiento y se hizo acuciante era la escasez de losetas bien hechas y duraderas. Tal y como Blodgett y yo habíamos predicho, la fábrica de Black Mountain las escupía de calidad desigual, tanto que en destino había que revisar el cargamento para descartar las piezas defectuosas. Se perdía tiempo y su coste final era excesivo. Con un procedimiento tan artesanal no se conseguía ni de lejos satisfacer la demanda.

Blodgett propuso montar una fábrica en Woburn que incorporase las últimas innovaciones técnicas, como lo eran los hornos de producción continua. La proximidad a una gran ciudad como Boston, donde teníamos varias obras en curso, era solo una de las ventajas, las otras eran el fácil acceso a un canal navegable y a una línea de ferrocarril. El argumento imbatible era que Woburn se encontraba en el centro de nuestra zona de actividad.

Esto sí lo aceptó mi padre sin oponer resistencia, porque también se daba cuenta de lo poco práctica y rentable que resultaba su minifábrica. Me enteré de que los hornos se apagaban porque sus obreros se quedaban dormidos. Volver a encenderlos era un procedimiento lento y costoso. De modo que este nuevo plan le venía bien para desbaratar su sueño de autarquía. Ahora tendría más tiempo para dedicarse a otra de sus pasiones, la elaboración de vino. Y a nosotros nos dejaba las manos libres para iniciar una nueva e importante fase en el desarrollo de la empresa, la de controlar todo el proceso, desde la extracción de la arcilla hasta el remate de las bóvedas. Blodgett sugirió comprar una antigua iglesia de madera que luego iríamos transformando en una fábrica moderna. Estrenaríamos producción con el siglo, los primeros azulejos saldrían a principios del año 1900.

Recordaré siempre aquella Nochevieja de fin de siglo. Stanford White nos invitó a la fiesta de los Tiffany, unos joyeros millonarios, clientes y amigos suyos. Les había construido la mansión de la calle 72 con su famoso ladrillo. Yo tenía planes de pasarla en Lowell con Irina y su familia, pero mi padre insistió en que la celebrase con él y Francisca.

—Una fecha así quiero pasarla contigo, hijo..., porque no celebraremos dos fines de siglo juntos, te lo aseguro.

Yo no quería, prefería la acogedora calidez de la familia de mi novia a una fiesta mundana.

—No puedo, padre.

—Vendrá todo el mundo, McKim, Mead, Saint-Gaudens, Morris Hunt, algún Vanderbilt, los Astor...

—Lo siento, ya estoy comprometido.

—Si no quieres venir por placer, por lo menos hazlo por sentido del trabajo.

—Para eso vete tú —repliqué tajantemente.

Estoy seguro de que le dolió, porque estuvo varios días sin hablarme. No parecía ofendido, solo triste. No entendía mi desapego y lo comentó con Francisca. ¿No me lo había dado todo? ¿No había sido un buen padre? ¿No me había creado a su imagen y semejanza?

—Ese es el problema, Pelón, que su única referencia en el mundo es la tuya, y él está precisando otras.

No podía entender que yo necesitase vivir por mí mismo. Mi problema, según él, era que nunca me había faltado de nada, que estaba acostumbrado a tenerlo todo hecho. Y era cierto, no tuve que luchar como él para abrirme camino. Yo era la segunda generación, siempre más blanda que la primera. ¿No decían que el abuelo creaba la fortuna, el hijo la mantenía y el nieto la dilapidaba? A mí no me bastaba con mantenerla, yo quería multiplicarla, buscaba la excelencia porque solo así podría demostrarme a mí mismo de lo que era capaz. Yo quería ser mejor que mi padre.

Ahora siento haberle herido con mi comportamiento, que, a fin de cuentas, era inmaduro, porque lo mío, visto retrospectivamente, era una frivolidad. Si pudiese retroceder en el tiempo, le pediría perdón por mi ingratitud, y le diría lo que nunca le dije, que le quería mucho, a pesar de nuestras diferencias, que no eran tantas pero que en aquel entonces yo magnificaba porque solo así lograba calmar el malestar existencial que me anegaba. Siempre me arrepentiré de no habérselo dicho, alto y claro, sin rubor ni pudor. Ahora que ya no está, ahora que ya no responde al otro lado de la línea de teléfono... Pero los hijos pueden ser crueles con los padres. En todo caso son más duros con ellos que los padres con los hijos. Yo no fui una excepción.

61

Francisca siempre fue una excelente aliada. Cuando notaba que la tensión entre nosotros subía, ella mediaba y conseguía que nos entendiéramos. Para solucionar la Nochevieja, se le ocurrió que invitase a Irina. Sería una oportunidad para encontrarnos, y mi padre, según ella, estaría feliz de conocerla. Yo lo dudaba.

—No tiene inconveniente en que salgas con ella, lo que no quiere es que le compres un apartamento.

—El piso era para mí.

—Por si acaso.

Cuando se lo propuse, a Irina se le encendió la cara de ilusión. Ir a Nueva York era más que un viaje, era una aventura. «¿Crees que podré ver a algún famoso?», me preguntó. La idea de comprarse ropa en uno de esos *department stores* tan conocidos de Manhattan la excitaba. Si encima acudíamos a una fiesta a casa de los Tiffany, sería el no va más. Sería la primera vez que alguien de su familia, aparte del abuelo cuando llegó, conocería Manhattan. Fui a buscarla a la estación. Traía bártulos como para un mes.

A mí me ocurrió algo curioso, que achaco a mi rareza innata, la de un ser que se educó en soledad y con una acerada mente crítica. Nada más bajar del tren, me arrepentí de haberla invitado. Algo en su comportamiento, en su andar, en su manera de preguntar me hizo ver a Irina de una manera distinta a como la veía en Lowell, en su ambiente.

Su risa, que yo había considerado un bálsamo, ahora me resultaba irritante. Trajo para la fiesta un vestido más apropiado para una corista que para una joven de familia. Aun así, Francisca la trató como a una hija y mi padre fue de lo más cortés. Quien se encontraba incómodo era yo.

Nueva York se vistió de gala para el cambio de siglo. La Nochevieja dejaba de celebrarse en la plaza de la iglesia de la Trinidad, abajo en Wall Street, donde en años anteriores me unía a la multitud que cantaba «Que se vaya lo viejo, que venga lo nuevo»* al son de las campanadas de medianoche. Ahora varias partes de la ciudad estaban engalanadas con luces eléctricas; en las esquinas se formaban corros alrededor de un cantante, de una banda de música o de algún predicador que pedía penitencia porque apenas quedaba tiempo de vida antes del gran cataclismo del cambio de siglo.

Acercarnos a la mansión de Louis Tiffany en coche de caballos fue como adentrarnos en un cuento de hadas. Iluminada por miles de bombillas, regalo de Thomas Edison, que también acudió a la fiesta, el inmueble evocaba un castillo, con torreones, chimeneas, balconadas y miradores. Descrito por la prensa especializada como «la mejor pieza de arquitectura doméstica de todo el país», a mí me parecía más un ejemplo de fuerte defensivo, casi marcial, que de cálido hogar. Pero el conjunto era impresionante e Irina estaba deslumbrada mientras cruzábamos el arco de hierro forjado que coronaba la espectacular fachada. En el interior, una orquesta en cada piso amenizaba los bufés, que ofrecían los más extraordinarios manjares mientras los invitados marcaban el ritmo sobre el suelo de mármol. Las puertas de madera antigua eran de un templo importado íntegro de la India y —colmo de la sofisticación— las

* «Ring out the old, ring in the new!»,

chimeneas de dos metros de altura emitían luz de distintos tonos según la leña utilizada... Ni que decir tiene que el champán corría a raudales.

Nos recibió Stanford White con una sonrisa y un puro en la mano. White era realmente un hombre cálido, de esos que se acordaban de la última conversación sostenida, aunque hubiera tenido lugar hacía tiempo. Me felicitó por la envergadura y la finura de la cúpula de la biblioteca Gould en la Universidad de Nueva York y por la rotonda de la Universidad de Yale, proyectos que había llevado yo personalmente. Mi padre le consideraba como su mejor amigo, no solo por ser el más ardiente defensor del sistema Guastavino —aunque ni McKim ni Morris Hunt se quedaban a la zaga—, sino porque adivinaba en él una humanidad poco común. Decía que en América costaba mucho hacer amigos de verdad, pero que cuando lo conseguías, eran de una lealtad a toda prueba. Y siempre defendió que White tenía un gran corazón. De hecho, circulaba la historia de que se había colado en el edificio donde vivía un antiguo amigo suyo caído en desgracia, el pintor Homer Dodge Martin, y que White metió por debajo de su puerta un fajo de billetes para evitar que lo desahuciasen. Lo hizo de incógnito, sin identificarse. Pero hubo un testigo de lo ocurrido y al comentar el gesto, White dijo que no lo había hecho para ayudar a un amigo sino... ¡para dar sentido a su vida! Así era de excéntrico Stanford White. Aparte del afecto que les unía, y de la intensa relación profesional, ambos eran más artistas que hombres de negocios, y disfrutaban más de la compañía de pintores y escultores que de la de ingenieros o magnates de la industria. Las malas lenguas decían que White era bisexual, y que mantenía una relación con Augustus Saint-Gaudens, pero yo los vi en la fiesta acompañados de sus respectivas mujeres, y me cuesta creerlo, aunque en privado White se consideraba «un soltero abierto a muchas sensaciones».

Era un hombre libre en todos los aspectos, tan libre que se permitía el lujo de ser bueno.

La fiesta duró hasta el amanecer, un tumulto de colores y de voces. Francisca bailó la polca y la mazurca todo lo que pudo. Me sorprendió la manera graciosa de bailar de mi padre; tenía más ritmo de lo que hubiera imaginado. Yo lo hacía fatal, solo me atrevía con el vals. Mientras bailaba con Irina, ella jugaba a reconocer a los famosos.

—¿Cómo se llama el tipo ese de la nariz roja...?

—Ni idea.

—Me cae bien ese hombre.

Ya estaba un poco bebida. Arrancó al vuelo otra copa de una bandeja, le llamé la atención, pero no me hizo caso y se la bebió a sorbitos. Luego quiso otra y le dije que no. Reaccionó mal; alzó la voz, se enfadó tanto que me provocó vergüenza ajena.

—Por favor, Irina, cálmate.

La pobre soportaba mal el alcohol; recordé nuestras primeras salidas y el efecto que le provocaban las cervezas... Ahora se trataba de champán, que ella bebía como un refresco porque nunca lo había probado antes y desconocía sus efectos, que en su caso fueron devastadores. Cuanta más calma le pedía, más se agitaba. De repente le dieron unos espasmos y me pidió que la acompañase al baño. Tirando de ella me abrí hueco entre la cola de borrachos que esperaban turno; lo mío era una urgencia y forcé la entrada. Irina vomitó los canapés de caviar y de faisán, el áspic de salmón y todo el champán que se había bebido. Quedó tan exhausta que la tendí en un sofá y allí durmió la mona del siglo. Intenté despertarla, pero fue imposible. Me quedé largo rato a su lado; la visión de su cuerpo durmiente no me produjo la más mínima emoción, todo lo que sentía era vergüenza ajena.

Harto de ser el blanco de tantas miradas, la dejé dormir y volví a la fiesta, libre de ataduras. Pronto me encontré rodeado de los grandes de la profesión. McKim y White me hablaron de la futura estación de ferrocarril de donde saldrían los trenes hacia Nueva Jersey y que el ayuntamiento les había adjudicado.

—Pennsylvania Station es un proyecto colosal —me dijo White—, una oportunidad formidable para lucirnos.

Me dijo que contaban con nosotros para los forjados y las cubiertas. Yo veía una imponente estructura metálica, en el estilo de Eiffel, con altas columnas de fundición, grandes arcos y bóvedas tabicadas y cristal. Se nos abría otro mundo, el de las grandes estaciones de ferrocarril, lo que nos llevaría, más adelante, al de las instalaciones del ejército. Entre los presentes, y yo podría incluirme, estábamos modelando el paisaje urbano americano.

Mi padre y yo éramos los más pequeños entre los grandes, pero ahí estábamos. Él, radiante, charlaba con el magnate José Francisco Navarro de la fábrica de cemento Pórtland que estaban proyectando en España a los pies de los Pirineos.

—¿Te apetecería supervisar tú la construcción? —me preguntó Navarro—, siempre que tu padre esté de acuerdo, por supuesto —añadió.

—Lo hará mejor que yo, te lo aseguro —dijo mi padre.

El negocio aquel lo había iniciado Eusebi Güell a instancias de mi padre, que le puso en contacto con Navarro. El magnate, que ya era el mayor fabricante de cemento de los Estados Unidos, había patentado un invento suyo de hornos rotatorios que agilizaban de manera notable la fabricación. Si en su día mi padre trajo a América las técnicas de construcción tradicionales del Mediterráneo, ahora tocaba llevar a España la última tecnología norteamericana para hacer cemento de alta calidad. Para ellos, la fábrica Asland era una manera de cuadrar el círculo. Para mí, era la oportunidad de por fin cumplir mi sueño de conocer el país donde había nacido. Serían unas vacaciones, un necesario cambio de aires. Visitaría las iglesias y me pasmaría ante las cúpulas de las que mi padre tanto me había hablado. Arañaría tiempo para viajar a Barcelona y luego a Valencia a conocer a la familia, localizaría a mi madre y a mis hermanas, les contaría nuestras vidas, las abrazaría... Solo pensar en aquel reencuentro me llenaba de un regocijo íntimo e intenso, tan fuerte que me olvidé de Irina. Cuando ya estábamos en la calle, Francisca me preguntó:

—¿Y tu novia?

Volví corriendo al segundo piso y seguía tumbada en el banco, no había manera de despertarla. La cogí en brazos, y mientras bajaba las escaleras maldije ese cuerpo que tanto había admirado por lo mucho que ahora pesaba. Salimos de la Tiffany House como si estuviéramos huyendo de una casa incendiada. Francisca sacó de su bolso un pañuelo que empapó de perfume y se lo colocó en la nariz. Poco a poco, Irina volvió en sí, pero siguió mareada y confusa. En el coche de vuelta a casa, se echó a llorar inconsolablemente. Así fue como cambiamos de siglo.

62

Cuando se acabó la obra de Lowell, ya no tenía motivos para ir tanto por la zona, así que poco a poco dejé de ver a Irina. Ella me escribía largas cartas llenas de ternura, y yo le contestaba notas a mano, rápidas, en las que disimulaba mi falta de pasión detrás de mi sobrecarga de trabajo. Las nuevas obras que surgían en Manhattan exigían mi presencia en la ciudad, de modo que tuve que abandonar la zona de Boston por la de Nueva York. Enfriada por la distancia, aquella historia de amor se desvaneció. Lo sentí mucho por su familia, a la que apreciaba de verdad. Me sentí culpable de haberles frustrado las grandes expectativas que habían depositado en mí. Pero en mi fuero interno, le agradecí a mi padre no haberme comprado aquel piso en Boston.

Poco después, caí enfermo con calambres en la tripa que duraron varias semanas. Me asusté porque eran ataques virulentos, y nada parecía calmarlos. Me encontraba tan mal que tuve que ingresar unos días en el hospital. No dieron con la causa de mis males, pero consiguieron calmar sus efectos y suavizar los espasmos a base de infusiones de pasionaria y manzanilla. En ese estado de salud precario, me vi obligado a cancelar mi ansiado viaje a España. Tenía una ilusión enorme por ese viaje, que me hubiera servido para conocer mis raíces y quizás para encontrarme a mí mismo. En mi lugar, mandamos a un arquitecto español que vivía en Nueva York, Isidoro Pedraza, al frente de un equipo de ocho ingenieros y cinco técnicos de Milwaukee para dar forma a la fábrica Asland. Nuestro diseño, un conjunto encabalgado de bóvedas tabicadas sobre vigas de celosía encastrado en la montaña, era novedoso e impresionante. Mi padre lo concibió como la continuación de la fábrica Batlló a la que aportaba innovaciones de último cuño. Me imaginaba la belleza de aquella construcción a los pies del Pirineo catalán, entre vetas de piedra caliza y cascadas de agua, y que parecía un castillo encantado. Lloré por no poder ir. Qué difícil resultaba para mí viajar a España. Por una razón o por otra, nunca lo conseguía, a pesar de sentir, cada vez más, que ese viaje correspondía a una imperiosa necesidad vital.

Seguí consultando con varios médicos, pero ninguno acertaba. Al final, después de responder a infinidad de preguntas sobre mis hábitos de alimentación y de vida y de hacerme multitud de pruebas, uno de ellos me diagnosticó «postración nerviosa».

—Salga al teatro y disfrute de la vida —me recomendó—. Y si no puede, consiga tiempo para leer un buen libro y olvídese un poco del trabajo.

Era más fácil decirlo que hacerlo. Pero lo que ese médico sentenció era bien cierto: yo no sabía disfrutar de la vida.

Le dije a mi padre que no usaría el piso de Manhattan, que necesitaba vivir en una casa donde me atendiesen, por lo menos hasta encontrarme mejor. En realidad, no soportaba la soledad, máxime después de haber disfrutado del calor de la familia de Irina, de modo que acabé buscándome otra. Uno busca lo que nunca ha tenido, y no quería vivir solo en el piso de mi padre.

A través de un amigo arquitecto, encontré una habitación en Brooklyn, en Green Street, en casa de un constructor que pasaba por horas bajas llamado William Seidel, que vivía con su esposa, Geneviève, y sus hijos, Elsie y Henry.

Para mí, constituían la familia perfecta: abiertos, cariñosos e inteligentes. Gracias a ellos, recuperé la salud y las ganas de vivir.

Siguiendo los consejos del médico, procuré tener más vida social, pero no era fácil porque el trabajo acaparaba buena parte de las horas del día, y de noche llegaba tan cansado a casa que prefería la compañía de los Seidel. Lo que hice en una ocasión fue invitarles al concierto de un violoncelista español muy alabado por la prensa y los aficionados. En el año 1901, Pau Casals realizó su primera gira fuera de España. De los ciento ochenta conciertos que dio por Estados Unidos, el de Nueva York fue memorable. Ese joven nos conmovió con un sonido envolvente y un virtuosismo milagroso, y solo tenía veinticuatro años. A los hijos Seidel, que tenían doce y diez años, les comenté que detrás de la buena música, esa que salía del instrumento con tanta ligereza y aparente facilidad, había en realidad un trabajo arduo y tenaz, como lo había detrás de la buena arquitectura, la que conseguía impresionar por su ligereza y simplicidad. Lo difícil, lo arduo, lo complicado es siempre lo aparentemente sencillo. Les repetí lo que me había reiterado siempre mi padre. Pau Casals recibió una ovación como no había visto nunca; ni siquiera con Sarasate estuvo el público tanto tiempo aplaudiendo de pie. Salí del concierto pensando que mi padre tenía razón cuando insistía para que aprendiese a tocar un instrumento. Ahora que conocía lo que era la soledad lo echaba de menos. Al menos había heredado su afición por la música, y me gustaba la idea de transmitírselo a Elsie y a Henry.

Esa vena musical me llevó a un área nueva de investigación que era un campo abierto. El prior de la iglesia de Connecticut donde habíamos construido una cúpula me comentó que los domingos, cuando la nave estaba llena, el sonido del órgano reverberaba y en ciertos espacios no se oía bien. No era la primera queja que recibía. Otros clientes, que por una parte habían quedado satisfechos con nuestras bóvedas, me comunicaron que la acústica dejaba mucho que desear. Me enteré así de que el primer gran fiasco «acústico» fue el teatro que mi padre había levantado en Vilassar de Dalt. Si bien aquella obra recibió los más nutridos elogios por sus proporciones y su belleza, nunca se pudo utilizar como sala de conciertos por la mala calidad del sonido. Ahora que teníamos nuestra propia fábrica de ladrillos en Woburn, vi la oportunidad de investigar materiales absorbentes de sonido, mezclando distintos tipos de arcilla para conseguir varias densidades. Pronto presenté una nueva patente de suelos que absorbían el ruido para que lo que ocurriera en un apartamento no lo oyeran los vecinos. Ahora esto suena como una banalidad, pero en la época eran escasos los arquitectos y constructores que pensaban en esos términos.

La fábrica de Woburn dio a nuestra compañía un empuje definitivo. No veo cómo hubiéramos podido seguir creciendo sin nuestros propios productos. En 1903 facturamos más de doscientos mil ladrillos y azulejos, y la demanda aumentó de tal manera que nos obligó a adquirir unos terrenos próximos a la antigua iglesia para ampliar la fábrica. La diseñé yo bajo la supervisión de mi padre. Aparte de los nuevos hornos, el edificio principal contaba con dos plantas construidas con piedra y estaba rematada con unos muros de ladrillo sujetados por vigas de madera. Un amplio *hall* de entrada abovedado servía de sala de exposición. El suelo era una especie de mosaico con trozos rotos de azulejos, al estilo de lo que más tarde utilizó Gaudí en Barcelona. El periódico dijo que «parecía más un museo de arte que una fábrica». La llamamos La Cerámica, así, en español.

Ahora podíamos ofrecer diseños al gusto del cliente, y nuestro repertorio no tenía más límite que nuestra imaginación. Estábamos en disposición de aportar color, textura y luz a los interiores y así lo hicimos, por ejemplo, en el vestíbulo de la iglesia cientista de Cristo en Boston. Nos arriesgamos a revestir el interior de la bóveda de losetas azul claro, como si el cielo se hubiera metido en el edificio, y el efecto resultó hermoso. El resultado más espectacular lo conseguimos en la estación subterránea de City Hall, que servía de estación término a la única línea de metro que entonces existía en Manhattan. El arquitecto Christopher Grant LaFarge nos contrató con la idea de que hiciésemos una estación que resultase agradable al viajero, muy escéptico con aquel nuevo medio de transporte. Nos pareció un reto nuevo y excitante y nos pusimos a imaginar una estación que no se pareciese a ninguna otra, hecha para dignificar el transporte público.

63

Toda esa carga de trabajo no se desarrollaba sin fricciones. Afortunadamente, Blodgett era un genio organizativo y resolvía los problemas de personal y de logística que a mí me parecían montañas inexpugnables. Los tres viajábamos en exceso. Acusábamos el cansancio de tantas noches de tren en reuniones cada vez más tensas donde la lista de temas a tratar era cada vez más larga. El problema lo tenía yo con mi padre. Él me seguía tratando como siempre, con una condescendencia que me sacaba de quicio. Yo deseaba experimentar con la gráfica estática, llevaba el diseño hasta el límite y muchas de mis propuestas me las rechazaba de plano. O eran muy complicadas, o nos iban a retrasar, o simplemente no le gustaban, o —sospechaba yo— quería imponer su voluntad para reafirmar su autoridad. Creo francamente —y me da cierto pudor confesarlo— que mi padre me tenía cierto miedo. Miedo de que adquiriese demasiado protagonismo en detrimento suyo, miedo de perder control. Si no, ¿por qué tenía que firmar él todos los cheques de más de tres mil dólares? Eso nos obligaba a Blodgett y a mí a organizar desplazamientos muy inconvenientes. Un día, harto, lo comenté con Francisca, que me dijo:

—A Pelón le digo que ya ha triunfado, y le repito de la manera más suave posible que no precisa probar nada al mundo, que te deje a ti y a Blodgett llevar la compañía, pero es muy cabezota y competitivo. No quiere soltar...

—Le importa más imponer su opinión que tener razón, y así se hace difícil trabajar.

—Es que te tiene celos —me confesó Francisca.

—¿Celos?

—A ver... No son celos malos, pero sí, tiene envidia de tu juventud, de tu éxito, porque ve que ahora te llaman más a ti, te felicitan por las obras, te buscan y empiezas a contar más que él.

—Él y yo somos lo mismo. Si me llaman más es porque ha decidido retirarse y vivir en Carolina del Norte.

—No, es porque es ley de vida... Es natural, Rafaelito. Tu papá se está haciendo mayor y no le gusta.

Celos, miedo, competitividad... No casaban estas palabras con el padre que yo conocía. ¿Estábamos hablando de la misma persona que me protegió, me transmitió su oficio y su saber y me quiso con tanta fuerza que se hubiera abierto en canal por mí? ¿Podían el miedo y la vejez alterar tanto el carácter de un hombre, hasta hacerlo irreconocible? Porque en lo más profundo de mi corazón, las palabras que rimaban con mi padre seguían siendo valor, alegría, generosidad. Él era pura vida y la contagiaba a su alrededor. Su punto de locura —o de fantasía— le hacía diferente y le ayudaba a transformar la realidad, y a que los demás la viéramos bajo su prisma.

Le conté a Francisca nuestras discusiones cada vez más enconadas en proyectos como el Instituto de Artes y Ciencias de Brooklyn, donde yo abogaba por reforzar las cúpulas con muretes de ladrillo macizo por la parte superior y él con zunchos metálicos —como siempre—, o nuestras diferencias en la estación de City Hall, donde mi padre quiso simplificar colocando una loseta de barro sin esmaltar, como en tantas bóvedas nuestras, y yo me opuse, optando por exprimir todas las posibilidades que la fábrica nos ofrecía.

—Le quitas toda la gracia con ese tipo de loseta —le dije a mi padre.

—Tanto azulejo esmaltado en una estación de metro va a hacer que parezca una barraca de feria.

—No, padre. En los cantos de los arcos, los ponemos color verde, y los del fondo en beige para crear amplitud.

—No me gusta, y nos va a salir mucho más caro utilizarlos vidriados. ¿Para qué? No lo veo, ponemos lo de siempre y ya está, problema solucionado.

Esa vez no le hice caso. Como mi padre vivía en Black Mountain y también estaba desbordado, no se enteró de la decoración de City Hall hasta el día de la inauguración. Lo recuerdo tocado de su bombín, rodeado de personalidades del ayuntamiento y de los arquitectos de Heins and LaFarge. Había pasado la noche durmiendo en el tren y venía directamente de la estación, sin afeitar y un poco desorientado. Se quedó boquiabierto. Paseó la mirada por los tragaluces, hacia arriba, luego hacia los lados. Los había aumentado mucho y filtraban una luz tamizada que iluminaba los grandes arcos revestidos con cincuenta mil azulejos esmaltados verdes y beige, dispuestos en forma de espina de pez, lo que ya era nuestro sello.

—Has hecho lo que te ha dado la gana —me dijo—, pero reconozco que es una belleza.

Le habría abrazado en ese momento si no hubiéramos estado rodeados de tanta gente. Pocas veces en los últimos tiempos había reconocido mis aportaciones; más bien parecía que le molestaban, las pasaba por alto, como si careciesen de importancia. Por eso aquel día me emocioné.

El resultado de City Hall fue tan espectacular que lo llamaron «una catedral subterránea» y acabó convertido en uno de los monumentos más originales de Manhattan. Yo la veía como una joya centelleante enterrada en la ciudad. A partir de entonces, seguimos experimentando con formas y colores que no habíamos probado nunca y en años sucesivos nos llovieron encargos de estaciones de tren, desde Alabama, Chicago, Detroit y Saint Paul hasta Houston y Quebec, y cuatro estaciones más en Manhattan, aparte de las de Bronx y Brooklyn.

La marca Guastavino, que ya era bien conocida en todo Estados Unidos, también suscitó interés en el extranjero. De nuevo nos surgió una oportunidad de visitar España cuando, en 1904, invitaron a mi padre al Congreso Internacional de Arquitectura de Madrid. Dijo que le apetecía mucho ir, pero que no podía dejar la oficina. Era una burda excusa: por alguna razón que todavía no conocía, le daba miedo ir a España. ¿Miedo a encontrarse con sus fantasmas? Es curioso porque su evolución era contraria a la lógica: en lugar de hacerse más norteamericano, era cada día más español. A Francisca le pedía guisos que le recordaban su infancia. Cuando hablaba inglés, parecía que tenía piedras en la boca. Al violín tocaba aires españoles y componía valses inspirados en sus músicos valencianos preferidos. Puedo decir que, después de tantos años, el alma de mi padre seguía anclada en España, pero a pesar de ello, no quería volver. Quizás temía decepcionarse. Ocurre con los exiliados. Idealizan el país que han dejado atrás y se niegan a volver para que no se rompa esa imagen idílica que alimenta su mente.

Pensé remplazarle en el congreso de Madrid e ir yo, por fin, a España. A conocer a los arquitectos del momento, a los profesores de mi padre, a ponerme al día. Se me ocurrió invitar a William Seidel. Quería tener un detalle con él, agradecerle su hospitalidad y echarle una mano. En su calidad de constructor, quizás podría conseguir contactos que le ayudasen a remontar el vuelo porque al congreso acudirían arquitectos del mundo entero. Además, sería más divertido hacer el viaje en compañía. William aceptó la invitación y escribí a mi padre el 8 de agosto.

Querido padre:

He decidido ir a España y pienso que el domingo sabré la fecha exacta de partida del barco. Saldremos hacia el 30 de octubre, o cuando mister Seidel esté dispuesto a salir. Probablemente la señora Seidel también vendrá, de manera que el viaje en el vapor no será monótono... A la vuelta del itinerario que me recomendaste, quiero visitar la fábrica de cemento del Pirineo y encontrarme con Ewing, el ingeniero jefe...

Al final, no pude ir porque Blodgett me suplicó que no abandonara la oficina de Nueva York. Era imposible que funcionara tres semanas sin mi presencia. Quizás mi destino era ese, el de no poder volver nunca al lugar donde nací. De nuevo frustrado, lo que hice fue invitar a los Seidel a un viaje por Europa, aprovechando el congreso. Para que William aceptase, disfracé la invitación como si de un encargo profesional se tratara. Le dije que era imprescindible que llevara a Madrid, en mano, las imágenes, calotipos y fotografías de los edificios de la Guastavino Company, así como los textos de la conferencia de mi padre y que los entregara al director del congreso, los custodiara y me los trajera de vuelta.

Recibí carta de Geneviève con excelentes noticias: la conferencia de mi padre fue leída en el congreso y suscitó gran interés. Pero lo que causó un impacto notable fueron las imágenes de nuestras construcciones. Los arquitectos del Modernismo catalán, que eran una generación más joven que mi padre y entre los que se encontraban Antoni Gaudí y Lluis Domènech i Montaner, conocían bien nuestro trabajo porque habían aprendido el oficio de Elías Rogent y de Juan Torras, los mismos profesores que se lo habían enseñado a él. Otro arquitecto, Mariano Belmás, que vino a vernos a la Exposición de Chicago, regresó con informes de primera mano de nuestras obras. Pero una cosa era estar al tanto de su trayectoria y otra ver en imágenes recientes la gran biblioteca de Boston, las iglesias forradas de rasilla de varios colores, las estaciones de tren, las cúpulas de los capitolios, que parecían sostenerse solas. La gran cantidad de obra y el tamaño de las construcciones les impresionó. Al final, el congreso sirvió para cumplir el deseo de mi padre de mantener el contacto con España. Luego nos enteramos de que por primera vez el arquitecto Josep Puig i Cadalfach utilizó el término «bóveda catalana» refiriéndose a nuestras cúpulas, una expresión que permaneció y que se suele asociar con nuestro trabajo. Debía responder a la necesidad catalana de fraguarse una identidad nacional a través de la arquitectura, porque nosotros nunca la utilizamos.

64

Mientras nuestra influencia profesional crecía por el mundo, nuestra vida privada se resentía e iba de mal en peor. Padre e hijo éramos un desastre. No recuerdo exactamente la fecha, pero la anécdota que voy a contar es cierta. Eran los días en que mi padre y yo estábamos ocupados con la casa del elefante en el zoo del Bronx, o sea, la vivienda del paquidermo, un encargo original que me devolvía a la infancia, cuando mi padre me llevaba al circo Barnum a deleitarme con los berridos del gran Jumbo. Planteamos hacer algo lo más distinto posible a las casas de fieras tradicionales, lo más opuesto a una jaula. Queríamos devolver al elefante su dignidad y dibujamos una bóveda sujeta por cuatro columnas que dejaban un amplio espacio para que el animal no se sintiera constreñido y circulase a sus anchas, a la vez que protegido de las inclemencias del tiempo. La construcción iba a ser elegante y de estilo renacentista. ¡Qué menos para un animal tan querido! Con el fin de ocuparse de ese y de los demás proyectos que llevábamos a cabo en el área de Nueva York, mi padre tenía la excusa perfecta para abandonar tantas veces como lo estimaba necesario su retiro de Black Mountain. Sin embargo, Francisca pensaba que se ausentaba demasiado. Un día, al registrar los bolsillos del pantalón de mi padre antes de llevarlo a lavar, encontró una nota escrita a mano: «Te espero en el bar del Waldorf el 25 de este mes a las tres de la tarde. Susie». De nuevo sintió que se le helaba la sangre, como cuando descubrió la carta de Emma Schurr. Pero esta vez no puso el grito en el cielo. Disimuló su indignación y esperó la fecha indicada para pillarle *in fraganti*. No tenía intención de desaparecer del mapa como cuando Emma Schurr. Ahora estaba decidida a defender lo suyo. Y de manera drástica. He de decir que su olfato era infalible porque, en efecto, mi padre se había liado con Susan Polk, una secretaria joven y rubia, entrada en carnes y muy apetecible según supe más tarde, que trabajaba para la firma de arquitectos Howell and Stokes. Estaban en el principio de su relación.

El 25 de mayo la cita era en Peacock Alley (Paseo de los Pavos), el bar del hotel Waldorf, en el lugar donde más tarde se alzaría el Empire State Building. La víspera, mi padre salió de la finca a bordo de su carruaje conducido por un capataz que le llevó a la estación de Asheville. Estaba muy lejos de imaginar que Francisca le seguía en otro carro a una prudente distancia. Había abandonado sus faldas remendadas por un traje de señora corriente, iba tocada de un sombrero y disimulaba el rostro tras un velo de rejilla. Subió al mismo tren que mi padre y, sin ser vista, se encerró en su compartimento. A la mañana siguiente llegaron a Nueva York, mi padre pasó por el zoo a ver la obra y luego fuimos a comer a Delmonico's con Stanford White, satisfecho de cómo habían empezado las obras de Pennsylvania Station pero preocupado por su situación personal. Decía que le estaban siguiendo y que debía tener mucho cuidado con lo que hacía y a quién veía. Un psicópata millonario llamado Harry Thaw, casado con una exnovia de White, había contratado a unos detectives con el fin de intentar pillarle en alguna fechoría, probablemente para chantajearle después. Decía que ese hombre, que había tratado años atrás, le odiaba. A mí me pareció todo bastante inverosímil. White había estado muy enfermo últimamente, con fiebre alta, y me pregunté si no estaría desvariando. Les dejé solos en el café y regresé a mi casa de Brooklyn.

A las tres de la tarde, mi padre se presentó puntualmente en el Peacock Alley. Susie le esperaba, mordisqueando nerviosamente una servilleta de papel. Se saludaron con sendos besos en la mejilla, lo que en Estados Unidos indicaba cierta intimidad. Pidieron una botella de Riesling, que les fue servida en un cubo con mucho hielo y dos copas. Chin-chin. Estaban charlando tranquilamente cuando de repente a mi padre se le torció el gesto. Vio aparecer por la puerta a Francisca, que se abalanzó sobre la pobre secretaria y empezó a pegarle bolsazos al grito de:

—¡Pinche zorra! ¡Maldito el día en que naciste!

Susie intentó defenderse, pero nada pudo contra la furia de Francisca, que, en un arrebato de rabia suprema, le arrancó un mechón de pelo. De cuajo. La pobre Susie pegó tal alarido que se oyó hasta en el hotel Astor, al otro lado de Peacock Alley. Con el trofeo rubio en la mano, Francisca se volvió hacia ella y le dijo:

—Te voy a enseñar yo a robar maridos... ¡Golfa!

Agarró la mano de mi padre y se lo llevó como si fuese un niño pequeño, ante la mirada horrorizada de los camareros y los clientes del bar. De lo que ocurrió después entre ellos no quedó testimonio alguno. Solo sé que unos días más tarde, mi padre y Francisca habían retomado su vida placentera de Black Mountain, ella con sus acciones benéficas y él dirigiendo la construcción de una nueva bodega.

He dudado mucho sobre si debía contar esta anécdota porque no deja en muy buen lugar a mi padre, pero quiero ser fiel a la verdad. Un hombre, al fin y al cabo, está hecho de luces y sombras. Además, todos en la familia conocen este episodio, y el mechón de pelo circularía de generación en generación, envuelto en un sobre blanco de hotel. Sin esa reliquia, no tendríamos un retrato fidedigno de cómo eran Rafael Guastavino y Francisca Ramírez, ni de la relación que les mantuvo unidos hasta el final.

También la cuento porque tiene que ver conmigo, porque crecí sin referencia de lo que era una familia equilibrada, y durante mucho tiempo no supe adónde agarrarme. De mi padre he heredado muchas cosas buenas, pero también la sensación de ser un barco a la deriva, un *drifter*, como lo llaman aquí. Ignoraba cuál era la derrota para llegar a un puerto seguro, ni siquiera sabía qué rumbo había que tomar. En aquellos años estaba perdido, desgarrado entre una situación profesional envidiable y una vida personal vacía.

Los Seidel volvieron encantados de su gira por Europa, pero no sirvió para que William encontrase trabajo, ni para que ambos remendasen su maltrecha relación. Solo fue una burbuja de felicidad que se disolvió pronto. De vuelta a la rutina, la situación se degradaba día a día, aunque yo tardé en enterarme porque pasaba muchas horas fuera. Los apuros económicos de William, que eran la razón por la que habían aceptado tenerme como huésped de pago, se agravaron. Su ruina contrastaba con mi prosperidad, lo que provocó en William ciertos celos hacia mí, o por lo menos así lo sentía yo, y eso que siempre fui muy discreto en mi manera de vivir; la ostentación nunca me gustó. Habría podido alquilarme un apartamento con servicio en Manhattan, pero prefería la compañía de esta familia de la que me había encariñado. La madre, Geneviève, acusaba la tensión con frecuentes jaquecas que la dejaban postrada en cama durante días enteros, sobre todo después de recibir la visita de su suegra, una señora alegre y rechoncha que profesaba por su hijo una admiración sin límite. Yo lo oía todo desde mi cuarto, que era como una suite de hotel, con un vestíbulo pequeño y un amplio dormitorio. Oía broncas y discusiones, y a veces a los hijos, que intercedían para pedir paz. Varias veces le propuse a William prestarle dinero, pero siempre lo rechazó. Era un hombre muy orgulloso, con un desmedido sentido de la dignidad, que prefirió hundirse en el alcohol a aceptar ayuda.

Una noche me despertó un griterío. En la confusión del momento pensé que estaban robando en casa. Me puse la bata y salí del cuarto. Afuera, William estaba pegando porrazos contra la puerta de entrada y Geneviève, desde el interior, le decía a gritos que no pensaba abrir a un borracho.

—¡Vete a casa de tu madre y vuelve cuando estés sobrio!

—¡Ábreme!

La mujer no cedió y su marido acabó yéndose. Elsie, la hija, bajó a abrazar a su madre mientras Henry salía corriendo detrás de su padre. Yo me fui a la cocina y preparé una infusión para calmar los ánimos. Estuvimos charlando hasta el amanecer.

La situación no mejoró con el tiempo, al contrario. El alcoholismo de William aumentó de manera proporcional a su ruina económica y a la angustia de su mujer. Era de trato un hombre cabal y afable, y muy capaz, pero la bebida le transformaba. Se hizo cada vez más violento, y pasó de amenazar a su mujer a maltratarla. Una noche llegué a casa y me la encontré en el sofá con un ojo morado. William estaba tirado en las escaleras, pidiendo perdón en un mar de lágrimas, con las manos sobre el rostro.

Era una situación muy delicada para mí. No quería enfrentarme con él, pero tampoco podía permitir que aterrorizase a sus hijos y a su mujer. El problema de William era que, una vez sobrio, mostraba un arrepentimiento sincero y se comportaba como lo que en el fondo era, un padre de familia cariñoso y cercano. Y juraba que no volvería a beber. Como no quería encontrarme en medio de un fuego cruzado, sugerí que quizás fuese mejor irme, pero la reacción, tanto de la madre como de los hijos, fue unánime: «No te vayas ahora, no nos dejes». Tenían miedo al padre y marido alcohólico. Estaba atrapado.

Una noche, al regresar de un largo viaje en tren desde Chicago, me encontré con Geneviève en la cocina, llorando a oscuras. De nuevo había habido bronca. Me dio pena verla en ese estado, obedecí a mi impulso y la consolé. La abracé, sin ser consciente de que, a partir de ese momento, mi vida y la de los Seidel estarían ligadas para siempre.

65

El abrazo quedó en eso, en un abrazo. Pero ya nada fue igual. La atracción que sentíamos el uno por el otro era palpable y hasta Elsie lo notó. Le dijo a su madre que le parecía que teníamos una relación demasiado cercana y amigable. Es cierto que al regresar del trabajo permanecía un tiempo en la cocina hablando con Geneviève mientras ella preparaba la cena. Para mí, esos momentos en su compañía justificaban que viviese en esa casa, y no solo como una rata en Manhattan. Elsie hacía sus deberes en su cuarto, y cuando dejaba de oír los ruidos típicos de una cocina, bajaba a ver qué se cocía. Me encontraba tranquilizando a su madre, que estaba desesperada y necesitaba a alguien que la escuchase. No había nada más entre nosotros; ni ella ni yo queríamos que lo hubiera. Pero ¿qué puede la voluntad contra la pasión? A pesar de que mi padre, con su vida sentimental alocada, me repitió siempre: «Jamás te involucres con una mujer casada», acabé traspasando aquella línea roja. Me enamoré de Geneviève. Que fuese un amor prohibido lo hacía aún más excitante. Es cierto que me sentí mal conmigo mismo, pero no di marcha atrás, me metí de lleno en aquellas arenas movedizas.

Reconozco que tenía que haberme ido de esa casa. Habría sido lo lógico en un hombre con sólidos principios. Yo no los tenía. Me convertí en un usurpador, en un parásito que se alimentaba emocionalmente de la familia de un adicto al alcohol, de un enfermo, en el fondo. ¡Vaya papel el mío! ¿Cómo no odiarme a mí mismo? La idea de hacer daño a William me parecía espantosa y reprobable, pero abandonar a Geneviève y a sus hijos en esa situación de desamparo se me hacía imposible. Era una especie de segundo padre, siempre dispuesto a sacar las castañas del fuego. Me sentía comprometido con su bienestar y no me importaba gastar dinero en ayudarles. Cuanto más mejor, porque de esa manera aligeraba el peso de mi culpa.

Nunca había tenido relación con una mujer madura, y descubrí el placer de la complicidad, el de entenderse sin mediar palabra, el cariño profundo. Nuestros sentimientos estaban exacerbados por esa situación tan intensa, rayana en el drama, que nos tocaba vivir. Nos queríamos y a la vez no queríamos querernos. Nos parecía abyecto y maravilloso a la vez. De pronto me sentía eufórico y diez minutos más tarde me encontraba llorando solo por la calle, sin causa aparente. O me ponía a escribirle una carta de amor, rogándole que la destruyera nada más leerla para no dejar rastro.

Únicamente mis numerosos viajes me permitían huir del dilema moral que suponía vivir en casa de los Seidel, y cuando me tocaba despachar con mi padre, permanecía más tiempo de lo habitual en Black Mountain.

La finca seguía su proceso de transformación.

—Ya conoces a Pelón —me dijo Francisca—, ha ido comprando más terreno y ahora vamos por los mil acres... Se cree Vanderbilt.

Mi padre había ampliado su bodega, excavada en la colina, donde su producción de vino reposaba en barricas de roble. En un promontorio que gozaba de una vista panorámica del valle había acumulado piedras para un día levantar su propia iglesia, esa cuyos planos me enseñó un día y en la que pensaba descansar durante la eternidad. Entretanto, terminó una pequeña capilla de madera que Francisca decoró con una imagen de la Virgen de Guadalupe y otra de la Virgen de los Desamparados, patrona de Valencia y a la que mi padre siempre había profesado devoción. Los domingos, el párroco de Asheville, *father* Peter Marion, venía a dar misa. Luego se quedaba a comer la paella cocinada por mi padre en el jardín. Era un arroz con carne y verduras del huerto que hacía las delicias no solo del sacerdote, sino también de los asiduos invitados: el *sheriff* del condado, el alcalde, el médico y su esposa, el dueño del hotel de Black Mountain, el forense de Asheville y su mujer y quien estuviera de paso. Después de comer volvían a sus casas tambaleándose porque de lo que más orgulloso estaba mi padre era de su bodega. Cada comida de domingo estaba acompañada de una cata, y más de una vez Francisca tuvo que llamar a uno de sus empleados para que la ayudase a llevar a la cama a uno de los invitados. Una vecina llamada Gertrude Sprague escribió un poema sobre su experiencia de los domingos en Rhododendron:

Los poetas cantan las orgías de Lúculo
De champán, de tokai y de buen vino;
pero dame un plato de la paella de Guastavino
y una o dos botellas de su propio y rico vino.

Me gustaba verle disfrutar de su nuevo mundo y reírme con sus vecinos granjeros, poetas y médicos rurales. Después del último incidente en el Peacock Alley, la vida tranquila de su finca, en la que se sentía protegido de la tiranía de sus pasiones por la *pax mexicana* de Francisca, se le antojaba más placentera aún. Prefería restringir los viajes en tren porque empezaban a pasarle factura en forma de dolores de huesos y resfriados que le tenían varios días postrado en cama. Francisca le ayudaba así a replegarse hacia las cosas sencillas que siempre le habían gustado, pero a las que tuvo que renunciar por falta de tiempo. Su influencia fue decisiva para que él anulase la obligatoriedad de su firma en todas las transacciones, lo que facilitó mucho nuestro trabajo, sobre todo el de Blodgett. Mi padre empezaba a soltar lastre.

Pero seguía soñando con erigir grandes cúpulas que se pudiesen levantar con métodos innovadores de construcción, y en su imaginación se hizo más atrevido que nunca. Me pidió que le ayudara a calcular mediante la gráfica estática el diseño de una bóveda gigantesca de ciento ochenta y tres metros de diámetro, que incluía un intricado sistema de raíles en espiral que servían para transportar materiales, a la manera del método que se usó veinte años más tarde para construir el Empire State Building. Su idea era dejarlos de forma permanente para que gente y objetos se pudieran transportar a través de ese edificio colosal que serviría de receptáculo a museos, bibliotecas, oficinas, almacenes o depósitos de seguridad. Los sótanos los reservó para «propósitos mortuorios» con el fin de acoger urnas y féretros. Me pidió que presentara todo el dosier en Nueva York para patentarlo. Corría el año 1904, y todavía pensaba que mi padre sería inmortal, que yo disfrutaría eternamente de su protección, por muy castradora que en ciertos momentos me hubiese parecido. No podía sospechar entonces que le quedaba poco tiempo de vida.

Estando en Black Mountain, llegó en el correo una carta de Argentina. Era de José, el hijo mayor de mi padre, el arquitecto que vivía en La Plata. Anunciaba que Pilar había fallecido en Santa Rosa, cerca de Mendoza, en la explotación vitivinícola que había montado con Ramón, el segundo de sus hijos, similar a la que tuvieron un día en Huesca y donde la familia vivió sus días más felices. A pesar de que hacía tiempo que no sentía por Pilar ningún afecto, la noticia le golpeó duramente. Primero porque tenía un año más que ella y era un recordatorio de la brevedad de su propia vida. Segundo, porque le avivó la nostalgia que sentía por sus hijos, por aquella familia que fue suya durante dieciocho años y que luego acabó diseminada por América. Llevaba tiempo soñando con reunirles de nuevo. De Ramón, tan apegado a su madre, no había vuelto a saber nada directamente; jamás había respondido a sus cartas. ¿Qué vinos estaría haciendo? ¿Con qué cepas? ¿Cuántas botellas al año? ¿Recordaría cómo le explicaba, en Huesca, el secreto de un buen estrujado de la uva? En aquel entonces, Ramón le quería como cualquier hijo quiere a su padre, pero después de aquella separación tan agria se alineó con la madre.

Manuel, el pequeño, era constructor y vivía en Buenos Aires, y él sí había mantenido el contacto. Aparte del vínculo familiar, compartíamos temas profesionales. En 1890 nos llegó una carta anunciando que había nacido su tercer hijo y que lo había bautizado con el nombre de Rafael. A mí no me hizo gracia —dos Rafaeles me parecían ya demasiados—, pero mi padre se lo tomó como un homenaje a su persona y se lo agradeció de corazón. Recuerdo que le mandé regalos para sus hijos y me contestó en una carta que conservo.

> *He recibido cartas de Ramón y de mamá, los cuales te mandan muchos recuerdos, me piden al mismo tiempo que les remita tu retrato, como no lo tengo no les pude complacer, cuando lo tengas espero que lo remitirás directamente o por mi intermedio. Muchos recuerdos de parte de mi familia dándote también las gracias por tus regalos. Tu hermano,*
>
> *Manuel Guastavino*

En otra carta a mi padre, le pedía... ¡ascensores!

> *Hoy mismo he tomado pliego de condiciones para el presupuesto de una obra. De ser aceptada nuestra propuesta necesitamos unos elevadores a vapor o eléctricos con una potencia a elevar de trescientos a quinientos kilos a una velocidad de veinticinco a treinta metros por minuto...*

Le pusimos en contacto con la fábrica American Hoist & Derrick Company de Minnesota y los consiguió a buen precio.

José, el primogénito, fue el único que se carteó con mi padre desde que se separaron, y durante años lo hizo en secreto para que Pilar no se enterara. Desde pequeño compartió la vocación de su padre y siempre fue el más apegado a él. En La Plata y Buenos Aires se convirtió en un arquitecto muy solicitado y el eco de nuestro éxito le ayudó a afianzar su renombre. Es lógico que mi padre quisiese reunir a todos sus hijos. «No he debido de ser tan mal padre si he conseguido transmitiros mi vocación, que os ha servido para ganaros la vida», me dijo en una ocasión, como si alguien se lo hubiera reprochado. Ese complejo de haberles abandonado, consecuencia del traumático divorcio con Pilar, lo tenía grabado en el alma. Por eso, organizar una gran reunión familiar se convirtió en una obsesión, en una forma de redimirse. No solo quería reunir a sus hijos en Black Mountain, sino también a sus hermanos, los que habían vuelto de Cuba y estaban en España, y a su hermana Juana, casada con su antiguo socio de la tienda de vinos de Madrid; en definitiva, a todos los Guastavino supervivientes. Ese plan de reunificación, de llevarse a cabo, sería la culminación de su vida, su mayor triunfo como hombre, más allá de lo profesional y lo social.

66

Pero cuando uno cree tener la felicidad al alcance de la mano, cuando abre los brazos, lo que hace es formar una cruz. Antes de terminar el año llegó otra carta de Argentina. Esta vez era de Ramón, el hijo que nunca le había escrito, el más influenciado por Pilar, el amante del campo y de los vinos.

Querido padre:

Siento mucho haberme demorado tantos años en escribirte, y si no lo he hecho antes no ha sido por falta de voluntad, ni por falta de interés en saber de tu vida y la de Rafaelito, sino porque a mamá le prometí que no lo haría. Espero que lo entiendas. A pesar de ello, mis hermanos me han ido transmitiendo las noticias que han ido recibiendo, y he podido seguir vuestros éxitos en Nueva York y me alegro por ello. Quiero decirte que, si te escribo hoy, lo hago con el corazón destrozado, porque acabamos de enterrar a José en Buenos Aires. Mi pobre hermano ha caído enfermo hace unos meses con grandes dolores de estómago, vio a cinco médicos, pero ninguno le mejoró. Estuvo tomando leche durante un mes entero, dos enemas diarios de agua pura hervida y una capa de algodón en rama de cuatro dedos de espesor sobre el vientre, pero nada pudo detener su deterioro. Dejó de comer y entonces otro médico le dijo que necesitaba una operación. Estaba tan débil que murió en el quirófano. Su mujer, Celestina, está desolada y me pide que te mande muchos recuerdos de su parte y de sus siete hijos, tus nietos, que son su consuelo.

Esperando que esta carta te encuentre en buena salud, se despide atentamente tu hijo,

Ramón

La muerte de José a los cuarenta y cinco años le dejó devastado. Dijo que nunca una pérdida —y había dejado a hermanos muy queridos en el camino— le había causado tanto dolor. José, el hijo concebido a escondidas durante una noche loca en las bóvedas de la Lonja de Valencia, el fruto de aquel amor de juventud con su prima, se había marchado antes que él. Que a esas alturas de su existencia mi padre ya supiera que la vida era injusta no le servía de consuelo. Primero Pilar, ahora José, su vida se caía a grandes trozos, como esos edificios viejos que se van desplomando por partes cuando los derriban. Ni siquiera sus sueños de fabulosas cúpulas le ayudaban a mantener la alegría de vivir. Ahora que sé cuánto mi padre me ha querido a mí, puedo imaginar la intensidad con la que debió de querer a su primogénito, a quien llevaba de la mano a la obra de la fábrica Batlló a columpiarse en las pasteras de cemento, en las tardes de Barcelona.

Encontró refugio en su fe. Ahora que se podía certificar la muerte de Pilar, el padre Marion les sugirió regularizar su situación con la Iglesia, de modo que un domingo Francisca y mi padre repitieron sus votos matrimoniales, esta vez ante Dios y el cura, en la capilla de Rhododendron, sin más invitados que los empleados de la finca y dos granjeros vecinos. Luego mi padre le enseñó al cura el lugar donde estaban acumuladas las piedras para levantar su propia iglesia, en cuya cripta deseaba ser enterrado.

—Padre, este templo que voy a construir... quiero que pertenezca a su parroquia. Aquí podrá venir a celebrar la eucaristía cuando se le antoje.

El cura se mostró muy agradecido. Ya daba misa en la capillita de la finca de vez en cuando para sus fieles del valle, los que no podían desplazarse hasta Asheville.

Conociéndole, yo sabía que mi padre necesitaba construir algo para tener la mente ocupada y salir del bache en el que esas sucesivas muertes le habían sumido. Era muy respetable el deseo de levantar una morada eterna, pero ¿hacerse un mausoleo en aquel lugar perdido? Porque lo que pensaba construir era descabellado. Me parecía una fantasía de las suyas, un capricho demasiado caro para ganarse el cielo. Barruntaba su propia muerte y quería entrar en la vida eterna por la puerta grande. En ese sentido, era heredero de una antigua manera de pensar, la del mecenas que antes de partir deja su huella para la posteridad.

Le propuse ampliar la capilla existente —de madera— y colocar allí la cripta.

—Quiero hacer algo de piedra, de obra, que permanezca —me dijo.

No insistí más; entendí que mi padre no construiría algo pequeño y práctico, no se trataba de eso. Necesitaba el estímulo y el desafío de los proyectos grandes y duraderos. Al final, fue su amistad con el padre Marion —quien le llevó a frecuentar la iglesia católica de Asheville— lo que modificó sus planes. La iglesia local, dedicada a San Lorenzo, una modesta construcción de madera de 1888, se quedó pequeña por el aflujo de turistas que venían a disfrutar del aire puro de la región. Un domingo por la mañana, mi padre y Francisca no encontraron sitio para sentarse. Fue entonces cuando se le ocurrió que Asheville, la ciudad cabeza de condado, necesitaba una iglesia católica «como Dios manda». Modificó los planos que había dibujado para la iglesia de piedra que pensaba hacer en la finca y se los mostró al padre Marion.

—Hagamos una iglesia donde quepamos todos.

La basílica de San Lorenzo de Asheville fue una de las dos iglesias donde mi padre hizo de arquitecto principal, no solo de constructor, y también de mecenas porque asumió el coste de más de la mitad del edificio. De estilo renacentista español —al fin y al cabo, San Lorenzo había nacido en Huesca—, era una maravilla estructural tocada de una bóveda elíptica rectangular de dieciocho metros de ancho por veinticinco de largo, recubierta de una muestra bastante completa de las losetas y azulejos que producíamos en Woburn. (Aquel año fabricamos un millón de piezas). Cada una de las dos torres tenía una escalera interior, de caracol, muy finas, de esas que parecían desafiar la gravedad, y las cúpulas las recubrió de tejas esmaltadas azules, como las iglesias de su tierra. Se inspiró en la basílica de Nuestra Señora de los Desamparados de Valencia, del siglo XVII, adonde su madre le llevaba de pequeño a oír misa y donde él se quedaba mirando el techo, fascinado por la cohorte de ángeles, santos y guerreros pintados en el interior de la majestuosa cúpula cuya forma era también elíptica. Durante más de dos años mi padre estuvo supervisando cada etapa de la construcción de manera minuciosa, con la «solicitud de un padre hacia su hijo» —como lo describió un periodista del *Asheville Chronicle*—, siempre atento al detalle: una estatua de San Lorenzo presidía la fachada principal y sobre el portón de entrada había una representación de Cristo dando las llaves del cielo a San Pedro. Pensaba terminarla para finales de 1908.

67

El 27 de junio de 1906 Geneviève golpeó a mi puerta pronto por mañana. Los chicos habían salido ya hacia sus universidades respectivas y William estaba en un centro de desintoxicación. Él no lo sabía, pero parte del coste de aquel programa lo pagaba yo, a través de su mujer. Sí, era todo muy raro, pero mi vida sentimental, o emocional, siempre había sido inusual y extraña. Lo nuestro era un amor platónico mientras la casa estuviera con gente. Cuando solo quedábamos Geneviève y yo, lo platónico pasaba a segundo plano y nos fundíamos en un abrazo y algo más. Ese día no venía a darme un beso de buenos días, me tendió el periódico y salté de la cama como si me hubieran puesto un muelle: «Stanford White, asesinado en el Roof Garden», rezaba el titular. Fue una conmoción nacional. Devoré el diario: White había estado cenando con sus hijos en un restaurante, y de paso hacia su apartamento, situado en el último piso del edificio del Madison Square Garden que él mismo había construido, se detuvo en el Roof Garden a escuchar la canción del tenor Harry Short *Podría amar a un millar de chicas*, el gran éxito de aquellos días, que formaba parte del musical *Mam'zelle Champagne*. El individuo que le descerrajó tres tiros, dos en la cabeza y uno en el pecho, resultó ser Harry Thaw, el millonario que llevaba tiempo acosándolo, el que le mandaba detectives a Delmonico's para amedrentarle.

El arquitecto murió en el acto. Tenía cincuenta y dos años, diez años menos que mi padre. La prensa dijo que murió como había vivido las últimas décadas de su vida, en un lugar de diversión, solo en la noche y con la esperanza de encontrarse con una de las mil chicas de la canción. Otro periodista comparó su muerte con la de Lincoln, asesinado en un lugar público por un desequilibrado.

Fue un día aciago, en el que organicé el viaje de mi padre para que pudiera asistir al funeral. Llegó a Nueva York justo a tiempo. Tenía el rostro desencajado y parecía que su silueta había encogido. Perdía a su mejor amigo, el arquitecto artista que tan bien le comprendió cuando se conocieron en Boston y que nos había ofrecido el regalo de su confianza ilimitada. Sin Stanford White, no estoy seguro de que la Guastavino Company hubiese alcanzado el mismo reconocimiento. Sumado a la pérdida de José, su hijo mayor, este nuevo golpe le dejó tambaleante, frágil como un junco, temeroso ante el porvenir. Impaciente por conocer los detalles del suceso, le conté lo que había leído en los periódicos: que en los segundos posteriores al tiroteo la gente tardó un instante en darse cuenta de lo ocurrido y que luego se desató el pánico; que Thaw vació el cargador en el aire y se fue caminando hacia los ascensores; que el director de la orquesta intentó seguir tocando para calmar al público, pero los músicos dejaron caer sus instrumentos; que llegó un médico forense y se agachó junto a White, que estaba en un charco de sangre, el rostro ennegrecido por la pólvora, y que le tomó el pulso y lo declaró cadáver; que luego Thaw entregó su revólver a un policía que apareció en escena.

—¿Por qué lo has hecho? —le preguntó el agente al colocarle las esposas.

—Se lo merecía... Lo puedo probar —contestó—. Hundió a mi mujer y luego la abandonó.

Su mujer, Evelyn Nesbit, una modelo y corista célebre en el mundo de la farándula y que había mantenido una relación con White cinco años atrás, sufrió una crisis nerviosa. «Pero ¿qué has hecho? Dios mío, ¿qué has hecho?».

Estaba aterrada de que la considerasen copartícipe del crimen. Harry Thaw, un millonario de Pittsburgh con un historial de grave inestabilidad mental, era un marido celoso que detestaba visceralmente a White, una estrella de la vida social, un hombre de éxito, un individuo libre que vivía sus relaciones sin censura. Según él, cuando Evelyn tenía dieciséis años y White cuarenta y siete, este la emborrachó y supuestamente la desnudó mientras ella estaba inconsciente. Pero ni ella le denunció por abuso sexual ni se fue de su casa; al contrario, estuvieron unos meses juntos, hasta que rompieron. Luego ella se casó con Thaw, y en su cabeza enloquecida fue creciendo una inquina contra White que se convirtió en odio acérrimo y en deseos de venganza. Mi padre no creía nada de todo eso: «¡Patrañas!», decía. Conocía la historia desde el punto de vista de White: «Aquella chica sabía latín. Su madre la dejó al cuidado de Stanford un fin de semana entero para que la chica lo sedujese y eventualmente quedarse embarazada y casarse con él. Consiguió lo primero, pero no lo segundo. Estuvieron saliendo varios meses, hasta que Stanford se cansó y cambió de novia, como siempre hacía. Desde entonces tuvo muchas otras, pero ella, resentida, no le perdonó que le hubiera salido mal la jugada».

El funeral se retrasó porque hubo que esperar a la autopsia. El resultado fue casi tan chocante para la familia y los amigos como lo fue el homicidio. Stanford White estaba muy enfermo y hubiera fallecido de muerte natural en unos meses. Thaw no hubiera necesitado matarle. White padecía el mal de Bright, la misma enfermedad de riñón que había acabado con su mentor, el arquitecto de la iglesia de la Trinidad de Boston Henry Richardson. Además, el hígado estaba afectado de cirrosis debido al consumo de alcohol y, por si fuera poco, los pulmones mostraban una incipiente tuberculosis. «¿Qué no tendré yo?», se preguntó mi padre, asustado.

El acoso de la prensa obligó a modificar el lugar del funeral para evitar grandes aglomeraciones de curiosos. En vez de celebrarlo en la iglesia de San Bartolomé, donde White había completado recientemente el porche del memorial de la familia Vanderbilt, lo hicieron en la pequeña iglesia de los Smith en Long Island, la casa familiar de su mujer. Fuimos en ferri y luego en coche; era un día espléndido de principios de verano. Unas doscientas personas, con el semblante abatido, nos congregamos en los bancos de la iglesia. Mi padre comentó que a White, poco religioso, le hubiera parecido excesivo este homenaje, pero que seguramente habría apreciado la belleza del altar, flanqueado de orquídeas, lirios y rosas, siendo junio el mejor mes para las flores en Long Island, e iluminado por unos grandes ventanales que el propio White había encargado al escultor John LaFarge. Estábamos presentes todos sus amigos, excepto Saint-Gaudens, que padecía un cáncer y no se sintió con fuerzas para hacer el viaje. Tampoco acudió Domingo Mora, que estaba en Europa. Al final del responso, seguimos el cortejo fúnebre hasta el lugar del entierro y entonamos una canción mientras bajaban el féretro. McKim, al igual que mi padre, se despedía de una amistad de treinta y seis años, justo en el momento en que acababa de recuperarse de otra de sus depresiones. Temía que el escándalo acabara con la compañía, que estaba construyendo Penn Station, proyecto en el que estábamos involucrados. ¿Sería el último? ¿Llegarían nuevos encargos? Afortunadamente, al año siguiente los contrataron para levantar el nuevo ayuntamiento de la ciudad de Nueva York, lo que se interpretó como una señal de que el estudio sobreviviría a la muerte del arquitecto.

Muchos de los amigos de White, especialmente los que compartían secretos con él, temían que el escándalo les perjudicase. Ante el acoso de la prensa, que rebuscaba en lo más morboso de su biografía, sus mejores amigos optaron por callarse. Saint-Gaudens, a quien solicitaron que escribiera un alegato en defensa de su amigo, dijo que no podía encontrar las palabras para expresar lo que sentía. Al final, otro amigo, el periodista Richard Davis, publicó en la revista *Collier's* un fiel retrato del arquitecto: «White era el caballero más generoso, el más considerado y el más afable, incapaz de pequeñas mezquindades ni de grandes crímenes... Si un hombre o una mujer tenía problemas, Stanford White era la primera persona en Nueva York a la que podían dirigirse, sabiendo que, sin hacer preguntas, sin sermonear, les ayudaría con sumo placer».

Para distraernos, fuimos por la tarde al zoo del Bronx, a dar nuestro visto bueno a la casa del elefante, casi terminada. En una modificación de última hora añadimos unas aberturas circulares en la cúpula para que entrase más luz y el conjunto resultó magnífico. Le propuse a mi padre que se quedase un par de días conmigo en Brooklyn —tenía ganas de presentarle a los Seidel—, pero me dijo que no tenía nada que hacer aquí, ahora que no estaba su amigo para tomarse una copa en Delmonico's. Esa misma noche quiso regresar a Black Mountain. Le esperaban las obras de la basílica de San Lorenzo, y como me dijo, en un tono enigmático cuya gravedad no percibí entonces, «No hay tiempo que perder».

68

A la mañana siguiente me marché a Washington a supervisar las obras del Colegio del Ejército de Guerra*. Este último concurso lo gané después de batallar duramente con los ingenieros del ejército, que abogaban por líneas rectas y estructuras de hormigón y acero en lugar de las curvas de albañilería que proponía yo. Mi argumento sobre la belleza del amplio espacio arquitectónico que resultaría de nuestras bóvedas —sin coste añadido en la decoración— y el de que las cúpulas previstas casaban bien con el exterior clásico del edificio no les hacían mella. Solo cedieron cuando les ofrecí un presupuesto un cuarenta por ciento inferior al de una empresa que utilizaba una estructura de acero. Me di cuenta de que el mundo estaba cambiando y de que esos ingenieros acabarían desplazándonos cuando consiguieran abaratar sus costes. La belleza clásica dejaba de ser un argumento. O quizás yo me estaba haciendo viejo también, y la antigua belleza sería remplazada por otra para la que yo no estaba preparado. También en Washington aproveché para visitar la obra del Museo de Historia Natural, que calculé íntegramente con el método de la gráfica estática. Diseñé un sistema de dobles domos y de arbotantes, como hacían los maestros de la arquitectura gótica, y me divertía verme de puente entre

---

* El nombre cambió en 1946 a National War College. Hoy, el edificio se llama Roosevelt Hall.

aquellos constructores de la Edad Media y los ingenieros del siglo xx.

Con tanto trabajo, estuve casi un año sin ver a mi padre. Los momentos libres los aprovechaba para estar en casa, es decir, lo más cerca posible de Geneviève. Cuando estaba William con nosotros, apenas salía de mi habitación. Creo que tanto los niños como yo nos encerrábamos en nuestros respectivos cuartos, al acecho de lo que pudiera ocurrir. Cuando se iba y Geneviève se quedaba sola, la tensión se disipaba, ocupábamos la casa entera y vivíamos la vida de una familia normal y feliz. Guardo maravillosos recuerdos de aquellas tardes con Elsie y Henry, que ya eran adolescentes. Les llevaba a montar a caballo, a sus clases particulares o a pasar la tarde en Coney Island. Cosas sencillas que me reconciliaban con el mundo, aunque no conmigo. Un día le pregunté a Geneviève si no consideraría la opción del divorcio. Yo lo veía como la única vía de salida de aquella situación. Pensaba que debíamos tomar una decisión porque las malas lenguas decían que éramos un *ménage à trois* y aquello era susceptible de inflamar aún más el carácter irascible del padre de familia. Francamente, no quería terminar en la puerta de casa con tres balazos. Y, aparte, estaban Elsie y Henry, que querían a su padre y, por mucho que intentásemos disimular, se daban cuenta de nuestra atracción mutua. Pero Geneviève era incapaz de tomar decisiones. Era adorable, pero débil. Ahora, desde la distancia, pienso que quizás no confiase en mí, y no se lo puedo reprochar. Quizás pensaba que esa atracción funcionaba en el contexto de lo prohibido, lo difícil, pero no lo haría en circunstancias normales.

Volví a ver a mi padre en la primavera de 1907, casi un año después de la muerte de White, para inaugurar una fábrica de nueva planta en Woburn, con los últimos avances. Fue un gran acontecimiento en la vida del pueblo, cuyo flamante alcalde, elegido el año anterior, no era otro que William Blodgett: «La Cerámica crece sin parar —les dijo en el discurso—. De ahora en adelante será capaz de producir todo tipo de productos cerámicos en cantidades industriales». Para abaratar el presupuesto, ya que el coste de la mano de obra se estaba disparando, mi padre había querido construirla de madera. Al fin y al cabo, no era más que una fábrica funcional. Sin embargo, en la basílica de Asheville, pagada de su bolsillo, no ahorró nada. «Le gustaba ganar dinero —escribió Blodgett en sus memorias—, pero gastar le gustaba todavía más; no en sí mismo, solo en lo que pensaba que fuera útil o filantrópico».

Años más tarde, un incendio destruyó gran parte de la fábrica, y optamos por reparar el techo de madera en lugar de remplazarlo por una cúpula tabicada. La prensa local se deleitó con la «fábrica ignífuga que sin embargo se incendió». Irritado, Blodgett respondió que aparte de unas áreas donde utilizamos el sistema de construcción tabicada Guastavino, y que permanecieron intactas, «nunca pretendimos una construcción a prueba de incendio». A pesar de ese incidente, la fábrica fue un éxito sin paliativos.

Aquel año de 1907 estuvo marcado por el juicio a Harry Thaw, el suceso que más cobertura de noticias provocó hasta entonces en Estados Unidos. El matraqueo de la prensa fue incesante. Se hablaba tanto de Stanford White que parecía que todavía estaba entre los vivos, defendiéndose de todas las calumnias que los espíritus biempensantes arrojaban sobre su reputación libertina.

El juicio comenzó en enero. A cambio del testimonio, la lealtad y la asidua presencia de Evelyn en las vistas, la madre de Harry Thaw prometió a su nuera ayuda financiera. La joven corista desplegó todo su talento para convencer al jurado de que era una colegiala inocente y para dar la imagen de que su marido había actuado como un genuino defensor de su mujer. Contó con lágrimas en los ojos que, una vez casada, White se había propuesto volver a conquistarla a cualquier precio. A mi padre le enfurecía leer aquellas mentiras en la prensa. Cuando fue asesinado, hacía mucho que tenía otras amantes. Además, como buen mujeriego, White cumplía siempre con la regla de oro de evitar a las mujeres casadas, eso bien lo sabían sus amigos. Ya podía yo haber tomado ejemplo suyo.

Después de un juicio eterno, Thaw fue declarado no culpable por causa de demencia y enviado a la prisión psiquiátrica de Matteawan, donde no cesó de pedir su libertad. A Evelyn Nesbit no le salió bien el trato con su suegra. Cumplió su parte, pero la madre del asesino nunca le pagó el dinero prometido. Los Thaw cortaron toda relación con ella, abandonándola a una vida difícil.

En noviembre de 1907, Geneviève me dijo que William estaba «limpio» después del tratamiento al que se había sometido, y que pasarían la Navidad en Williamsburg, su pueblo. Me dio la sensación de que quería dar a su matrimonio otra oportunidad, le costaba admitir que aquella relación estaba acabada. La influenciaban sus hijos: ellos querían ver a sus padres juntos, como es lógico. ¿No me había pasado a mí? ¿No me seguía ocurriendo, a mis años?

Se me caía el alma a los pies al pensar en otra Navidad solo en la casa vacía de Brooklyn, o solo en algún hotel cerca de una obra, o en casa de los Blodgett, siendo partícipe de la felicidad ajena, pero igual de solo en el fondo. Me quedaba la opción de Black Mountain, con mi padre y Francisca. Me daba cuenta de que si a estas alturas Geneviève no había pedido el divorcio ya nunca lo pediría, de modo que sentía que la relación con ella perdía fuelle porque no conducía a ninguna parte, excepto a provocar sufrimiento a nuestro alrededor. Probablemente ella había llegado a la misma conclusión por su parte. Poco a poco volvimos a una relación platónica. Siempre quedaba el cariño.

Aquella Navidad la salvó mi padre. A principios de diciembre me convocó a la fábrica de Woburn para que le ayudase a elegir los materiales que iba a utilizar en los revestimientos de la basílica de San Lorenzo. Como la región de Boston vivía una ola de frío, le dije que no hacía falta que se molestase, que elegiría un muestrario y se lo llevaría a Black Mountain, pero él insistió en venir y ver por sí mismo. Ciertas cosas no las delegaba. De modo que elegimos el color azul claro para el interior de las cúpulas, que siempre resultaba bonito y aligeraba el espacio, y luego unos azulejos con unas cruces en relieve para la capilla adjunta de Nuestra Señora de la Asunción. Aparte de su entusiasmo habitual, mi padre estaba eufórico porque su hijo Manuel Guastavino anunciaba su visita desde Argentina para pasar la Navidad con nosotros. Me pidió que lo recibiese en Nueva York y le tratase «como a un hermano». Y que nos esperaría en Black Mountain con los brazos abiertos y la bodega bien repleta. Me contagió su felicidad, mi padre tenía ese don, que dicen que pertenece a los líderes, de galvanizar el entusiasmo de los demás. De pronto me hacía ilusión esa Navidad, que al principio se anunció tan solitaria; iba a ser la más familiar desde niño, cuando vivíamos en Barcelona, con la Paqui y la Engracieta y la abuela Paula y mi padre, que solo venía la tarde de Reyes, cargado de regalos que nos encantaban porque no los tenían nuestros vecinos, como las primeras muñecas que abrían y cerraban los ojos o el primer caleidoscopio.

69

Recibí a Manuel en el puerto de Nueva York. Era chaparro como mi padre, muy simpático y locuaz. Le sorprendió mi pelo tan blanco, teniendo en cuenta que era ocho años menor que él. «Mucho laburo..., ¿verdad, hermano?», me dijo para encontrarle un sentido a mis canas. Me costaba entender algunas de sus expresiones, como a él le costaba también seguir mi conversación porque metía términos sueltos en inglés, sobre todo en lo tocante a temas profesionales. En aquella época, Argentina era el segundo país más rico del mundo y se levantaban opulentos edificios en Buenos Aires, pero Nueva York no dejaba indiferente a nadie. Le di una vuelta por nuestras obras, le llevé al puente de Queensboro, cuyas arcadas estábamos construyendo, recubiertas de azulejo color crema y que servirían para cobijar un gran mercado público. Como a todo el mundo, le impresionó la joya de nuestras obras, la estación de metro de City Hall. Quiso ver el puente de Brooklyn y le conté aquel desfile organizado por T. S. Barnum con el elefante Jumbo en cabeza para probar la solidez de la estructura. La altura de los rascacielos ya era notable; el vanguardista Flatiron, en la esquina de la Quinta Avenida y Broadway, tenía la propiedad de la anamorfosis, por la que según el punto de vista desde el que se contemplaba el edificio, este parecía contar con unas dimensiones diferentes. Nueva York ya deslumbraba al mundo.

En nuestra oficina de la calle 57, donde éramos más de cien empleados, le puse al tanto de nuestros proyectos y de los adelantos técnicos en los que estábamos involucrados, del problema del robo de patentes, de la dificultad de supervisar encargos en estados cada vez más lejanos, del aumento del coste de la mano de obra... Le di un cursillo acelerado sobre las bondades de la construcción cohesiva para eventualmente abrir casa en Argentina. Hablamos mucho de nuestro trabajo, es lo que teníamos en común aparte del lazo de sangre. Le presté un frac y un sombrero de copa para invitarle a Delmonico's, el rito de paso de todo viajero de postín. Me divertía deslumbrarle porque no olvidé jamás, ni lo olvidaré nunca, que yo era el hijo de la criada. No sé si debería confesar un sentimiento tan rastrero, pero muy en el fondo de mi alma, experimentaba una sensación de placer íntimo al mostrarle adónde habíamos llegado, solos nuestro padre y yo, en un país anglosajón, sin dinero de familia como el que disfrutó él. Debo admitir que esa dulce revancha del destino era para mí un secreto deleite.

Cargados de botellas de champán, abordamos el tren hasta Asheville para pasar la Nochebuena. Mi padre nos esperaba en la estación, tocado de un gorro de Papá Noel. O se estaba haciendo más norteamericano o a medida que envejecía perdía el sentido del ridículo. O ambas cosas a la vez. Intimidado, algo torpe, Manuel le tendió la mano, pero mi padre lo abrazó largamente, lo estrujó con fuerza, y no pudo contener los sollozos. Nuestro padre siempre fue muy llorón. Lloraba por los años sin haberse visto, por el desgarro de una separación tan larga, por los recuerdos perdidos de la infancia, por Ramón, de quien se le había olvidado el semblante, y por la brutal pérdida de José. Lloraba por los años perdidos con sus hijos, que siempre había llevado en el corazón. Manuel nos puso al tanto de la enfermedad que precipitó la muerte de José, de repente y tan joven, y de cómo fueron sus últimos momentos. Nos habló de su viuda, Celestina, y nos mostró fotografías de la extensa familia. Manuel, casado con una francesa de alcurnia, tenía tres hijos, ya crecidos. Nos contó que Pilar, recién llegada a la Argentina, invirtió todo su capital en una empresa de ferrocarril que poco después quebró. Lo poco que pudo salvar de aquella hecatombe lo utilizó para comprar la finca de Mendoza que puso en manos de Ramón.

—¡Con el dineral que le había dejado el tío Ramón! —comentó mi padre—. Pilar se dejaba impresionar por banqueros y corredores de negocio de alto copete, esos que hacen con tu dinero lo que les da la gana.

No me atreví a decir que él tampoco era ejemplo en temas de dinero.

Como regalo especial de Navidad, Manuel traía, de parte de su hermano, una caja de botellas de su vino, con una carta.

> *Querido padre:*
>
> *Mi ocupación aquí en el fin del mundo no me permite acompañaros en esta Navidad como hubiera sido mi deseo, pero tú entenderás, como buen vinatero, que la vendimia aquí empieza el mes próximo y es una actividad a la que no puedo sustraerme. Os mando por Manuel unas botellas del vino que produzco en mi bodega de La Dormida, a base de una uva de origen francés llamada Malbec, y que se da bien en estas estribaciones de los Andes. El caldo resultante no es tan fuerte y denso como el vino Guastavino del Alto Aragón que hacíamos en Huesca, ¿te acuerdas?, pero confío en que lo encuentres equilibrado y sutil, y sobre todo espero que me hagas tu crítica franca para que siga aprendiendo de ti como en el pasado...*

Mi padre esbozó una mueca que yo conocía bien, la que hacía cuando sentía un pellizco en el corazón. La carta de Ramón era la reconciliación que la muerte de Pilar había hecho posible. Los Guastavino estaban por fin reunidos, los supervivientes; si no físicamente, por lo menos lo estaban en el pensamiento.

Francisca se desvivió para hacer de esos días un recuerdo inolvidable, con la ayuda de las cuatro personas de servicio fijas en la casa. Para Nochebuena, sacrificó un pavo, preparó tamalitos con mole y ponche de frutas. La mañana de Navidad mi padre organizó una visita a San Lorenzo junto a *father* Marion. Intentamos disuadirle porque tenía un resfriado, pero era un día espléndido de sol. Tardamos una hora en llegar a Asheville en carruaje a través de un paisaje de bosques y prados nevados puntuado de vacas y caballos sueltos. La estructura de la basílica surgió desde la distancia por encima de la ciudad. La cúpula estaba terminada; los suelos, los techos de las capillas y las escaleras eran de estructura tabicada; era puro Guastavino, parecía un muestrario de todo lo que éramos capaces de hacer con cemento y rasilla. El conjunto destilaba un aire de grandeza más propio de una catedral que de una iglesia. De hecho, la prensa la llamaba la catedral de Asheville. Allí, entre los andamios, mi padre nos ofreció un concierto de violín, la partitura de una misa que había compuesto especialmente para la inauguración de la basílica. Era un ensayo general suyo, sin los demás instrumentos. Salía vaho de nuestras bocas, el frío era intenso pero el espectáculo, algo irreal, reconfortaba. No era su primera composición eclesiástica; ya había publicado varias y habían sido bien recibidas. Escuchamos las demás en el cuarto de la música del segundo piso de la casa, al calor de la chimenea, con el paisaje del lago helado al final de la pradera, bebiendo champán y hablando de la vida en España, en Argentina, en México y en el ancho mundo. De lo que yo no hablaba nunca era de mi vida privada... Lo mío no se podía contar.

Fueron días inolvidables de asados criollos, arroces valencianos, tamales mexicanos, vinos y música. Y cuando se acabaron, cuando dejamos a mi padre y a Francisca solos en el andén de la estación de Black Mountain, yo creo que todos sentimos un frío que nada tenía que ver con la temperatura externa; nos recorrió un soplo gélido, interior, producido por el alejamiento y una difusa sensación de pérdida.

Volví a Brooklyn, la familia Seidel me recibió con efusividad, estábamos todos contentos de vernos. Parecía que William había recuperado el control sobre sí mismo, pero era una sensación de algo ya vivido. Geneviève y yo nos lanzábamos miradas furtivas, como si no nos fiásemos de esa normalidad, preguntándonos cuándo estallaría la próxima crisis.

Esta vez, mi padre no consiguió librarse del catarro que había agarrado en Woburn. Dos semanas más tarde, le subió la fiebre y se sintió tan mal que Francisca me dijo que no regresó a la basílica. Él seguía sin darle importancia, era uno de tantos resfriados que pillaba al cabo del año. Cuando le llamé para organizar el envío de losetas a Asheville, noté que tenía la voz tomada. Se quejaba de que los vapores de eucalipto que Francisca le obligaba a inhalar le causaban picor en la nariz. A la semana siguiente le encontré mejor, más animado, deseando volver a la obra de la basílica.

Y de pronto, el día 2 de febrero de 1908, el teléfono nos despertó a las seis de la mañana. Geneviève, con mirada asustada, entró en mi cuarto y me pasó el aparato. Era Francisca.

—¡Se lo llevó el Señor! —me dijo con la voz entrecortada, entre sollozos.

Me contó que mi padre se despertó de madrugada con la sensación de que se estaba ahogando, que bajó a prepararle una infusión de saúco y a llamar al médico, pero que al subir lo encontró con la cabeza de lado en la almohada y los ojos entreabiertos y que todavía respiraba, pero al intentar reanimarlo, falleció en sus brazos. Siempre agradeceré las muestras de cariño de los Seidel, que me arroparon en aquel momento, quizás el más difícil de mi vida. Al día siguiente, me ayudaron a organizarme y Geneviève y los niños me llevaron a la estación. A punto de subir al tren para Asheville, compré *The New York Times.* Jamás me había imaginado que leería la necrológica de mi padre camino de su entierro: «Rafael Guastavino, el arquitecto de Nueva York, ha muerto esta noche...». Así lo daban a conocer, como el arquitecto de Nueva York, aunque lo fue de muchos otros lugares también. La leí y releí, y no conseguía creerme lo de «ha muerto esta noche». Al otro lado del océano, un periodista de *La Vanguardia* definió a mi padre como «un inventor genial entre los yanquis» y recordó que, de sus sesenta y cinco años de vida, veintisiete los pasó en Estados Unidos. Más tarde, las revistas especializadas le dedicaron páginas enteras, reconociendo el valor de su aportación a la arquitectura norteamericana, y una de ellas —la más certera, a mi parecer— a la belleza del mundo. Los americanos, al celebrar a mi padre, también encumbraban el sueño americano.

Pero todo eso me parecía insustancial. Para mí, era mi padre, es decir, lo era todo, porque no tuve a nadie más. Ahora tocaba aprender a vivir sin él y, si lo conseguí, fue porque me aferré a su ejemplo de nunca decaer, aun en lo más negro del túnel. Él me enseñó a no perder jamás el ánimo y a sacar fuerzas de flaqueza. Ser yo mismo ha dejado de importarme, me parece pueril lo de Rafael Guastavino Junior. Ahora me siento orgulloso de llamarme como él, de ser su prolongación, de apuntar aún más alto porque es lo que él hubiera deseado. Y lo estoy haciendo con la cúpula de San Juan el Divino, casi del tamaño de San Pedro en Roma, la más grande de todas las que hemos diseñado, la más fina, la que me encargaron poco después de su partida. Qué triviales resultan las pequeñas querellas, las fútiles diferencias o el deseo de independencia ante el vacío inmenso de la muerte.

Para terminar la construcción de San Lorenzo de Asheville saqué fuerzas de su ejemplo, de él, la única persona en mi vida que me dijo: «Adelante, eres capaz». Solo se necesita una persona para conseguir la energía necesaria y sobrevivir al cataclismo de la vida. De modo que añadí los detalles que hubiera elegido él, esforzándome en hacerle una vivienda para la eternidad como a él le hubiera gustado hacérsela. Diseñé su cripta con los más bellos azulejos de nuestra fábrica. Y ahí reposa, en el corazón de su iglesia, convertida en un santuario a su gloria.

El mismo día de su muerte, Francisca mandó detener el reloj de la torre, ese que marcaba con sus campanadas el ritmo de las actividades en la finca, como símbolo de que su vida se había detenido con la de mi padre. Nunca más quiso ponerlo en marcha.

70

Yate Don Quixote, *aguas de Long Island, verano de 1915*

Han pasado siete años y retomo este texto con la serenidad que da el tiempo transcurrido, la distancia que nos separa. Porque la muerte de mi padre no resolvió las incógnitas sin cuyo esclarecimiento no puedo concluir este relato y disfrutar de una paz que necesito sentir tanto como necesito respirar. Al cerrar su cripta, algunas preguntas seguían agolpándose en mi mente: ¿qué hizo en España para no desear volver nunca? ¿Por qué esa renuencia a contarme detalles de su vida? Y sobre todo: ¿por qué se me condenó a vivir sin mi madre? Aunque Francisca ha actuado siempre como una madre, y la quiero como tal, seguía necesitando saber qué había sido de Paulina. ¿Dónde estaría en ese momento? ¿Tendría algo que decirme? Y yo ¿qué le diría? Como siempre, el gran escollo era la falta de tiempo. Ganaba dinero, mucho más del que necesitaba, estaba a la cabeza de una de las empresas de construcción más prósperas de Estados Unidos, pero para ganar la paz que la respuesta a esas preguntas me proporcionaría me faltaba la auténtica riqueza: tiempo. Tiempo para viajar a España, conocer mis raíces, hablar con mis parientes, rebuscar en una parte de la vida de mi padre que siempre prefirió esconderme. Tiempo para hacer las paces con su memoria y, de paso, conmigo mismo.

A mi padre le concedieron a título póstumo la patente del edificio gigantesco con raíles interiores que había concebido para que sirviese de museo o de receptáculo a grandes instituciones. Nunca se materializó, pero he añadido ese diseño en un cartel promocional de la Guastavino Company que muestra nuestros proyectos más significativos hasta la fecha. El conjunto de quince cúpulas y domos evocan una fantasía casi oriental, un mundo elíptico y cóncavo que hace soñar. Dominando las otras cúpulas se erige la mayor de todas, la de San Juan el Divino.

La catedral de Nueva York llevaba en obras desde 1892 y en el curso de una década nos encargaron varias cúpulas pequeñas para las capillas, la cripta y el coro. Poco después de la muerte de mi padre, los patronos contactaron conmigo. Los trabajos de la torre que debía rematar el templo avanzaban más lentamente de lo previsto y el coste se les iba de las manos. Como no veían el final, me pidieron que les hiciera una cubierta provisional que protegiera los arcos y arbotantes ya construidos. Yo les sugerí otra solución, que sería la definitiva: en lugar de levantar una torre, les propuse cubrir los arcos con una cúpula. Me comprometí a levantar una estructura autoportante, sin necesidad de andamiajes complicados, solo con un sistema de cables de acero suspendidos para poder trazar la curvatura de la cúpula desde el aire, y que fue un perfeccionamiento de la última patente de mi padre. Me compraron la idea porque ya nos conocían, así que tuve que acelerar los trabajos de Penn Station y del Museo de Historia Natural de Washington para liberar tiempo. Quince semanas después del inicio de las obras, San Juan el Divino se parecía ya a una catedral de verdad, coronada por uno de los domos de mampostería más grandes jamás construidos, de 28,9 metros de diámetro y un grosor de once centímetros, un prodigio de proporciones.

Lo que no esperaba fue la enorme atención que suscitó, tanto en Nueva York como en el resto del país y del mundo. La portada del *New York Herald* me propulsó a una fama que ya no buscaba, ahora que no necesitaba probar nada a mi padre. Pero la vida es así, las cosas llegan a destiempo. «Desastre evitado en la cúpula de la catedral: un joven arquitecto altera todas las teorías de ingenieros y erige una vasta estructura». Años atrás hubiera soñado con ese titular y se lo hubiera restregado en la cara a mi padre, ahora me era indiferente; al contrario, me daba pena que no estuviese para disfrutar de este éxito, que era, en realidad, el nuestro.

Hordas de curiosos, fascinados, nos acompañaron en la última etapa de la catedral. Venían a ser testigos de una obra que, siempre según el periódico, «marcaría una nueva época en la construcción». La Guastavino Company facturó diez mil trescientos dólares, un precio sorprendentemente bajo para la envergadura del proyecto. La prensa especializada dijo que la obra se colocaba en el linaje de las grandes proezas arquitectónicas de la historia y la compararon con la cúpula de la basílica de Santa María del Fiore de Florencia, cuyas obras se prolongaron durante catorce años y cuyo peso era diez veces superior a la de San Juan. Otras publicaciones me compararon con mi padre: «Rafael Guastavino Junior tiene un entendimiento más completo de lo que es el comportamiento estructural que su padre». Me parecía oír sus risotadas desde el fondo de la cripta de Asheville. En realidad, San Juan el Divino fue la culminación de mi carrera, el regalo póstumo de mi padre.

Pero, de nuevo, ese éxito inesperado que trascendió el mundo profesional trastocó mis planes de viajar a España. De nuevo surgieron nuevos e inaplazables encargos: la iglesia católica de la Santísima Trinidad de Nueva York, que diseñé en estilo bizantino con una elaborada decoración de losetas y azulejos; la sala Della Robbia del hotel

Vanderbilt, poca estructura y mucha decoración, y un restaurante que acabó siendo muy popular, el Oyster Bar, en la estación Grand Central, donde concebí una serie de bóvedas aplanadas sobre arcos. El espacio acabó convertido, contra todo pronóstico, en icono de la ciudad desde que las parejas de Nueva York descubrieron que podían susurrarse palabras de amor desde las esquinas opuestas, palabras que llegaban, por encima de los techos abovedados, con una nitidez que parecía un milagro.

Que mi éxito profesional coincidiese con una vida personal desastrosa era solo una más de las contradicciones a las que me había acostumbrado y que aceptaba con resignación. Mi salvavidas seguía siendo la familia Seidel. Me acompañaron en los días posteriores a la muerte de mi padre, y si no pasaba por casa, se preocupaban de dónde dormía y de cómo sobrellevaba la pérdida. Pero uno no se acostumbra nunca, solo aprende a convivir con la ausencia.

Tal y como me temía, William recayó en el alcohol. Volvieron los problemas financieros y aquello no contribuyó a que mejorasen las relaciones en el seno de la familia. Ahora los niños eran mayores, Henry estudiaba arquitectura en Yale, con lo que apenas venía por casa, y Elsie, con veinte años, estaba iniciando un máster de literatura en Columbia.

En el invierno de 1909, otra crisis familiar precipitó una serie de acontecimientos que, indirectamente, cambiaron mi vida. Por suerte, no la viví presencialmente porque estaba en Asheville terminando la basílica. Ocurrió lo de siempre, una noche William volvió a casa, de nuevo ebrio, y amenazó a su mujer. Geneviève, que seguía padeciendo violentas jaquecas, recibía con frecuencia la visita de su hermana Florence, casada con un arquitecto de renombre. Preocupada por la situación de los Seidel, ella también aportaba ayuda económica en momentos difíciles. Ese día, fue testigo de cómo William amenazó a su hermana. Asustada, Florence, que había oído mucho hablar de las crisis pero que nunca las había vivido de cerca, tomó cartas en el asunto y, en nombre de la familia, mandó a William una carta notarial explicando que sería mejor para todos que se marchara de casa, por lo menos hasta que su hermana recuperase la salud. William se resistió, pero al final no tuvo más remedio que mudarse a Williamsburg, el pueblo de donde era oriundo. Una vez la tregua conseguida, Geneviève aceptó la hospitalidad de su hermana hasta encontrarse mejor. En la casa de Brooklyn quedamos «los niños» y yo.

71

Viajaba tanto que pasaba pocos momentos en casa. Y empecé a ver a Elsie con otros ojos. Siempre la había considerado como una sobrina, pero ahora, convertida en una hermosa joven de veinte años, sus encantos me resultaban irresistibles. Tenía la dulzura de la madre y un desparpajo juvenil que me seducían. Ella también dejó de verme como «el tío Rafael» porque mostraba por mí un interés que un hombre de mi edad sabe perfectamente reconocer. Pronto nos encontramos paseando las tardes de domingo en Prospect Park, compartiendo un helado en un banco o acudiendo a alguna función de teatro. Gracias a Elsie, pude por fin seguir las indicaciones de mi médico y soltar algo de lastre en el trabajo. La obra de teatro me traía sin cuidado, lo que me importaba era estar con ella. Otro fin de semana me presentó a sus amigos y yo disfrutaba al estar rodeado de jóvenes, era un cambio muy saludable para alguien acostumbrado a tratar solo con gente de mi profesión. La presencia de Elsie era un bálsamo para mi alma dolorida, y pronto me hice tan adicto a ella como su padre al güisqui. Para Elsie, yo representaba la seguridad y la estabilidad, lo opuesto a lo que había conocido en su familia. De modo que, entre viaje y viaje, entre la elaboración de nuevas patentes de construcción acústica y el acabado del Museo de Arqueología de Pennsylvania, entre pícnics en la playa de Long Island y paseos en barco por el Hudson, nos fuimos acostumbrando a estar juntos y nos enamoramos.

No sé si debería contar lo que sigue porque no me deja en muy buen lugar, pero si no es para contar la verdad, ¿de qué serviría este ejercicio? ¿Cómo voy a conseguir entenderme a mí mismo si me miento? El caso es que Elsie se quedó embarazada, y fue la mejor noticia que recibí en mi vida. Mandé un cable a Francisca, pensé que le subiría el ánimo, ella que llevaba tiempo preguntándome cuándo iba a sentar cabeza. Fuimos a celebrarlo a Delmonico's, donde cenamos a la luz de las velas. Estaba eufórico, diseñando el futuro de nuestras vidas y no un monumento o un puente, ¡qué cambio más agradecido! Pensé en mi padre, que dejó embarazada a Pilar nada más conocerla. Aunque yo tenía treinta y siete años y Elsie no era una joven de dieciséis, la historia, más o menos, se repetía... De tal palo tal astilla —diría él—, aunque yo estaba seguro de que me daba su bendición desde el más allá. Le hubiera gustado Elsie, pues era muy sensible a los encantos femeninos y a las mujeres espontáneas e independientes.

Nadie en el mundo de mi novia compartió nuestro entusiasmo, ni siquiera Helen, su mejor amiga, que veía en la diferencia de religión un obstáculo insoslayable. Los Seidel eran de la iglesia episcopal y, francamente, yo lo de convertirme a estas alturas no lo veía claro, aunque si hubiera sido necesario lo habría hecho para no perderla. Nunca tuve la fe de mi padre, pero de pequeño creía a ciegas lo que decía y así me inculcó ideas religiosas que a mi edad es muy difícil, por no decir imposible, modificar. Afortunadamente, a Elsie no le disgustaba la idea de convertirse al catolicismo y de ser bautizada.

Si su mejor amiga había reaccionado mal, ¿cómo lo harían los padres? Elsie escribió una nota a su madre anunciando que estaba embarazada y que nos íbamos a casar. Me esperaba una reacción airada, teñida de celos y reproches, pero, para nuestra gran sorpresa, Geneviève lo aceptó. Puso la felicidad de su hija por encima de la suya propia.

Abdicó su amor platónico en Elsie, y entendió que la vida sigue su curso. Le agradezco de corazón que se portase con tal magnanimidad, con esa elegancia. Que su hija contrajese matrimonio conmigo, un soltero empedernido, pero con éxito, solucionaba en el fondo muchos problemas dentro de esa familia quebrantada, incluida una oferta de trabajo para Henry cuando acabase la universidad. Y que le diésemos descendencia parecía sacarla del pozo de melancolía en el que estaba sumida. El problema lo tuvimos con William.

Nada más enterarse, fue a ver a su primo abogado, que le propuso denunciarme por «alienación de afectos», por haber seducido a la madre y después a la hija. El horror. De modo que me encontré con una querella en la que me pedía la nada desdeñable suma de cincuenta mil dólares en concepto de daños morales. Reconozco que, desde el punto de vista del pobre William, allá en el exilio en su pueblo, ver que yo vivía en su casa, sospechando que su mujer y yo nos entendíamos, y que me quedaba con su hija no debió de ser plato de gusto. Yo nunca había tenido problemas personales con la justicia, excepto los derivados de los contratos profesionales, pero odiaba la idea de saber que mi porvenir, de alguna manera, colgaba de la capa de un juez. Nunca se sabía lo que podía pasar si dejabas tu vida en manos ajenas. ¿No decía mi padre lo de «que tengas pleitos y los ganes»? ¿Y si lo perdía?

Pero el tiempo lo arregla todo. Elsie se encargó de convencer a su tío para que a su vez convenciese a su padre de retirar la denuncia. No fue fácil y tampoco inmediato. Al final, decidí asumir sus deudas y le compré a buen precio la casa familiar, así se zanjó el asunto. El dinero no da la felicidad, pero contribuye a alcanzarla. Mejor eso que encontrarme sentado en el banquillo, no tenía tiempo que perder. William retiró la denuncia, pero se negó a hablar con su hija.

Nos casamos en Orphans's Court, el juzgado número 1 de Filadelfia, aprovechando que estaba haciendo una obra en Pennsylvania, y nos fuimos dos días de luna de miel a Atlantic City, la ciudad de los casinos. Poco tiempo, porque el trabajo me reclamaba. Luego volvimos a nuestra casa de Brooklyn e hicimos unas obras para hacerla nuestra. Geneviève se acostumbró a pasar largas temporadas con nosotros. La casa era la misma, poco había cambiado, pero todo era diferente. La vida era de pronto dulce, sin sobresaltos, sin miedo. Volver a casa era el mejor momento del día y no deseaba estar en otro lugar. Esa estabilidad era medicina para mi alma.

Cuando pude liberarme del trabajo, cumplí con mi promesa de ofrecer a Elsie un viaje de novios decente y nos fuimos a México, porque para viajar a España, que es donde realmente quería ir, siempre me faltaba tiempo. En México me dediqué a fotografiar los domos de las catedrales, algunos formidables como el de Puebla o el de la catedral de Guadalajara, con su mezcla de estilos barroco y bizantino en los que me inspiré para una obra del hotel Vanderbilt en Nueva York. Disfrutamos mucho de aquel periplo, las primeras auténticas vacaciones de mi vida. Tenía la sensación de haber estado ya allí porque, sin darme cuenta, Francisca me había ido transmitiendo su cultura mexicana, y conocía los platillos, los moles y los chiles, y sabía de la cortesía de la gente y estaba familiarizado con muchas de sus palabras y expresiones.

El 10 de julio de 1909 nació nuestra hija, antes de la cuenta, baja de peso y con problemas para respirar. Tenía el rostro como dibujado con un pincel y facciones perfectas, parecía una porcelana. Pero la felicidad duró poco, exactamente doce horas, el tiempo que vivió. Por la noche dejó de respirar y los esfuerzos del médico y la comadrona para resucitarla fueron vanos. «Tanto el señor Guastavino como Elsie están con el corazón roto —escribió la tía Florence a

Helen, la amiga de mi mujer—, pero los dos son valientes y Elsie es lo más parecido a un ángel...». Habíamos pensado ir a bautizarla a la basílica de Asheville y aprovechar para que Francisca conociera a la niña y darle la sorpresa del nombre que le habíamos elegido: Geneviève Francisca. Decidimos no anular el viaje, pero en lugar de ir a bautizarla, fuimos con la idea de colocar a la pequeña en la cripta junto a mi padre. Me reconfortaba pensar que él podría velar por ese ser tan vulnerable, tan efímero, tan suyo.

En Black Mountain, todo seguía igual que cuando él nos dejó, excepto los rododendros, que estaban en flor. En la casa, sus sombreros seguían colgados del perchero de la entrada, sus trajes en los armarios, el violín en el sillón del cuartito de la música. Francisca no tocó un solo mueble, no regaló a los pobres los trajes y los abrigos de mi padre, no sacó las botellas de la bodega, no vendió los relojes de leontina. No cambió nada, como si le estuviera esperando de vuelta. Me dio pena ver que no superaba la pérdida. Le propuse que viniese a pasar el próximo invierno con nosotros, o si no que alquilase un apartamento en Asheville durante los meses de frío. Pero no quería moverse de la finca.

Al final, y a pesar de la intercesión de *father* Marion, no nos dejaron colocar a la niña en la cripta porque estaba sin bautizar. Tuvimos que enterrarla en el cementerio de Asheville.

72

El amor que sentía por Elsie y la enorme carga de trabajo me ayudaron a superar el dolor de aquella pérdida. Por aquel entonces, la Guastavino Company estaba involucrada en el diseño y construcción de más de cien edificios en la Costa Este y en el Midwest, entre los que se encontraban una enorme iglesia en Filadelfia con un domo de treinta metros, la biblioteca de estado y el edificio de la Corte Suprema de Connecticut; la estación de tren de Chicago; el hotel Vanderbilt y los vestíbulos de la estación Grand Central de Nueva York, entre otros. Sería demasiado tedioso hacer la lista de todas nuestras obras. Éramos una parte muy activa de una labor colosal, la construcción —literal— del área más próspera de los Estados Unidos.

A medida que la empresa aumentó de tamaño, empezó a ser posible delegar. Es más fácil encontrar tiempo libre si se está a la cabeza de una compañía de mil empleados que si, por ejemplo, tiene uno a su cargo un equipo de veinte personas. A partir de cierto nivel, fue posible volver a soñar con aquel viaje siempre pospuesto. Además, recorrer México había despertado mi espíritu viajero, tantos años reprimido. Tuve que esperar hasta 1912 para borrarme de la agenda de la compañía durante cuatro meses, lo que conllevó arduas discusiones con Blodgett. Dejé bien claro que esta vez no habría marcha atrás y que me iría de viaje a España, cayese quien cayese, incluida la Guastavino Company. Blodgett era como un hermano, y entendía mi necesidad, de modo que me ayudó a organizar el trabajo del estudio para que pudiera irme.

Viajar por viajar es seguramente una actividad muy agradable, pero a mí me gustaba viajar con un propósito. O con varios. El principal era conocer a mi familia, encontrar a mi madre y a mis hermanas, resolver ciertas dudas que me tenían condenado a un desasosiego permanente. De paso, aprovecharía para ver monumentos, visitar fábricas de cerámica y aumentar mi nutrida colección de azulejos, entablar contactos con arquitectos punteros, todo lo que pudiese contribuir a enriquecer mi vida y mi trabajo. Le propuse a Elsie un plan ambicioso: viajar de diciembre hasta la primavera. Pasaríamos la Navidad en París, luego nos detendríamos en Italia de camino a Egipto y a la vuelta visitaríamos España. Y regresaríamos a Nueva York desde Southampton como pasajeros de primera clase en el viaje inaugural de un flamante transatlántico del que todos los periódicos hablaban, y que llevaba el fabuloso nombre de *Titanic*. Elsie estaba loca de alegría con el plan.

A mitad de diciembre de 1911, embarcamos en el *Oceanic*, de la White Star Liner rumbo a Cherburgo, y de allí nos dirigimos a París, donde nos hospedamos en el hotel Meurice. Elsie le escribió a su amiga Helen:

> *Lo estamos pasando como nunca en la vida, los dos solos en el hotel más perfecto que puedas imaginar. París es un sueño, tan lleno de edificios preciosos, parques, bulevares... Hay belleza en cada rincón y hoy le dije a Rafael que me quedaría aquí el resto de mi vida... Esta noche vamos a ver Faust a la Ópera y me tengo que arreglar, te dejo...*

Unos días más tarde, le escribió una nota que tengo aquí en mis papeles: «Entre otras gestiones, hoy hemos confirmado nuestro camarote en el viaje inaugural del *Titanic* el primero de mayo».

En cada etapa del viaje, Elsie utilizaba los mismos adjetivos para describir Capri, el Vesubio, Pompeya, Alejandría, El Cairo: todo era «lo mejor», «lo más bonito», «lo más grande», todo era «maravilloso», «imponente», «precioso», «colosal»... Podría haberse comprado un sello de caucho y se hubiera ahorrado mucha tinta. Y es cierto, cuando se viene de América, Europa es bella. Siempre lo decía mi padre. Yo disfruté mucho de todos esos monumentos, y me entró una curiosidad enorme por la egiptología después de haber visto las pirámides, pero en el fondo estaba inquieto y quería llegar a España, la meta que parecía inalcanzable... ¿Qué me encontraría? ¿Sentiría una gran decepción o, al contrario, descubriría lo que mi padre nunca me contó?

El 19 de marzo, a medida que el tren se acercaba a Barcelona, sentía que mi corazón se ponía al galope. Qué azules eran estas orillas del Mediterráneo, qué razón tenía mi padre cuando me contaba que el mar en Long Island era gris. Qué belleza las calles abigarradas del barrio gótico con sus magníficos edificios religiosos, sus plazoletas escondidas y el hotel Gran Colón, donde nos hospedamos. Qué emoción pasear por las calles bullangueras del barrio de la Riba, donde transcurrió mi infancia. De niño, no era consciente de lo bonita que era la ciudad. Le enseñé a Elsie la plaza donde jugaba, la casa tan pequeña a la que mi padre venía a pasar la tarde y que olía a los guisos de la abuela Paula, y al fondo el puerto con su bosque de mástiles. Luego fuimos a la calle Aragó con Llúria; la mansión familiar que había construido mi padre seguía presidiendo aquel chaflán con su prestancia original. Llamé a la puerta. Me abrió una criada con cofia. No, no sabían nada de la familia Guastavino, ni de la familia Roig.

La única pista que tenía era una carta de un tal Genaro Marín dirigida a mi padre, con una dirección de remite. Era uno de sus acreedores de la época de Barcelona, que le había escrito varias veces. Sé que mi padre le había contestado, pero no estaba seguro de que hubiera saldado esa deuda porque recibió nueva carta fechada el 11 de enero de 1906, dos años antes de morir. Genaro era ciertamente un acreedor muy persistente:

> *Muy señor mío:*
>
> *Creo tendrá usted olvidada la correspondencia que le dirigí en los años 1885-6-7-8-9-90-91 y 92, la que hoy le recuerdo. Antes del año 1886 me escribió usted indicándome las fechas en que podría pagarme, y en 26 de abril de 1886, le contesté que si no podía pagarme toda la cantidad como me había prometido, lo hiciera remesándome algo a cuenta, pues ya tuve noticias de que se había hecho a valer por su ingenio y sus trabajos. Esto se lo escribí en 1890 y usted me contestó que iba trabajando algo sin embargo de ser ese país refractario a todo lo español. Dejé pasar tiempo, volví a escribirle el 23 de octubre de 1892 una carta certificada en la que le recordaba sus promesas. En sus cartas del 2 de abril de 1885 y 26 del mismo mes de 1886 me prometía satisfacerme las cuentas que le mandé en varios plazos. Hoy que veo que puede hacerlo, yo le ruego me diga si quiere pagarme, supuesto que las cuentas obran en su poder.*
>
> *Su aff.*
>
> *Genaro Marín*
> *c/ Traspalacio, 2*

Preferí dejar a Elsie en el hotel, temeroso de que mi conversación con Genaro le aburriese. Me fui caminando por el barrio, y crucé la plaza Real. Los almacenes El Águila que había fundado el tío Ramón seguían abiertos. Recuerdo que mi madre se extasiaba ante el escaparate; pero nunca entramos, esa tienda no era para nosotros. Miré hacia arriba: las puertaventanas del piso donde vivió mi padre con Pilar y mis hermanos estaban abiertas. ¿Quién estaría viviendo allí? ¿Cómo sería esa otra familia?

73

Traspalacio era una callejuela estrecha y el número 2 estaba indicado en una puerta de madera que tenía un llamador de bronce en forma de cabeza de león. Llamé varias veces. Me abrió un sirviente y me hizo pasar al despacho de don Genaro. Llegó apoyándose en su bastón y, al decirle quién era, cayó a plomo en el sillón más cercano.

—¿Y te llamas Rafael? Pues no te pareces a tu padre.

Le conté que era hijo de Paulina.

—¿La conoció usted?

—No la recuerdo bien, creo que vino a mi oficina a por los pasaportes. De quien me acuerdo es de su mujer legítima, Pilar... Menudo genio tenía. —Le dio un ataque de tos y luego prosiguió—: ¡Qué de líos tenía tu padre! ¡Y en cuántos me metió!

Supe que Genaro conoció a mi padre cuando este acababa de terminar la fábrica Batlló. Fue a pedirle consejo porque estaba construyendo una fábrica de papel de fumar en el Ensanche, que hoy seguía funcionando. Mi padre le asesoró y hasta le hizo un diseño que nunca le cobró —«No sé si por despiste o por generosidad», añadió Genaro—, y así se hicieron amigos. No llegaron a ser íntimos, pero sí mantuvieron una buena relación, como la que puede existir entre dos emprendedores. Cuando mi padre se encontró en apuros, vio la oportunidad de cobrarse el favor. Fue a ver a Genaro, que también era dueño de La Camerana, una agencia de aduanas y transportes marítimos, y le pidió que le fiase el coste de cinco pasaportes de la familia, los pasajes de tren a París y después a Le Havre, y los cinco pasajes a Nueva York. Aparte, le pidió una cantidad en metálico, a devolver en un año, el tiempo que calculó que tardaría en triunfar en Nueva York. Qué ingenuo era.

—Nunca es tarde si la dicha es buena, don Genaro. He venido a saldar esa deuda, en nombre de mi padre. Tenga... —Le entregué un sobre con dinero. Abrió los ojos como platos—. He añadido una cantidad por los intereses de tantos años. Quiero que quede satisfecho.

El hombre miró el sobre con detenimiento, luego alzó la vista hacia mí y volvió a mirar el sobre.

—Si no fuera honrado, me quedaría con este dinero... —dijo, manoseando el fajo—. Está claro que tu padre no te lo dijo...

—¿Qué es lo que no me dijo?

—Que ya me pagó. Lo hizo después de la última carta, la décima que le envié en todos estos años. Tardó, pero cumplió. Soy muy perseverante, es la cualidad primordial de quien presta dinero. Me lo envió a través de unos ingenieros americanos que hicieron la fábrica Asland allá en los Pirineos.

Ahora el sorprendido fui yo. Recordé que Blodgett me dijo que mi padre, en los últimos tiempos, como si presintiese su final, insistió en saldar todas sus deudas, pero no pensé en las de Genaro.

Me devolvió el sobre. Llamó a su sirviente y le pidió que nos trajera dos copas de vino blanco de su cosecha.

—Si eres como tu padre, te gustará este *vi de gel*. —Tenía tantas ganas de hablar como yo de escucharle. Quería saber lo que él sabía—. Cuando estalló el escándalo con tu madre, y Pilar le revocó los bienes parafernales ante notario, a tu padre le entró el pánico porque se quedaba sin un real, y arrastraba deudas de obras anteriores, en concreto de la casa familiar de la calle Aragó. Estaba muy angustiado porque además veía que se quedaba sin sus hijos. Su mujer aprovechó la ruptura para llevárselos a Argentina, así escapaban del servicio militar, y ella de él. Se marchó convencida de que se haría riquísima invirtiendo en una línea de ferrocarril en la Pampa, unos amigos de la familia le metieron eso en la cabeza... Y no sé si lo sabes, pero lo perdió todo.

—Sí, me enteré. Estoy en contacto con mis hermanos.

—La avaricia rompe el saco. Aquella mujer quería vengarse de lo que tu padre le había hecho pasar... y él le tenía miedo.

—¿Entonces usted le dejó el dinero del viaje, y el que mi padre llevó a América también?

—A tu padre ya le había prestado dinero en otras ocasiones, y siempre me lo había devuelto. Esta vez quería reunir un pequeño capital para arrancar en Estados Unidos, quería construir edificios en Nueva York, y yo solo pude prestarle una parte. Pero fueron pasando los años y no me lo devolvía...

Le conté cómo se arruinó con la compra de los terrenos, por la crisis del ochenta y cuatro, y le hablé de la del noventa y tres y las penurias que pasamos.

—Me imaginé que algo de eso ocurrió... Tu padre era muy optimista, no veía los problemas ni era ordenado con los negocios. Luego otros conocidos suyos contactaron conmigo, así me enteré de que no solo me había dejado a mí en la estacada, sino que estafó a amigos suyos.

—¿Los estafó?

—Como lo oyes. Los engañó. Antes de marcharse, reunió todo el dinero que pudo e hizo un viaje a Calatayud y luego a Madrid, donde tenía una tienda de vinos con su cuñado. Desde allí, giró varias letras de cambio para cobrar en Barcelona, algunas endosadas a Pilar...

—¿A Pilar? ¡Por eso decía que ella le odiaba!

—Fueron protestadas y ejecutadas, por eso Pilar se puso como se puso... Lo quería matar. ¡Se fue a la Argentina para no pagar las deudas de Rafael! Te voy a enseñar los papeles. Los tengo yo porque esos conocidos suyos pusieron su caso en mis manos para que juntos hiciésemos más presión.

Llamó a su sirviente, que hacía tanto de secretario como de criado, y le pidió que le trajese varias carpetas. Todas llevaban el nombre de mi padre en gruesas letras rojas.

—Escucha esto —me dijo al leer uno de los papeles—: el 4 de marzo, el comerciante Feliciano Nadal —que era amigo de tu padre y mío— presentó en casa de Rafael Guastavino una letra expedida en Calatayud de mil setecientos setenta y siete reales y otra de quinientos reales.

Me enseñó el papel, y reconocí la letra de Paquita, mi hermana, que escribía en nombre de mi madre: «No se satisface dicha letra por estar ausente su principal y no haberle dejado fondos para ello». Me siguió mostrando más papeles: el 7 de marzo Vilumara y Cía. protestaba una letra de dos mil quinientas pesetas; el 10 de marzo era Josep Noguera quien protestaba otra de diez mil pesetas, un tal Pau Casades también de diez mil pesetas... La lista era larga, demasiado larga. Luego Genaro me enseñó la providencia judicial de julio de 1881, el año que llegamos a Nueva York.

—Mira, esto... Esto probablemente no te lo haya dicho tu padre.

En el escrito, el juez Juan Manuel de Palacios, del distrito de San Pedro de Barcelona, encargaba «a todas las autoridades y demás funcionarios de la policía judicial procedan a la busca y captura de don Rafael Guastavino Moreno, y obtenida, conducirlo a las cárceles nacionales de esta capital, donde quede a mi disposición, dándome el oportuno aviso pues así lo tengo mandado en causa criminal que contra él instruyo por alzamiento».

Me daba hasta miedo seguir leyendo el documento. Órdenes de embargo, de busca y captura. En aquel despacho de aquella oscura calle de Barcelona, descubría que mi padre había sido un delincuente.

—Se pasó toda la vida añorando España —le dije—, y yo no entendía por qué nunca quiso volver.

—No es que no quisiese volver, es que no podía... Aquí le esperaban la cárcel y la deshonra social. Al irse, quemó las naves. Debía de estar muy desesperado, pero aun así.

—Fue el estafador estafado, entonces...

Le conté cómo había perdido todo su capital con aquellos abogados neoyorquinos que le vendieron terrenos que no les pertenecían. Genaro se rio mientras negaba con la cabeza.

—¡Vaya con tu padre! —Luego se quedó pensativo, y añadió—: En el fondo, no creo que fuera un estafador, la prueba es que me devolvió lo que me debía.

—¿Me lo dice como consuelo? No se preocupe, yo le quería mucho de todas maneras, como padre, como arquitecto y hasta como delincuente.

Genaro se rio de buena gana.

—¡Como tiene que ser! Un padre es un padre, y un hijo no tiene por qué juzgarle. Pero lo digo porque lo pienso. Él era un soñador y estaba convencido de que triunfaría nada más pisar Estados Unidos, como si le estuvieran esperando. Apostó fuerte, pensando que en un año lo devolvería todo porque se haría de oro.

—Me acuerdo de que siempre hablaba de sus patentes, que le harían rico; no se esperaba tantas dificultades como encontró.

—Yo he conocido a varios indianos —me dijo Genaro—. Todos se fueron pensando que sería coser y cantar. Si los emigrantes supieran lo que les espera, creo que no se irían...

Le pedí si podía llevarme la carpeta, para saldar las otras deudas y lavar la memoria a mi padre. Bien se lo debía, porque sin aquellas fechorías tampoco estaría yo hoy aquí.

—Es suya —me dijo al tendérmela—. Aquí están todos los datos de sus acreedores, o víctimas, no sé cómo llamarlos... Algunos habrán muerto, otros seguramente habrán cobrado, como yo..., y otros le estarán maldiciendo.

Antes de marcharme, le pregunté si sabía cómo podía encontrar a Paulina.

—Cuando necesité localizar a tu padre, fui a verla. Fue ella quien me dio vuestra dirección en Nueva York para escribirle y reclamar mi dinero. En aquel entonces vivían en La Pobla, una aldea de Tarragona. No he vuelto a saber de ella.

Me despedí de Genaro y anduve vagabundeando por el laberinto de calles empedradas del centro. Estaba ido, como si hubiera recibido un puñetazo en el estómago. Ciertos recuerdos se mezclaban en mi cabeza, no estaba seguro de haberlos vivido o si mi padre me los había contado. Nuestras memorias se fundían. Sentí necesidad de calma y entré en la iglesia de Santa María del Mar, y me acordé de las veces que fui con la abuela Paula, devota de aquella Virgen a quien le pedía favores. Me quedé largo rato con la mente en blanco, absorto por el esplendor de aquel templo gótico, dejando que la quietud me penetrara, calculando a ojo de buen cubero el ángulo de los arbotantes para no pensar en lo que Genaro me había revelado.

Luego, al volver hacia el hotel donde me esperaba Elsie, empecé a sentir una profunda relajación y una felicidad difusa. Las piezas de mi vida empezaban a encajar.

74

Para desplazarnos a Tarragona, alquilé un automóvil con chófer. Hubiéramos podido llegar en coche de caballos, pero preferí hacerlo en un Hispano Suiza. De no encontrar a Paulina en el pueblo, el regreso sería más rápido. Y, además, un automóvil impresionaba más. Al fin y al cabo, yo era el hijo de la criada que volvía de América. Asumí mi papel de indiano con todas sus consecuencias.

Cruzamos un paisaje de árboles frutales y de olivos en un día de sol magnífico. Llegamos al pueblecito, que se estiraba en el flanco de una colina plantada de viñedos. Burros, gallinas, cabras, ovejas y perros se cruzaban con campesinos vestidos de negro que iban y venían de sus huertos con la azada al hombro. El chófer preguntó en catalán por la casa de la Paulina Roig. Yo tenía el corazón en vilo. ¿Y si de repente nadie la conocía? ¿Y si se habían mudado años atrás sin dejar rastro? ¿Y si había fallecido?

—¿Paulina? No, ese nombre no me suena —dijo el campesino—. Será la Paqui.

—Sí, eso. Paquita. Paquita Valls —dije.

—La casa al fondo de la plaza.

Elsie me apretó el brazo con fuerza porque intuía el terremoto que me estaba sacudiendo por dentro. Había esperado tantos años que llegase este momento que ahora me daba miedo enfrentarme a lo que iba a descubrir.

Era una casa modesta, blanca como las demás, con cubierta de teja a dos aguas y una chimenea humeante. Una mujer estaba tendiendo la ropa en la plazoleta. Se nos quedó mirando, intrigada. Nada más bajar del coche, la oí decir:

—¿Rafael? ¿Rafaelito? —Era la Paqui, que dejó caer la sábana húmeda que llevaba en brazos y corrió a abrazarme. La Paqui, la escribidora oficial de la familia, mi compañera de juegos infantiles, mi hermana, ahora convertida en una señora entrada en carnes de 49 años, con el rostro enrojecido por el sol, que me reconoció antes de verme—. Sabía que un día vendrías... Lo sabía, Rafaelito.

—No pude hacerlo antes —dije como disculpándome.

—Y gracias que has podido. Ven, ven, la Paulina te está esperando.

—¿Quién la ha avisado?

—Nadie. Lleva treinta años esperándote.

Mis ojos tardaron unos instantes en acostumbrarse a la penumbra. Mi madre cosía, las piernas bajo el brasero de la mesa camilla. Olía a mi infancia, a los guisos de la abuela Paula, que pasaban de generación en generación. La olla colocada sobre la cocina de leña despedía aroma a conejo con coles. Mi madre me sonrió, sin decir nada. Yo tampoco podía hablar. Clavaba sus ojos azules en los míos en un diálogo mudo. Fue un momento eterno y breve al mismo tiempo, un instante de reconocimiento mutuo en el que ambos parecíamos flotar sobre la realidad. Luego dijo una frase muy de madre, que rompió el hielo.

—Rafaelito, cómo has crecido. —Nos reímos—. Qué guapo estás... —prosiguió—. Y ese pelo tan blanco ¿de dónde sale? Tu padre era medio calvo...

—Será por ti, madre. Tú también lo tienes blanco.

—Ya, pero yo lo tengo por vieja, es natural.

Lo llevaba recogido en un moño. Vestía de negro, como las mujeres del campo, con un pañuelo alrededor del cuello. Me abrazó largamente y se puso a llorar, en silencio. Yo, que me había hecho un poco anglosajón, luchaba por reprimir mis emociones, y no era fácil porque no había manera de despegarla de mi pecho. Al cabo de un rato, se serenó.

—Ven, siéntate aquí conmigo, hijo.

Llamé a Elsie, que esperaba afuera, temerosa de interrumpir nuestro momento de intimidad. Le presenté a mi madre, que le plantó dos besos mientras Elsie se quedó con la mano tendida, un poco despistada. No conocía bien las costumbres. Estaba viviendo una aventura de lo más exótica, si por exotismo se entiende lo cotidiano de los demás.

—Cuéntame, hijo, cuéntamelo todo.

Me senté en la mesa camilla, y le conté todo. No nos habíamos visto desde el día en el que vinieron ella, la Paqui y la Engracia al colegio de los Whitlock, en su segundo viaje a América. Me dijeron al despedirse que pronto vendrían a por mí y nos iríamos todos a Barcelona. Habían pasado treinta años desde entonces. Le solté la pregunta que me reconcomía el alma desde siempre.

—¿Por qué no volviste a por mí, madre?

—Mi vida se torció, Rafaelito. No me supe adaptar a Nueva York, pero es que tu padre no ayudaba, andaba siempre con mujeres, y una tiene aguante, pero hasta cierto punto. Pensé que os cansaríais de vivir allí y que volveríais. Lo veía todo tan duro, tan difícil, tan frío. Cuando vi que no volvíais a Barcelona, decidí regresar yo a América, una segunda vez. Te echaba mucho de menos y por eso me di una segunda oportunidad. Fui con las niñas, empeñé las pocas joyas que me había regalado tu padre, y volvimos. Pero él ya estaba con aquella mujer mexicana, y no nos vino ni a buscar al barco. No nos quería allí, éramos un estorbo. Le supliqué que me dejase traerte con nosotras, pero se negó. Qué pena más grande, hijo. Ni siquiera quería darnos la dirección de tu colegio, tuve que insistir mucho. Tenía miedo de que te robase. Al final me dijo: «Te digo donde está Rafaelito a condición de que me prometas que no lo vas a sacar de allí». ¿Qué podía hacer? Se lo prometí, claro, estaba atrapada, sin dinero, sola con las niñas, no hablaba el idioma. Estaba a sus expensas. Y quería verte, aunque solo fuera un minuto, un segundo. No sabes lo que sufre una madre cuando la alejan de su hijo. Luego vi que te estaban dando una buena educación, que yo jamás podría darte aquí, y tuve que renunciar a criarte, hijo. No fue fácil, pregúntale a la Paqui. ¡Y lo que tú debiste sufrir!

—Estaba en el colegio, y eso me ayudó. Los niños son más fuertes de lo que se piensa.

No quise mencionar a Francisca, ni contarle que, en efecto, los niños se amoldan a todo, ni que yo me acostumbré a esa madre adoptiva que me quiso, también, y mucho.

—¿Sabías lo del dinero de papá? Quiero decir, ¿sabías cómo consiguió el dinero que se llevó a Estados Unidos?

—Claro que lo sabía. Tuve que soportar a sus acreedores, que me amenazaban con todo tipo de perrerías porque decían que le estaba encubriendo. Cuando en Nueva York le quité un fajo que tenía escondido para pagar los billetes de barco, lo hice porque no me dio ningún reparo, porque sabía cómo lo había conseguido.

A medida que mi madre me contaba su historia, me daba la sensación de que yo emergía de la neblina de mi pasado. Entender el porqué de las cosas me ayudaba a encontrar un sentido a todo lo que habíamos pasado, a mi vida. Pero todavía tenía aquella espina clavada, e insistí.

—Madre, ¿y por qué no viniste después? ¿Por qué nunca me reclamaste?

Vi que unas lágrimas corrían por sus mejillas, como si le hubiera dado una puñalada. Me arrepentí, pero me lo explicó enseguida.

—Pensé en ti, Rafaelito. Vi que dejaste de escribirme y entendí que te habías acostumbrado a vivir sin mí. De haber insistido te habría hecho daño, porque hubieras vivido desgarrado, y eso no está bien. Yo no podía contra tu padre. Mi silencio era para que no sufriéramos tanto ni tú ni yo. —Nos quedamos callados. Su explicación no acababa de convencerme. Debió de sentirlo, porque añadió—: Además, tu padre no me dejaba...

—¿No te dejaba escribirme, ni contactar conmigo?

—No, Rafaelito. No me lo impedía directamente, pero me dio a entender que no me mandaría más dinero si interfería contigo. Y yo necesitaba dinero para sobrevivir en Barcelona con las dos niñas, eran épocas muy malas. Él te quería para sí. Eras su niño. Luego fuiste su obra, así lo entiendo.

—¿Y te mandó dinero siempre?

—Siempre. Todos los meses. El último envío nos llegó un mes después de su muerte. Nunca falló. Me lo mandaba para protegerte a ti, para que no pudiese reclamarte... ¿Me entiendes ahora, hijo mío?

—Si a él siempre le faltaba... Hubo una época en que no teníamos ni para calentarnos.

—A nosotras nunca nos faltó. —De nuevo, me sentí zarandeado: mi padre había pasado de ser un desalmado a un hombre de palabra. Era todo y lo contrario a la vez. Pero dolía revivir el desgarro familiar. Mi madre siguió hablando—: Ya no le tengo rencor, que se lo he tenido muchos años... Ahora pienso que lo que ha hecho ha sido lo mejor para ti. Si yo te hubiera traído con nosotras, ¿quién sabe si habrías podido estudiar? ¿Quién sabe si hoy no serías un labrador trabajando de sol a sol para un jornal de miseria? ¿Quién sabe si tu padre, sin ti, se habría desentendido por completo de nosotras? Así, quieras que no, la familia se ha mantenido, y aquí estamos, hijo. Me ha costado mucho aceptar lo que te estoy diciendo.

Entendí que mi madre, que no era una mujer culta, escondía algo más valioso: una sabiduría innata que le permitía ver las cosas desde otro punto de vista que no fuera estrictamente el suyo. Sobre todo, entendí que había sido un niño muy querido, tanto por ella como por mi padre, y que ese amor era la auténtica riqueza de la vida.

Cuando regresábamos a Barcelona en el Hispano Suiza, sentí muy fuerte la presencia de mi padre, como si hubiera estado con nosotros. Sus constantes envíos de dinero a mi madre habían sido como un hilo que había ido tejiendo y que nos mantuvo, de una manera extraña y paradójica, unidos a pesar de la distancia y el silencio. Qué cosa tan rara. Qué personaje irrepetible fue mi padre. Aquella noche, en el hotel Colón, soñé con él, tan nítidamente que lo sentí muy vivo a mi lado, como solo los sueños saben hacerlo. Para eso sirven, para resucitar a los muertos el tiempo de una cabezada, de una siesta, de una noche. Sentí su calor, tocaba su chaqueta de franela, olía al humo de su cigarro, le acariciaba las patillas, nos reíamos. Estábamos en el circo, y los trapecistas éramos nosotros. A mí me daba miedo saltar, mi padre insistía y yo me resistía. De pronto me desperté sudando, el rostro bañado en lágrimas. Me desgarraba el dolor lacerante de su ausencia. Elsie me tranquilizó y luego, poco a poco, caí rendido como un niño. Por fin me dormí plácidamente. Cuando me desperté, tuve la sensación de haberme liberado de un peso que llevaba arrastrando desde el día en que mi madre nos anunció que nos dejaba en Nueva York y se volvía a Barcelona. Sentí que había cerrado el círculo. Había encontrado a mi familia.

75

Me hubiera gustado ver a Engracia y darle un abrazo, pero vivía en Bilbao con su marido y sus hijas y solo visitaba a mi madre y a mi hermana una vez al año, por Navidad. La Paqui se había quedado viuda de un vecino del pueblo, dueño de algunas tierras, y desde entonces vivía con mi madre, que salía poco de casa. Espero que algún día vuelvan a Nueva York, y que pueda pasearlas en el *Don Quixote*, este yatecito de doce metros desde donde escribo estas líneas. Pronto podré alojarlas en la nueva casa que Elsie y yo nos estamos haciendo en Bay Shore, una excentricidad recubierta de los azulejos más bellos del mundo donde tengo la intención de jubilarme, dentro de muchos años. En realidad, ya no hago casas, hago monumentos, no puedo reprimir mi imaginación. ¿No dicen que con la edad uno se parece cada vez más a su padre?

El resto del viaje fue una bendición; como dicen en Estados Unidos: *a blessing*. En Valencia nos recibió la familia, los tíos, hermanos de mi padre, que habían vivido en Cuba como religiosos. Uno de ellos, José, había tenido que colgar la sotana porque no podía vivir sin sus dos hijas que trajo de La Habana cuando estalló la guerra de Cuba. ¡Puro Guastavino! Ambos eran maravillosos anfitriones y músicos; Antonio nos recordó cómo había iniciado a mi padre al solfeo y al violín. La tía Juana nos agasajó con las más exquisitas paellas, las de verdad, porque entonces me di cuenta de que los arroces de mi padre en Black Mountain distaban mucho de los auténticos, de los de su tierra. Visité a todos los Guastavino que pude encontrar, y en cada uno de ellos encontré esa chispa de originalidad, ese toque artista, a veces exuberante, que nos distingue.

Sobre todo, visité los lugares que ejercieron su influencia en la visión del mundo que tuvo mi padre, y que por ende me influyeron a mí. Desde la catedral de Valencia y la perspectiva de la puerta de los Hierros, de la que tanto me habló cuando, en los diseños, nos encontrábamos limitados por el espacio, hasta el claustro del convento de Santo Domingo, que exhibía las bóvedas más antiguas, pasando por la basílica de los Desamparados, en la que se inspiró para construir la iglesia de San Lorenzo en Asheville. Quise ver la iglesia de las Escuelas Pías, pegada a su colegio, dominada por una cúpula enorme, en la que secretamente me basé para San Juan el Divino. ¿Y qué decir de la Lonja de la Seda, que reconstruimos en Chicago? La conocía palmo a palmo, habíamos reproducido las columnas en forma de troncos de palmera, la escalera de caracol tan fina y la sala de mercaderes. Por fin pude descubrir las gárgolas eróticas, esas que no nos atrevimos a copiar. En cada rincón me imaginaba a mi padre, mudo de emoción ante la belleza de todas aquellas cúpulas que moldearon nuestra vida.

Elsie soñaba con el regreso a bordo del *Titanic* y me leía el prospecto publicitario: «El pasajero del *Titanic* puede mantenerse en forma en el gimnasio del barco o jugando al squash en las pistas y luego proceder a los baños turcos o a las piscinas y acabar recorriendo a paso ligero las dos millas de sus espaciosas cubiertas».

—¡Qué ganas! —me decía tumbada en la cama del hotel, sobre las mantillas que se había comprado a lo largo del viaje, y con las que pensaba epatar a sus amigas de Brooklyn.

Su entusiasmo solo fue comparable a su decepción cuando, leyendo la edición del 10 de abril del *New York Herald*, nos enteramos de que el barco había adelantado su viaje inaugural y navegaba ya en alta mar. Pensé que Elsie se iba a echar a llorar del disgusto. Tanto se había escrito de ese barco que la gente ardía en deseos de conocerlo. Fuimos a una agencia de viajes y nos cambiaron los billetes por el *Olympic*, que zarpaba de Cherburgo rumbo a Nueva York el 24 de abril.

El día 18 de abril, después de comer, nos dirigimos a la estación del Norte de Madrid para iniciar el regreso a París. Compré un periódico español y nos instalamos confortablemente en el compartimento. «Entonces vivimos el mayor trauma de nuestras vidas —escribió Elsie en su diario—, al enterarnos de que el *Titanic* había chocado contra un iceberg y había naufragado en aguas del Atlántico, con gran pérdida de vidas humanas. Nos sentíamos tan mal que nos costaba creer que fuese cierto. Nada más llegar a Burgos fuimos a la agencia Cook, donde nos confirmaron la terrible noticia. En el hotel compramos el *Herald* y todos los periódicos que pudimos encontrar».

No había llegado nuestra hora.

Al final nos cambiaron de nuevo de barco y nos asignaron el *Provence*, que zarpaba de Le Havre, lo que alargaba un poco nuestro viaje. La travesía no fue tan cómoda como la de ida porque Elsie fue víctima de mareos, que achacamos al cansancio de un periplo tan largo y a la mala mar. Llegamos a Nueva York el 4 de mayo, y en los días posteriores siguió encontrándose mal, de modo que fuimos al médico y nos dio una gran alegría. Elsie estaba embarazada de un niño que nacería en diciembre.

Ahora sí, todas las piezas de mi vida encajaban.

Epílogo

Al morir, Rafael Guastavino era dueño de la mayoría de las acciones de su compañía. En su testamento, que había preparado minuciosamente, las legó en un fideicomiso a su hijo y a Blodgett hasta que acumulasen el suficiente valor para que sus otros hijos, Manuel y Ramón, pudieran heredar una cantidad sustancial. Luego, el resto se repartiría, la mitad a Rafael Jr., un tercio a Blodgett y una sexta parte a Robst, fiel socio de la compañía durante veinte años. La finca de Black Mountain pasaba a ser de Francisca. Deseaba que, llegado el momento, sus restos fuesen colocados en la cripta, a su lado. Esas fueron las últimas voluntades de Rafael Guastavino Moreno.

El negocio era tan próspero que las acciones aumentaron de valor y en menos de dos años se cumplieron las condiciones del testamento. Los hijos argentinos heredaron su parte y en 1926 recibieron a Rafael y a Elsie en Buenos Aires.

En las dos primeras décadas del siglo xx, Rafael Jr. y Blodgett se enriquecieron de manera considerable. Además, anticipando las necesidades de los arquitectos y consciente de que era esencial conseguir innovaciones técnicas, Rafael patentó dos tipos de losetas de gran capacidad para absorber el sonido, la «Rumford» y la «Akoustolith», que pronto se hicieron populares en el gremio de la construcción. Con ellas recubrió la estación de tren de Búfalo, las iglesias de San Vicente Ferrer y de Saint Thomas en Nueva

York (1915) y docenas de otras iglesias a lo largo y ancho del país.

—¡Por fin es posible escuchar los sermones con gran claridad y nitidez!

Lo decía en broma, pero era cierto. Aunque Rafaelito heredó la misma modestia que su padre y le gustaba definirse como un trabajador sin más, fue reconocido como un gran experto en los procesos cerámicos y creó cuatro nuevas patentes entre 1922 y 1939, todas relativas a innovaciones acústicas. Sus logros revertían en nuevos encargos de lugares públicos en todo Estados Unidos con el fin de «aquietar los espacios de la vida diaria». En los años veinte, la compañía trabajó activamente en Pennsylvania Station y en Grand Central, dos estaciones que representan los mayores hitos de la arquitectura ferroviaria americana del siglo XX, ambas convertidas en iconos de la variedad de lo que la Guastavino Company era capaz de ofrecer. Penn Station, una estación con aire de catedral gótica, le reportó una fama comparable a la que le dio la sala de registros de Ellis Island, el lugar donde se inscribía a los inmigrantes recién llegados. Debajo de una de sus magníficas bóvedas que recubrió con más de treinta mil azulejos desfilaron millones de personas desde 1918 hasta 1924. Aquel fue un encargo especialmente simbólico para Rafaelito, que llegó como inmigrante a Manhattan con nueve años acompañado de su familia, y también hubo de pasar por una sala parecida; entonces se les sorteaba en un edificio llamado el Castillo, en la parte baja de la isla, antes de tener derecho a la libertad. Luego, el edificio de Ellis Island fue abandonado durante décadas, pero la bóveda se mantuvo en excelente estado: entre todas las losetas inspeccionadas, solo fue necesario remplazar diecisiete. Pero lo que simboliza aquella bóveda es, ante todo, el potencial que tiene la inmigración para enriquecer un país.

Después de vivir durante décadas en apartamentos de alquiler y casas de familia, Rafael se hizo una villa mediterránea en Bay Shore, Long Island, para disfrutarla con Elsie, su hijo, Rafaelito Guastavino Seidel, y su hija, Louise, nacida en 1914. Enteramente recubierta de azulejos que fue comprando en sus viajes alrededor del mundo, la casa es una excentricidad llena de detalles góticos y romanos y grandes ventanales en forma de arcos que dan al agua. Tan aficionado como su padre a los lemas en latín, colocó un *Plus Ultra* en la entrada, que aludía a lo que había aprendido de él y a lo que quería transmitir a su descendencia: ir más allá. Siempre más allá. Pero sus hijos hicieron caso omiso de aquel consejo. Rafael abandonó sus estudios de arquitectura y Louise tampoco mostró interés en proseguir con los negocios de la familia. Eran la tercera generación, criada entre algodones, y carecían de la fuerza y la garra que tuvieron el padre y el abuelo.

La mansión de Bay Shore era el emblema de la riqueza acumulada por la familia. Por fin los Guastavino podían permitirse el lujo de disfrutar de su invento y usar las bóvedas recubiertas de azulejos en su propia casa, como los Vanderbilt, los Morgan, los Astor, los Rockefeller, los Mellon y otras fortunas que utilizaron su sistema en sus residencias. En junio de 1914 acudió Blodgett a visitarle para celebrar el nacimiento de Louise. Era un señor mayor, cuyas canas rivalizaban con las de Rafael. Se mantuvieron despiertos hasta bien entrada la noche, hablando de la guerra mundial que asolaba Europa y de cómo repercutiría en la vida de la compañía. Luego, como siempre cuando se rencontraban, hablaban de don Rafael. Si alguien echaba de menos su presencia, aparte de su hijo, ese era Blodgett, el contable *cowboy*. «¿Sabes, Rafael? A pesar de las discusiones que tuvimos por los malditos cinco mil dólares aquellos que coloqué a plazo fijo en el banco, reconozco que tu padre me enseñó que acumular dinero no es una meta en la vida. Tardé en darle la razón, y ahora se lo agradezco».

Ellos habían acumulado una notable fortuna, pero, a diferencia de muchos hombres de negocios, lo habían hecho disfrutando con su trabajo, y eran bien conscientes de que eso era una suerte. Eran dueños de una empresa que estaba en la cúspide de su éxito, y que supieron adaptar a los tiempos cambiantes, a los distintos estilos arquitectónicos que iban surgiendo. En los años veinte, la compañía participó en la construcción del primer edificio *art déco* de Nueva York, el Barclay-Vesey Telephone Building, así como del edificio de la Western Union, cuyo amplio vestíbulo recubierto de losetas dispuestas en forma geométrica que recubrían el suelo y los techos evocaba, según la prensa, «un tejido flexible más que rígidos ladrillos». Qué gran cumplido para un arquitecto, para un constructor.

Pero las tendencias cambiaban, y antes de que estallase la crisis de 1929, surgió el advenimiento del hormigón armado, el acero y las líneas rectas, sin decoración. La nueva tecnología abarataba los costes, lo que, unido al aumento del precio de la mano de obra, situó la construcción tabicada en una posición precaria. En la Exposición Internacional de Barcelona de 1929, el pabellón alemán de Ludwig Mies van der Rohe fue objeto de admiración porque era lo último en diseño moderno. Lo que él y sus seguidores, deseosos de relegar la técnica de construcción tabicada al pasado, se guardaron bien de mencionar fue que su pabellón —ese icono del Modernismo— fue levantado por obreros catalanes de la manera más rápida y barata posible, utilizando bóvedas tabicadas que sostenían las losas del forjado. Pero era cuestión de tiempo que el sistema estuviese condenado al olvido.

A pesar de ir perdiendo terreno, en 1932 la compañía Guastavino vivió un momento de gloria cuando concluyeron las obras del Capitolio del estado de Nebraska y de la

Academia de Ciencias de Washington, cuyos acabados sofisticados y bellísimos siguen impresionando al visitante. El alarde de azulejos y de cerámica le valió al Capitolio —la Catedral de la Pradera, como se la llamó— el reconocimiento de ser uno de los monumentos más originales de la historia de la arquitectura norteamericana. Esas obras fueron como un último homenaje a la filosofía de la empresa, basada en la colaboración entre artistas, artesanos, arquitectos y constructores —algo que nunca más se daría en un mundo cada vez más especializado—. También marcaron el principio del fin. Durante la década de 1930, los años de la Gran Depresión, la compañía se sostuvo gracias a los proyectos de estilo renacimiento gótico, como la capilla Heinz de Pittsburg, la de la Universidad de Princeton, la de la Universidad de Duke y la iglesia de Riverside en Nueva York. En los años treinta, Rafael ya no trabajaba con arquitectos nuevos, sino con sus clientes de siempre, los de su generación, y no era buena señal. Luego, en 1931, su amigo Blodgett murió de repente, a los sesenta y dos años, y Rafael se quedó muy solo, aunque Malcolm, el hijo mayor de su contable, asumiese las funciones del padre como tesorero y director financiero de la compañía.

Los años cuarenta y cincuenta vieron surgir las estructuras de acero y cristal en la construcción de la mayoría de los edificios públicos de la posguerra. La nueva arquitectura favorecía una estética considerada universal y determinada únicamente por exigencias funcionales del edificio. El mundo moderno decía adiós a las líneas curvas y decorativas, a un cierto concepto de belleza. Unido al aumento del coste de la mano de obra, el resultado fue que llegaban cada vez menos encargos a la sede de la compañía.

A pesar de asumir que la hora de la Guastavino Company había pasado, Rafael siguió dibujando grandes estructuras, como hizo su padre hasta el final. No verían la luz, pero quedaron como testigo de una vocación irreprimible. En 1943 cerró las oficinas de Nueva York y de Boston y vendió a Malcolm Blodgett su participación en la compañía, que el joven dirigió durante unos años desde Woburn.

Francisca siguió en estrecho contacto con Rafael, que pagaba las cuentas de la finca y que la llamaba y le escribía, aunque no tanto como ella hubiera deseado. Una vecina que la visitaba dijo de ella: «Era muy peculiar para ser una señora rica. Su larga cabellera era su orgullo. No le gustaban ni los vestidos buenos ni las joyas, a pesar de poseerlos en gran cantidad. La única joya que llevaba era su anillo de boda».

Francisca vivió como una ermitaña hasta el final de su vida. Todas las noches colocaba un plato más en la mesa, por si su marido volvía, como le explicó a su sirviente, que la miraba de reojo. Cuando desde la ventana veía llegar a curiosos que habían sorteado la señal de prohibido entrar, cerraba las puertas y ventanas, se retiraba hasta los confines de la mansión y pasaba a formar parte del silencio y el misterio, agazapada en algún lugar como un animal herido. Solo las cartas de los que consideraba sus nietos —Rafaelito y Louise— y las visitas de la familia en verano le animaban la existencia. En invierno, ella les mandaba periódicamente cajas con manzanas, nueces, quesos y productos de la finca. Pero también eso se fue acabando: los niños crecieron, las visitas y los paquetes se fueron espaciando y en 1941 Elsie pidió el divorcio a Rafael y se fue a vivir con un hombre más joven. Adivinando el desamparo del que consideraba su hijo, se sumió en una melancolía aún mayor. En 1943, habiendo perdido facultades, se enredó con la falda en la estufa de aceite de la cocina y la casa se incendió. Estuvo ardiendo veinticuatro horas seguidas, y poco quedó en pie. Qué ironía para su marido, que se había pasado la vida luchando contra los incendios de los edificios, y que desde el más allá veía arder la mansión de su vida. A Francisca la encontraron desmayada en la cocina y la llevaron al hospital para curar sus quemaduras. Nunca más volvió a Black Mountain, cuya bodega y anexos fueron desvalijados en su ausencia, y permaneció en la residencia de ancianos de Kenilworth, cerca de Asheville, hasta el 28 enero de 1946, día en que murió, a los ochenta y siete años. Rafael acudió a su entierro, que se retrasó porque el obispo le denegó la autorización para inhumarla en la cripta junto a su padre, como también se la había denegado a su pequeña hija. Pero la niña no existía cuando su padre murió, y no había instrucciones al respecto. En cambio, en sus últimas voluntades su padre especificaba que la cripta la había construido para él y para su mujer. Rafael Jr. estaba muy irritado y desconcertado con la negativa del obispo: ¿por qué le negaban ahora a su padre, que había pagado la iglesia de Asheville de su bolsillo, el deseo de ser enterrado junto a Francisca? ¿No era una falta total de respeto hacia sus últimas voluntades? ¿No se había dedicado él en cuerpo y alma a acabar los mil detalles que su padre no había podido terminar? Ni siquiera *father* Marion pudo ayudarle. No hubo nada que hacer, y no insistió más, pero esa falta de agradecimiento de la Iglesia le dejó un regusto amargo. Al final, enterró a Francisca en el cementerio de Riverside de Asheville, junto a su hijita. Quizás fuese consecuencia del disgusto y la contrariedad que supuso el enfrentamiento con el obispo, pero a las pocas semanas sufrió un ictus que le produjo una hemiplejia de la que ya nunca se recuperaría del todo. Vivió sus últimos años obsesionado con España, adonde realizó un último viaje a los setenta y siete años, a Valencia y a Barcelona, para dejarse deslumbrar por esa luz del Mediterráneo que su padre había extrañado tanto. Volvió a Nueva York acompañado de su prima Antoinette Alfaro, que acudió para cuidarle. Muy poco tiempo después, el 19 de octubre de 1950, murió en su casa de Bay Shore. Fue enterrado en el cementerio de Saint Patrick de la misma localidad. Con su muerte, se cerraba una página de la historia de la arquitectura norteamericana.

En 1954 Malcolm Blodgett, el hijo mayor de su socio, murió repentinamente y su hijo William heredó la compañía, que mantuvo activa durante ocho años más, hasta que, después del último de los proyectos, la catedral de Saint Philip en Atlanta, fue liquidada definitivamente. Corría el año 1962. El mundo se había transformado del todo y dejaba de parecerse al que había sido.

A la postre, muchos de los grandes monumentos de la vida cívica norteamericana no se pudieron haber construido sin la participación de los Guastavino. Cuando en 1963, la municipalidad de Nueva York decidió demoler la estación de Pennsylvania, surgió un movimiento de protesta civil para evitar que ese «templo del transporte», ese gran espacio público, acabase siendo pasto de los especuladores. En un intento desesperado por evitar la demolición, el historiador de la arquitectura George Collins escribió al departamento de urbanismo de la ciudad de Nueva York: «La construcción de las bóvedas tipo Guastavino en combinación con las vigas pretensadas de acero del gran vestíbulo de la estación es algo único no solo en Nueva York y en los Estados Unidos, sino en el mundo entero». Pero no le escucharon, y la ciudadanía asistió entre impotente y escandalizada a la destrucción de uno de los iconos más bellos del país.

Pero todavía quedan otros en pie. En el año 2010, la misma municipalidad de Nueva York editó un pequeño fascículo con el que pretendía redimir del olvido al que habían quedado relegadas las obras de la Guastavino Company. El folleto se llama «New York's Guastavino» e indica un recorrido para visitar lo que permanece de un estilo y unas obras que aportaron belleza a una ciudad que deslumbró al mundo.

Agradecimientos

Quiero agradecer ante todo a mi editora Ana Rosa Semprún el haberme puesto sobre la pista de Rafael Guastavino, un personaje cuya historia resultó mucho más fascinante de lo que en un principio pensé. Hace años, Ana Rosa ya me había animado a escribir la historia de Anita Delgado, la princesa de Kapurthala, y su consejo devino en *Pasión india.* Por eso, el consejo de Ana Rosa no cayó en saco roto.

Pero este libro no hubiera visto la luz sin la colaboración, el ánimo, la ayuda y el buen juicio de dos grandes expertos en historia de la arquitectura, dos «guastavinistas» de pro, Fernando Vegas Lopez-Manzanares y su mujer, Camilla Mileto, ambos catedráticos de la Universidad Politécnica de Valencia. Enamorados de su profesión, han demostrado una gran generosidad al compartir información y tiempo, al proporcionar contactos, corregir las distintas versiones del manuscrito y, en definitiva, a ayudarme a escribir el mejor libro posible sobre la historia de los Guastavino. Tenerles siempre dispuestos a colaborar para solventar la enorme cantidad de dudas que planteaba la redacción del manuscrito ha sido todo un lujo. A ellos va mi agradecimiento más sincero.

Mi reconocimiento a Amparo Donderis Guastavino por la confianza que me demostró y por haberme puesto sobre la pista de una información que iba a modificar gran parte de lo que anteriormente se sabía de la vida privada de su antepasado. Amparo me puso en contacto con un primo suyo, James Black, heredero directo de los Guastavino, residente en Fort Myers (Florida). En mayo de 2016 fui a verle y me enseñó un manojo de cartas inéditas que acababa de heredar de su madre. Esas cartas son la base documental de este libro. En una de ellas, descubro que Rafaelito no es hijo de Pilar, como se creía hasta entonces, sino de Paulina Roig. Otras cartas dan a entender que Rafael padre tuvo una doble vida. Están las cartas de Francisca, que me han permitido reflejar su personalidad. Y hasta las de Emma Schurr. Y de su acreedor más fiel, Genaro Martín. Estas cartas, y las revelaciones contenidas en ellas, han constituido una oportunidad única para descubrir y reconstruir con detalle la vida tan original y azarosa de los Guastavino. De nuevo gracias, Amparo.

Mi reconocimiento a Benet Oliva, economista, regidor y presidente del Museu Arxiu de Vilassar de Dalt, por haber tenido la amabilidad de compartir conmigo sus escritos sobre Guastavino. Sin su material no hubiera sido posible reconstruir la época de Barcelona.

No me olvido del mago de los archivos, Víctor Cantero, historiador del Arte por la Universidad de Valencia, capaz de encontrar tanto una partida de nacimiento en un pueblo de Patagonia en el siglo XIX como la lista de pasajeros del *Ville de Marseille*, el transatlántico del que desembarcaron los Guastavino en Nueva York en 1881. Gracias por tan valiosa colaboración.

También a mi amigo y periodista Antonio López Mariño, que tiene la habilidad de leer documentos antiguos y me ayudó a descifrar las cartas a veces borrosas de Francisca Ramírez y de los Guastavino.

En Asheville, quiero dar las gracias a Peter Austin y a su encantadora hermana Deborah Austin, que me acompañaron, me mostraron los lugares que Rafael y Francisca frecuentaban en Black Mountain, y me pusieron en contacto con las fuentes de información más importantes de la zona.

También a Zoe Rhine, bibliotecaria de la Pack Library del condado de Asheville-Buscombe, y un enorme *thank you* a Helen Johnson, que lleva el centro Christmount en la finca que fue de Guastavino, por su amabilidad, su ayuda y su colaboración.

Estoy muy agradecido a Bill Cecil, heredero del palacio de Biltmore y de la familia Vanderbilt, por su afabilidad, su disponibilidad en enseñarme la huella de Guastavino en el palacio y por ponerme en contacto con el servicio de archivos. Y por el espléndido libro que me regaló sobre la historia de uno de los monumentos más significativos de Norteamérica. Gracias también a Juan Ignacio Entrecanales. Y a Joaquina Saldivar.

En Nueva York, mi eterno agradecimiento a Takis Anoussi por su cálida hospitalidad, y mi cariño de siempre a Doron Tal.

Mi reconocimiento a John Ochsendorf, ingeniero especializado en estructuras históricas y catedrático de Arquitectura en el MIT (Massachussetts Institute of Technology), autor del interesantísimo libro *Guastavino Vaulting*, por hacer un hueco en su apretada agenda, dedicarme una tarde a hablar de Guastavino y darme una copia de la autobiografía de William Blodgett. Gracias a Janeth Parks, de la biblioteca Avery de Arquitectura de la Universidad de Columbia, ¡por facilitarme el trabajo y permitirme hacer tantas fotocopias y preguntas!

Gracias a Ramon Graus, catedrático de Historia de la Arquitectura de la Universidad Politécnica de Cataluña, por compartir su trabajo sobre la fábrica Batlló. A Eva Vizcarra, por haber realizado el magnífico documental *El arquitecto de Nueva York* (premiado en Cannes y en distintos festivales), que fue una auténtica fuente de inspiración.

Gracias a mis editoras, especialmente a Miryam Galaz, por ayudarme a mejorar el texto.

Sin la colaboración de Lucía Durán de la Colina, no hubiera encontrado el tiempo ni el sosiego necesarios para escribir el libro.

Gracias también a Renato Cisneros, por compartir su bibliografía conmigo.

Y a mi familia: a Vali Samano por su paciencia, sus ánimos y sus buenas ideas, a mis hijos, Sebastián y Olivia, que siempre me inspiran, y a Valentina y Luis, que han sido muy buena compañía. Y a Lisa, por supuesto, la única con derecho a caminar impunemente sobre mi mesa de despacho.

No me olvido de Laura Garrido y de Carlos Moro.

A lo largo de la investigación de este libro (que empecé en 2016 y que termino de escribir ahora) he hablado con muchos expertos, herederos, admiradores de la obra de Guastavino, bibliotecarios, archivistas y estudiosos de la arquitectura. Espero no olvidar a nadie, y, si lo hago, les ruego indulgencia.

Sant Agustí (Ibiza), julio 2020.

Creadores de belleza

Cúpula de la iglesia de la Santísima Trinidad, Nueva York.

1861: Rafael Guastavino Moreno, en el centro segundo por la izquierda, con sus compañeros de la Escuela de Maestros de Obras de Barcelona (equivalente a la Facultad de Arquitectura). A sus 19 años, ya tenía mujer y dos hijos. En la carrera destacó enseguida porque desde niño había acompañado a su padre a las obras. Muy joven, tuvo que ponerse a trabajar por las tardes para ayudar a la economía familiar en un estudio de arquitectura de Valencia. Por eso, cuando su profesor Juan Torras le explicaba las distintas maneras de aparejar ladrillos, o cómo montar andamios, él ya lo sabía por haberlo practicado infinidad de veces. Decía que hizo la carrera jugando con ventaja.

El proyecto que hizo de Rafael Guastavino un arquitecto de renombre aún sin haberse sacado el título, lo que era absolutamente insólito, fue la fábrica Batlló (Barcelona). Con 24 años se le hizo responsable de un proyecto que levantó en toda Cataluña una expectativa sin precedentes por la escala de sus dimensiones.

Concibió un tejado ignífugo de bóvedas e introdujo el ladrillo visto en las fachadas. Por primera vez utilizó cemento, y no yeso, para unir los ladrillos de las bóvedas tabicadas. En realidad, todo Guastavino estaba ya en ese compendio de innovaciones.

Nunca se había construido una bóveda tan fina con relación a su curvatura como la del Teatro de la Massa, en Vilassar de Dalt, un pueblo a 20 kilómetros de Barcelona, y solo se vería superada por la que su hijo construyó en la iglesia de Lowell, en Massachusetts, años mas tarde. Muy a su pesar, tuvo que dejar La Massa justo antes de acabarla, para irse a Nueva York. Hablaba de aquel teatro como un padre a quien le arrancan un hijo. Tanto la extrañaba que la replicó en 1898 para la Universidad de Nueva York. Es un teatro de proporciones perfectas, una auténtica bombonera.

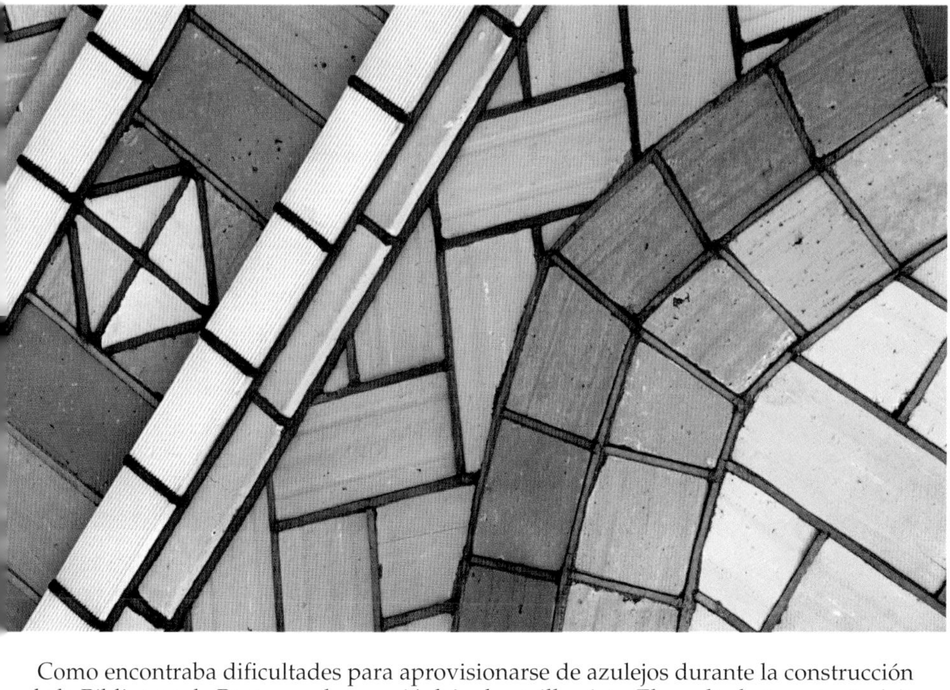

Como encontraba dificultades para aprovisionarse de azulejos durante la construcción de la Biblioteca de Boston, se le ocurrió dejar la rasilla vista. El resultado tuvo tanto éxito que se convirtió en la práctica estándar de la Guastavino Fireproof Construction Company, a la que más adelante un buen número de arquitectos encargarían los patrones geométricos de diseño. La foto muestra un detalle del forjado de las pistas de tenis interiores que construyó en Prospect Park, Nueva York.

Esta imagen del 8 de abril de 1889 muestra a Rafael Guastavino durante la construcción de la Biblioteca de Boston. Con su peso sobre una bóveda muy fina, parece querer demostrar la solidez de su construcción. Unos días mas tarde, colocará una carga de seis mil kilos concentrada en dos metros cuadrados. A falta de teoría científica, demostraba así, de manera empírica, la solidez de esas formas curvas tan bellas y tan finas.

La biblioteca de Boston se convirtió en emblema de la capacidad del hombre para atesorar, proteger y cuidar la cultura, en símbolo de civilización. Unas letras en una placa de mármol, sobre el muro de la entrada, grabaron para la posteridad el nombre de la Guastavino Company. Once años habían pasado desde su llegada al puerto de Nueva York.

Retrato de Guastavino a los 40 años. ¿Cómo era posible que alguien tan volcado en su trabajo, tan estudioso, tan meticuloso con sus diseños, tan serio en sus compromisos, fuese incapaz de controlarse con las mujeres? ¿Cómo era posible que, estando en el cénit de su fulgurante carrera, disfrutando de éxito social insólito y de estabilidad familiar, se arriesgase tanto a perderlo todo?

De niño había dudado mucho si dedicarse a la música o a la arquitectura. Aprendió a tocar bien el violín, que fue su inseparable compañero. También componía partituras. La vena musical recorría la familia.

Black Mountain

Querido Pelon;
Mañana
viernes salgo para
encontrarte en
Newa York.
Si tú ya te
vienes y no estoy
atiempo me mandas
un telegrama
diciendo q. no salga
y entonces te espe-
raba en esta
Pero en este
momento estoy

La mexicana Francisca Ramírez (a la derecha, una de sus cartas) fue el amor de su vida. Era una mujer instruida y con carácter, que supo granjearse el afecto de Rafaelito, que la consideraba una segunda madre. El mismo día de la muerte de su marido, Francisca mandó detener el reloj de la finca, símbolo de que su vida se había detenido con la de Rafael. Nunca más quiso ponerlo en marcha.

Charles McKim, William Rutherford Mead y Stanford White eran tres amigos arquitectos que se asociaron para fundar un estudio que representó el *summum* de la arquitectura norteamericana. Entre White y Guastavino se creó un sólido vínculo profesional y una gran amistad. En los proyectos del estudio, se dejaban en blanco partes enteras con una nota: «Aquí un Guastavino». Que el célebre estudio contase tanto con Guastavino en sus proyectos generaba seguridad en otros arquitectos. «No dudaría un segundo en poner toda mi confianza en el sistema Guastavino», respondió McKim a un colega que en 1892 le escribió para informarse.

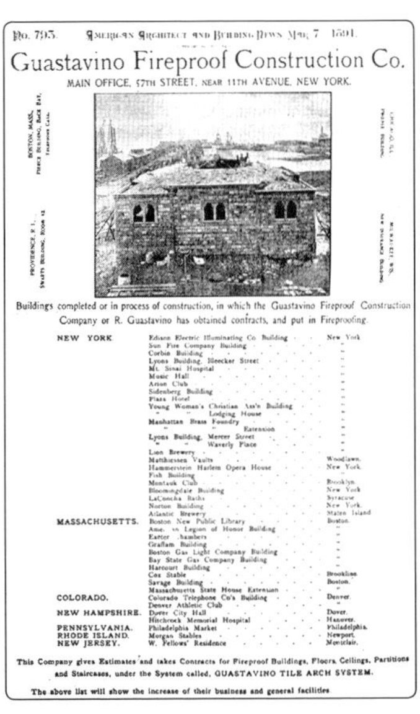

No. 793. American Architect and Building News May 7 1891.

Guastavino Fireproof Construction Co.

MAIN OFFICE, 57TH STREET, NEAR 11TH AVENUE, NEW YORK.

BOSTON, MASS. Pierce Building, Back Bay. Telephone Call.

PROVIDENCE, R. I. Swarts Building, Room 42

Buildings completed or in process of construction, in which the Guastavino Fireproof Construction Company or R. Guastavino has obtained contracts, and put in Fireproofing.

NEW YORK	Edison Electric Illuminating Co Building	New York
	Sun Fire Company Building	"
	Corbin Building	"
	Lyons Building, Bleecker Street	"
	Mt. Sinai Hospital	"
	Music Hall	"
	Arion Club	"
	Sidenberg Building	"
	Plaza Hotel	"
	Young Woman's Christian Ass'n Building	"
	" " Lodging House	"
	Manhattan Brass Foundry	"
	" " Extension	"
	Lyons Building, Mercer Street	"
	" " Waverly Place	"
	Lion Brewery	"
	Matthiessen Vaults	Woodlawn.
	Hammerstein Harlem Opera House	New York.
	Fish Building	"
	Montauk Club	Brooklyn.
	Bloomingdale Building	New York
	LaConcha Baths	Syracuse
	Norton Building	New York.
	Atlantic Brewery	Staten Island
MASSACHUSETTS.	Boston New Public Library	Boston.
	Ame[illegible]n Legion of Honor Building	"
	Exeter Chambers	"
	Graffam Building	"
	Boston Gas Light Company Building	"
	Bay State Gas Company Building	"
	Harcourt Building	"
	Cox Stable	Brookline.
	Savage Building	Boston.
	Massachusetts State House Extension	"
COLORADO.	Colorado Telephone Co's Building	Denver.
	Denver Athletic Club	"
NEW HAMPSHIRE.	Dover City Hall	Dover.
	Hitchcock Memorial Hospital	Hanover.
PENNSYLVANIA.	Philadelphia Market	Philadelphia.
RHODE ISLAND.	Morgan Stables	Newport.
NEW JERSEY.	W. Fellows' Residence	Montclair.

This Company gives Estimates and takes Contracts for Fireproof Buildings, Floors, Ceilings, Partitions and Staircases, under the System called, GUASTAVINO TILE ARCH SYSTEM.

The above list will show the increase of their business and general facilities

Stanford White, que murió asesinado en un caso que causó un escándalo enorme, fue el gran amigo americano de Rafael Guastavino. Aparte del afecto que les unía y de la intensa relación profesional, ambos eran más artistas que hombres de negocio, y disfrutaban más de la compañía de pintores y escultores que de la de ingenieros o magnates de la industria. «Sin Stanford White, no estoy seguro de que la Guastavino Co. hubiera alcanzado el mismo reconocimiento», dijo Rafael Guastavino Jr.

En 1897, la Guastavino Company se sometió a una prueba frente a los funcionarios del departamento de urbanismo de Nueva York. Rafael padre e hijo construyeron una bóveda con un peso añadido de 200 kilos por pie cuadrado, a la que prendieron fuego. Llevaron la temperatura hasta los mil grados y la mantuvieron durante cuatro horas.
La estructura calcinada se mantuvo incólume. Este resultado les dio mucha publicidad y les trajo más encargos de apartamentos y oficinas, más fábricas, más colegios y bibliotecas, más iglesias y bancos, más edificios públicos y residencias privadas.
Habían creado el «sistema Guastavino».

Construyeron las arcadas del puente de Queensboro, recubiertas de azulejo color crema, que servirían para cobijar un gran mercado público.

Y la casa del elefante, en el zoo del Bronx, donde concibieron algo que fuese lo más opuesto a una jaula. «Queríamos devolver al elefante su dignidad y dibujamos una bóveda sujeta por cuatro columnas que dejaban un amplio espacio para que el animal circulase a sus anchas».

City Hall es una estación del metro de Nueva York hoy en desuso, una auténtica joya enterrada en la ciudad que exhibe una combinación de azulejos, vidrieras, tragaluces y candelabros. La Guastavino Co. fue contratada para diseñar y construir una estación de metro que resultase agradable al viajero, muy escéptico con aquel nuevo medio de transporte. El resultado sigue deslumbrando. Actualmente la municipalidad de Nueva York organiza visitas guiadas.

La sala de registros de Ellis Island proporcionó a la empresa Guastavino gran renombre. Debajo de una magnífica bóveda recubierta con mas de treinta mil azulejos, pasaron millones de inmigrantes desde 1918 hasta 1924. Aquel fue un encargo especialmente simbólico para Rafael Jr., el hijo de un inmigrante que llegó a Manhattan con nueve años. Esa bóveda simboliza, sobre todo, el potencial que tiene la inmigración para enriquecer un país.

A Rafael Guastavino no le creían cuando hablaba de las propiedades de sus construcciones. ¿Cómo puede una escalera tan fina soportar tanto peso? Le pedían números, cálculos, matemáticas. Él respondía con pruebas empíricas, como esta sobre la solidez de una escalera de la iglesia de la Ciencia Cristiana en Nueva York, 1901).

En 1901 realizaron una contudente prueba de resistencia: sobre una bóveda finísima de tres metros y medio de diámetro colocaron una carga de unas treinta toneladas que resistió perfectamente.

El Oyster Bar fue el primer restaurante de la estación central de Nueva York, conocido por la belleza de sus bóvedas recubiertas de azulejos esmaltados. Para evitar la reverberación de las duras losetas de cerámica, Rafael Guastavino Jr. aplicó sus conocimientos de acústica. El espacio acabó convertido en icono de la ciudad desde que las parejas de Nueva York descubrieron que podían susurrarse palabras de amor desde las esquinas opuestas, palabras que llegaban, por encima de los techos abovedados, con una nitidez que parecía un milagro.

Penn Station fue considerada un «templo del transporte». En un intento desesperado por evitar su demolición, el historiador de la arquitectura George Collins escribió al Departamento de Urbanismo de la ciudad: «la construcción de las bóvedas tipo Guastavino en combinación con las vigas de acero del gran vestíbulo de la estación es algo único —no solo en Nueva York y en los Estados Unidos— sino en el mundo entero».

Para Rafael Guastavino, la Lonja de Valencia fue el símbolo del paraíso de su infancia. De niño se escapaba para jugar al escondite en el espacio que existe entre el techo y la cubierta de madera. Así fue empapándose de ese «espacio magnífico», como fue descrita la Lonja, de esa «impecable maravilla» de la que decía que respiraba exactitud, proporción, elevación, grandeza. ¿No era eso a lo que debía aspirar toda creación arquitectónica? Tuvo a la Lonja siempre en el corazón, y la llevó consigo a los Estados Unidos. Cuando le encargaron el pabellón español en la Exposición Universal de Chicago de 1893 (abajo) construyó una réplica de una exactitud pasmosa.

Un encargo en concreto tuvo un significado especial para Rafael Guastavino: la cúpula de la iglesia Congregacional de Providence, en Rhode Island; que por primera vez le encargasen un edificio religioso era como la confirmación divina de su éxito terrenal, él que era tan supersticioso y tan sensible a los fastos de la iglesia. Hizo una cúpula de 16,5 metros de diámetro, muy fina, pero capaz de soportar un peso de 24 toneladas.

La basílica de San Lorenzo de Asheville fue diseñada, construida y pagada por Rafael Guastavino, y fue su regalo a la comunidad donde se sintió tan feliz en sus últimos años. Inspirada en la basílica de Nuestra Señora de los Desamparados de Valencia, del siglo XVII, donde su madre le llevaba de pequeño a oír misa, es una maravilla estructural tocada de una bóveda elíptica rectangular de 18 metros de ancho por 25 de largo, recubierta de una muestra bastante completa de las losetas y azulejos que producían en su fábrica de Woburn. Las cúpulas las recubrió de tejas esmaltadas azules, como las iglesias de su tierra. Durante más de dos años estuvo supervisando cada etapa de la construcción de manera minuciosa, sabiendo que sus restos, y los de su mujer, reposarían en la cripta que construyó en su interior.

Enamorado del paisaje que le recordaba a las estribaciones de los Pirineos, Rafael Guastavino se compró una finca en Carolina del Norte para vivir con su esposa mexicana, Francisca, una mujer de fuerte personalidad que le quiso hasta la locura. En su mansión, conocida como el Castillo Español, hacía sidra y vino, y los domingos invitaba al cura, al médico y al *sheriff* a una paella de carne y verduras que el mismo cocinaba en el jardín. Los invitados volvían a sus casas tambaleándose porque cataban el vino de su bodega, que era su orgullo.

Rafael Guastavino se hizo una casa de madera de tres plantas con un campanario en lo alto de un torreón. Contaba con ocho habitaciones en el primer piso, dos cocinas, un taller, el cuarto del teléfono, un amplio comedor y un salón con todo tipo de instrumentos musicales, incluido un piano de cola. Algunos de los muebles y cuadros los adquirió con el asesoramiento de su amigo Stanford White y, según reveló una criada años más tarde al periódico local, eran «los muebles más bellos que uno pudiera soñar».

No se puede entender lo que significó la Guastavino Company, que existió durante 60 años, sin conocer la relación entre padre e hijo (en la foto, Rafael Guastavino Jr.). El temperamento creativo del padre hizo de su hijo una obra más. Fueron inseparables compañeros —y también rivales—. Rafael padre le formó como su aprendiz. El niño era su báculo, su lazarillo, su voz. Lo llevaba a todas partes, a los bancos, al ayuntamiento, a la obra, a las reuniones con los grandes arquitectos de la época, para que hiciese de intérprete. Al final, decían que el hijo se hizo mejor profesional que el padre.

Coronada por uno de los domos de mampostería más grandes jamás construidos, de 41 metros de diámetro y un grosor de 11 centímetros, la catedral de San Juan el Divino, en Manhattan, es un prodigio de proporciones. La portada del *New York Herald* le propulsó a la fama: «Un joven arquitecto altera todas las teorías de ingenieros y erige una vasta estructura». Hordas de curiosos, fascinados, fueron testigos de una obra que, según ese mismo periódico, «marcaría una nueva época en la construcción».

Este diseño de un cartel promocional de la Guastavino Co. muestra los proyectos más significativos de la empresa. El conjunto de quince cúpulas y domos evocan una fantasía casi oriental, un mundo elíptico y cóncavo que hace soñar. Dominando las otras cúpulas se erige la mayor de todas, la de San Juan el Divino.

Javier Moro con James Black, descendiente de la familia Guastavino. Gracias las cartas inéditas que le proporcionó, el autor tuvo acceso a la vida íntima de Rafael Guastavino. ¿Por qué nunca regresó a España? ¿Por qué abandonó Barcelona tan súbitamente? ¿Era su hijo fruto de la relación con su mujer o con la criada? Esas cartas desvelan los secretos de su vida amorosa. Y aportan luz sobre su trayectoria vital, que oscila entre la pulsión creativa y la necesidad de supervivencia, entre la lealtad y la infidelidad, entre la ambición de triunfar y la pasión por la tierra que le vio nacer.